BASTEI
LÜBBE

LOUIS BROMFIELD

Bitterer Lotos

Aus dem Amerikanischen
von Elisabeth Rotten

BASTEI
LÜBBE

BASTEI-LÜBBE-TASCHENBUCH
Band 11 153

1. Auflage Sept. 1980
2. Auflage Juli 1982
3. Auflage April 1988
4. Auflage Dez. 1988

Titel der amerikanischen Ausgabe: Bitter Lotus

Lizenzausgabe: Gustav Lübbe Verlag GmbH, Bergisch Gladbach
Printed in West Germany, Dezember 1988
Einbandgestaltung: Atelier A. Bachmann
Titelfoto: Jürgen Lindenburger
Gesamtherstellung: Ebner Ulm
ISBN 3-404-11153-2

Der Preis dieses Bandes versteht sich einschließlich
der gesetzlichen Mehrwertsteuer

Eigentlich war Tom Dantry durch reinen Zufall nach Nivandrum gekommen. Als er sich in Pinang an Bord der »Vivandière« einschiffte, wußte er nicht einmal, wohin es ging. Er hatte sich neun Monate in den Malaienstaaten aufgehalten und hatte sie über – mit jenem Gefühl des Widerwillens und der Leere, das ihn immer aufs neue an einem Ort um den anderen rund um die halbe Welt gepackt hatte. Und er war betrunken an Bord gekommen, seiner selbst so überdrüssig wie der Insel, die er verließ, in der dumpfen Vorstellung: »Ich bin nichts weiter als ein verfluchter, ekelhafter und nutzloser Neurastheniker. Es wäre das beste, sich zu erschießen und mit allem fertig zu sein.« Aber im letzten Augenblick erschoß er sich nicht und ging vielmehr an Bord der »Vivandière«. Er wußte selber nicht, warum er gerade dieses Schiff wählte – außer weil es französisch war und ein wenig unordentlich und weil es nicht so aussah, als würde es an einem der großen weltmännischen Häfen anlegen, wo er Bekannte treffen, mit denen er den ganzen Tag und die halbe Nacht in Klubs und Bars zechen müßte, und Frauen aus seiner Schicht oder nicht weit davon entfernt begegnen würde – was noch schlimmer gewesen wäre.

Hätte man ihn gefragt, warum er ein verfluchter Neurastheniker sei, er hätte nicht zu antworten gewußt. Er hatte ziemlich viel darüber nachgedacht, bis sich plötzlich, nach Verlauf einiger Jahre, sein ganzer Charakter verändert hatte. Erst war er, was man extravertiert nennt: rasend hin- und hergetrieben, in großen Zügen Zerstreuung, Aufregung und Leben in sich einsaugend. Und jetzt, da er betrunken an Bord der »Vivandière« gegangen war, befand er sich an dem Punkt, wo er nicht mehr die Welt in ihrer Beziehung zu seinem Ich sah, sondern nur sein Ich in seiner Beziehung zur Welt. Und dies – er wußte es, denn er war ein gescheiter Kerl – machte ihn fad. Es gab Augenblicke, wo er empfand, daß er nicht nur andern, sondern sich selbst lästig war. Und das war das Schlimmste. Seiner selbst überdrüssig, hatte er sich seit einiger Zeit dem Trunke ergeben. Nicht mit Maßen, in gewissen festlichen Stimmungen, wie er es früher schon immer getan hatte, sondern ernsthaft und gründlich, um von sich selber wegzukommen. Denn er versprach sich nichts mehr von einem Milieuwechsel. Plötzlich eines Nachts, in einem entsetzlichen Augenblick innerer Klarheit, war ihm aufgegangen, daß er seit dem Kriege von Ort zu Ort gezogen war, nicht aus einer echten Rastlosigkeit oder auch nur aus Wißbegierde, sondern um sich selbst zu entgehen. Und wohin er auch kam, immer fand er sich selber.

Nun war er vierunddreißig, also im besten Alter, und er hätte ein ganz neues Leben beginnen können – nur daß ihm der Sinn nicht danach stand, noch einmal von vorn anzufangen. Er wußte, daß etwas tot in ihm war, seit sie ihn, neunzehnjährig, aus einem Minenloch in Flandern ausgegraben, ihm das Viktoriakreuz gegeben und ihn ein für allemal als Kriegsinvaliden erklärt hatten. Als sie ihn damals herausgebuddelt hatten, hatte er genug vom Leben gehabt – mehr als genug –, und wenn er jetzt an seine Rettung zurückdachte, so sagte ihm sein Herz, daß er es bedauert hatte, sich in einem Londoner Spital, zum Leben zurückgekehrt, wiederzufinden.

Er machte aus seiner Auffassung von der eigenen Nutzlosigkeit keine Ausrede. Er hatte es sich nur so zurechtgelegt als eine Möglichkeit der Erklärung. Er hatte den Krieg verabscheut. Das Morden und die Gefahr und der Wahnsinn des Ganzen waren ihm verhaßt. Er war der Geschichte für immer entronnen, und sie hatten ihm den Tort angetan, daß sie ihn in eine Welt zurückgeholt hatten, die ihm von jenem Augenblick an zuwider war. Jetzt wußte er, daß alle Scheinfreuden, die er genossen, all dies unbekümmerte, lasterhafte Leben ihm nichts weniger als Freude gegeben hatten. Nichts als Hysterie – die hysterische Jagd eines Mannes nach dem, was man ihm als jungem Burschen genommen hatte. Und es war sein Fluch, daß er genug Geld zum Wohlleben hatte, dazu Freunde, ja zu viele Freunde, und gutes Aussehen und Bildung und Charme, so daß er nie gezwungen war, einer kaltherzigen Welt ins Antlitz zu sehen und sich selbst beim Genick zu nehmen und eine geregelte Arbeit zu leisten.

»Kein Charakter«, pflegte er zu sich selbst zu sagen. »Jetzt, mit vierunddreißig, könnte man ruhig von mir sagen, ich sei ohne Charakter. Nicht, daß das nun etwas zu bedeuten hätte. Pfui Teufel!«

Mitleid mit sich selbst war ihm verhaßt. Über sich selbst nachzudenken war ihm ebenso widerwärtig, aber weder dem einen noch dem andern vermochte er ganz zu entgehen. Und während er vor sich selbst davonlief, suchte er immerfort verzweifelt nach etwas, was ihm Seelenfrieden, Gleichgewicht oder Glauben oder eine Mischung aus dem allem gab. Niemand konnte wissen oder auch nur ahnen, wenn man mit ihm in einer Bar des Fernen Ostens beim Trunk saß, was in dem hübschen, wohlgeformten Kopf vorging. Seine Unterhaltung war alltäglich und unverbindlich, wie die irgendeines Weltenbummlers, der seine regelmäßigen Bezüge von zu Hause erhält. Seine ganze Verzweiflung sparte er auf, bis er allein war. Das waren schreckliche Momente für ihn. Deshalb war er soviel mit Frauen zusammen und doch nie verliebt. Die Frauen mochten ihn gut leiden und verliebten sich sogar allzu leicht in ihn, so daß er leichtes Spiel hatte; die Schwierigkeit war, wieder loszukommen. Immer kam der Augenblick, wo er ausreißen mußte, weil dies der billigste Ausweg war. Seit dem zweiundzwanzigsten Jahr hatte er sich nie mehr verliebt, und er liebte noch immer die gleiche Frau, obwohl er sie zehn Jahre lang nicht gesehen hatte und sie unmöglich noch dieselbe sein konnte.

Auch als er in Pinang an Bord der »Vivandière« ging, war er wieder auf der Flucht. Diesmal vor einer Frau in dem Hotel, in dem er gewohnt hatte. Ihren Mann führte das Geschäft rundum durch die Malaienstaaten, Niederländisch-Indien und Indochina. Er tadelte sie nicht und wußte wohl, daß sie im Herzen ihren Mann mehr liebte als ihn. Aber es war ihm über. So betrank er sich in der Bar von Runnymede, nachdem er ihr einen Brief geschrieben hatte, daß es aus sei und daß sie ihn nie wiedersehen würde, und dann bestieg er das Schiff.

Der Kapitän war ein Bretone, mit roten Backen, schwarzem Haar und strahlenden, blauen Augen. Ein Mann, der seinen Weg durchs Leben deutlich sah. Als er Dantry erblickte, dachte er: »Der ist all right«, und nahm ihn trotz seiner Betrunkenheit an Bord. Er hielt den Dampfer sogar noch einige Stunden im Hafen zurück, um die notwendig gewordenen Änderungen in den Schiffspapieren vorzunehmen. Er war nicht weichherzig, aber es war etwas in Dantrys Erscheinung, das ihn anzog. Er hatte ein Gefühl, als sei Dantry ein Mann, für den es nicht normal war, betrunken zu sein; einer, der sich im Abgleiten befand aus Gründen, denen der Kapitän nicht nachspüren konnte, und er empfand etwas wie den Wunsch, ihm zu helfen. Wenn er nicht weichherzig war, so muß gesagt werden, daß selbst härtere Männer Toms einnehmendem Wesen gegenüber gleich empfunden hatten. Selbst in der Trunkenheit war Tom nicht so abstoßend wie die meisten in diesem Zustand. Ebensowenig führte er große Reden, wie es häufig Betrunkene tun. Der Kapitän hatte ihn gern. Aus Gründen, die er nicht anzugeben vermochte, war es ihm, als würde die Anwesenheit dieses Menschen die lange Reise für jedermann an Bord, von ihm selbst bis hinab zum geringsten Heizer, angenehmer machen.

Und er hatte recht. Tom Dantrys bloßes Dasein, ob er nüchtern oder angetrunken war, ließ die Welt immer heller und freundlicher aussehen. Denn er war von Geburt einer jener Bevorzugten, deren Vitalität, gutes Aussehen und charmantes Benehmen in den Augen der Minderbegünstigten der Welt einen lichteren Schein gab.

Zu Beginn dieser Seereise wußte er nicht, wo das Schiff unterwegs anlegen würde; es war ihm nur bekannt, daß das

Endziel St. Nazaire war. Das bedeutete Frankreich und Europa und Heimkehr, also alles, war er nicht wollte. Er würde, so sagte er sich, das Schiff auf dem Rückweg in irgendeinem Hafen verlassen – vielleicht dem letzten östlich von Aden –, denn er hatte Europa satt. Es dünkte ihn, Europa liege im Sterben; und ob sterbend oder nicht, das Schauspiel, das es bot, war unerquicklich und widerwärtig wie der Anblick eines Pestkranken. Der Osten war besser. Er verspürte keinen Drang, seinen bescheidenen Teil zur Genesung seiner heimatlichen Welt beizutragen, denn etwas in ihm sagte ihm, sie sei reif zum Untergang. Besser absterben, als ein Schauplatz für Scheußlichkeiten werden. Es war ihm gleich, wo er ausstieg, solange es nicht in Europa war.

Am nächsten Morgen, als die »Vivandière« den lieblich gelegenen Hafen von Pinang verließ, erhob er sich aus seiner Kabine und fragte nach der Route des Schiffes. Es sollte, so erfuhr er, die Andaman-Inseln, die Cocorandos, Nivandrum, Aden und Port-Said berühren und dann in St. Nazaire landen. Ohne es zu wissen, hatte er, scheint's, ein Schiff gewählt, das nur an obskuren Hafenplätzen anlegte, und das paßte ihm im Augenblick ausgezeichnet.

»Und Nivandrum?« fragte er den kleinen bretonischen Kapitän. »Was ist Nivandrum?«

»Das ist der Hafen, wo wir Kopra und Spezereien einladen«, sagte er. »Es war einst einer der größten Häfen des Orients, vor rund zweihundert Jahren. Jetzt ist er tot. Man kann nicht einmal in den Hafen einfahren. Das Schiff muß an der Großen Barre Anker werfen.«

Die Andaman-Inseln, fand er heraus, waren schrecklich und unfruchtbar, von Sträflingen und Eingeborenen bewohnt; die Cocorandos waren voller Schönheit, aber das war eine alte Geschichte. Als das Schiff sich Nivandrum näherte, verspürte er keine große Neugierde. Zu oft schon hatte er von den Reizen dieser oder jener Insel gehört und sie dann schließlich alle einander gleich gefunden – schön, nichtssagend und eintönig. Es machte ihm nicht einmal den Eindruck, als der hartgesottene kleine Bretone ihm versicherte, es sei ein lieblicher Erdenfleck »avec un caractère tout à fait spécial«, ganz anders als alle Orte wie Bali und Penang und Tahiti. Er hatte eine Zuneigung zu dem Kapitän und zu der ein wenig unordentlichen »Vivandière«, und sieben Wochen lang war er glücklicher, als er sich seit langem gefühlt hatte; vielleicht weil ihn in dieser Welt keine Frauen plagten und nichts da war, was Erinnerung und Reue in ihm wachrief. So hatte er vor, bis Aden an Bord zu bleiben und dort auf ein anderes Schiff zu warten, das wieder ostwärts fuhr. Es war gar nicht so dumm, das Leben auf dem Wasser zu verbringen, frei von den Verwicklungen, in die er sich verstrickt fand, sobald er an Land ging.

Nie wäre es ihm eingefallen, daß er nach der Ankunft in Nivandrum das Schiff im Stich lassen würde, mit der Absicht, für immer dort zu bleiben.

Vor langer Zeit, im siebzehnten und achtzehnten Jahrhundert, war es der reichste Hafen an der ganzen Küste. Aus Nivandrum bezog man die Ladungen mit Seide und Kardamon, Zimt und Pfeffer, die im fernfernen Europa fabelhafte Preise brachten. In jenen Tagen hatte es der Reihe nach den Portugiesen und Niederländern gehört, und diese hatten Häuser und Kirchen errichtet; erst die Jesuiten und Karmeliter und dann holländische protestantische Missionare. Und die Gouverneure und die Handelsherren hatten sich prächtige Häuser erbaut und in einem Stil gelebt, wie sie es zu Hause nie hätten haben können. Langsam hatte dann der große Fluß, der die Erde des weiten, feuerroten Plateaus im Binnenland jenseits der Berge herabführte, eine gewaltige Barriere aus Lehm und Sand am Hafeneingang angeschwemmt, und Nivandrum ging ein, erstickt von der Großen Barre, die für die größeren Handelsschiffe ein unüberwindliches Hindernis bedeutete. Den größten Teil des Jahres war es gefährlich, anders als auf offener See zu ankern.

So hatten Handelsleute und Missionare, einer um den anderen, den Ort verlassen, und der Handel verzog sich weit weg nach Norden und Süden an günstiger gelegene Häfen. Nunmehr war Nivandrum dem Küstenvolk zurückgegeben, und man sah keine Europäer und keine Schiffe mehr. Die großen Gebäude waren geblieben: stattliche Häuser im Barockstil, von einheimischen Arbeitern ausgeführt und mit den Spuren einstiger Bemalung in zartem Grün, Rosa, Gelb oder Blau. Eine Zeitlang hatten die Einwohner von Nivandrum, als Erben des herrenlosen Besitzes, darin zu wohnen versucht. Aber schließlich zogen sie in ihre eigenen sauberen kleinen Häuser aus Bambusrohr, mit den Dächern aus Kokospalmenblättern, zurück. Die Häuser der Fremden blieben den Gespenstern und den Spinnweben überlassen, niemandem gehörig, von niemandem beansprucht, bis die habgierige alte Ranee sie mit Beschlag belegte. Sie hatten keinen Wert, denn sie hatten keine Mieter, aber es war ihre Art, alles zu beanspruchen, was herrenlos war.

Während der Winterzeit, wenn der Große Ozean still war, legten zwei oder drei Schiffe wie die »Vivandière« an und holten kleinere Ladungen, Kopra und Spezereien, Kokosmatten und billige Messingwaren. Sie warfen draußen Anker, und die Ladung wurde mit kleinen Booten an Bord gebracht, die zur Zeit der Flut über die Große Barre hinüber konnten. Es gab auch eine vernachlässigte, schmalspurige Eisenbahnlinie, die von den Städten jenseits des Hochplateaus dem Gebirge entlang nach dem stillgelegten Hafen lief; aber es kamen keine Reisenden mehr hinunter. Nur zwei Europäer lebten in Nivandrum, nämlich ein Cockney, Carleton, der sich einen knappen Lebensunterhalt mit seinen Kokospalmen und ein wenig Handel verdiente, und ein Däne namens Rasmussen, der das Grand Hotel Oriental führte – mit Mees Opp, der Ärztin aus der Hauptstadt, hie und da einem Halbblut-Handelsreisenden und den Offizieren und Matrosen der gelegentlich in der toten Stadt anlegenden Handelsschiffe als einzigen Gästen.

Dantry hatte eine unbestimmte Vorstellung von der Schönheit der ganzen Küste; eines Küstenstrichs, der infolge der Bewunderung des angekränkelten Westens für Bali und die Südsee übersehen worden war. Als die »Vivandière« außerhalb der Großen Barre ankerte, konnte er die Schönheit der fernen blauen Berge mit ihren vom Regen erweichten Dschungeln erkennen. Aber erst als das Boot, das den Kapitän und ihn selbst trug, über die Große Barre gedrungen war und in den engen Hafenraum mit all seinen Fischernetzen einlief, wurde er des eigenartigen melancholischen Reizes inne, der dem Ort anhaftete. Langsam öffnete sich, während das Boot sich näherte, der Hafen vor ihnen, und zwischen den Baumstämmen schimmerten die sieben Inseln und das Festland hervor, das letztere mit Waldungen und Kokospalmen überzogen und von dem bleichen Schein der verlassenen alten holländischen und portugiesischen Bauwerke erhellt. Die malerischen kleinen Boote mit dem heimweherregenden chinesischen Anstrich am Bug bewegten sich hin und her über das Wasser, einige von halbnackten Schiffern gerudert, andere langsam wie Traumschiffe unter dem leichten Wind dahintreibend, der von den dschungelbedeckten Bergen her ihre großen Segel von zerrissenem Tuch aus Kokosfibern füllte. Das Wasser unter dem Boot war grün und klar. Der kleine bretonische Kapitän hatte, das sah Dantry sofort, recht gehabt. Die Landschaft hatte *un caractère tout à fait spécial;* es waltete etwas Geisterhaftes darüber. Die bleichen Barockhäuser, verlassen und leer wie sie waren, wirkten zwischen den Kokospalmen der Inseln traumhaft, verwunschen.

Unter der Hand des Kapitäns steuerte das Schiff auf eine kleine Insel zu, die mitten im Hafen lag; darauf stand ein altes, zartrosa gestrichenes Haus in einem Garten voller Kokos- und Arekapalmen, Croton-, Bougainvillea- und Jakaranda-Bäumen.

»Erst mal«, sagte der Kapitän, »gehen wir zu Rasmussen etwas trinken.« Er schmunzelte. »Voilà le Grand Hôtel Oriental.«

»Dies alte Haus?« fragte Dantry.

»Jawohl.«

Es war das entzückendste Hotel, das er je gesehen.

Rasmussen, belehrte ihn der Kapitän, war ein Däne, der vor zwanzig Jahren in Colombo von seinem Schiff ausgerissen war. Er hatte eine Einheimische, die Köchin im Grand Hôtel Oriental, geheiratet.

»Nicht übel«, sagte er, »sie ist eine gute Köchin – macht einen trefflichen Curry. Eine hübsche Frau – aber sie hat ein böses Gesicht. Könnte jemand vergiften, den sie nicht leiden mag.«

Rasmussen begrüßte sie. Er fischte an dem kleinen Hafendamm, weil es nichts anderes zu tun gab. Er war ein kleiner, gedrungener, fester Mann von etwa fünfzig, mit zerzaustem Schnurrbart und sehr hellen blauen Augen, in Jacke und Hose aus Segeltuch gekleidet. Er zog seine Angel ein und führte die Besucher unterhalb der Kokospalmen den Pfad hinauf in die einstige Empfangshalle des alten Hauses. Es hatte ein gewölbtes Dach und in einer Ecke eine prächtige Barocktreppe; es war kühl und feucht darin. Jetzt war es als Café aufgemacht mit einem halben Dutzend billiger Tische, einem Grammophon mit einem gewaltigen Trichter und einem altmodischen Radioapparat mit einer Batterie. Zu beiden Seiten der Halle umrahmte ein großer offener Torbogen ein bezauberndes Landschaftsbild, nach der einen den Hafeneingang und nach der anderen die näheren Inseln und die fernen Berge.

In der Halle angelangt, blieb Dantry stumm, wachsam, einer Katze gleich. Es war, als hielte er den Atem an, als falte er die Hände, damit dies alles nicht plötzlich vergehen möge. »Vielleicht ist dies der Ort«, dachte er bei sich; »vielleicht habe ich ihn endlich entdeckt. Den Ort, den ich gesucht habe, seit ich aus England entfloh.«

Das Innere der Halle war sauber. Die Tassen und Gläser glänzten. Rasmussen trank mit ihnen Branntwein und Kaffee und plauderte in gebrochenem Französisch mit dem Kapitän. Als dieser fragte: »Nun, was gibt's Neues? Was ist seit dem letzten Jahr passiert?«, verzog Rasmussen das Gesicht zu einem breiten Lachen und sagte: »Nichts, gar nichts.« Dann setzte er hinzu: »Doch. Sandy Carletons Frau erwartet wieder ein Kind.«

»Wieviele sind es dann?« fragte der Kapitän.

»Genau ein Dutzend.«

»Eine fruchtbare Gegend.«

Eine Weile tranken sie schweigend weiter. Dann kam ein heller Schein in das Auge des selbstbewußten kleinen Kapitäns, und er sagte: » Und jenes Mädel von ihm, die älteste Tochter . . . sie muß jetzt herangewachsen sein.«

»Sie ist jetzt achtzehn.«

Der Bretone wandte sich zu Dantry mit jenem Blick in seinen hellen Augen, der den Franzosen und Frauenkenner verriet. »Sie ist eine Schönheit«, sagte er. »In Marseille oder Paris würde sie haben können, was sie wollte.«

Aber Dantry hörte kaum hin. Er war noch ganz eingefangen, wie hypnotisiert, von der Schönheit des Bildes im Rahmen des Torbogens. Als der Bretone sprach, bemerkte er Rasmussens Frau, Léah, die ihnen aufwartete. Sie mochte, überlegte er, etwa vierzig Jahre oder etwas älter sein; nicht dick, eher das Gegenteil, hochgewachsen und schmal, mit schönem Gesicht und ausdrucksvollen Augen. Es lag Stolz in ihrem Gang und in ihrer Haltung. Sie war noch hübsch; in ihrer Jugend mußte sie sehr schön gewesen sein. Aber er sah auch, was der Kapitän meinte, als er sagte, sie könne einen, den sie nicht mochte, vergiften. Die Augen standen zu dicht beieinander, und die Nase war zu lang. Und sie hatte eine Art, einen zu beobachten, wenn man nicht achtgab.

Immer noch stumm und auf der Hut, blickte er wiederum durch den Torbogen auf den Hafen, wo die kleinen Boote sich vorbeibewegten, mit den nackten Schiffern am Bug und Heck, wie venezianische Gondolieri, und er sagte sich: »Wie schön diese Menschen hier sind. Warum hat niemand diesen Fleck entdeckt? Wie kommt es, daß man ihn nicht das Venedig des Ostens benannt und zerstört hat?« Dann erinnerte er sich, daß der Ort durch seine Unzugänglichkeit geschützt war und daß ihm jener Luxus mangelte, den die Leute brauchten, die solche Orte zerstören. Noch immer hielt er die Hände gefaltet wie zur Abwehr der Schlange, die das Paradies vergiften könnte.

Als sie dann immer noch beim Trunk saßen und sich in Frieden und beinahe glücklich fühlten, sah man eines der kleinen Boote sich der Landungsstelle nähern. Eine Frau kletterte aus der palmstrohgedeckten Kajüte hervor und ging auf die kleine Landungstreppe zu. Er bemerkte sie sofort, nicht weil sie schön gewesen wäre, sondern um ihrer ungewöhnlichen Erscheinung willen und wegen einer Eigentümlichkeit, über die er sich nicht genau Rechenschaft geben konnte. Sie war groß und schwer und eher häßlich, in einen Arbeitsanzug aus sehr sauberem, weißen Drillich gekleidet, und trug einen grotesken Strohhut, auf den alles gehäuft war, was an ihrem Anzug auf weibliche Sorgfalt deutete: verblaßte künstliche Blumen und eine Schleife aus schmuddligem und verblichenem malvenfarbigem Band. Sie übergab einem der beiden Schiffer zwei kleine Handtaschen und schritt den Pfad zwischen den Jakaranda- und Bougainvillea-Bäumen hinan, in der Richtung auf das Hotel zu. Als sie näher kam, gewahrte er, daß sie nicht nur dick, sondern häßlich war und wegen ihrer Schwere mit Mühe ging; ihre Haut hatte jenen erdfarbenen Ton, den man manchmal bei Halbblut findet; ihre Augen waren blau, von einem merkwürdig hellen Blau, und eines davon schielte ein wenig. Bei ihrem Anblick erhob sich der Besitzer Rasmussen, sofort und ging sie begrüßen; als sie ihn sah, lächelte sie, und unter diesem Lächeln schwand ihre Häßlichkeit dahin. Es erleuchtete ihr ganzes Gesicht und ließ ihren schwerfälligen Körper und ihren grotesken Anzug vergessen.

In der Halle angelangt, ließ sie sich mühsam nahe der Tür nieder und verlangte ein großes Glas Bier. Während sie trank und ihr Profil sich seltsam gegen die außerordentliche Schönheit des Bildes im Torrahmen abhob, studierte Dantry, der Geschmack an hübschen und jungen Frauen fand, diese unschöne Frau mittleren Alters. Er wußte selbst nicht warum, außer etwa, weil sie in ihrer Erscheinung etwas so Ungewöhnliches hatte, ganz anders im Auftreten als die meisten Halbblutfrauen. Es ging etwas wie Autorität von ihr aus, ja etwas Gebietendes, und er sah, daß dies häßliche Antlitz ein gutes Gesicht war, genau wie umgekehrt das schöne der Frau Rasmussen ein böses.

Als sie dann ihr Bier getrunken hatte, ging sie quer durch die Halle und stieg schwerfällig die schöne Barocktreppe hinan, bis sie im oberen Teil des weitläufigen und schönen alten Hauses verschwand. Sobald sie außer Sehweite war, fragte Dantry, wer sie sei, und der Hotelier antwortete lächelnd: »Das ist Mees Opp.«

»Jeder der herkommt, kennt sie«, setzte der Kapitän hinzu. *»Elle est presque une légende le long de la côte.* Sie ist Ärztin. Zweimal im Jahr kommt sie her, um nach der Gesundheit der Bevölkerung zu sehen. Im Binnenland hat sie eine Art Spital in der Hauptstadt. Hie und da schlägt sie etwas Geld dafür – Gott weiß wie – aus der alten Ranee heraus.

Morgen kommen die Leute aus allen Teilen der Insel und den Lagunen zu ihr . . ., sogar solche, die an Wunderdoktoren und Zaubermittel glauben, denn irgendwie wissen sie, daß die Mittel, die Mees Opp ihnen gibt, besser wirken als die andern.«

Als der Kapitän ausgetrunken hatte und sich anschickte, das Büro des Hafenmeisters aufzusuchen, sagte Dantry: »Ich möchte den Tag über hier bleiben. Ich denke, ich werde ein Boot mieten können, um zu kundschaften.«

»Ja«, sagte Rasmussen, »meine Jungen werden Sie herumfahren.«

Zum Kapitän gewandt, fügte Dantry hinzu: »Das Boot für mich etwa um sieben.« Er sprach nicht wie ein mitgenommener Fahrgast auf einem Handelsschiff, sondern wie jemand, der zu befehlen hat. Der Kapitän zeigte keine Empfindlichkeit. Er blickte nicht einmal von seinem Kaffee auf. Er hatte sich in diesem Monsieur Dantry nicht getäuscht. Er sah gut aus und war liebenswürdig und reizend, aber er war krank – nicht, das spürte der Kapitän, an seinem kräftigen, sehnigen Körper, aber an Herz und Gemüt. Als Franzose und Bretone verstand er etwas von solchen Dingen. Es war etwas an diesem Menschen mit der einnehmenden Erscheinung und den traurigen dunklen Augen, was einen wünschen ließ, ihm etwas zuliebe zu tun.

So antwortete der Kapitän: »Bien sûr«, und ließ ihn im Grand Hotel Oriental zurück. Nach seinem Fortgang begab sich Dantry in den Garten, um sich etwas auszustrecken, und nun sah er erst das Haus. Es stand auf einer Insel so nahe dem Ufer, daß man direkt am Fuße der großen äußeren Treppe hätte landen können, die vom oberen Stockwerk hinunterführte. Es war ein großes Haus mit einer holländischen Barockfassade und einem langen und breiten Balkon, auf den die bogenförmig gerahmten Fenster gingen. Die etwas schimmligen, blaßgelben Wände fingen das Gesprenkel vom Sonnenlicht auf, das durch die Bäume hineinfiel. Es war offensichtlich leer und verlassen; in den Fensterrahmen fehlte das Glas, und der Haupteingang stand halb offen. Während er hinschaute, flog eine Schar glänzendgrüner Papageien aus einem der Fenster. Er zog sein Fernglas hervor und unterschied ohne Schwierigkeit die großen kühlen Zimmer, die seit mehr als hundert Jahren leer und unberührt lagen. Aber was er durch sein Glas sah, war nicht ein zerfallenes, menschenleeres Haus von seltener Schönheit – er sah ein wieder in Besitz genommenes, restauriertes, zum Leben erwecktes Haus und sah sich selbst sich auf der Insel bewegen, im Garten arbeiten, fischen, lesen, malen, sich ungestört seinen Gedanken hingeben – endlich im Frieden mit sich selber.

Als er ins Hotel zurückkam, fragte er Rasmussen: »Wem gehört das Haus?«

»Eigentlich niemandem«, antwortete der Däne. »Jedenfalls weiß niemand, wem.«

»Wenn ich es kaufen wollte, an wen müßte ich mich wenden?«

Rasmussen schaute ihn mit dem Ausdruck des Zweifels und des Staunens an. Er suchte Dantry einzuschätzen und gelangte mit diesem Versuch ungefähr an denselben Punkt wie der bretonische Kapitän. Vor ihm stand ein Mensch, der die Welt kannte. Er war kein Reisender mit kleinen Einkünften von zu Hause, und kein Strandbummler. Was konnte er um Himmels willen anfangen wollen mit einem zerbröckelnden alten Hause auf einer Insel in einer Gespensterstadt wie Nivandrum?

»Ja«, sagte Dantry. »Es könnte sein, daß ich es kaufen möchte.« Rasmussen lachte. »Nun, wenn es Ihnen wirklich ernst ist, so nehme ich an, daß Sie es von der alten Ranee kaufen könnten. Es wäre ihr um ein paar Rupien feil, genau wie sie selbst, wenn sie jemand wollte.«

Dantry wandte sich um und betrachtete es noch einmal und dachte darüber nach, wie seltsam es war, daß das Haus aufs Haar so war, wie er es jahrelang erträumt hatte, immerfort, seit Alix Groton geheiratet und er London für immer verlassen hatte. Vielmals hatte er das Haus in seiner Phantasie gesehen, oder eines, das diesem glich, aber erst jetzt, nach mehr als einem Jahrzehnt, hatte er es gefunden.

»Wenn Sie mir ein Boot und ein paar Butterbrote verschaffen«, sagte er, »so will ich auf eine Erkundungsfahrt gehen.«

Den ganzen Nachmittag ließ er sich, trotz der Hitze, mit den zwei Buben, die Rasmussen ihm geschickt hatte, am Stehruder, in einem Boot zwischen den Inseln umhertreiben, vorbei an Lagunen und Reisfeldern, in kleine Buchten hinein; und wohin das Boot auch trieb, überall fand er dieselbe stille, friedenatmende Schönheit und die gleichen schönen, friedvollen, selbstvergessenen Menschen. Es war ein Frieden, der ihm in seiner Bitternis besser zusagte als der Frieden eines primitiven Landes, das noch nicht unter der Berührung der Weißen gelitten hatte. Es war der Frieden eines Landes, das den Eingriff der Weißen überwunden hatte und seinem eigenen Volke zurückgegeben war. Der Strom hatte die Eindringlinge besiegt – der Strom, den auf eine halbprimitive Art die Einwohner, selbst die traditionell christlich gewordenen, verehrten, weil dieser Strom es war, der den stattlichen Hafen verschluckt und die großen Schiffe der handeltreibenden Europäer ausgeschlossen hatte.

Wie er sich so treiben ließ, dachte er in einem fort. Dies ist der ideale Fleck. Aber sein Erfahrungswissen sagte ihm: »Es gibt keine Vollkommenheit. Immer hapert es irgendwo. Was mag hier nicht in Ordnung sein?«

Doch als er zurückkam und mit Rasmussen sprach, konnte er aus ihm keine Andeutung über die Schlange in diesem Garten Eden herausbringen. Für Rasmussen war der Fleck die Vollkommenheit selbst. Er war, so erzählte er, durch Zufall dahingekommen, als er Hunderte von Meilen von Nivandrum entfernt von seinem Schiff ausgerissen war, zwanzig Jahre war es her, und er konnte sich kein besseres Leben vorstellen, als er in der toten Stadt mit dem erstickten Hafen gefunden hatte.

Als daher das Boot der »Vivandière« ihn um die Abendstunde holen kam, da eben die Sonne am Horizont zu verweilen schien und die Fischerboote wie Vögel über die Große Barre hereinstürmten, schickte er es zurück, mit dem Befehl, man solle ihm all sein Gepäck bringen.

Er hätte sich gefürchtet, selbst zurückzufahren, aus Sorge, es könnte ihn, wenn er erst wieder das Deck des dummen kleinen Schiffes betreten hätte, die Vernunft anders beraten, oder Schwäche und Unentschlossenheit könnten ihn überfallen, und der Hafen von Nivandrum mit seiner schwermütigen Schönheit könnte ihm vor den Augen entgleiten, verloren für immer. Er wünschte für den Rest seines Lebens hierzubleiben, denn sein Herz sagte ihm plötzlich, daß dies der Erdenfleck sei, nach dem er gesucht hatte.

An jenem Abend speiste er, nachdem sein Gepäck an Land gebracht und die »Vivandière« in der Richtung auf Port Said und Europa entschwunden war, allein in der großen Halle. Mees Opp saß in der ihm entgegengesetzten Ecke des Raumes. Rasmussen wartete beiden auf, mit den Speisen, die seine Frau Léah gekocht hatte; zwanglos ließ er sich zum Plaudern bald bei Mees Opp, bald bei Dantry nieder. Als Dantry seine Mahlzeit beendet hatte und noch beim Kaffee und Kognak saß, immer die Schönheit des Hafens im Rahmen des großen Torbogens betrachtend, erschien plötzlich ein Kanu auf dem Wasserstreifen zwischen dem Hotel und den Lichtern und dem Feuerschein der nächstgelegenen Insel. Es fuhr an die Landungsstelle, und auf einmal erschien auf dem Pfad im hellen Lichtstrahl von der Halle her die Gestalt eines jungen Mädchens. Als sie den Torweg erreicht hatte, stand sie einen Augenblick still, ein wenig vom Licht geblendet, und überschaute den Raum. Dann erblickte sie Mees Opp, und schnell durchschritt sie die Halle dicht an dem Tisch vorbei, an dem Dantry saß, aber anscheinend ohne auf ihn zu achten; und doch nahe genug, daß er sah, wie schön sie war – eine Schönheit selbst unter diesen Menschen, die ihn eine Rasse von göttlichen Wesen dünkten. Eine Sekunde lang durchzuckte ihn etwas wie ein Raubgelüst, aber sogleich sagte er sich: »Nein, das nicht, Das wäre Verderb. Es wäre das, was alles zunichte macht.«

Das Mädchen hatte eine blaßgelbe Hautfarbe, wie bleiches Gold, dachte Dantry, war in einen einfachen, sauberen weißen Sari gekleidet und hatte den leichten Tritt einer

Frau, die nie Absätze gekannt hat und gewohnt ist, Lasten auf dem Kopf zu tragen. Das Merkwürdige an ihr aber waren die Augen. Sie waren sehr groß und dunkel und sanft wie die einer Hindin. Und plötzlich war es ihm klar, daß sie, als sie an seinem Tisch vorbeiging, nicht zu ihm aufgeschaut hatte, weil sie scheu war. Selbst die Anwesenheit eines Fremden in dieser vergessenen Welt war ihr keine Versuchung. Diese Erkenntnis ergriff ihn – daß es in der Welt noch solche Frauen gab!

An Mees Opps Tisch sprach sie einen Augenblick mit der großen häßlichen Halbblutfrau. Dann erhob sich Mees Opp, ging mühsam die Treppe hinauf und kehrte gleich darauf, mit dem grotesken Hut auf dem Kopf und in der Hand die kleinere ihrer beiden Handtaschen, zurück, und die beiden Frauen, die eine so massiv und grobschlächtig und unschön und die andere so zierlich und anmutig, gingen miteinander hinaus. Im nächsten Augenblick sah Dantry das Kanu sich wieder fortbewegen, den Lichtern der nahen Insel und dem Festland zu.

Als Rasmussen wiederkam, fragte er ihn: »Wer war das junge Mädchen?« und dieser antwortete: »Sandys älteste Tochter. Sandy ist außer mir der einzige Weiße in Nivandrum. Er ist auch Engländer. Er heißt Carleton. Das Mädchen kam Mees Opp holen, weil ihre Mutter ein Kind erwartet. Sie kann von Glück sagen, daß es gerade kommt, während Mees Opp hier ist.«

Dantry trank seinen Kognak aus und bestieg noch einmal das kleine Boot, um sich ziellos zwischen den Inseln dahintreiben zu lassen, auf die die ersten Lichter ihren Schein weithin unter Palmen warfen. Erst lange nach Mitternacht kehrte er zurück und ging schlafen in seinem *chambre de luxe*, einem Zimmer mit einem knallroten Teppich, einer Petrollampe und einem Bett im viktorianischen Stil, aus indischem Eichenholz, mit eingelegten Perlmutter-Ornamenten und von einem weißen Moskitonetz überdacht. Mit sich selbst in Frieden, schlief er sofort ein, nachdem er sich eingekuschelt und das Netz über dem großen, häßlichen Bett befestigt hatte.

Als der seltsame Gast sich in einem der nach dem mondbeschienen Hafen blickenden Zimmer zur Ruhe begeben hatte, sah Léah, Rasmussens Frau, ihren Mann an und sagte in ihrer Muttersprache: »Warum will er an einem Ort wie hier sich niederlassen? Ein vornehmer Herr, wie er ist? Er ist nicht wie du oder Sandy Carleton.«

Vor langer Zeit hatte Léah im Verdacht gestanden, eine Hexe zu sein, und in der toten Stadt gab es noch jetzt Leute, die glaubten, sie habe den bösen Blick und die Macht, einem Feinde mit ihrem Fluch das ganze Leben zu zerstören. Darum hatte sie mit Rasmussen angebändelt – weil sich, trotz ihres guten Aussehens, die meisten Männer von Nivandrum vor ihr fürchteten. Rasmussen machte sich nichts aus dem Gerede von Hexenwesen. Er war Matrose gewesen, war ein Skandinavier und wußte, was eine schöne Frau war, wenn er sie fand, einerlei, ob Hexe oder nicht; und in den zwanzig Jahren, die er mit ihr lebte, hatte er nichts von üblen Wirkungen ihrer schönen dunklen Augen bemerkt.

Jetzt schmunzelte er ihr zu, und es war ein selbstzufriedenes Schmunzeln. Er hatte nicht den Wunsch, ein vornehmer Herr zu sein wie Dantry. Er wußte, daß er ziemlich wohlhabend war – vielleicht besser daran als der unglückliche Fremde. Seine eigenen Augen waren klar und blau, nicht umwölkt und voll Leid wie die Dantrys. Er lebte ein Leben, das ihn von Grund auf befriedigte, viel mehr, als es in seiner übervölkerten Heimat hätte der Fall sein können.

Er meinte: »Vielleicht wünscht er sich ein Leben wie meines und Sandys. Es ist kein schlechtes Leben.«

Léah schüttelte ihren dunklen Kopf und ging daran, die Petrollichter zu löschen.

»Vielleicht hat er was getan, dessen er sich schämen muß. Vielleicht mußte er aus dem Land der Weißen fliehen und sich verstecken. Ich nehme an, daß er nicht lange bleiben wird. Jedenfalls wünschte ich, er wäre nicht gekommen.«

»Warum?« fragte Rasmussen.

»Weil ich ihn nicht mag.«

»Warum? Er sieht gut aus. Er ist ein Gentleman. Er hat gute Manieren. Und er hat ein ehrliches Gesicht – ein angenehmes Gesicht.«

Léah war einen Augenblick verlegen. Ihre eigenen Gefühle zu analysieren war nicht leicht für sie; noch schwerer war es, sie in ihrer einfachen Sprache auszudrücken, die keine Worte für gewundene, verwickelte Auseinandersetzungen hatte. Schließlich sagte sie: »Er hat etwas an sich, was nicht nett ist.«

»Unsinn.«

Aber sie beharrte. »Es ist etwas in ihm – wie soll ich sagen – wie ein Wurm.«

Einen Augenblick schaute er sie erstaunt an. Vielleicht zwei- oder dreimal während ihres Zusammenlebens hatte sie derartig plötzlich und heftig eine Meinung geäußert, und wie er sie so ansah, besann er sich auf diese Anlässe und erinnerte sich, daß sie jedesmal recht gehabt hatte. Aber wie einst der Kassandra, hatte niemand ihren Vorhersagen geglaubt. Bisweilen überfiel ihn ein plötzlicher, unerklärlicher Schrecken über ihren Scharfsinn, und zuzeiten empfand er, daß etwas sehr Tiefes in ihr war, etwas Tierhaftes, eine Fähigkeit des inneren Gesichts, unverstümmelt und nicht verbaut durch Zivilisation; etwas von der Witterung der Spürhunde im Dschungel, das ihr erlaubte, die Wahrheit zu sehen. Aber, nach seiner Gewohnheit, gestand er ihr nichts zu.Denn sie war stolz und bisweilen anmaßend und immer bereit, ihren Vorteil wahrzunehmen. So wiederholte er nur: »Unsinn«, und erhob sich, um schlafen zu gehen. Er stieg die schöne Wendeltreppe hinan, die vor langen Zeiten für einen Kapitän Mynheer von der Burgh von der holländischen Fabrik erbaut worden war, eine Treppe wie die Treppe im Königshause dahinten in Dänemark. Und sie gehörte Rasmussen – ihm selber und keinem König.

Als er an der Wendung der Treppe stand, sprach sie wieder. Sie stand dicht unter ihm, die letzte Lampe in der Hand haltend, und wie sie zu ihm emporsah, mußte er unwillkürlich im Rückblick auf zwanzig Jahre denken, wie glücklich er war, so eine schöne Frau sein eigen zu nennen.

Sie sagte: »Solange die Große Barre da ist und den Hafen versperrt, werden wir in Nivandrum glücklich sein. Wenn sie sie fortnehmen, werden wir wieder unglücklich . Es wird Kämpfe und Leiden geben, wie sie da waren, ehe der Strom die Barre anschwemmte und uns schützte.«

Es lag Schönheit und Würde in ihrer Sprache wie in ihrer Haltung, wie sie so dastand, mit der kümmerlichen Petrollampe in der Hand – in der Haltung einer Prophetin, wie sie Rasmussen noch nie an ihr wahrgenommen hatte. Einen Augenblick lang fürchtete er sich vor ihr; nicht vor ihrem körperlichen Sein, das das seines Weibes war, aber vor etwas in ihr. Er fürchtete sich so sehr, daß er lachend sagte: »Wenn sie die Große Barre wegnehmen, so ist mein Glück gemacht. Dann würde das Grand Hotel Oriental eines der größten Hotels im Osten.«

Sie löschte das Licht aus, und im Dunkeln hörte er sie sagen: »Und glaubst du, das würde dich glücklicher machen?«

Am Morgen kurz nach acht erwachte Dantry an einem murmelnden Plauderton unterhalb seines Fensters. Im Moment besann er sich nicht, wo er war und daß die »Virandière« davongefahren und er in Nivandrum geblieben war, in der Absicht, sich hier niederzulassen und sein Leben lang dazubleiben. Dann gewahrte er plötzlich durch das Moskitonetz hindurch die Einzelheiten des *chambre de luxe* des Grand Hotel Oriental: das monströse Bett, den roten Teppich, den Wasserkrug und die Waschschüssel aus handgemaltem Porzellan, die farbigen Drucke an der Wand

– alles von Rasmussen zusammengetragen, in der Meinung, das sei »geschmackvoll«. Draußen ging das Gemurmel und Gerede weiter. Endlich erhob er sich langsam und träge, denn er war von Natur aus wollüstig und luxusbedürftig, und warf einen Morgenrock über. Er hatte längst gelernt, in der orientalischen Hitze nackt zu schlafen. Nun trat er ans Fenster und blickte hinaus.

Dort, gerade unter ihm, waren mehr als hundert Menschen versammelt, alle mit Krankheiten behaftet: Gebeugte, Verstümmelte, Gelbbleiche, Fiebergeschüttelte; wohl ein Dutzend mit Elefantiasis. Da waren alte Frauen und Kinder, Greise und junge werdende Mütter. Geduldig miteinander plaudernd, ihre Krankheitssymptome vergleichend und Geschichten erzählend, warteten sie, bis die Reihe an sie kam, in das kleine, halb verfallene Sommerhaus zu gehen, in dem Mees Opp groß und häßlich an einem Tisch saß und einen um den andern untersuchte. Vor ihr auf dem Tisch lagen Thermometer, Medizinen, Verbandzeug, alles sauber in wissenschaftlicher Anordnung ausgebreitet. Am Landungsplatz dicht dabei waren dreißig bis vierzig kleine Boote und Kanus angebunden und warteten, bis jeder Patient, untersucht und befriedigt und mit Heilmitteln versehen, bei Mees Opp fertig und imstande war, im eigenen Fahrzeug heimzufahren.

Der Anblick so vieler Kranker am frühen Morgen war ihm nicht erheiternd, und doch beobachtete er eine Weile wie gebannt, wie Mees Opp freundlich und sachkundig alles durchging. Es wurde ihm deutlich, daß sie ihnen nicht nur Medikamente aus Chemikalien und Kräutern gab, sondern noch eine andere Art von Heilkraft, die ihnen wahrscheinlich mindestens ebenso guttat; denn jeder schien sich in guter Stimmung und voll Vertrauen von ihr zu trennen. Sie tauschten sogar Scherzreden mit denen, die noch warteten, bis die Reihe an sie käme. Und nachdem er lange zugeschaut hatte, versetzte das Schauspiel, weit entfernt, ihn niederzuschlagen, ihn in eine merkwürdig frohe Stimmung.

Anstatt den Anblick von soviel Krankheit, soviel menschlichen Leiden, soviel Unglück abstoßend zu finden, empfand er, daß es ihn erwärmte und rührte. Und er verstand, daß dies von Mees Opps vertrauenerweckender, frohgemuter Art herrührte. Mees Opp zweimal im Jahr aufsuchen dürfen, das sagte ihm das Verhalten der Patienten, war eine Art Festtag und etwas wie Ferienerholung.- Kranke, eingebildete und wirkliche, konnten ihre Krankheitszeichen schildern und in Mees Opp eine immer sympathisierende Zuhörerin finden, die einen Scherz bereit hatte, den sie verstehen konnten. – Nachdem er gebadet und geduscht und sich auf der Kühlmatte getrocknet hatte, kleidete er sich an und ging zum Frühstück hinunter. Von seinem Tisch in der Halle konnte er weiter beobachten, wie die Klinik sich abspielte, bis etwa um elf Uhr, zur Zeit der aufsteigenden Hitze, alle Patienten versorgt und davongegangen waren, während Mees Opp ihre Siebensachen in dem verfallenen kleinen Sommerhaus zusammenpackte.

Ernsthaft sagte Rasmussen zu ihm: »Sie ist dem Staat eine große Hilfe. Wenn jemand wirklich krank ist, kann er sich auf sie verlassen. Sie ist eine gute Ärztin.«

»Wie ist sie hierhergekommen?«

»Ich weiß nicht. Sie ist seit dreißig Jahren hier . . . , schon ehe ich herkam; das heißt, nicht hier, sondern in der Hauptstadt.«

»Wie alt ist sie?«

»Sie muß etwa fünfundfünfzig sein.«

Dann kam Mees Opp mit ihren zwei Handtaschen und bestellte wieder ein Glas Bier. »Wollen Sie mich mit ihr bekannt machen? Ich möchte sie gern zum Lunch einladen.«

»Ich kann Sie gern mit ihr bekannt machen. Aber zum Lunch wird sie nicht hier sein. Gleich geht sie fort. Vor Sonnenuntergang besucht sie noch drei Dörfer.«

So wurde er ihr fast unmittelbar vor ihrem Fortgang vorgestellt. Sie tauschten ein paar höfliche Redensarten aus, die zu nichts führten. Aber er entdeckte dabei, daß sie intelligent und freimütig war, und dachte: »Es muß interessant sein, mit ihr zu reden. Sie muß Ungewöhnliches erlebt haben.« Aber als er sie fragte, wann sie wieder nach Nivandrum käme, sagte sie: »In sechs Monaten. Sehen Sie, ich kann nicht mehr als zweimal im Jahr herkommen; und manchmal nicht einmal das.«

Er und Rasmussen begleiteten sie zur Landungsstelle und blickten ihr nach, bis das kleine Boot, das sie trug, hinter der nächsten Insel verschwunden war.

»Sandys neugeborenes Kind ist ein Mädchen«, sagte Rasmussen, fast als hätte Dantry zehn Jahre in Nivandrum gelebt, obwohl er erst eine einzige Nacht hier verbracht hatte. Plötzlich fragte er: »Schießen Sie gern?«

»Ja, wenn ich nichts anderes zu tun habe.«

»Sandy ist ein großer Jäger. Und es gibt wundervollen Jagdgrund dort oben im Hügelland. Sie finden keinen besseren in der ganzen Welt«, und er machte eine Handbewegung gegen die blauen, mit regenerweichten Dschungeln bedeckten Berge. Und Dantry dachte bei sich: »Es ist alles über Erwarten gut. Es geht fast zu glatt. Hier werde ich endlich glücklich sein.«

Sandy Carleton war ein dicker, kleiner Mann, einer jener nicht alltäglichen dicken, kleinen Leute, die von größerer körperlicher Gewandtheit und Vitalität scheinen als viele nur halb so schwere Männer. Auf dem Festlande, ein bis zwei Meilen von Dantrys Insel entfernt, hatte er ein Grundstück mit einer Menge kleiner, palmstrohgedeckter Häuser, die er eins ums andere errichtet hatte, nach Maßgabe des Anwachsens seiner Familie. Wie Rasmussen war er nach Nivandrum gekommen, weil er das Seefahrerleben satt hatte und seßhaft werden wollte, und wie Rasmussen hatte er bald eine christliche Frau aus der einheimischen Bevölkerung genommen. Nach der Geburt dreier Kinder heiratete er sie, denn nun wußte er, daß er gefunden hatte, was er suchte, und daß er den Ort nie mehr würde verlassen wollen. Seine Frau, hierin der unfruchtbaren Léah ungleich, hatte sich als unglaublich fruchtbar erwiesen, und er fühlte sich jetzt mit seinen achtundvierzig Jahren oft hart bedrängt, genug Nahrung und die notwendigste Kleidung für alle zu beschaffen. Aber er ließ den Mut nie sinken, denn er wußte, daß er viel besser gestellt war, als er es je in Camden Town gewesen wäre, und daß seine Kinder, selbst wenn sie von Reis und Kokosnußmilch lebten und nackt einherliefen, ein besseres Leben hatten als die Kinder, die er etwa in den Slums von London hätte zeugen können.

Er wußte auch, daß sie gesündere und schönere Kinder waren, als er daheim mit dem Cockney-Mädchen hätte haben können, das er vor langen Jahren hatte sitzenlassen. Er hatte seine Kinder gern. Es war ihm gleich, wie viele seine Frau ihm brachte; sie waren alle hübsch und gesund. Einige waren dunkel und einige fast so hellhäutig wie er selbst. Die lieblichste von allen war Maria, sein zweites Kind. Ihr älterer Bruder, Silas, nahm eine Stelle bei Dantry an, als dessen Haus endlich fertig war und er das Grand Hotel Oriental verließ, um dort einzuziehen.

Sandy hatte nichts dagegen, daß Silas sich in dienende Stellung begab; im Gegenteil, es erschien ihm eine gute Lösung für Silas' Problem, besonders da er für Dantry arbeiten sollte, der ihm zur Zeit, da das Haus vollendet war, zum Freunde geworden. Er durfte ihn fast einen nahen Freund nennen nach der Jagdexkursion, die er mit Sandy ins Hochgebirge gemacht hatte. Der plumpe kleine Cockney war ein guter Jäger.

Er wußte sofort, daß Dantry ein »Gentleman« war. Sein englischer Instinkt sagte ihm, daß es Dutzender von Generationen bedurft hatte, damit er so wurde, wie er war, und er achtete ihn dafür. Er war zufrieden, seinen halbblütigen Sohn für Dantry arbeiten zu lassen, weil Dantry, da er wirklich ein »Gentleman« war, ihn gut behandeln und ihn viele Dinge lehren würde, die er nur von einem »Gentleman« lernen konnte, und die ihm, was auch später aus Silas würde, nur nützlich sein konnten, Dantry würde einen guten Diener und sehr viel mehr aus ihm machen. Vielleicht – wer konnte es wissen – würde Rasmussen eines Tages sterben und Silas könnte das Grand Hotel Oriental übernehmen.

In bezug auf seine Kinder und ihre Zukunft dachte Sandy sehr realistisch. Er tat, was er konnte, um ihnen Ideen fernzuhalten, die sie über ihre Lage hinausgeführt hätten und die das Leben so vieler Halbblütiger zugrunde richteten. Ihr rechter Ort, das wußte er, war Nivandrum. Sie gehörten dem Volk ihrer Mutter an, nicht dem seinen, und wenn er an die Entbehrungen seiner arbeitsamen Jugend dachte, so war er überzeugt, daß sie sehr glücklich damit waren, weit glücklicher, als sie es je wissen würden.

Bisweilen sprach er mit Dantry über das Problem, wenn sie beide miteinander an einem Feuer aus Kokosnußschalen vor Sandys Behausung saßen. Das geschah an den Abenden, wenn Dantry sein Haus verließ, weil er es nicht länger ertrug, mit sich allein zu sein.

Eines Abends, nicht lange nach ihrem gemeinsamen Jagdausflug, fragte er Dantry: »Und die Frauen? Wollen Sie ohne sie leben?«

Dantry lachte, daß man seine schönen, kräftigen Zähne sah, und meinte: »Ich weiß nicht.«

»Ich glaube nicht, daß Sie gewohnt sind, ohne sie auszukommen.« Darüber mußte Dantry lachen. »Nein, aber ich bin froh, sie eine Weile in Ruhe zu lassen.«

Diesmal war das Lachen an Sandry. »Ach so«, sagte er, »das ist's.«

»Nein, das ist es nicht – wenigstens nicht alles. Es ist wahr, daß ich nur einmal im Leben eine Frau getroffen habe, die ich hätte heiraten wollen – *eine* Frau, die mir die rechte erschien. Sie wissen, was ich meine. Eine Frau, von der man fühlt, daß sie zu einem paßt und immer zu einem passen würde. Aber das ist lange her. Ich habe sie seit Jahren nicht gesehen.«

»Und warum haben Sie sie nicht geheiratet?« »Sie hat einen anderen genommen – einen Kerl mit Millionen.« Sandys Cockney-Gesicht nahm einen verschmitzten Ausdruck an. »Wenn sie von solchem Schlag war«, meinte er, »Verzeihung, daß ich es ausspreche – dann hätte sie nicht lange zu Ihnen gepaßt.«

Einen Augenblick blieb Dantry stumm und nachdenklich. Sandy betrachtete ihn im Schein des Feuers, und selbst ihm, der wenig zur Bewunderung männlicher Schönheit neigte, fiel die schöne Linie des Kopfes auf, die Feinheit und das Edle daran. Der Kopf war fast zu hochgezüchtet, fast zu verfeinert.

Dann zog sich Dantrys Stirn zusammen, als sei er allein und nicht an Sandys Seite. »So war es nicht. Es war auch mein Fehler. Wir waren beide töricht.« Und er lächelte wieder, als sei er allein, beinahe als spräche er mit sich selbst. »Aber trotzdem nette, anziehende junge Leute . . . , wie die Jugend in London war nach dem Kriege. Was nicht viel sagen will.«

»Haben Sie sie wiedergesehen?«

»Einmal, aus der Ferne, in einem Hotel in New York. Sie war mit ihrem Mann.«

Der romantische Zug in Sandy ging mit ihm durch. Er hatte nie einen Film gesehen und hatte keine Romane zum Lesen, so mußte Dantry ihm für all das dienen. »War sie verändert?« fragte er.

»Das kann ich wirklich nicht sagen. Ich habe nicht mit ihr gesprochen. Es war schwer genug, sie von fern in einem großen Raum zu sehen. Sie sah noch unverändert aus, ausgenommen vielleicht – wie soll ich es nennen – etwas verhärtet.«

»Ja«, sagte Sandy, »so wird es wohl gewesen sein.«

Er zündete seine Pfeife wieder an und sagte: »Nun, ich habe ein Mädchen namens Sara Jane in London zurückgelassen, aber es war nichts Besonderes an ihr. Ich denke, daß sie mich kaum vermißt hat. Sie hat sich verheiratet, wie mir meine alte Mutter schrieb, noch kein Jahr, nachdem ich das letztemal fortfuhr.« Er tat einen Zug aus der Pfeife und fuhr dann fort: »Ich kann mich nicht beklagen. Ich habe dafür die Mutter all dieser famosen Kinder. Ich hatte nie etwas gegen die Farbigen, und sie hat sich gut bewährt – hat mir nie Schwierigkeiten gemacht.«

Er blickte scharf zu Dantry hinüber, der ins Feuer starrte, und nach einer kleinen Pause setzte er hinzu: »Es gibt schlechtere Lösungen als so ein einheimisches Mädchen.«

»Ja, ich habe manchmal darüber nachgedacht. Oft in der Nacht muß ich daran denken, aber es ist sehr kompliziert.«

»Nicht so kompliziert, wie Sie glauben«, erwiderte Sandy, und schnell fügte er hinzu: »Ich weiß, was Sie beschäftigt – die Kinder.«

»Ja, und noch viel anderes. Ich bin nicht so ganz einfach.«

»Ich sehe wohl, inwiefern es für Sie anders ist. Sie haben wahrscheinlich Bindungen und Verantwortung zu Hause.« Das war ein Fühler von seiten Sandys, ein Antippen, um etwas von der geheimnisvollen Vergangenheit seines Freundes zu erfahren.

»Keine, die verpflichtend wären«, antwortete Dantry.

»Freilich, es wäre schon was anderes, ob Sie eine Schar halbblütiger Kinder hätten oder ich. Der Unterschied ist, daß Sie ein Gentleman sind.«

»Das sollte nichts ausmachen.«

»Aber es macht etwas aus«, beharrte Sandy. »Ich kann nicht genau erklären, was ich meine.«

Dantry antwortete nicht, so fuhr Sandy fort zu plaudern. »Als ich herkam, ließ ich alles hinter mir zurück. Das war nicht schwer, weil ich nicht viel zurückzulassen hatte; es war hauptsächlich die Erinnerung an Überarbeitung und Unterernährung. Es ist nicht dasselbe mit Ihnen.«

»Man kann viele andere Erinnerungen haben, vielleicht sehr verschieden davon, aber ebenso schlimm. Ich habe Europa satt.«

»Und doch ist es nicht dasselbe mit Ihnen.«

»Nein, vermutlich nicht.«

Sandy lachte auf. »Wenn mich einer so reden hörte, möchte man meinen, ich sei ein verflixter Kuppler.« Er wurde plötzlich scheu. »Es ist schwer auszudrücken, worauf ich abziele. Rasmussen und ich wären gewissermaßen froh, wenn Sie ganz hier blieben . . . Es bringt Geselligkeit, und es hebt den Ton in der Gemeinde. Wenn Sie eine Frau hätten, würden Sie nicht mehr ruhelos.«

»Danke«, sagte Dantry, und die scharfe Linie um seinen Mund trat noch schärfer hervor. »Jedenfalls – ich bleibe hier, mit oder ohne Harem.«

»Das ist recht«, sagte Sandy. »Wir wollen es gut zusammen haben. Ich habe Sie noch nicht zum Fischen mitgenommen. Mit langer Rute und scharfem Haken, das ist der wahre Sport. Wir wollen nicht mehr von den Frauen reden. Das ist immer so ein heikles Thema, aber wenn ich je helfen kann, so brauchen Sie mir's nur kurz zu sagen. Ich bin hier ganz beliebt. Die meisten Leute würden gern einem Freund von mir einen Gefallen tun, und besonders jedes Mädchen wird gern Heim und Eltern verlassen für einen so gut aussehenden Mann wie Sie, mit einem großen Haus und einem Grammophon und einem Klavier.«

»Recht so«, sagte Dantry. »Und nun geh' ich in meine einsame Kammer zurück.«

Als er sich zum Abschied erhob, sah er plötzlich, daß Sandy Carletons älteste Tochter, Maria, im Torweg stand und daß sie bei seinem Anblick scheu davonsprang und verschwand. Es war nicht das erstemal, daß er den Eindruck hatte, sie beobachte ihn. Er wollte gerade zu Sandy sagen: »Sagen Sie Ihrer Tochter, sie braucht vor mir keine Angst zu haben«, aber dann besann er sich, daß es nach ihrem Gespräch sonderbar klingen konnte, und so hielt er den Mund.

Während er sein Kanu heimwärts seiner Insel zuruderte, blickte er einmal nach dem Grundstück zurück, und sein Auge traf auf den plumpen Sandy, wie er am Pier die

Angelleine auswarf, die ihm das Essen für seine große, glückliche Familie verschaffen sollte, und plötzlich schoß es ihm warm in die Herzgegend. Er war selbst überrascht von diesem Gefühl, denn seit Jahren hatte er für niemanden etwas Ähnliches empfunden. »Vielleicht kommt noch alles gut. Vielleicht bin ich wirklich auf dem Wege zur Wiedergeburt. Wenn ich nur den ganzen Weg richtig zurückfinde.«

Bei sich zu Hause im Bett, in dem großen oberen Zimmer, mit dem Blick nach dem Hafen, Kognak und Sodawasser neben sich, hielt es ihn noch lange wach, und er dachte nach über die Unterhaltung vor dem Feuer bei Sandy. Aus dem ganzen Gespräch hatte ihn eine Wendung Sandys gestochen: »Ich vermute, Sie haben das andere Leben nicht wirklich aufgegeben.«

Sandy war kein glänzender Geist, aber er besaß die Schlauheit des Cockney und des Seefahrers, und es bedünkte Dantry, er habe unbewußt die Hand auf die wunde Stelle gelegt, die ihm am meisten zu schaffen machte. In einer Weise war es wahr, daß er das andere Leben nicht wirklich aufgegeben hatte. Hier in diesem Hause mit seinen hübschen Möbeln, mit Chintz-Überzügen, Decken aus Kaschmir, mit Grammophon und Klavier, mit Büchern und Zeitschriften aus dem Westen lebte er nicht wie Sandy und Rasmussen. Es war gleichsam ein künstliches Leben, das außerhalb des Lebens von Nivandrum verlief. Und ein klein wenig berauscht, zum erstenmal, seit er die »Vivandière« verlassen hatte, suchte er diese Gedanken mit einem Lächeln über sich selbst zu verscheuchen. »Vielleicht ist es immer wieder dasselbe«, sagte ihm eine innere Stimme. »Vielleicht will ich den Kuchen und den Zehner haben. Vielleicht bin ich nicht willens, etwas aufzugeben.« Und er beschwichtigte sich: »Vielleicht ist es auch nur, weil das Haus jetzt fertig ist und ich nichts zu tun habe.«

Es mochte sein, daß ihn darum die Ruhelosigkeit wieder befallen hatte; daß er darum gegen seinen Willen wieder an die Frauen dachte. Dann goß er sich das Glas noch einmal voll und blätterte in einer sechs Wochen alten Nummer der »Times«, und nun kam der Schlaf, und er war wieder glücklich und im Frieden mit sich selbst, und in seinen Schlummer hinein klang der ferne Ton von Trommeln und Flöten von den Inseln her.

Es war wieder Zeit für Mees Opps Besuch, und das Haus war endlich fertig.

Seit er die »Vivandière« verlassen und sich mit dem Gedanken daran beschäftigt hatte, war er wie verwandelt und von Interessen und Energie erfüllt. Mit jedem neuen Stuhl, jedem Ziegelstein, jeder Fensterscheibe wuchs seine Liebe zu dem alten Hause, bis es ihm plötzlich, als er darüber nachsann, aufging, daß das Haus eine Art Gleichnis seines eigenen Daseins war – verlassen, leer, mit Erinnerungen angefüllt, dem Zerfall nahe – und wiederhergestellt, neu aufgerichtet, wieder menschlich und lebendig gemacht. In diesen Monaten gelang es ihm, sich selbst ganz an das Haus und die Landschaft von Nivandrum zu verlieren – dieses schreckliche Selbst, dem er so oft zu entrinnen gesucht hatte, das ihm verhaßt war, weil es ihm Verrat, Selbstsucht, Verzweiflung und Feigheit vorwarf, alles Eigenschaften, die Menschen wie Rasmussen und Sandy nie an ihm wahrgenommen hatten, weil sie einfach und unschuldig waren und weil sie ihn gern hatten.

Erst als die Arbeit beinahe beendet war und er aus Rasmussens Hotel auszog, um in dem Hause zu leben, gab es Augenblicke, wo es für ihn nichts zu tun gab und er Langeweile empfand, wo er kein Wort mehr in den Büchern lesen mochte, die aus London kamen, und keinen Ton von den Grammophonplatten hören, die er aus New York bezog, und wo es zu heiß war, um auch nur ans Fischen zu denken. Eine Zeitlang versuchte er, Silas im Zubereiten europäischer Gerichte anzulernen. Der Bursche war willig und geschickt, aber nach einer Weile warf Dantry gelangweilt den Versuch über Bord. Er spielte Klavier und ging fischen, besuchte Rasmussen und Sandy, aber doch hatte der Tag Stunden . . . , lange Stunden . . . , wo er nichts tun konnte als nachdenken. Und nun das Haus fertig dastand, wurde ihm klar, daß er nur immer an die Vergangenheit gedacht hatte und an die Welt, die hinter ihm lag; nicht mit Bedauern, aber weil das Leben in Nivandrum für ihn noch keine Wirklichkeit war und weil die Vergangenheit, die für ihn größere Realität hatte, immer, gleichsam wartend, da war.

Das schlimmste waren die Abende zu der Stunde, da die Sonne, ehe sie in den Indischen Ozean versank, noch einmal am Horizont zu haften schien und die Fischerboote über die Große Barre flitzten, um den Hafen zu erreichen, bevor die Nacht einbrach. Für eine kurze Spanne schien alle Bewegung auf der Erde stillzustehen. Der Landwind erstarb, ehe der Seewind sich erhob. Die Luft war still und heiß, und als dann die Sonne hinter dem Horizont verschwunden war, kamen von den niederen Hügeln hinter Nivandrum die Schakale, und ihr unheimliches Geheul hallte wieder und kam abermals zurück über die Lagunen und Kanäle hinter dem Hafen. Allüberall in der reglosen heißen Luft war der abendliche Duft von Waldgeruch und Würzkräutern, Jasmin und Mangrovebäumen, die im Sumpfe wuchsen; und das alles verdichtete sich zu einem Gemisch, das Nivandrum selber war. Um diese Zeit begannen die Trommeln zu schlagen, und ihr Ton glitt im Dunkelwerden über das stille Wasser, und der dünne Faden einiger Flötenklänge schlug dagegen an. Diese Musik ertönte gleichmäßig jeden Abend bis lange nach Mitternacht, heimweherregend, ruhelos, und sie weckte die alte Sehnsucht nach einem Leben, das besser war, als irgendein Leben sein konnte, und brachte Erinnerungen zurück an das alte Haus, in dem er seine Jugend verbracht hatte, und weit, weit dahinter stiegen wie aus der Ahnenwelt versunkene Traumvorstellungen in ihm auf. Diese Klänge zehrten an seiner

Seele. Dann war es auch, daß er wieder an Alix denken mußte, und er träumte davon, wie das Leben hätte werden können, wenn sie nicht beide töricht gewesen wären und einander doch weiter liebten . . . Und ihr Geist erstand vor ihm, und er malte sich aus, wie ideal sie in dieses bezaubernde Haus gepaßt und wie sie diesen Fleck und dies Leben hier geliebt haben würde. Und wäre er kein Narr gewesen und hätte sie nicht verloren, nie hätte es eine andere Frau gegeben . . .

»Aber sie war auch töricht«, dachte er bitter. »Wir waren beide Toren. Wir hatten miteinander alles – alles, was Menschen begehren können – und wir haben alles fortgeworfen.«

Und dann vergaß er sie und lauschte auf den Klang der Trommeln, der nie ausgesetzt hatte. Nur hatte er ihn nicht beachtet, weil er von Nivandrum fort gewesen war, weit, weit fort. Er war in einem Londoner Nachtklub, bald nach dem Kriege, und sah sie zur Tür eintreten, sah sie zum erstenmal, liebreizend, strahlend, frisch, mit jenem Unschuldsblick, den sie durch alles hindurch zu behalten schien. Oder er war in jenem Haus am Meeresstrand, und das Morgenlicht kam durch die verblaßten Chintzvorhänge, und sie war bei ihm, und sie waren beide jung und ruhelos und verliebt. Und er suchte sich vorzustellen, wie sie jetzt war, und erschrak, denn er kannte sich selbst und wie er einst war. Und es endete damit, daß er sich selber auslachte und dachte: »Ich benehme mich wie ein Erznarr in einem Melodrama. Wenn wir einander wieder begegnen, werden wir wahrscheinlich einander nicht ausstehen können – oder, was noch schlimmer wäre, einander langweilen.«

Wieder lauschte er dann dem Klang der Trommeln, und er erinnerte sich, was ihm auf Sumatra ein alter Holländer beim Anhören von Trommeln gesagt hatte: »Wenn einer lange genug hinhört, kann er einen Totschlag oder Selbstmord begehen.«

Es war der schönste Augenblick des Tages, und er hätte

in ihm Frieden finden müssen – wäre es nicht *der* Augenblick gewesen, wo er sich völlig einsam und freudlos fühlte und wo Rasmussen und Sandy ihm Fremde waren. Es gab Zeiten, da der Schrei der Schakale ihn mit Entsetzen vor der toten Stadt erfüllte, mit Schaudern vor dem wilden Lande rundum, vor den Menschen, die so freundlich mit ihm und ihm doch so fremd waren, vor dem schönen, erstickten Hafen und vor den dschungelbedeckten Bergen dahinter. Es war eine namenlose, unbeschreibliche Angst – die Angst eines Menschen, der verloren und verdammt, gefangen und eingeschlossen ist im Kerker seines eigenen Charakters und Schicksals. Die Prophetin Léah sah ihn niemals in solchen Augenblicken. Hätte sie ihn sehen können, so hätte sie triumphiert.

Dann, allmählich, vermeinte er zu entdecken, was verkehrt war. Es war nicht Nivandrum, sondern er selbst – wiederum dieses Selbst, das sich an ihn heftete wie ein Schatten. Denn er versuchte ja, das Leben eines intellektuellen Weltmenschen zu führen in einem primitiven und einfachen, sogar wilden Milieu, und so verbaute er sich im Geiste die Gemeinschaft selbst mit Menschen seiner eigenen Rasse wie Rasmussen und Sandy. Sie waren glücklich, so schien es ihm, so glücklich, wie Adam im Garten Eden gewesen war vor dem Sündenfall, weil sie Europa ganz von sich abgestreift hatten. Sie gehörten wirklich in dieses Land. Er nicht, und er könnte vielleicht niemals hergehören.

So bemächtigte sich seiner der Gedanke, er habe unrecht getan, wenn er sich einbildete, er könne sich in Nivandrum auf die alte Art ein Leben aufbauen. Er begann auch zu glauben, was er innerlich längst wußte, aber sich selbst nicht zugeben wollte, daß es verkehrt war, zu meinen, er könne ohne Frauen und wie ein Einsiedler leben – ausgerechnet er, sinnlich und gewohnt, sich selbst nachzugeben.

Und doch begehrte er keine Frau, wie Sandy und Rasmussen sie hatten – die eine immerfort kindertragend, die andere voll Überlegenheitsgefühl, herrschsüchtig, ja unheimlich. Und plötzlich schoß es ihm durch den Sinn, daß man in diesem Lande eine Frau auf eigene Art und Weise haben könne – sie haben, wenn man sie braucht, zur Wiedererlangung des Gleichgewichts, wenn man erregt ist, zur Beschwichtigung der Angst vor der Einsamkeit, zur Unterhaltung und Ablenkung, zur Ausfüllung jener Stunden des Tages, die von Gespenstern bedroht sind. Man könnte sie fortschicken, wenn man sie nicht nötig hatte. Sie könnte einem nicht das ganze Leben vergiften mit Szenen und hysterischen Anfällen, mit Vorwürfen und Eifersucht, wie die Frauen des Westens das an sich hatten. Vielleicht könnte man zu einem Kompromiß gelangen, einem wundervollen, hedonistischen Kompromiß zwischen dem alten und dem neuen Leben, indem man alles nahm, was man begehrte, und nur das gab, was zu geben leicht und bequem war.

So begann er die Frauen von Nivandrum in neuem Licht zu sehen: nicht mehr wie Geschöpfe, die man meiden muß, sondern die man studiert, mit kaltem Blut wie ein Sachverständiger das Zuchtvieh, um das feinste, schönste und gefügigste Exemplar herauszufinden. Er war bereits auf diesen Bahnen, als Sandy Carleton ihm über die Notwendigkeit einer Frau in seinem Leben sprach, und er hatte sogar schon, entgegen seinem eigenen, bewußten Willen und fast ohne sich Rechenschaft davon zu geben, seine Wahl getroffen.

Sie war auf Sandys eigene Tochter, Maria, gefallen.

Längst, schon seit jener Begegnung, als sie so scheu an seinem Tisch vorbeihuschte, um Mees Opp zu holen, hatte er ein Interesse an dem Mädchen gefaßt. Aber erst als er sie so unerwartet in dem vom Feuerschein erhellten Torweg von Sandys Wohnung erblickte, wußte er zum erstenmal, daß *sie* es war. Es war ihre Scheu, die ihn gefangengenommen hatte. Die anderen Mädchen in Nivandrum waren kühn genug, sie ließen ihre Reize spielen, wenn sie am Pier des Festlandes auf ihn warteten; sie waren ehrgeizig, kokett und verdutzt, daß er keine Notiz von ihnen zu nehmen schien. Maria hatte er niemals wirklich gesehen, außer im Schatten oder durch das Dickicht der Bougainvillea-Bäume.

Zweimal vor jenem Abend hatte er sie in seinem eigenen Garten bemerkt, aber nur aus der Ferne, wenn sie um ihres Bruders Silas willen kam; und dann eines Tages, nicht lange vor seinem Gespräch mit Sandy, mit einem Glas Kognak neben sich, auf dem Balkon lesend, hatte er plötzlich bemerkt, daß jemand oder etwas ihn beobachtete.

Seit einiger Zeit fühlte er sich nervös, und in gewissen Momenten litt er darunter, daß er überempfindlich war im Wahrnehmen von Dingen, die er sonst nicht beachtet hätte; und um sich abzustumpfen, hatte er sich wieder mehr ans Trinken gewöhnt. Wie er nun so dasaß und las und trank, wollte er seinen Nerven nicht nachgeben und sich nicht umdrehen und nachsehen, wer oder was den Blick auf ihn gerichtet hatte und ihn irritierte. Fünf, zehn Minuten lang saß er still und suchte mit seiner Aufmerksamkeit bei dem Buche zu bleiben. Aber die Worte verschwammen vor seinen Augen, und der Sinn des Gelesenen ging spurlos an ihm vorüber. Als zum Schluß das Gefühl, beobachtet zu sein, ihm unerträglich wurde, da wandte er blitzschnell den Kopf – doch nur schnell genug, um gerade noch einen flüchtigen Blick auf einen weißen Sari zu werfen, der im Kortongebüsch verschwand.

Dieses Erlebnis war ihm zugleich ärgerlich und erfreulich. Die Frechheit des Mädchens ärgerte ihn, aber ihr Interesse schmeichelte seiner Eitelkeit. Dann lachte er bei sich selbst und dachte: »Wenn ich jetzt die richtige Rolle spielen und mich benehmen wollte, wie es die Männer in den Romanen über den Orient tun, so würde ich ihr nachjagen und sie ins Haus zurückbringen.«

Sein Instinkt sagte ihm, daß dies das Richtige gewesen wäre, aber sein Sinn für Lächerlichkeit hielt ihn zurück. Selbst hier in Nivandrum konnte er sich selber nicht in einer solchen Rolle sehen, jedenfalls nicht, ohne sich komisch vorzukommen und befangen zu werden. Denn er wußte, daß er kein Höhlenmensch und nicht gerade ein ausgemachter Schurke war. Seine Methoden waren stets sehr viel feiner; teils, weil es selten war, daß er der aggressive Teil war, und teils, weil nach seiner langen Erfahrung die Feinheit der angewandten Mittel die Freude an der Eroberung und am Genuß erhöhte. So kam es, daß sein Wille erschlaffte und daß er nichts unternahm, und bald darauf erblickte er in der Ferne eine ganz in Weiß gehüllte Gestalt, die durch den Hafen in der Richtung auf Sandys Wohnung zuruderte.

Von da an nahm allmählich sein Interesse an dem Mädchen die Form einer Zwangsvorstellung an. In allen möglichen Augenblicken tagsüber, während er las oder fischte oder sein einsames Mahl verzehrte, kam es ihm zum Bewußtsein, daß er an sie dachte, sie vor sich sah, über sie nachsann. Bald darauf begann er wieder gegen Abend zu trinken, mehr als je, so daß die Heimwehstunde zwischen Dämmerung und Finsternis ihn zu benommen fand, um ihm etwas anzuhaben.

Es war nicht leicht. Er wünschte das Mädchen nicht zu heiraten; kein Gedanke daran; ebensowenig wollte er die Tochter eines Freundes verführen. Es gab Stunden, da er überlegte, sich offen zu Sandy auszusprechen: ihm vorzuschlagen, sie so lange zu sich zu nehmen, wie es ihm paßte, und eine Abfindungssumme zu bieten, die mehr Geld bedeuten würde, als jemals jemand in Nivandrum zu Ohren gekommen, und die er nicht entbehren würde. Daß er noch nie mit dem Mädchen gesprochen hatte, milderte die Zwangsvorstellung nicht, im Gegenteil, es schien sie noch schlimmer zu machen. Nach einiger Zeit sagte er sich: »Wenn ich sie deutlich sehe und mit ihr rede, kann ich sie vielleicht vergessen. Es könnte diesem verfluchten Zustand ein Ende machen.«

So fing er an, darauf zu achten, wann sie auf die Insel kam, um ihren Bruder zu besuchen. Er fand sich wie ein

Narr im oberen Teil des Hauses stehen und auf sie warten. So vergingen zwei Tage und drei, und schließlich am vierten sah er durch die Zweige der Kokospalmen ihre Gestalt in einem Kanu auf dem offenen Wasserstreifen zwischen dem Festland und den Inseln auftauchen. Er versuchte es mit dem Fernglas, aber die Palmzweige verdarben die Aussicht und sein Blick kam ihr nicht näher.

In der Küche fand er sie dann, beschäftigt, Silas bei der Zubereitung des Lunch zu helfen. Er kam schnell hinunter, und der Weg hinaus war ihr versperrt, weil sie sich in einer Ecke des Raumes befand, so daß kein Entrinnen möglich war. Bei seinem Eintreten stand sie sofort auf, wie eine Dienerin, und wandte sich ein wenig zur Seite. Sie war in einen weißen Sari gekleidet, den Festtags-Sari des Landes, und um den Knoten ihres weichen, glänzenden Haares im Nacken ihres zierlichen Kopfes trug sie einen kleinen Jasminkranz. Sie hatte sich schnell von ihm fortgewandt, aber nicht schnell genug, denn in dem heißen Mittagslicht hatte er sehen können, daß sie noch schöner war, als er sich vorgestellt hatte.

Einen Augenblick blieb er stumm, dann sagte er: »Bitte setzen Sie sich« – selber gewahr werdend, daß er ein wenig zitterte und feuerrot war wie ein Schuljunge, der zum erstenmal eingeladen ist . . . er, Tom Dantry, den, seit er fünfzehn Jahre alt war, keine Frau aus der Fassung gebracht hatte. Dann sagte er: »Sie sind wohl Maria?«, und mit noch niedergeschlagenen Augen antwortete sie mit leiser Stimme: »Ja, Sahib.«

»Sie müssen oft auf die Insel kommen . . . , so oft Sie wollen.« Er blickte wieder auf ihr Kleid und fragte: »Ist heute ein Festtag?« Das Mädchen, die Augen noch immer abgewandt, antwortete: »Nein, Sahib.«

Unvermittelt verließ er die Küche wieder, weil ihm nichts einfiel, womit er die Unterhaltung hätte fortsetzen können. Lange saß er auf der Terrasse und kam sich wie ein Narr vor, und er konnte nicht ausfindig machen, warum dies scheue, halbwilde Mädchen ihn so tief verwirrte. Gleich darauf sah er sie in ihrem Kanu sich über das glitzernde blaue Wasser nach ihres Vaters Wohnung bewegen. Er wußte nun, wie sie aussah; das hatte es nicht besser, sondern schlimmer gemacht.

Als er an jenem Abend mit Rasmussen Karten spielen ging, betrank er sich so, daß Rasmussen ihn heimbringen mußte. Ins Hotel zurückgekehrt, fand dieser Léah, auf ihn wartend. Sie sagte nichts. Sie sah ihren Mann nur an, aber die glänzenden bösen Augen sagten: »Du siehst, es hat angefangen.«

Fast drei Wochen wartete er, bald dies, bald jenes überlegend, aber ohne etwas zu unternehmen. Er trank mehr als je im Leben, nicht nur wegen seiner sonderbaren unheiligen Leidenschaft für das Mädchen, sondern weil er sich selbst verhaßt war. Eines Tages war er dafür, geradewegs zu Sandy zu gehen, sogar das Mädchen, wenn nötig, zu heiraten, und am nächsten Tag ließ er den Plan völlig fallen in dem Gedanken, wenn er sich mit ihr einließe, so würde es das erste Kapitel einer Geschichte sein, die derjenigen von tausend anderen weißen Männern grauenhaft ähnlich wäre. Es würde damit anfangen, daß er einen Sarong tragen würde. Dann würde er den ganzen Tag betrunken sein, und nach einiger Zeit würde er zu Opium greifen, und schließlich würde er eines Tages sterben, vergessen und von niemandem betrauert. Das haßte er alles. Sandy hatte recht. Es war anders mit Sandy und Rasmussen. Für sie war so etwas leicht und natürlich und einfach.

Immer wieder mußte er denken: »O wäre ich doch wie Sandy oder wie Rasmussen.« Aber er war es eben nicht.

Es hatte nicht so kommen sollen. Er hatte gemeint, in Nivandrum seinen Frieden zu finden. Wohl würde er eine Zeitlang Frieden haben mit Maria und dem Trunk und Opium, aber das war nicht der Frieden, der er suchen gegangen war. Und er schämte sich, daß ein Mädchen, mit dem er kaum ein halbes Dutzend Worte gesprochen hatte, in ihm eine so tiefe und anhaltende Begierde erwecken konnte. Denn jetzt wußte er bereits, daß die Gefühle, die er für das Mädchen hatte, keine einfache Sache waren. Es war ganz anders als alles, was er bisher erlebt hatte, so heftig, so quälend, daß es ihm in nüchternen Momenten wie eine Rache erschien für alle Liebeleien, die er gehabt hatte, ehe er nach Nivandrum kam. Er litt, das wurde ihm deutlich, jetzt so, wie die hysterische Frau in dem Hotel in Pinang gelitten hatte, als er ihr entfloh. Er war jetzt gefangen, wie er andere nicht ein- oder zweimal, sondern viele Male gefangen hatte. Er machte sich nicht vor, daß es Liebe sei, was er für das Mädchen empfand. Wie konnte man Liebe fühlen für ein Mädchen, mit dem man kaum gesprochen hatte, das man kaum kannte und das halb wild und des Lesens und Schreibens fast unkundig war? »Vielleicht«, dachte er bei sich, »werde ich alt. Vielleicht ist es die senile Passion eines alten Mannes für ein unberührtes Mädchen«, und dieser Gedanke machte ihn krank, denn er war ein Mann, dem die Jugend alles bedeutet hatte, die strahlende Jugend eines Menschen, der gut aussah und Charme und Reichtum und Freiheit besaß.

Eines Tages beim Lesen auf der Terrasse kam er an einen Absatz, der ihm wie für ihn geschrieben schien. Er las ihn zweimal durch. So lautete er:

»Dans la damnation le feu est la moindre chose; le supplice propre au damné est le progrès infini dans le vice et dans le crime, l'âme s'endurcissant, se dépravant toujours; s'enfonçant nécessairement dans le mal minute en progression géométrique pendant l'éternité.«

Als ihn sowohl Rasmussen als Sandy aufmerksam machten, daß er für ein Klima wie Nivandrum zuviel trank, sagte er nur: »Es ist schon gut. Das geht vorbei. Es ist nur eine vorübergehende Geschichte.«

Aber Léah war *wissend*, und schließlich sprach sie zu Rasmussen darüber. »Es ist Maria«, sagte sie ihm, »Sandys Mädchen. Das ist's, was mit ihm los ist.«

»Er hat sie kaum gesehen«, erwiderte Rasmussen, aber Léah zuckte statt aller Antwort nur die Schultern.

»Woher willst du das wissen?« fragte er.

»Ich weiß es eben«, sagte Leah.

»Nun – warum nimmt er sie nicht und wird fertig damit?«

»Ein Mann wie er. Er ist zu großspurig für uns alle.« Und es lag Stolz und Spott in ihrer Stimme.

»Er braucht sie ja nicht zu heiraten. Sandy wäre zufrieden, wenn er gut zu ihr wäre.«

»Das ist es nicht«, erklärte Léah. »Er fürchtet sich vor sich selber. Er denkt nicht nach über Sandy oder Maria. Er ist ein Verfolgter.«

»Verfolgter?« fragte Rasmussen.

»Ja – vor sich selber. Die meisten Menschen, die sich dem Trunk ergeben, sind von Verfolgung heimgesucht.« Beim Lichterlöschen sagte sie: »Du wirst sehen.«

Als Rasmussen die Barocktreppe zu seinem Schlafzimmer hinanstieg, folgte Léah ihm nicht. Statt dessen löschte sie sämtliche Lichter außer einem, dann ging sie hinauf und horchte an der Schlafzimmertür, um sich zu versichern, daß ihr Mann schlief. Dies getan, ging sie hinaus, löste ein Kanu an der Landungsstelle, kletterte hinein und fuhr davon in der Richtung von Sandys Haus. Doch ging sie nicht zu der Wohnung selbst, sondern auf die benachbarte Insel, die von Mangrove-Sümpfen umgeben und in einer Bucht verborgen war. Es war ihr leicht, den Weg im Mondschein zu finden, denn sie kannte alle Inseln und alle Buchten seit ihrer Kindheit. Als sie die runde Insel halbwegs umkreist hatte, kam sie zu einer Einfahrtstelle zwischen den Mangrove-Bäumen. Sie ruderte das Boot hinein mit der Kraft eines starken Schiffers, so daß es mit der Spitze gegen den Uferschlamm auflief, neben einem anderen Kanu, das bereits dort festgemacht lag. Sie bahnte sich ihren Weg durch das

Dickicht und kam zu einer Lichtung vor einer verfallenen Hütte, wo sie Maria im Mondlicht auf sie wartend fand.

Bei ihrem Anblick sprang das Mädchen zaghaft auf und näherte sich ihr, ohne zu sprechen. Aber Léah beruhigte sie, indem sie sagte: »Es wirkt. Er war heute abend wieder betrunken.« Während Maria stumm zuhörte, setzte sich Léah mit gekreuzten Beinen nieder und sprach, nach dem Mond gewendet, ein langes Gebet. Dieses war nicht an den Mond gerichtet, sondern an den Flußgott, der den Hafen erstickt und die Weißen vertrieben hatte, die Léah haßte. Als sie geendet, blieb sie eine Weile in einer Art Trance, und das Mädchen beobachtete sie, leicht zitternd vor Furcht. Endlich öffnete sie die Augen wieder und blickte auf Maria. »Du mußt zu ihm gehen«, sagte sie. »Er ist zu feige. Er fürchtet sich. Er fühlt sich verfolgt. Es ist an dir, zu handeln.« Dann gab sie dem Mädchen ein Amulett, und Maria ging wieder davon, allein durch das Dickicht zu der Öffnung zwischen den Mangrove-Bäumen, bestieg ihr Kanu und fuhr auf Sandys Grundstück zurück.

Als Maria fort war, ging Léah in die Hütte, und aus dem Kehricht, der auf dem Boden verstreut lag, nahm sie ein grob aus weichem, rötlichem Gebirgsstein gehauenes Bildnis heraus. Es war eine vierschrötige, obszöne, rohe Darstellung des Flußgottes, der fruchtbar machte und die Weißen austrieb, indem er ihnen den Profit nahm und das ganze weite, große Tal, das sich landeinwärts zum hohen Gebirge zog, vor ihnen schützte. Die platte, kleine Figur war mit dem Blute vieler Opfer durchtränkt.

Ganz allein im Mondlicht, das zur Tür hereinströmte, warf sie sich vor dem Bildnis nieder und begann es mit einem weinerlichen Singsang anzusprechen. Sie versprach ihm, den Hafen zu beschützen und die Weißen auszutreiben, wenn sie herkommen sollten, um die Große Barre zu entfernen und mit ihren Schiffen abermals zu den Inseln zu kommen. Nachdem dies beendet war, ging sie hinter die Hütte, wo eine Ziege und zwei Zicklein angebunden waren.

Sie nahm eines davon, zerrte das meckernde und sich wehrende Tier in die Hütte, schnitt ihm mit einem Messer, das sie dem Kehricht entnahm, den Hals durch und hielt es über das Bildnis, bis es tot und blutleer war.

Im Grand Hotel Oriental erwachte gegen zwei Uhr morgens Rasmussen, und als er sich in dem großen Doppelbett umdrehte, bemerkte er, daß Léah nicht da war. Diese Entdeckung beunruhigte ihn nicht, denn das war schon oft vorgekommen. Einmal jeden Monat bei zunehmendem Mond pflegte sie mitten in der Nacht davonzugehen, wohin wußte er nicht, und er fragte nicht viel danach, solange sie ihm eine gute Bettgenossin war und ordentlich kochte und ihn mit ihrer Hexerei in Ruhe und Frieden ließ.

Am nächsten Abend kam Dantry nüchtern ins Grand Hotel Oriental. Er sah gepflegt und bleich aus und trank nicht. Meistens verhielt er sich an diesen Abenden schweigsam, und Léah, die mit ehrbarer Miene in ihrer Ecke saß, mit einer Handarbeit beschäftigt, wie sie sie als Kind, als noch ein Kloster in Nivandrum war, von den Nonnen gelernt hatte, beobachtete ihn, den Triumph der Unheilsinnenden in ihren glänzenden schwarzen Augen.

Um Mitternacht sagte er zu Rasmussen: »Gute Nacht und Lebewohl. Ich verreise morgen mit dem Frühzug.«

»Wann kommen Sie zurück?«

»Ich werde nicht wiederkommen.«

Rasmussen sah ihn schweigend an, wie gelähmt und eingeschüchtert und ein wenig erregt, weil er Dantry so gern hatte.

»Wenn Sie und Sandy die Sachen im Haus gern hätten, so teilt sie untereinander.«

Rasmussen raffte sich auf zu sagen: »Das kommt unerwartet. Wir haben uns so an Sie gewöhnt. Wir werden Sie vermissen. Es wird nicht mehr dasselbe sein.«

»Ich werde Ihnen schreiben. Und vielleicht einmal ... in einem Jahr oder so ... werde ich Sie besuchen kommen.«

»Warum gehen Sie fort?«

»Das kann ich nicht sagen. Ich muß immer fortgehen. Jahrelang habe ich immer fortgehen müssen. Ich halte es nicht mehr aus.« Dann wandte er sich um und sagte: »Leben Sie wohl, Léah.«

Sie erhob sich und kam aus ihrer Ecke hervor und legte ihre Arbeit beiseite, um ihm die Hand zu geben. Aber sie tat es nur um Rasmussens willen. Es war ein fühlloser Abschied. Sie mochte Dantry nicht besser leiden als an jenem ersten Tag vor nunmehr über einem Jahr. Sie sagte: »Leben Sie wohl, Mr. Dantry.«

Darauf legte Dantry seinen Arm um Rasmussens breite Schultern und sagte: »Sie sind gut zu mir gewesen. Ich beneide Sie. Ich danke Ihnen.« Er brach ab und ging den Pfad unter den Kokospalmen hinab, den er so geliebt hatte. Als er fort war, machte Rasmussen einen kläglichen Versuch zu lachen und sagte zu Léah: »Nun?« Diesmal sollte sie unrecht behalten. Dantry ging fort, und es war nichts passiert.

»Gut, daß man ihn los ist«, sagte sie. »*Wenn* er nämlich geht.«

»Was willst du damit sagen?«

»Ich meine, *wenn* er geht.«

Dann löschte sie die Lichter und folgte ihm die Treppe hinan.

Als sie im Bett lagen und man in der Dunkelheit und Stille nur den Ton der Trommeln hörte, konnte er nicht schlafen – er, Rasmussen, der immer wie ein Klotz schlief. Er konnte es nicht, weil er immerfort an Dantry denken mußte. Jetzt, da er fort war, fand Rasmussen plötzlich, daß es ihm nicht leid tat. Es war sonderbar, aber plötzlich vermißte er ihn nicht. Ja, wie er so zwischen Schlaf und Wachen dalag, fand er es schwierig, sich ihn vorzustellen. Er konnte sich nicht einmal an sein Gesicht erinnern. Es war, als sei er niemals nach Nivandrum gekommen. Er hatte nichts gegeben, und ließ nichts zurück. Er war, so wollte es den Hotelier bedünken, wie er schlaflos in der heißen Nacht darüber nachsann, nicht einmal ein Freund.

Verdutzt dachte der einfache Rasmussen: »Ich werde verrückt.«

Neben ihm schlief Léah zufrieden. Es war nicht ihre Absicht gewesen, den Fremden von der Insel zu vertreiben. Was sie im Sinn hatte, war schlimmer. Sie hatte dem Flußgott versprochen, ihn zu vernichten.

Wie er in seinem Kanu durch die Dunkelheit ruderte, empfand Dantry zum erstenmal seit Wochen etwas wie Frieden – jenen Frieden, der niemals anhielt, jenen täuschenden, trügerischen Frieden, der immer über ihn kam, wenn er die Flucht ergriff, weil sein Herz ihm immer weismachte, am nächsten Fleck würde das Leben erträglicher sein.

Eine kleine Weile ließ er das Kanu treiben und saß ganz still. Er blickte auf zu den Sternen, die in der milden, dunklen Nacht von Nivandrum vom Himmel herabhingen wie Laternen. Aus der Ferne kam von allen Inseln her der Klang der ewigen Trommeln und der dünne Faden der Flötentöne. Überall unter den Palmen glühten kleine Feuer von Kokosnußschalen, und um jedes Feuer, das wußte er, saß ein Grüppchen Menschen, schwatzend, singend, Trommel schlagend; sie fühlten sich zu Hause, waren glücklich und befreundet. Er aber gehörte zu keinem von ihnen. Sogar wenn er zu Sandy ging, pflegte die kleine Gruppe um das Feuer auseinanderzustieben und an eine andere Stelle zu ziehen, um die beiden allein zu lassen. Und das Mädchen Maria war immer die erste, die im Schatten entschwand.

Nein, er gehörte nicht an diesen lieblichsten und friedvollsten aller Erdenflecke. Und er war wieder auf der Flucht. Diesmal würde es die letzte sein. Es konnte keine mehr geben. Er hatte fast alles versucht, und immer war es dasselbe. Da das Fliehen nichts half, würde er nach Europa oder Amerika zurückgehen und versuchen, dort unterzugehen. Er würde nach Colombo fahren und dort das erste Schiff nach Hause nehmen.

Es war ein gutes Gefühl, wenigstens einen Entschluß gefaßt zu haben, Nivandrum zu verlassen und das kleine Haus, das er eine Zeitlang so geliebt hatte. Es war gut, einen reinen Schnitt zu machen, von dannen zu gehen und nichts als ein paar Kleider mitzunehmen. Es war ein wenig wie neugeboren werden – nur daß es schon so oft dagewesen war. Für einen Augenblick, im Gefühl des Triumphes, liebte er Nivandrum in der Abschiedsstimmung wieder so sehr, wie er es an jenem ersten Morgen geliebt hatte, als er mit Rasmussen und dem bretonischen Kapitän in dem großen gewölbten Raum des Grand Hotel Oriental saß. Langsam begann er dann wieder die Ruder in das klare warme Wasser zu tauchen, und mit jedem Ruderschlag spritzte das Wasser empor und schimmerte und glitzerte in der Dunkelheit in tausend phosphoreszierenden Farben.

»All diese Farbenpracht, all diese Schönheit«, dachte er, »ist aus Verfall geboren – aus dem Verfall von Millionen kleiner Körper, aus dem Tode von Millionen winziger Lebewesen.« Er hätte plötzlich gern wissen mögen, ob von einem anderen Planeten oder dem Monde die ganze Erde phosphoreszent erscheinen mochte.

So dahintreibend, gelangte das Kanu endlich an den Fuß der gelben Treppe, von der vor langen Zeiten so oft Priester und Krieger, reiche Kaufleute und Abenteurer die Boote bestiegen hatten, die sie in den einst so geschäftigen Häfen zu tragen pflegten. Als er sein Kanu befestigt hatte, stand er noch einen Augenblick still und lauschte auf den fernen Klang der Trommeln und den nahen des anschlagenden Wassers, der ihm immer einen gewissen Seelenfrieden brachte. »Wasser«, dachte er, »was auch geschehen mag, nie will ich leben, wo man nicht den Klang des Wassers hört.« Als er sich wandte, um die Treppe des Hauses hinanzusteigen, gewahrte er etwas Außerordentliches. Zum erstenmal, seit er in dem Hause lebte, sah er bei seiner

Rückkehr Licht in seinem Schlafzimmer. Er hatte längst für Silas angeordnet, daß niemals Licht darin sein sollte, weil es die Insekten anzog.

Schnell stieg er die große Treppe hinan, und als er oben ankam, entdeckte er, daß nicht nur Licht im Zimmer war, sondern daß jemand dort saß – eine Frau in europäischer Kleidung, mit einem großen, malerischen, mit Blumen geschmückten Hut. Sie saß im Licht, mit dem Rücken gegen die Tür, und betrachtete die Bilder in einem der illustrierten Londoner Blätter, die stets auf seinem Nachttisch lagen – eine Art Barometer seines immer wieder auftauchenden Heimwehs nach England, weil er darin immer Photographien alter Freunde und Bekannter fand – Wahrzeichen jenes Lebens, das jetzt so fern von ihm war. Sie näherten sich alle leise dem mittleren Alter, und an ihrer Stelle begannen bereits Bilder ihrer Kinder zu erscheinen. Seine eigenen Bilder, die *seiner* Kinder, hätten darin sein können, aber sie waren es nicht. Und er hatte doch das Leben ganz so begonnen wie die anderen, ja er hatte noch größere Chancen gehabt . . .

Während er so dastand, vorsichtig, in Versuchung, sich umzukehren und davonzugehen, ehe die Frau seiner gewahr wurde, schoß ihm die Erinnerung an ein halbes Dutzend Frauen aus den letzten Jahren durch den Kopf – die Frau, die er in Penang zurückgelassen, die Russin in Schanghai, die Frau des französischen Pflanzers in Indochina, jenes merkwürdige englische Mädchen in Calcutta. Welche von ihnen war ihm den langen Weg bis Nivandrum gefolgt, und wie war sie hergekommen? Es war kein Schiff angelangt, und der nächste der zweimal wöchentlich verkehrenden Züge kam erst am Morgen. Vielleicht war es die Russin. Sie war romantisch und sehr gefühlvoll und hatte eine Neigung zu großen, blumengeschmückten Hüten.

Die Erregung peitschte sein Blut auf, die alte Erregung, die ihm nie anderes als Verwicklungen und Kummer brachte, und er wußte, daß es ihm unmöglich sei, fortzugehen, ohne herauszufinden, wer die Frau sei; und doch wußte er auch, wenn er bliebe, so würde das Erlebnis so gut wie sicher mit Szenen und Verwirrungen und vielleicht mit einer Tragödie enden. Als er eine Bewegung machte, vernahm die Frau den Klang seiner Tritte, und wie erschreckt aufspringend, wandte sie sich zu ihm. Da sah er, daß es keine Gestalt aus seiner Vergangenheit war, überhaupt keine europäische Frau, sondern Maria selbst. Und sein Herz machte einen Freudensprung.

Sie zitterte und lehnte sich an den Tisch, als bedrohe sie eine Ohnmacht, und plötzlich wurde er gewahr, daß die ungewöhnliche Kopfbedeckung gar kein europäischer Hut war, vielmehr einfach ein alter Hut aus Kokosfibern, wie ihn hier die Frauen bei der Arbeit auf den Reisfeldern trugen, und daß die Blumen darauf nicht künstlich waren, sondern richtige Büschel Jasmin und Bignonien, Bougainvillea und Jakaranda. Sie mochte einen derartigen Hut in einem der illustrierten Blätter gesehen haben, wenn sie einmal Silas in seiner Abwesenheit besucht hatte . . . , sie mußte allein in sein Schlafzimmer gegangen sein, wenn er nicht da war . . . , sie hatte ihn sich zurechtgemacht nach dem Modell irgendeiner nicht gerade eleganten Frau, die einen Basar eröffnete. Die Wirkung war reizend, naiv und ein wenig komisch, wie auch das europäische Kleid aus billigem Kattun, das sie sich mühsam mit eigener Hand genäht haben mochte. Sie mußte sich um seinetwillen so gekleidet haben.

Dann bemerkte er noch etwas anderes. Das ganze große spanische Bett war mit Blumen überstreut. Überall lagen sie: Trompetenblumen, Jasmin, Bougainvillea, sogar auf dem Fußboden vor dem Bett, und erfüllten mit ihrem starken Duft den Raum; Blumen, die sie selbst aus der Überfülle der Inseln gepflückt hatte.

Beim Anblick all der Blumen und Marias, scheu und verschreckt in ihrem sonderbaren Rock und Hut, würgte es ihn am Halse, und er konnte nicht sagen, ob es ein aufsteigendes Lachen oder Weinen war. Es war ein seltsames Gefühl, und er täuschte sich nicht über sich. Er weinte in sich hinein – daß etwas so Einfaches und so Bezauberndes ihm begegnen konnte, nach so langen Jahren der Enttäuschung und Verzweiflung.

Das Mädchen war es, das zuerst sprach. Mit leiser Stimme, kaum mehr als im Flüsterton, sagte sie mit einer Art einfacher Würde: »Sahib, ich bin zu Euch gekommen.«

Er lächelte, mit jenem Lächeln, das die Frauen liebten, denn trotz allem, trotz aller Selbstsucht und Falschheit und Verrat, war es in dem Augenblick, da es auftrat, ein echtes Lächeln voll Zärtlichkeit und Gefühl. Dann ging er auf sie zu und legte seinen Arm um sie, so daß sie ihn in ihrer furchtbaren Scheu nicht länger anzuschauen brauchte, und als er sie berührte, begann sie zu weinen wie ein erschrockenes Kind. Lange hielt er sie stumm an sich gepreßt, und als er ihren jungen, zitternden Körper an dem seinen fühlte, sah er plötzlich, daß trotz allem und ungeachtet seiner Schlappheit und Unentschlossenheit in seinem Kommen nach Nivandrum ein Sinn gelegen hatte. Es hatte einen Grund gehabt, warum er an jenem ersten Morgen einen Zwang gefühlt hatte zu bleiben, ohne auch nur bis zur »Vivandière« zurückzugehen, um dem Schiff Lebewohl zu sagen. Hier war etwas, was wenigen Männern begegnet war, denn es war, als hätte er die ganze müde und zynische Welt seiner Jugend und ersten Mannheit von sich geworfen und sei in den Garten Eden eingetreten. Und wenn er nie wieder etwas erlebte, was machte das aus . . .

Endlich hielt er das Mädchen auf Armeslänge, schaute sie an und sagte: »Ich habe dich lieber in deinem Sari.«

Das Mädchen lächelte und sagte in ihrem gebrochenen, komischen Englisch: »Ich dachte, Ihr hättet meine Saris nicht gern. Ich habe mich so angezogen, weil ich meinte, Ihr würdet es gern haben. Ich dachte, es würde Euch helfen.«

Der Ausdruck »Euch helfen« war ihm wie eine Offenbarung. »Dann wußte sie die ganze Zeit, was ich empfand. Sie meinte, ich fürchtete mich, den Schritt zu tun. Sie wußte es.«

Sie wiederholte: »Ich dachte, es würde Euch freuen. Es tut mir leid.«

»Du bist ein gutes Mädchen«, sagte er ganz einfach. »Ich hab dich lieb.«

»Ich habe Euch auch lieb. Schämt Ihr Euch meiner nicht?«

»Nein, ich schäme mich deiner nicht. Und du mußt mich nicht Sahib nennen.«

»Wie soll ich Euch nennen?«

Er hatte einfach sagen wollen: »Tom«, aber etwas in ihm ließ es nicht zu, und so entschlüpfte es ihm: »Dantry.«

Dann löschte er das Licht, und lange ließ sich nichts vernehmen als der Klang des anschlagenden Wassers und die fernen Trommeltöne, die einer um den andern erstarben, während der Mond im Meer unterging und das Schweigen sich über die Inseln legte.

Als der Zug auf der holprigen Schmalspurbahn am nächsten Tage gegen das brennendrote Plateau und die Städte dahinter fuhr, war Dantry nicht darin. Und als Rasmussen vernahm, daß er nicht gefahren war, sagte er nichts, nicht einmal zu Léah. Er erinnerte sich, wie sie gesagt hatte, »*wenn* er geht«, und wiederum fürchtete er sich etwas vor ihr.

Dantry reiste weder am folgenden noch am übernächsten, noch am Tage darauf, und langsam, unter dem sinnlichen Charme der Tage und Nächte mit Maria, wurde ihm Nivandrum mit seiner Inselwelt und seinen Stauwassern und den altertümlichen Häusern und den Bergen zu dem, was er erträumt hatte, als er vor langer Zeit dort an Land gestiegen war. Er fand darin Selbstvergessen und einen Frieden, wie er ihn nie gekannt, ja nicht einmal geahnt hatte. Es war ein Frieden, in dem alle Reue, alle Erinnerungen und Selbstvorwürfe verblaßten, bis nichts von alledem mehr für ihn da war. Es war gleich einem Traum, wie ihn gewisse Betäubungsmittel hervorbringen. Und bisweilen, in den seltenen Momenten, wenn er einen Augenblick erwachte und verzweifelt um Selbsterkenntnis rang, dachte er: »Es ist vorbei. Es ist tot. Endlich bin ich entronnen.«

Es gab nichts als Maria und Sonne und Mond und Sterne und das Wasser und die Berge. Nicht einmal Sandy machte Schwierigkeiten. Als Dantry zu ihm ging, beschämt und mit dem Wunsche der Wiedergutmachung, fand er den dicken kleinen Cockney sehr befriedigt. Erst erstaunte ihn das. Aber als Sandy mit ihm gesprochen hatte, verstand er.

»Jetzt ist es vollkommen«, sagte Sandy. »Jetzt gehen Sie nicht mehr fort. Sie werden hierbleiben. Und Maria ist glücklich, und darum bin ich auch glücklich. Sie werden gut zu ihr sein. Für sie ist es besser, als einen Fischer zum Mann zu nehmen. Vielleicht werden Sie eines Tages wünschen, sie zu heiraten. Aber selbst das macht hier keinen großen Unterschied. Und selbst wenn Sie mit ihr verheiratet sind, so bedeutet das nicht, daß Sie hierbleiben müssen. Sie können jederzeit fort. Es ist ein gutes Leben. Sie werden nie ein besseres finden. Es ist besser als Europa.«

Ja wirklich, dachte Dantry, es war viel, viel besser als Europa. Es war besser als irgend etwas, was er je gekannt, jetzt, wo er sich aufgegeben hatte – jenes Selbst, das in einer anderen Welt geboren und aufgewachsen und erzogen war. Er begann sogar das Dasein von Europa zu vergessen und wurde daran nur erinnert durch die Bündel von Londoner Zeitungen und Illustrierten, die tagelang uneröffnet umherlagen, und durch die Grammophonplatten aus New York, die seltsam klangen und doch wieder eigentümlich der Musik der Trommeln auf den Inseln in der Nacht glichen. Er begann einen Sarong zu tragen, und manchmal, wenn er mit Maria jenseits der Großen Barre fischen ging, trug er nicht einmal den Sarong, sondern nur ein Tuch um die Lenden, und bald nahm er die gleiche Farbe an wie die Fischer mit der café-au-lait-braunen Tönung, verbrannt von Sonne und Meerschaum. Aber er nahm keine Betäubungsmittel und hatte kein Verlangen mehr nach Rauschgetränken, denn er hatte keinen Anlaß, sein Gewissen und sein Gedächtnis zu beschwichtigen.

Aber Maria nannte ihn immer noch »Dantry« und kam nie auf die Insel, um in seinem Haus zu leben. Sie lebte weiter mit ihren Geschwistern auf dem Grundstück ihres Vaters und kam nur zu ihm, wenn er sie rufen ließ. So brachte er es fertig, von seinem alten Leben so viel unberührt für sich zu behalten, wie er wollte – all seine Musik und seine Bücher und das geistige Leben –, etwas, was er völlig von ihr und Sandy und Rasmussen trennte, weil es niemand von ihnen, so glaubte er, je verstehen würde.

Auf diese Weise, so dachte er, könnte er seine Würde bewahren. So konnte er sich vor dem Hinabgleiten behüten, dem die anderen Männer, wenn sie taten wie er, verfielen. Er wußte, daß dies weise ausgedacht war, aber er wußte auch in gewissen Momenten, daß es nicht ganz menschlich war. Das kam ihm in jenen Augenblicken zum Bewußtsein, wenn Maria sich unglücklich fühlte, weil ein ganzer Bezirk seines Wesens von ihrer leidenschaftlichen, aufopfernden, anbetenden Liebe ausgeschlossen war. Er wußte auch, daß Maria vor ganz Nivandrum Scham darüber empfand, daß er sie nicht in sein Haus mit dem Klavier und dem Grammophon nahm, sondern sie draußen hielt wie eine Konkubine. Nicht daß sie geklagt oder ihre Traurigkeit auch nur im Blick oder in ihrem Verhalten verraten hätte. Er war ihr Herr, den sie verehrte und dessen Wort Gesetz war.

So fand er den Weg in die Welt, nach der seine Seele von je getrachtet hatte; eine Welt, in der ihm alles gegeben wurde und in der er nur zu geben brauchte, was ihm gut dünkte.

Es verging ein Jahr und ein zweites und dann drei, und nichts unterbrach die selbstsüchtige Vollkommenheit seines Daseins, nichts störte seine Tage, die er teils mit Sport, teils mit Lektüre und Erheiterung, teils mit Maria verbrachte, und es kam die Zeit, da das alte Leben, alles, was ihn an

Europa, an die Vergangenheit fesselte, zur Bedeutungslosigkeit verblaßte. Er hatte gefunden, was er brauchte. Es würde, so meinte er, für immer so weitergehen. Selbst die Erinnerung an Alix und die Reue, die sich damit verband, stiegen ihm viel seltener auf. Er hatte, so dachte er bisweilen, dem Schicksal ein Schnippchen geschlagen. Er trank nicht mehr. Er nahm keine Betäubungsmittel. Er hatte die klassische Legende vom weißen Mann im Orient umgangen.

Er hatte nicht einmal Kinder – die üblichen billigen »acht Anna-Produkte« –, die sein Wohlbefinden hätten stören und ihn mit Vorwürfen erfüllen müssen. Daß dies für Maria eine Quelle der Scham und Betrübnis war, kam ihm erst nicht in den Sinn, und als es ihm aufging, ließ er sich von dieser Erkenntnis nicht anfechten, so wenig wie von ihrem Kummer darüber, daß sie noch immer bei Sandy lebte. Freilich klagte sie auch nicht und zog seine Aufmerksamkeit nie absichtlich auf ihre Traurigkeit, wie es wohl eine Frau des Westens getan hätte. So war es ihm nach einiger Zeit licht gemacht, unempfindlich gegen ihr Leid zu sein. Er liebte sie nicht, aber er hatte sie gern und war gut zu ihr, solange seine Güte ihn nichts kostete. Schließlich kam ihm der Gedanke, daß es ebenso gut sein könnte, sie zu heiraten, da er nicht vorhatte, Nivandrum je wieder zu verlassen. Es würde ihr eine neue, würdigere Stellung geben und sie über ihre anscheinende Unfruchtbarkeit und ihren Ausschluß aus seinem Hause trösten. Die Heirat würde sie vor den Leuten der Insel heben und ihn nichts kosten.

So wurde die Heirat vereinbart und fand in der kleinen syrischen christlichen Kirche statt, mit einem halb heidnischen und halb aus der alten Zeremonie der Kirche von Antiochien übernommenen Ritus, den er im wörtlichen Sinne bezaubernd fand. Nachher gab Sandy ein Fest, zu dem das halbe Inselvolk geladen war. Auch Mees Opp war da, denn Maria hatte es eingerichtet, daß die Feier zur Zeit eines der kurzen Besuche der Ärztin stattfand. Sie empfing ihre Hunderte von Patienten am Morgen und nahm am Nachmittag an der Trauung und dem Festmahl teil, trank große Mengen Bier und scherzte mit jedermann, ausgenommen dem Bräutigam.

Es war seltsam, daß er mit Mees Opp nie auf einen grünen Zweig gekommen war. Immer wieder hatte er es versucht, in eine freundliche Beziehung zu ihr zu treten. Es schien an sich so leicht. Sie stand so nett mit allen Einheimischen. Aber es war nichts herausgekommen, als ein Austausch höflicher Redensarten. Es war etwas an ihr, was ihn irremachte. Ja, es gab Augenblicke, da er das Gefühl hatte, sie sei ihm so unfreundlich gesinnt wie die Hexe Léah. Es war, als ließe sie ihn, bei all ihren Kontakten, bei jeder Unterhaltung immer »draußen«, als ob sie in einer anderen Welt lebte, zu der ihm der Eintritt versagt war, fast als wäre er ein kleiner Junge und sie so alt wie die Zeit.

Aber bei dem Festmahl beunruhigte ihn sogar die Ferne von Mees Opp nicht. Er empfand ihre Gegenwart, gütig und voller Humor, wie sie war, geliebt von allen Menschen. Daß zwischen ihm und ihr weder Freundschaft noch Feindschaft war, bekümmerte ihn jetzt nicht, denn er war auf eine neue Art glücklich, erlebte er doch bei dem Hochzeitsmahl zum erstenmal, daß die Bevölkerung ihn zu den Ihren zählte, wie sie es längst mit Rasmussen und Sandy getan hatte. Er aß und trank mit ihnen, auf dem Sand gelagert. Als er mit Maria zu seiner eigenen Insel zurückkehrte, gaben ihnen Dutzende von Kanus und anderen Booten das Geleit, und in ihnen saßen Freunde und Nachbarn.

In dieser Nacht, mit Maria an seiner Seite, ein verheirateter Mann, lag er lange wach und dachte: »Endlich ist alles gut. Endlich habe ich mit der Vergangenheit gebrochen. Endlich gehöre ich hierher.«

Aber am Morgen ging Maria in ihres Vaters Haus zurück, um wie zuvor dort zu leben, und sie nannte ihn weiter »Dantry« und nicht »Tom«. Wieder hatte er die Umstände und das Schicksal bemogelt. Er war einer von den Menschen des Inselvolkes geworden und hatte doch seine Würde bewahrt. Er hatte genommen, was er wollte, und gab nur, was ihn nichts kostete. Er war weder ein eingedrungener Fremdling noch einer, der von zu Hause ausgehalten wurde. An jenem Abend schickte er nicht nach Maria, sondern ging ins Grand Hotel Oriental zum Kartenspiel mit Rasmussen.

Nur Léah war nicht zur Hochzeit gekommen. Sie schützte Krankheit vor, und als Rasmussen sie tadelte, sagte sie: »Ich bin nicht wohl. Ich habe Kopfweh. Warum sollte ich gehen? Was ist gut an dieser Heirat? Im Herzen hat er sich nicht verändert. Er kann uns alle brauchen. Das ist alles. Sein Herz ist so böse wie immer.«

»Böse?« fragte Rasmussen. »Es ist nichts Böses in ihm.«

»Er ist ein Mensch, der Unglück bringt.«

»Unsinn«, sagte Rasmussen. »Er wünscht niemandem Übles.«

»Man kann Übles bewirken, ohne es zu wollen. Manchmal wird das schlimmste Übel so vollbracht. Es gibt Menschen, die Unglück bewirken durch ihr bloßes Dasein.«

Sie haßte ihn jetzt noch mehr als bei seiner Ankunft in Nivandrum, denn irgendwie war er ihr überlegen und hatte ihren Zauberkünsten widerstanden. Er trug einen Sarong und hatte eine einheimische Frau, aber er war weder dem Trunk noch Betäubungsmitteln verfallen. Sie hatte gehofft, ja sogar geplant, daß er zu dieser Zeit ein Trunkenbold wäre, der ein niedriges Leben führte, ohne Charakter, dem Ende nahe.

Léah hatte ein seltsames Gefühl, daß er sie und den Flußgott betrogen hatte, daß er Zaubermittel anderer Art besaß, die stärker waren als die ihren.

Als daher Dantry am Abend nach der Hochzeit zum Kartenspiel kam, ertappte Rasmussen sie fast sogleich, wie sie hinter Dantrys Rücken verzweifelte Zeichen und Beschwörungen machte, aber er konnte sie nicht daran hindern, denn in diesem Augenblick hatte er Dantry gesagt, daß Lord und Lady Groton mit einem Sekretär, einem Kammerdiener, einer Aja und vier Dienstboten im Grand Hotel Oriental erwartet wurden, und diese Nachricht hatte eine so überraschende Wirkung auf seinen Freund gehabt.

Noch ehe er geendet hatte, sah Dantry plötzlich sehr sonderbar aus und sagte:

»Lord Groton! Sind Sie sicher, daß dies der Name ist? Lord Groton? Nein, das kann nicht sein. Er ist in Europa. Das muß ein Irrtum sein.«

»Es ist ein maschinegeschriebener Brief«, sagte Rasmussen.

»Er ist von seinem Sekretär. Der Sekretär heißt Eric Lansbury. Es kann kein Irrtum sein. Sehen Sie.«

Er reichte Dantry den Brief, und dieser las ihn, nicht einmal, sondern zweimal, wortlos, und ein merkwürdiges, hartes, freudloses Lächeln veränderte sein ganzes Aussehen.

Er sagte, gleichsam zu sich selbst: »Warum kommt er her? Warum bringt er seine Frau an einen Ort wie diesen? Es muß ein schmutziges Geschäft irgendwelcher Art sein.«

Rasmussen beobachtete Léah, ein wenig beunruhigt, was sie vorhabe, und er sah, daß auch sie die Veränderung Dantry bemerkt und ihre Beschwörungen vergessen hatte und scharf zu ihm hinsah. Ihre dunklen Augen waren klein geworden und ihr Blick fest auf ihn gerichtet, als schaue sie nicht auf Dantrys Körper, sondern tief in seine Seele hinein.

Der Brief war kurz und bündig und auf Papier des Regierungsbüros geschrieben. Er besagte nur, daß Lord und Lady Groton zu einem kurzen Aufenthalt nach Nivandrum kämen und daß die Reisegesellschaft vier Schlafzimmer und reichlich Gelaß für die Dienerschaft brauchte. Der Sekretär wies darauf hin, daß Lord und besonders Lady Groton an die besten und luxuriösesten Hotels gewöhnt seien und daß es geschätzt und dem Besitzer dafür Erkenntlichkeit gezeigt würde, wenn die Zimmer so sauber und komfortabel wie möglich wären. Es wurde auch besonders gute Verpflegung verlangt. Am Schluß stand noch folgende Nachschrift:

»Sollte ein guter Jäger in der Nachbarschaft sein, so würde Lord Groton sich für eine Jagd interessieren. Lady Groton hat Interesse an Eingeborenentänzen und würde es gern sehen, wenn Sie für eine Darbietung von einheimischen Tanzkundigen sorgen würden.«

Es war eine Anmaßung in dem Brief, die Dantry ärgerte, während er ihn las. Besonders anmaßend erschien ihm die Nachschrift, welche voraussetzte, daß die Welt dazu da sei, Lord und Lady Groton mit Luxus und Unterhaltung zu dienen. Das Wort »Eingeborene« jagte ihm eine Blutwelle ins Gesicht, denn das war der Ton von »Zuhause«. Es gab ihm auch so ein deutliches Bild des Sekretärs, als sei dieser zu ihm ins Zimmer getreten – ein Echo der Welt, die er fast vergessen hatte.

»Hier ist kein Ritz«, sagte Rasmussen, »aber es ist sauber, und Léah macht wunderbare Curries.« Dann fiel ihm Dantrys Gesicht wieder auf, und er fragte: »Sie kennen sie?«

Einen Augenblick schwieg Dantry, dann sagte er: »Nein, ich kenne sie nicht. Vielleicht kommen sie nur zur Jagd her.«

»Sandy hat nicht von ihnen gehört«, sagte Rasmussen. »Niemand kommt zur Jagd hierher. Wenn sie deshalb kämen, würden sie zu den Hügeln von Rakotah gehen. Es hat den Anschein, als seien sie Snobs.«

»Das sind sie«, bestätigte Dantry. »Vielleicht die größten Snobs von Europa.«

Das schien Rasmussen zu erschrecken. »Mag sein, sie wären bei Ihnen besser aufgehoben, Sie würden wissen, wie sie es gern haben.«

Dantry lachte, aber es war ein häßliches Lachen. »Nein,

es ist nicht meine Sache, vornehme Besuche aufzunehmen. Außerdem, warum sollte ich Ihnen ein kleines Vermögen entziehen? Schröpfen Sie sie, Rasmussen. Sie sind steinreich.«

Rasmussen tat den Brief weg, und sie begannen ihr Kartenspiel. Aber Dantry spielte schlecht, zeitweilig schien er nicht zu wissen, was er tat, und kurz vor elf, mitten in einem Spiel, stieß er seinen Stuhl zurück und sagte: »Es taugt nichts. Ich bin zu müde. Ich kann meine Gedanken nicht auf das Spiel richten.«

Als er gegangen war, sagte Rasmussen zu Léah: »Die Nachricht scheint ihn zu verstimmen. Man sollte meinen, es müsse ihn freuen, wenn solche Menschen – Menschen seiner Klasse – nach Nivandrum kommen.«

»Ja«, sagte Léah, »er war noch nie so müde.« Und sie machte sich ans Lichterlöschen.

Rasmussen ließ seine Pfeife ausgehen. »Mag sein«, meinte er, »daß dieser Snob gekommen ist, um endlich etwas für die Wiedereröffnung des Hafens zu tun.«

Léah antwortete nicht. Als er hinaufgegangen war, schlüpfte sie geschwind aus dem Hotel an die Landungsstelle, löste ein Kanu und machte sich auf den Weg nach der Insel mit der zerfallenen Hütte und dem Bildnis ihres Götzen.

Dantry hatte in seinem Kanu noch nicht die Hälfte der Fahrt durch die Lagunen zurückgelegt, als er sich klar darüber war, daß es mit seinem Frieden zu Ende sei. Wenn Groton nach Nivandrum kam, so konnte es nur die Zerstörung dieses Erdenflecks bedeuten. Und daß sie mit ihm kommen sollte, war ihm schlechthin unglaublich, jetzt, nach fünfzehn Jahren, da er glaubte, sich für immer von ihr befreit zu haben, da er endlich mit sich Frieden gemacht hatte. Es war unglaublich, sagte er sich wieder und wieder; es durfte einfach nicht sein. Sie konnte doch nicht vernommen haben, daß er hier sei, und deswegen gekommen sein! Vielleicht war sie von Groton geschieden, und dies war seine zweite Frau, eine ihm Fremde, die mit ihm kam. Und doch konnte das nicht sein, denn er hätte davon schon längst in der »Times« oder dem »Telegraph« oder einem illustrierten Blatt lesen müssen. Menschen dieser Art können die Presse nicht vermeiden.

Hysterisch überlegte er: »Ich will weggehen. Ich will Sandy mitnehmen und mit ihm in das Hügelgelände gehen, bis sie fort sind. Ich will sie nicht sehen. Ich will nicht mit ihr reden.« Und wieder dachte er, diesmal laut, in einer Art Wunderglauben die Worte vor sich hersagend: »Es ist nicht möglich. So etwas passiert nicht. Ich will weggehen, ich will weggehen.«

Aber als er etwas ruhiger geworden war, sah er ein, daß das Ganze mehr als möglich war. Es gab in der Welt nicht mehr viel Plätze, die man noch ausbeuten konnte, und das vergessene Nivandrum war einer davon. Groton, der große Ausbeuter, der große Zerstörer, mußte davon Wind bekommen haben.

Die ganze Nacht lag er wach, sich in der Hitze umherwerfend, bis der letzte Trommelklang verweht war und kein Schakal mehr heulte und endlich die Sonne hinter den hohen blauen Bergen aufstieg; denn all die alten Erinnerungen an sie hatten wieder mit einer Gewalt, wie er es noch nie empfunden hatte, Macht über ihn gewonnen, und er sah plötzlich, daß dies ganze Leben in Nivandrum nichtig gewesen war, nichts als eine bittere Verneinung, hinter der keine Wirklichkeit stand, eine Art künstlichen Notbehelfs, ein Betäubungsmittel. Vor allem aber fürchtete er sich, er wußte selbst nicht wovor, aber er dachte: »Ich hätte mich nicht rühmen sollen, daß ich dem Schicksal einen Streich gespielt habe.« Und er wiederholte halblaut vor sich hin: »Ich will weggehen. Ich will sie nicht sehen. Ich will nicht«, aber die ganze Zeit wußte er, daß er sie sehen würde und daß es das Ziel seiner Wünsche war, sie zu sehen, das einzige Ziel. Nichts hatte sich an seiner alten Sehnsucht gewandelt.

Zweihundert Meilen landeinwärts bewegte sich der Zug auf der Schmalspurbahn mit Lord und Lady Groton als Insassen, hinweg über das brennendrote Plateau auf die hohen Berge zu, welche Nivandrum vor der Hitze im Innern beschützen und die Regenschauer aus Südosten dem schmalen Streifen grünen, feuchten Küstenlandes zugute kommen ließen. Der Zug hatte sieben Wagen mit Abteilen dritter Klasse, in denen Landleute und Ladenbesitzer, Pilger und Sadhus saßen, wie auch Menschen, die einfach von einem Landesteil zum andern zogen, um ihren Lebensunterhalt zu erwerben, wo immer sie ihn fanden. Die Wagen waren vollgepfropft, die Bänke und die Sitze waren voller Menschen, die Kinder kauerten den Erwachsenen auf dem Schoß. Überhitzt von der Sonnenwärme und der Glut, die von den Felsen ausstrahlte und die unfruchtbare rote Erde ausdörrte, glichen die Wagen Hochöfen, und ein übler Geruch erfüllte sie. Es gab auch Gepäckwagen, von denen der eine die üblichen Handelswaren enthielt, während der andere ganz eingenommen war von den Koffern und Hut- und Schuhschachteln von Lord und Lady Groton und ihrem Gefolge. Vorn, dicht an der Lokomotive, waren die drei Wagen erster Klasse, die man in reservierte Abteile umgewandelt hatte. Hier reisten Lord und Lady Groton, mit Lord Grotons Sekretär und Kammerdiener und der Aja, welche Lady Grotons wegen Malaria zurückgebliebene Kammerjungfer Harris vertrat, und vier Träger.

In einem dieser Wagen lag Lord Groton auf dem Bett, halb nackt. Kognak und Sodawasser trinkend, einen großen Haufen Zeitungen über Brust und Bauch ausgebreitet. Hie und da warf er die Blätter hin und her und trug eine Zahl ein oder entfernte dort eine, aber all das Herumschieben und Notieren brachte doch keine Ordnung hinein. In der Hitze sauste es ihm in seinem harten, massiven Schädel herum, und Kognak und Sodawasser erhöhten seinen Blutdruck, so daß sein Gesicht noch heftiger gerötet und apoplektischer aussah als sonst. Es war ein mächtiges, fleischiges Gesicht, im Gegensatz zu den meisten vollen Gesichtern unfreundlich und übellaunig wirkend, vielleicht wegen des dünnen, fast lippenlosen Mundes und der harten, vierkantigen Mundwinkel. Ein Gesicht, in das ein Alter von dreiundfünfzig Jahren seine ganze Lebensgeschichte eingezeichnet hatte – eine wenig sympathische Geschichte von Rücksichtslosigkeit und Schlauheit, von Unehrlichkeit, ja Grausamkeit; die Geschichte des einfachen Albert Simpson, des Sohnes eines kleinen Häusermaklers, von der Entlassung aus der Tagesschule in Birmingham an, bis er, als der reiche und mächtige Lord Groton, einer der Könige des Westens, in einem elenden Wagen einer Schmalspurbahn zweiten Ranges auf den heißesten und staubigsten Strecken der Welt dahinrasselte.

Obwohl die Sonne längst untergegangen war, machte sich die Glut des Tages immer noch in den Wagen breit, so daß das Metall heiß anzufassen war und sogar die leinenen Bettücher von Hitze erfüllt schienen. Der Staub zog überall ein, roter, weicher, heißer Staub, fein wie Talgpuder; er kam durch die Türspalten herein, durch die Ventilatoren und sogar durch die feinen Schutzgitter vor den Fenstern. Er legte gleichsam über alles eine Filmschicht, die am Fußboden zolldick war und durch die Bewegung der Fächer aufgewirbelt wurde. Er lag auf den Bettüchern und bedeckte sein Gesicht und seinen halbnackten, haarigen Körper. Er beschmutzte die Papierblätter auf seiner Brust, daß sie sich wie sandig anfühlten, so daß er bei dem reibenden Geräusch der Blätter die Zähne auf die Lippen preßte. Er fiel auf den schmelzenden Eisblock in der Schale auf dem Fußboden und verwandelte ihn in ein schmutzigrötliches Geriesel wie Blut.

Es war nicht die Hitze, die ihm zu Kopf stieg, sagte er sich. Verflucht! Was bedeutete die Hitze für Albert Simpson, der als junger Mann Stahlwaren und billige Taschen- und Wanduhren über den ganzen Sudan, die Malaiischen Inseln und Indien verkauft hatte? Und es war nicht der

Kognak, sagte er sich. Was bedeutete Kognak für Groton, der ohne Schaden sein Leben lang so viel getrunken hatte, wie er wollte?

Trotz der Tortur, die er empfand, mit dem Geschmack des ekligen roten Staubes im Mund, sagte er sich, daß er sich mit dreiundfünfzig Jahren noch so jung, so stark, so gesund fühlte wie je. Er sagte sich dies immerfort in sich hinein, um den leise nagenden Argwohn loszuwerden, er sei nicht mehr jung und ein wenig krank. Krankheit war etwas ihm völlig Unbekanntes, und er konnte nicht einmal den Gedanken daran ertragen. Aber trotz allem, was er unternahm, trotz der ständig bei sich selbst wiederholten gegenteiligen Versicherungen, trotz der gewaltigen Anstrengung, die ihm fast den Kopf zersprengte – der leise Schrecken blieb, die Papiere verwirrten sich vor ihm, und die Zahlen, aus denen er neuen Reichtum und verstärkt Macht pressen wollte, tanzten nur vor seinen blutunterlaufenen Augen und verschwammen ihm immer mehr.

Die Wahrheit war, daß Lord Groton nicht mehr derselbe war wie der junge Albert Simpson, der, kräftig wie ein Stier, sich in der röstenden Sonne des Sudans gerade wohlgefühlt hatte, und daß der Alkohol ihm zuzusetzen begann. Anfangs hatte er ohne üble Nachwirkungen getrunken; dann kam eine Zeit, da er trank, weil sein Gehirn nur funktionierte, wenn es mit Strömen von Alkohol angeregt war. Nun war er auch über das hinaus. Statt ihm zu helfen, verwirrte der Alkohol nur noch seinen Kopf. Zweiunddreißig Jahre lang hatte er wie eine Dynamomaschine gearbeitet; jetzt, weit weg von zu Hause, von seiner großen Villa in Sussex und dem schönen Haus in der Hill Street, fing das Räderwerk des Dynamos an zu knirschen.

Plötzlich, als er es nicht länger aushielt, hämmerte er mit der Faust gegen die Wagenwand und rief: »Bates! Bates!« Im nächsten Augenblick öffnete sich die Tür, und sein Kammerdiener trat herein.

Er war ein kleiner Mann mit schmalem, unterernährtem

Gesicht und hohen Backenknochen und einer Haut, die wie immer feucht erschien. Seine Augen waren farblos. Bei seinem Anblick richtete sich Seine Lordschaft im Bett auf und schrie ihn an: »Wo ist Lansbury?«

Ohne die Stimme zu erheben oder seinen Ausdruck zu verändern, antwortete Bates: »Ich nehme an, daß er schläft.«

Das schien Seine Lordschaft in Wut zu bringen. »Schläft!« schrie er. »Verflucht, warum schläft er? Ich kann nicht schlafen. Sagen Sie ihm, er soll herkommen.«

»Jawohl, Sir.«

Bates zog sich zurück und überbrachte die Botschaft mit Ruhe. Er war seit zwölf Jahren bei Lord Groton, das heißt vier Jahre länger, als irgendein Diener oder Sekretär oder Teilhaber oder Angestellter je bei Seiner Lordschaft gewesen war, weil entweder Lord Groton sie entließ oder sie verriet oder sie ihn verließen, mit zerrütteten Nerven und mit Verlust ihrer Selbstachtung. Aber alles Anschreien und Beschimpfen berührte Bates nicht, denn als Gegenmittel hatte er um sich eine feine, dünne Hülle reinen, gleichsam destillierten Hasses. Er betrachtete sich selbst als eine Maschine, und es gab Augenblicke, da er ihn betrog, ohne entdeckt zu werden. Er hatte sich durch Annahme von Bestechungen ein hübsches kleines Vermögen gemacht und war geheimes Mitglied der Kommunistischen Partei; er hoffte auf den Tag, da Menschen wie Seine Lordschaft gegen die Wand gestellt und kalten Blutes erschossen würden. Bates dachte manchmal daran und malte sich die Szene aus, indem er sich vorstellte, er sei der Kommunist, welcher den Befehl zum Schießen gab. Es würde sein, so dachte er, wie wenn man eine pestverbreitende Ratte ausrottet.

Denn Bates' Denkbahnen waren, wie die der meisten unwissenden Fanatiker, eingleisig. Während der zwölf Jahre seines Dienstes hatte er sich einen Fonds auf die Seite gelegt, und in einem Jahr würde er genug haben, um bis an sein Lebensende damit auszukommen; er würde eine Villa, so ein halb freistehendes Haus vor der Stadt haben, in einem Vorort seiner Heimatstadt Manchester, und einen kleinen Garten. Wenn er den letzten Schilling, der dazu nötig war, auf sein Sparkassenkonto eingezahlt hätte, würde er seine Sachen packen und seines Dienstes quitt sein, ohne auch nur zu kündigen. Seine Lordschaft würde nach Bates läuten und brüllen, und Bates würde nicht erscheinen. Dies war eine Szene, deren Vorstellung Bates großes Vergnügen bereitete: Seine Lordschaft hätte sich für ein großes kapitalistisches Bankett fertigzumachen, und niemand war da, ihn anzukleiden! Er bedauerte nur, daß er selbst nicht Zeuge dieser Szene sein konnte. Unterdessen war es so, daß er seinen Herrn gleichzeitig zufriedenstellte und zur Verzweiflung brachte, weil er eine Maschine war. Er stellte ihn zufrieden, weil er als Maschine reibungslos lief, und er brachte ihn zur Verzweiflung, weil Beleidigungen und Demütigungen wie an einer Maschine an ihm abprallten.

Der Sekretär, Mr. Lansbury, kam herein, sobald er einen Morgenrock übergeworfen hatte; die Krawatte war ordentlich unter seinem etwas schwachen Kinn geknüpft. Es war ein junger Mann mit rosigen Wangen, gut aussehend, dessen ganze Erscheinung, sogar in Pyjama und Morgenrock, zu rufen schien: »Eton, Oxford und die vornehmsten Klubs.« Als Sekretär war er gewissenhaft und ohne eigene Ideen. Er hätte seine Stelle nicht vierzehn Monate behalten, wenn er untauglich gewesen wäre. Er hatte sie bekommen, weil sein Vater ein Gentleman war, der sich in schlechten Verhältnissen befand und Lord Groton gebeten hatte, ihn anzustellen. Der gute alte Herr hatte wahrhaftig, mit Tränen in den Augen, bitten müssen, ehe Lord Groton ihn genommen hatte. Er hatte den Jungen behalten, weil er »Eton und Oxford und die vornehmsten Klubs« bedeutete, lauter Dinge, die für Lord Groton unerreichbar waren; und weil der junge Mann von hoher Kultur und überempfindlich war, so daß man ihn quälen konnte, und weil Lord Groton als Albert Simpson geboren war und seine Bildung in der Grammar-School der Laburnumstraße und an der Hard-Knocks-Universität erhalten hatte.

Jetzt brüllte Groton Lansbury an: »Wie können Sie in dieser Hitze schlafen?«

Errötend antwortete der junge Mann: »Es tut mir leid, Sir. Wahrscheinlich kam es daher, daß ich von all den Schwierigkeiten mit dem Gepäck erschöpft war.«

Der Ältere brummte in sich hinein und schob die von Schmutz klebrigen Papiere ineinander. »Nun, ich habe viel Arbeit zu tun und kann aus Ihren Berichten nicht klug werden. Nehmen Sie Platz.«

Lansbury, immer noch errötend und ein wenig zitternd, setzte sich auf den Stuhl neben dem Bett, und sie gingen miteinander die Papiere durch, indem Lord Groton den schmerzenden Kopf des Jungen zwang, die Arbeit für zwei Gehirne zu leisten, von denen das eine verwirrt und ein bißchen angetrunken war. Er trank immer mehr Kognak, um den brennenden Staub in seiner Kehle hinunterzuwaschen. Es war nichts verkehrt an den Berichten. Sie waren sauber und korrekt, aber Grotons Kopf war nicht imstande, ihre Bedeutung zu erfassen.

Zwei Stunden später, als es dem armen Lansbury noch immer nicht gelungen war, mit seinen Erklärungen die Zahlen verständlicher zu machen, legte Lord Groton die Papiere zusammen, schickte den Sekretär weg und erlebte eine halbe Stunde lang den ersten wahrhaften Schock seines Lebens. Er fürchtete, daß die Stunde seines Zusammenbruchs endlich gekommen sei und daß jetzt, da er seine ganze Kraft und Energie brauchte, um einen Schlag gegen den Mann zu führen, den er in der ganzen Welt am meisten haßte, beides zu versagen drohte.

Denn dies war der Grund, warum er, der große Lord Groton, in einer zweitrangigen, schmalspurigen Eisenbahn durch die Hitze des Hochplateaus fuhr. Er mußte als erster hinkommen und sich den Grund und Boden ansehen, und alles, was in festem Besitz war, aufkaufen oder in Pacht nehmen, bevor Hugo Deakin auch nur den Verdacht dessen hatte, was geschah. Der Wink, der ihn nach Nivandrum gebracht hatte, war ihm teuer zu stehen gekommen. Er hatte ihn eine Riesensumme gekostet, groß genug, um Charakter und Gewissen mindestens dreier Regierungsbeamter zu vernichten, die sonst ehrlich geblieben wären. »Jedermann«, pflegte er zu sagen, »hat seinen Preis«, aber der Preis dieser drei Regierungsbeamten hatte alle Vernunft überstiegen. Er hatte jedem von ihnen genug gezahlt, daß sie sich ein Vermögen anlegen und ihre Kinder nach ihrem Tode versorgen konnten. Er hatte sie moralisch zugrunde gerichtet, und es hatte ihn mehr gekostet als je etwas in der Welt, seine eigene Frau ausgenommen. Das Geld spielte an sich keine Rolle, denn er war so reich, daß er von einem Tag auf den anderen nicht wußte, ob er eine Million Pfund Sterling auf der Seite hatte oder so. Es war eine grundsätzliche Frage. Er haßte es, ins Hintertreffen zu kommen. Wenn er Erfolg hatte, so war es den Preis wert. Denn er wünschte einen jüngeren Mann, der so rücksichtslos war wie er selbst und von dem die Welt sagte, er sei noch gerissener als er, der ihm allmählich zuvorkam auf dem Wege zu größtem Reichtum und höchster Macht – er wünschte diesen Jüngeren zu demütigen und zu überlisten. Er, Groton, hatte Lord Deakin zu schlagen und Nivandrum und das feuerrote Plateau vorher zu besitzen, ehe Deakin auch nur entdeckt hatte, daß diese brennende Wüste Öl barg und daß die Regierung vorhatte, den verschlammten Kanal nach dem Hafen zu reinigen und Nivandrum wiederum zu einer lebenden Stadt und einem geschäftigen Hafen zu erwecken. Und er hatte sich nach Nivandrum aufgemacht, um die Sache selbst zu sehen, ob nicht etwa irgend etwas daran schief war und er sich zum Narren machte. Weil er jeden bedauerte, der ihm traute, hatte er selbst nie jemandem getraut.

Als der Schock vorüber war, frohlockte er im voraus über seinen Triumph und die Zeitungsartikel über seinen Sieg über Deakin, den verflucht gescheiten Deakin, und über das Gerede davon in der City. Er würde wieder der Gegenstand der Bewunderung und des Neides sein für all die kleinen Leute, deren Hoffnung es war, daß sie eines Tages auch Grotons oder Deakins würden. Und er frohlockte bei dem Gedanken, daß die Welt glaubte, er sei in diesem Augenblick droben in Burma auf der Jagd – in Burma, wo es keinen Tropfen Öl und keinen indischen Eichbaum und keine Arbeiter mehr gab, die man noch ausbeuten konnte! Er aber fuhr die ganze Zeit über das Hochplateau auf dem Wege nach einem vergessenen Ort namens Nivandrum. Er hatte keine Ahnung, wie Nivandrum aussah und wie das Grand Hotel sein würde, aber das machte ihm nichts aus, der vor langer Zeit, als er noch der einfache Albert Simpson war, in Hafenschuppen und in den Hütten Eingeborener geschlafen und Eidechsen und Fledermäuse gegessen hatte.

Als dann der Schock vorüber war, dachte er an seine Frau im zweiten Wagen – verflucht, es gab keinen Verbindungsgang dahin – und beschloß, zu ihr zu gehen, sobald der Zug an der nächsten Station hielt. Er brauchte sie gerade jetzt; es ging etwas von ihr aus, eine Ruhe, eine Sicherheit, die sein Selbstvertrauen, wenn es geschwächt war, immer wieder herstellte. Er hielt sich selbst im allgemeinen für einen hartgesottenen Mann von gesundem Menschenverstand, aber es gab Augenblicke, da er sich im Vergleich zu ihr für einen wankelmütigen Narren hielt. Und neuerdings stand er ganz unter ihrem Bann, wie er es vor langer Zeit, ganz im Anfang, gewesen war, als er sie sich aus dem glänzenden Leben, das sie in London führte, gefischt hatte. »Glänzend«, das war ein Wort, das er liebte. Seine Frau war in seinen Augen, obwohl sie oft so weit von ihm weg schien – oder gerade darum – »glänzend«, und so war das Leben, das sie damals gelebt hatte. Die Tatsache, daß er, ein geistloser Geschäftsmann, es fertiggebracht hatte, sie aus einem glänzenden Leben mit klugen, eleganten, hinreißenden Menschen zu sich zu holen, füllte ihn noch heute, nach bald fünfzehn Jahren, fast mit atemlosem Staunen.

Seit kurzem war sie ihm abermals unendlich begehrenswert, als ob die Zeit, da er »an sie gewöhnt war«, nie existiert hätte. Er sah gar keine Veränderung an ihr, ausgenommen, daß sie noch vornehmer und zarter geworden, wie ein Stahlmesser, das durch Polieren und Schärfen immer feineren Schliff erlangt, und daß sie nunmehr, statt sich von ihm zurückzuziehen, ihn an sich herankommen ließ, vielleicht nicht gerade gern, aber wenigstens gleichgültig. Wenn er in der Welt irgend etwas und irgendwen liebte, so war es seine Frau, und zwar – obwohl er es sich nie ganz klargemacht hatte – aus dem gleichen Grunde, warum ihm der arme Lansbury verhaßt war – weil sie alles war, was er nicht war und nie sein konnte. Ungleich Lansbury, gehörte sie ihm; sie war ein Besitz, auf den er stolz war wie auf seine Pferde. Sooft sie ein Restaurant oder einen Salon betraten, nahm er wahr, daß ihre Schönheit und ihr vornehmes Gepräge eine leise Erregung hervorriefen, und dieses Wissen ließ seinen Stolz immer heiß anschwellen. Lansbury konnte sich davonmachen, aber sie *gehörte* ihm. Und doch befiel ihn im Hinblick auf sie wahres Erschrecken, weil es ihm zum Bewußtsein kam, daß sie ihm in Wahrheit vielleicht nie gehört hatte, nicht einmal in den Augenblicken, da er sie umarmte; daß sie sich ihm, wieviel Geld er auch auf sie häufte, immer irgendwie zu entziehen gewußt hatte. Aber diese Erkenntnis dämpfte seine heiße Begierde nicht, im Gegenteil, sie schien diese, jetzt, da er die dreiundfünfzig erreicht hatte, noch mehr anzufachen, denn sie war stärker als je.

Aber wieder mußte er denken: »Vielleicht empfinde ich so für sie, weil ich alt werde oder am Sterben bin.« Schnell raffte er sich zusammen: »Unsinn. Ich bin auf der Höhe meines Lebens. Nie war ich stärker.« Es war kein schönes Schauspiel für ihn selbst – noch für irgend jemanden –: Lord

Groton angesichts des Grabes, in das er weder sein Vermögen, noch seine Macht, noch seine Frau mitnehmen konnte.

An der ersten Haltestelle, nachdem er Seine Lordschaft verlassen hatte, stieg Bates aus, bahnte sich den Weg durch die Menge auf dem Bahnsteig und klopfte an die Tür von Lady Grotons Wagen, indem er rief: »Bates ist hier, Mylady. Wünschen Sie etwas?«

Die Aja öffnete die Tür, und Lady Groton rief: »Herein, Bates.«

Sie lag in den seidenen Bettüchern, in denen sie stets reiste, und als er eintrat, legte sie das Buch aus der Hand, in dem sie gelesen hatte. Es fiel ihm auf, wie wunderbar kühl sie erschien, die einzige aus der Reisegesellschaft, die nicht erhitzt, gerötet, staubig und verstrubelt aussah. Weder die Hitze noch das Geschrei außerhalb des Wagens schien sie zu erreichen, sie wirkte so kühl, so ruhig, als läge sie in ihrem luxuriösen eigenen Schlafgemach in der Hill Street. Und wie jedesmal, wenn er sie sah, dachte er, wie hübsch sie sei, jenseits von jung oder Älterwerden, und wie rassig der Anblick, den sie bot. Er dachte von ihr nicht wie Männer von einer begehrenswerten Frau; das wäre respektlos gewesen, und jedenfalls lag es nicht in seiner Natur. Er dachte vielmehr gleichsam in der Abstraktion von ihr, so wie etwa ein Kenner chinesischer Kunst eine wundervolle Vase aus der Ming-Zeit betrachten mag: Er bewunderte ihren feinen Knochenbau, die Klarheit und unbefangene Geradheit ihres Blickes aus den blauen Augen, das etwas matte Gold ihres Haares und die vollkommene, fast herausfordernde Schönheit der Bewegung, mit der sie die Zigarette an die scharlachroten Lippen führte. Und vor allem liebte er ihre vollendete und nie gestörte, nie zerstörbare Eleganz.

Er liebte auch die Art, wie sie zu ihm und sogar zu jener fremden, dunklen, halbwilden Frau sprach, die sie erst seit zwei Tagen kannte. Es machte ihm Freude, an die Generationen, die Jahrhunderte zu denken, die in ihr rassiges

Aussehen eingegangen waren, die sich in ihrer Stimme, in ihren Manieren ausdrückten. Denn trotz seiner kommunistischen Neigungen hatte er eine Vorliebe für Ladies und Gentlemen. Wenn dereinst das, war er »Bourgeois«-Kultur nannte, vorbei wäre, würde es keinen Platz mehr für ihresgleichen geben, aber solange diese noch bestand, duldete er sie gern. Er sah es mit Befriedigung, wenn sie allen Luxus und allen Komfort um sich hatte. Es war ihm geradezu ein Anliegen, daß der goldene Rahmen, der sie umgab, nirgends abbröckelte oder sich trübte.

»Ich dachte mir«, sagte er voller Ehrerbietung, »daß Sie in Harris' Abwesenheit ein wenig Bedienung brauchten.«

Sie lächelte, und es lag etwas wie stilles Einverständnis in ihrem Blick, als wollte sie sagen: »Wir verstehen einander. Wir kennen beide Seine Lordschaft und wissen, daß er ein Schurke ist.« Laut sagte sie: »Sie könnten einen der Jungen suchen und ihm sagen, er solle mir etwas Eis holen. Und bringen Sie mir etwas Kognak und Wasser – einfaches Mineralwasser ohne Eis darin.«

»Jawohl, Mylady.«

»Kalt, Bates, aber kein Eis darin.«

Er zog sich zurück, und während er das Getränk zubereitete, dachte er weiter an Lady Groton. Sie bezauberte ihn immer noch, nach zwölf Jahren, weil etwas Geheimnisvolles und Unsagbares an ihr war. Er wußte, wenn nicht alles, so doch sehr viel von ihr, viel mehr als sie ahnte, genau wie er über seinen Herrn viel besser Bescheid wußte, als Seine Lordschaft sich je hätte träumen lassen . . . , genug um ihn ins Gefängnis zu bringen, wenn er sich nicht loskaufte auf die Art, wie es sehr reiche Halunken unter dem »Bourgeois«-Regime zu tun pflegten.

Er kannte sich aus in ihren Flirts und in ihren Freundschaften, und er ahnte ihre gelegentliche Untreue, aber er hatte davon zu niemandem gesprochen, nicht einmal zu Harris, ihrer Kammerjungfrau; denn er hatte von je etwas wie den Wunsch empfunden, sie zu schützen und zu beschirmen, nicht nur vor anderen, sondern vor ihrem Manne, und bisweilen, wenn sie außer sich und unglücklich war, vor ihr selber. Es hatte ihn, wenn er über die Frage nachgrübelte, immer beschäftigt, warum sie ursprünglich Lord Groton geheiratet hatte, und er war niemals dahintergekommen, außer durch ein oder zwei Andeutungen der Kammerjungfer Harris, die jetzt krank im Spital von Madras lag ... Sie hätte Groton geheiratet, weil sie und ihr Vater in Schulden erstickten. Und da wäre ein anderer Mann gewesen, damals, vor langer Zeit, vor ihrer Eheschließung, ein Mann ihres Alters, anziehend, schön, von bester Familie wie sie selbst. Aber das war schiefgegangen, so hatte Bates es sich zurechtgelegt, weil sie beide zu hochgeistig waren. Sie hatten einen Streit, und er hatte darauf London verlassen und war, soweit Harris wußte, nie mehr zurückgekommen. Bisweilen erschien es Bates, als sei Ihre Ladyschaft ein Opfer einer großen Gleichgültigkeit die aus ihrem Kummer entstanden war, so daß es ihr nichts mehr ausmachte, was sie tat und was ihr geschah. Es wäre schade, dachte Bates, wenn sie Lord Groton nie untreu gewesen wäre. Eine Frau wie sie brauchte Liebe und Schutz, nicht bloß Geld, und Groton hatte für sie nur das – in ungeheuren, schwindelerregenden Mengen.

Als der Zug den Bahnhof wieder verließ, fuhr Lady Groton, weil es zum Schlafen zu heiß war, mit der Lektüre ihres Buches fort. Man hätte nicht sagen können, daß sie las; sie schaute die Worte an, und hie und da entnahm sie dem Buch eine Idee – nicht immer, so schien es ihr, gesunde Ideen. Das Buch hieß »Das Farbigen-Problem im Empire«. Es war von einem Professor von Cambridge verfaßt, der von England nie weiter weggekommen war als bis Etretat, wo er einmal ein regnerisches Wochenende verbracht hatte. Die Langeweile des Buches war unwiderlegbar, und selbst für ihre ungeschulte, aber wache Intelligenz war das Buch merkwürdig inhaltlos und unzulänglich.

Sie hatte das Buch in Port Said gekauft, zugleich mit vielen anderen der gleichen Art, denn sie wollte mehr von den Ländern erfahren, in die sie mit ihrem Manne fuhr, aber außer Tatsachen und Statistiken und etwas verschwommenen Theorien hatte sie nichts darin gefunden, was ihr hätte helfen können. Seit ihrer Ankunft vor drei Monaten hatte sie noch sehr wenig aus erster Hand schöpfen können, denn es schien ihr ganz unmöglich, mit der Bevölkerung des Landes in irgendwelchen Kontakt zu kommen. Es kam ihr vor, sie habe die ganze Zeit mit pompösen Dinner-Gesellschaften und Empfängen verbracht, hinter denen keine Wirklichkeit stand, ewig von eigenen Landsleuten umgeben, die von dem Lande so wenig wußten wie sie selbst; Menschen, die sie zu Hause wie die Pest gemieden hätte. Sie war mit auf die Orientreise gegangen, nicht aus Anhänglichkeit an Lord Groton, sondern in der Hoffnung, sie würde etwas erleben, etwas Gewaltiges, was sie erregen würde, damit ihr Leben wieder mehr wäre als eine stumpfe Aufeinanderfolge von Tagen, durch die man eben hindurchkommen mußte.

Hoffnungslos gelangweilt von dem Buch, kam sie darauf, die Aja zu beobachten, und plötzlich fühlte sie ein heißes Verlangen, einen Kontakt mit der Frau herzustellen, nicht als Herrin mit der Dienerin, sondern von Frau zu Frau. Im Herzen wußte sie aus ihrer langen Erfahrung als *femme galante*, daß weder Rasse noch Farbe, noch Religion oder soziale Lage die Menschen wirklich voneinander unterscheiden. Sie wußte, wie sie so vieles instinktiv erfaßte, daß sie beide, sie und die Frau dort im Winkel, Frauen waren, und daß die Prüfungen der Leidenschaft oder des Unglücks die gleichen waren – alles andere war äußere Firnis, bloßes Vorurteil, mit dem eine falsche Erziehung die Oberfläche langweiliger und dummer Menschen belegt hatte. Soviel hatte sie wenigstens durch ihr »Schlechtsein« und ihren Kummer gelernt. Um soviel hatte beides sie der Wirklichkeit näher gebracht.

Als Jungfer interessierte die Aja sie nicht. Sie war dumm, ungebildet und für sie mehr eine Last als eine Hilfe. Aber als Frau, als Mitmensch war sie der Gegenstand leidenschaftlichen Interesses für sie. Was dachte sie? Hatte sie einen Mann oder einen Liebhaber? Mit welchen großen Hoffnungen war sie ins Leben gegangen? War das ganze Leben der Aja, wie das ihre, eine einzige Kette von Enttäuschungen?

So zündete sie sich eine andere Zigarette an und begann die Frau zu studieren, die am entfernten anderen Ende des Wagens kauerte; sie fühlte sich gepackt von dem Geheimnis und der Fremdheit, welche sie trennten – Geheimnis und Fremdsein, die ihnen vom Denken anderer auferlegt waren, das Ergebnis dummer Traditionen. »Meine Welt liegt im Sterben«, dachte sie; »sie ist bereits tot. Vielleicht liegt ganz Europa, der ganze Westen im Sterben. Diese Frau und ihr Volk sind gesund. Auch sie haben eine Vergangenheit, aber sie ist so weit weg, daß sie aufgehört hat, als Wirklichkeit zu zählen. Unsere Vergangenheit ist uns zu nah, um eine Zukunft zu haben. Wir müssen absterben, ehe wir wiedergeboren werden, und wir sind noch nicht ganz tot.«

Die Frau war nicht häßlich. Sie mochte, so überlegte Lady Groton, etwa in ihrem Alter sein, so um sieben- oder achtunddreißig. Sie sah älter aus. »In dieser Beziehung ist sie nicht so glücklich wie ich. Mir sieht man kein Alter an. Ich könnte jedes Alter haben, das man mir zuspricht. Ich verändere mich kaum. Ich habe mir alle Sicherungen solcher Art gekauft mit den Tausenden von Pfund, die ich für Schneiderinnen und Coiffeusen und Masseusen ausgegeben habe. Sie kann sich dergleichen nicht kaufen, aber sie ist gesünder als ich und seelisch nicht so müde.« Die Frau mußte viel erlebt haben. Sie trug einen Sari aus dunkelrotem Stoff mit vielen silbernen Armspangen und in ihrer Nase einen einzelnen Brillanten.

Plötzlich sagte Lady Groton: »Laksmi.«

Die Aja erhob sich sofort, daß die Silberspangen klirrten,

und Lady Groton sagte: »Nein, ich will nichts. Stehen Sie nicht auf. Ich will nur mit Ihnen plaudern.«

Scheu kauerte die Frau sich wieder hin und wartete.

»Sind Sie verheiratet, Laksmi?«

»Ja, Memsahib, zweimal.«

»Wieso zweimal? Ich dachte, in Ihrem Lande dürfen Witwen sich nicht wieder verheiraten.«

Die Frau lächelte, ein humorvolles, fast triumphierendes Lächeln, als hätte sie jemanden überlistet, der ihr weh tun wollte. »Ich bin eine Bekehrte. Ich bin Christin geworden. Habe mich von meinem ersten Mann scheiden lassen. War ein schlechter Mann.«

»Inwiefern war er schlecht?«

»Er schlug mich und lief anderen Frauen nach und nahm das Geld, das ich verdiente.«

»Und ihr zweiter Mann?«

Ein entspannter und doch fast schwüler Ausdruck der Freude kam in das dunkle Gesicht der Aja, und Lady Groton dachte: »Sie liebt ihn – die Glückliche.«

»Sehr guter Mann, Memsahib«, sagte die Aja. »Sehr schöner Mann. *Chuprassi*, im Regierungsgebäude.«

»Ist es ihm nicht unangenehm, daß sie so arbeiten?«

»Ich bleibe bei keiner Memsahib«, sagte die Aja mit merkwürdigem Lächeln. »Bloß hie und da bei *burra* Memsahib wie Sie, um der Lady des Gouverneurs einen Gefallen zu tun. Verdiene Geld damit. Spare Geld. Will Land kaufen im Dorfe.«

»Und Ihr Mann – ist er auch ein Christ?«

Sie lachte. »Nein. Schlechter Hindu. Mahratten alle schlechte Hindus. Zu wild. Wie ich schlechte Christin. Gehe weder in die Kirche noch in den Tempel.« Ihr Gesicht verzog sich zu einem breiten Lächeln, in dem diesmal keine Scheu war, sondern eine gewisse Zutraulichkeit, mit der sie zu sagen schien: »Ich ganz wie Memsahib. Ich weiß, Memsahib hat gutes Herz. Tempel oder Kirche macht nichts aus, wenn Menschen gutes Herz haben.«

»Erzählen Sie mehr von Ihrem Leben«, sagte Lady Groton. Sie hatte ihre Zigarette vergessen und hörte nur noch zu, entzückt von der humorvollen, schelmischen Art der Frau. »Das Problem der Farbigen im Empire« war längst zu Boden geglitten und blieb dort liegen, vergessen für immer, auch am folgenden Morgen, als sie den Zug verließen.

Die Aja begann nun zu plaudern, nicht mehr scheu, sondern erfreut, mit einer anderen Frau zu plaudern. Sie sagte, sie sei von niederer Kaste und stamme aus einem Dorfe auf dem großen roten Plateau und war, dreizehnjährig, an einen Mann verheiratet worden, den sie nie zuvor gesehen hatte. Zehn Jahre lang hielt sie es aus, seine Frau zu sein, bis sie den hübschen *Chuprassi* kennenlernte, und das letzte Kind, das sie hatte, war nicht von ihrem Mann, sondern von dem *Chuprassi*. Die beiden Männer hatten ihretwegen Streit miteinander (und wieder leuchtete ihr Gesicht vor Freude und wurde plötzlich schön), und der *Chuprassi* trug den Sieg davon. Dann sagte er ihr, daß sie, wenn sie Christin würde, sich scheiden lassen könne, und sie befolgte den Wink. – In diesem Ton fuhr sie fort zu erzählen, und ihr Pidgin-Englisch mit dem feinen Humor und Witz darin belustigte und entzückte Lady Groton so sehr, daß sie die Hitze darüber völlig vergaß. Als sie geendet hatte, verfiel die Aja in ein plötzliches Schweigen und beobachtete Lady Groton mit ihren dunklen Augen. Dann sagte sie, erwartungsvoll und ehrerbietig zugleich: »Und nun, Memsahib, was ist's mit Ihrem Leben?«

Aber das ging nun nicht. »Mein Leben«, dachte Lady Groton, »würde sie wahrscheinlich entsetzen. Ihre Geschichte ist so vollendet natürlich und einfach.« So sagte sie: »Es ist eine sehr interessante Geschichte, nicht so sehr verschieden von der vieler Frauen meines Landes.«

Dann fuhr der Zug in einen anderen Bahnhof ein, und der ohrenbetäubende Lärm der Verkäufer von Ananas und Süßigkeiten und Trinkwasser für Mohammedaner und Hindus setzte ein. Lady Groton sagte: »Ich brauche Sie heute abend nicht mehr. Wecken Sie mich an der ersten Haltestelle nach Tagesanbruch. Ich möchte das Land sehen.«

Die Aja erhob sich lächelnd mit dem orientalischen Gruß, daß die Arm- und Fußspangen klirrten, und zog sich zurück. Als sie fort war, fühlte sich Lady Groton heiterer, denn sie hatte das Empfinden, seit drei Monaten das erste menschliche Gespräch geführt zu haben, ein Gespräch, das weder offizielles Gerede noch jene wortreiche Liebedienerei war, die man der Frau des reichen Lord Groton und dem Patenkind der alten Königin zu Füßen legte. Sie fühlte sich jetzt viel weniger allein in diesem weiten und erschreckenden Lande. Es war bis jetzt alles so furchtbar langweilig und quälend gewesen, als hätte man sie in Watte gewickelt, um sie gegen die Erkenntnis der Dinge, wie sie waren, zu schützen. Dank der Aja fühlte sie sich wieder menschlich.

Dann überwältigte sie plötzlich eine Regung des Bedauerns, fast wie Mitleid mit sich selbst, scharf wie physischer Schmerz. Sie, die reiche Lady Groton, die Gattin eines der mächtigsten Männer des Westens, fühlte eine Anwandlung von Neid gegenüber dieser eingeborenen Frau, deren Leben so voller Reize und Befriedigung war. Und sie dachte: »Hätte ich Tom geheiratet, so wäre mein Leben nicht so verlaufen. Ich wäre nicht so reich geworden, aber alles, was wir getan hätten, wäre reizvoll gewesen. Ich wäre glücklich geworden wie diese Frau.«

Aber jetzt war es viel zu spät für Reue. Sie wußte nicht einmal, was aus dem armen Tom geworden war, der einst so fesselnd, so lebhaft war und dem Leben so unbefangen und voll hoher Erwartungen gegenüberstand. Es gab ihr einen Stich ins Herz, an sich selbst zurückzudenken, und sie sah sich plötzlich wie eine andere Person, als junges Mädchen bald nach dem Kriege. Vor ihren Augen stieg das Bild jenes Häuschens an der See auf, mit den verblichenen Chintz-Vorhängen, und sie sah, wie sie – so ein nettes Mädchen – und Tom sich mit ungeübten Händen abmühten, miteinander das Frühstück zu bereiten. Was war mit

Tom geschehen? Was hatten all die Jahre aus ihm gemacht? War auch er voll Überdruß, müde und mit allem fertig?

Mitten in ihrer Träumerei gewahrte sie etwas vor ihrem Wagenfenster, etwas Großes, Weißes und Unförmiges, ganz nah bei ihr, mitten unter den Verkäufern von Ananas und Wasser und Reiskuchen, und als sie den Blick fest darauf richtete, unterschied sie die Gestalt einer sehr großen und häßlichen Frau, in ein einfaches Gewand aus weißem Drillich gekleidet und mit einem großen Strohhut, dessen Bänder und Blumen von der schrecklichen Sonne des Landes ausgesogen waren. Es war etwas Außerordentliches an der Gestalt, etwas Gediegenes und Beharrendes, wie von einem Denkmal, was ihre Aufmerksamkeit anzog. Die Frau trug zwei Handtaschen und stand ruhig mitten in all dem Gedränge und Geschrei der Menge. Das Gesicht war eher flach und breit und die Haut von unbestimmter Farbe, aber selbst im Lichte der Bahnhofslampen konnte Lady Groton erkennen, daß die Augen von einem ungewöhnlichen Blau und voller Intelligenz waren. Eines davon schielte leicht.

Darauf kam der eurasische Bahnhofsvorsteher auf sie zu und sagte mit beflissener Verbeugung: »Ich habe einen Platz für Sie gefunden, Mees Opp«, und die kräftige Frau ging fort in der Richtung auf die Dritte-Klasse-Wagen zu, diese entsetzlichen, heißen, dunsterfüllten Wagen, die angefüllt waren mit Bettlern und Sadhus und eingeborenen Frauen und kleinen Kindern. Auf einmal fühlte Lady Groton ein heißes Verlangen, aus dem Wagen auszusteigen und diese große, seltsame, häßliche Frau aufzusuchen und mit ihr zu sprechen, so wie sie eben mit der Aja, Laksmi, gesprochen hatte, um herauszufinden, was für ein Mensch sie war und was für ein Leben sie führte. Ja, es überkam sie ein halb hysterischer Wunsch, sich mit ihr zu befreunden, wenn auch nur ein wenig, denn es würde ihr helfen, aus dieser Welt, in die sie gebannt war, auszubrechen – dieser verhexten Welt, die sie mit Reichtum und Luxus und leeren Menschen umgab, von aller echten Wirklichkeit abgeschnitten.

Den Lärm des Bahnsteigs noch übertönend, hörte sie dann die Stimme ihres Mannes, wie er Lansbury anfuhr, und sie dachte: »Nun hat er den armen Lansbury bei sich und quält ihn, weil er nicht schlafen kann. Wenn er damit fertig ist, wird er zu mir kommen und mir mit seinen Aufmerksamkeiten auf die Nerven fallen.«

Sie dachte mit leisem Erschaudern an ihn wegen seiner tölpelhaften Plumpheit. Aber der Schauder hielt nicht an; sie hatte sich seit langem an ihn gewöhnt, so daß seine Umarmungen sie nicht mehr so plagten.

Gleich darauf löschte sie das Licht aus und legte den Kopf in das seidene Kissen zurück, und in ihrer wartenden Haltung mit ihrem mattgoldenen Haar und ihren blauen Augen war sie mit ihren siebenunddreißig Jahren wie ein liebliches Kind. An der nächsten Haltestelle, das wußte sie, würde er hereinkommen und sie wecken.

Die Aja kam getreulich, sie bald nach Sonnenaufgang zu wecken, und meinte: »Sehr schönes Land, Memsahib . . . , ganz grün, nicht trocken, wie mein Land.« Und der freundliche Blick war immer noch in den dunklen Augen der Frau, als sie den Tee einschenkte.

Als Lady Groton aus dem Fenster schaute, bemerkte sie, daß der Zug auf der Schmalspurbahn sich in Windungen rückwärts und vorwärts die steilen Berge hinab auf das Meer zu bewegte, und es schien ihr, als sei sie nach den trockenen, brennenden Ebenen über Nacht gestorben und im Paradies aufgewacht. Die Luft war immer noch warm, aber im Vergleich zu der brennenden Trockenheit der Ebene schien sie frisch und kühl. Hier gab es keine brennenden Felsen und ausgedörrtes rotes Erdreich, rundum war alles grün. Es war das dichte, saftige Grün der Bergdschungel, in dem, wo die Sonne es erreicht hatte, die Tropfen eines frühen Morgenschauers glitzerten. Und die Luft war nicht mehr von Staub erfüllt. Sie war durchtränkt vom Geruch wachsenden Lebens, mit Duft von Blumen und Würzkräutern und reichem Verblühen. Alles war grün und feucht wie England, das sie liebte, das England, in das sie immer zufriedenen Herzens zurückkehrte. Wie bei den meisten stark empfindenden Menschen war in ihr etwas wie eine geheime irrationale Verwandtschaft mit Feuchtigkeit und Wasser, so daß sie in der Wüste und an heißen, trockenen Orten voll Schrecken und wie außer sich war. Unterhalb des Zuges lagen die feuchten Täler noch in blaue Schatten gehüllt. Als sie die berückende Landschaft betrachtete und darüber sogar ihren Tee vergaß, dachte sie: »Schließlich hatte ich doch recht, hierherzukommen. Vielleicht werde ich mich hier wohl und mit mir in Frieden befinden«, und sie hatte ein seltsames Gefühl, als komme sie heim in eine Gegend, die sie gut kannte. Sie vergaß plötzlich alle Hitze und den Staub und die Öde der letzten Woche und sogar den abscheulichen Besuch ihres Mannes in der vergangenen Nacht, als er berauscht zu ihr gekommen war. Sie ging nicht so weit, zu erwarten, daß sie glücklich sein würde, denn Glück war etwas, was in ihrem Leben längst keine Rolle mehr spielte. »Jedenfalls«, dachte sie, »wird es hier halbwild und primitiv sein, und schon allein das wird mir Zerstreuung bringen.«

Dann machte der Zug eine Kehre um einen kühnen Felsvorsprung, und unter ihr, plötzlich ausgebreitet wie eine wunderbare Landkarte, lag der Hafen von Nivandrum, mit seinen sieben Inseln wie Tupfen auf dem Bilde, alle mit Kokospalmen bedeckt, ein Juwel in dem Irrgarten der Lagunen und Kanäle, eingefaßt von Riffen und Verschanzungen an der Küste entlang, die den Hafen vor den Stürmen des Indischen Ozeans schützten. Jenseits der Ausfahrt des erstickten Hafens huschten die Fischerboote, die großen Segel von morgendlichem Bergwind geschwellt, wie eine Schwalbenschar über die Große Barre und die Schaumlinie, die sie abzeichnete.

Einen Augenblick hielt sie den Atem an, damit die Szenerie nicht etwa plötzlich wie ein Traumbild dahinschwände und sie in Hitze und Staub der entsetzlichen Ebene zurückbliebe. In ihrem müden Gemüt lagen Seelenfrieden und Erregung dicht beieinander. Dann kehrte ihr, wie ein plötzlicher Schmerz, der Gedanke an Lord Groton zurück. Sie dachte an ihn nicht als den Mann, vielmehr als an etwas, womit sie nichts zu schaffen hatte, was wie eine unaussprechliche Drohung über ihr und dieser Landschaft hing. Er war im selben Zuge und kam die grünen Berge hinab auf den zauberhaften Hafen zu wie ein Raubvogel. Er würde dies alles zerstören. Um des Geldes willen, und mehr noch um des Machtgefühls willen, würde er häßliche Piers und Öltanks und Schuppen mit Wellblechdächern bauen, und das herrliche grüne Wasser würde bald von Öl beschmutzt werden, und die Fische und Seevögel würden sterben, und das einfache Volk würde verderbt und krank werden, und er würde stolz sein über einen kleinlichen, hämischen Sieg über einen Nebenbuhler, der ein Geier war wie er.

Zu Füßen der Berge gelangte der Zug auf flaches Gelände und lief eine Weile zwischen Reisfeldern und grünen Inseln dahin. Nun sah sie zum erstenmal die Menschen dieser idyllischen Küste, wie sie zu zweien die Boote bewegten oder bis zu den Lenden in den überschwemmten Reisfeldern arbeiteten, beinahe so nackt wie Adam und Eva vor alten Zeiten in einem anderen Paradiese. Ihr Anblick weckte in ihr neues Interesse und neue Lebenslust, wie immer beim Erblicken schöner Menschen. Sie waren nicht klein und mager und zäh wie die Menschen in den heißen Ebenen, sondern groß, mit wohlgerundeten Armen und Beinen und Muskeln unter einer weichen, café-au-lait-braunen Haut.

Und während sie beobachtete, wie sie lächelnd von ihrer Arbeit zu dem Zuge aufsahen, durchzuckte sie ein sonderbarer Gedanke. »Ich könnte es tun. Er brauchte es nie zu wissen. Es würde viele alte Zechen begleichen. Es wäre so leicht, Deakin zu kabeln, was er vorhat. Ich könnte seine Bestechungskünste überbieten. Ich könnte einen Skandal machen, der London erschüttern und eine ganze Regierung ruinieren würde. Aber das Wesentliche wäre, daß ich diesen lieblichen Fleck wenigstens für einige Jahre vor der Entweihung bewahren könnte.«

Dann überquerte der Zug einen kleinen Damm und hielt unerwartet an einer kümmerlichen, baufälligen Station, und hastig erhob sie sich, um sich anzukleiden, ihr Haar in Ordnung zu bringen und die letzten Spuren des Staubes aus den verhaßten Ebenen abzuschütteln. Kaum war sie fertig, da hörte sie die rauhe Stimme ihres Mannes und die ziemlich matte Lansburys der Dienerschaft Anordnungen geben. Sie stieg aus und sah, daß der Zug wie eine Raupe, die sich in zwei Teile gespalten hat, über Nacht die Hälfte seiner Länge eingebüßt hatte. Da waren nur noch die Erste-Klasse-Wagen, in denen die Reisegesellschaft gekommen war, und ein einziger, arg mitgenommener Dritte-Klasse-Wagen, aus dem eine alte Frau und ein Kind ausstiegen. Und es überrieselte sie eine Freude, daß Nivandrum eine tote Stadt sei, die niemand besuchte, daß es vergessen und heimlich war in seiner Lieblichkeit.

Zugleich sah sie einen stämmigen, ergrauten Mann mit hellen blauen Augen und einer Jachtmütze mit der Aufschrift »Grand Hotel Oriental« in goldenen Lettern unter dem Schirm auf sie zukommen. Dieser Anblick traf sie wie eine Ernüchterung – daß sie in Nivandrum genauso empfangen werden sollte, als ob sie mit dem Blauen Expreß in Cannes ankäme. Sie erriet, daß es der Besitzer sei, und sagte sich klug: »Er sieht wohlgenährt und gutmütig und zufrieden aus. Das Hotel wird in Ordnung sein.« Sie konnte freilich nicht wissen, daß die Mütze ein aus Colombo stammender Bluff war und daß er sie mit gutem Grund nicht öfter als ein- oder zweimal im Jahr trug, wenn irgendein seltener und exzentrischer Gast mit dem Zug nach Nivandrum kam.

Rasmussen führte sie in sein eigenes Boot, dessen Stehruder von zwei Jungen gehandhabt wurden, Kindern des

Volkes, das sie von der Bahn aus in den Feldern und in den kleinen Booten gesehen hatte, große, stramme Burschen, welche nichts trugen als ein kleines Tuch um die Lenden. Nichts enttäuschte sie, weder das hübsche Boot mit den Schnitzereien am Bug und am Heck noch der Blick auf die Inseln mit den verblichenen alten Barockhäusern zwischen den Kokospalmen. Sie war nicht auf diese Häuser gefaßt, und als sie sie betrachtete mit ihrem matten Grün und Gelb und Hellrot, dachte sie, wie fünf Jahre vorher Tom Dantry gedacht hatte: »Ich muß eines davon haben.« Es würde nichts ausmachen, wenn sie wieder in jene andere, müde Welt des Westens zurückkehren müßte; ja, wenn sie sterben sollte, ohne das Haus wiederzusehen. Wenn sie ein Haus in Nivandrum hätte – eines dieser bleichen, gespensterhaften, von Wasser umgebenen Häuser –, so würde es ihr Frieden bringen. Sie könnte immer denken, etwas von ihr sei hier bei den grünen Inseln geblieben. Mitten während der großen, totlangweiligen Dinner-Gesellschaften könnte sie plötzlich denken: »Ich habe ein Haus in Nivandrum«, und sich erfrischt und wieder jung fühlen. Und im selben Augenblick erinnerte sie sich wieder, daß ihr Mann nur aus einem Grunde hergekommen war – um Nivandrum zu zerstören und diese Häuser in Lagerräume für billige Stahlwaren und Baumwolle und Öl zu verwandeln.

Während der ganzen Fahrt saß sie schweigend unter dem palmgedeckten Schiffsdach, um mit den Augen all diese Schönheit einzusaugen. Selbst als Groton mit seiner rauhen Stimme sagte: »Hübsch, nicht wahr?« antwortete sie nur: »Ja, aber zu malerisch«, denn wenn er ihre Gefühle kannte, würde er auf Nivandrum eifersüchtig sein – so phantastisch war er – und durch sein Arbeitspensum hindurchhetzen und fortfahren. Wenn sie gleichgültig blieb, würde er sich Zeit lassen. Vielleicht könnte sie ihn sogar dazu bringen, in den Bergen zu jagen. Sie wollte bleiben. Es dünkte sie in diesem Augenblick, daß sie nichts dagegen hätte, für immer hierzubleiben und die übrige Welt zu vergessen.

Und doch, als das Boot plötzlich an Rasmussens Pier stieß, empfand sie einen abermaligen Freudenschreck. Hatte sie doch gefürchtet, das Grand Hotel Oriental würde ein gleich grauenhaft banales Gebäude sein wie die Eisenbahnhotels, die man überall im Orient sah.

»Da sind wir«, sagte Rasmussen, an Land springend, und beim Anblick des Hotels hätte sie fast einen Freudenschrei ausgestoßen, denn es war eines der bezauberndsten unter den geisterhaften alten Häusern, zu neuem Leben erweckt, mitten auf seiner kleinen Insel, mit einem herrlichen Garten rund herum. Aber wiederum hielt sie an sich, damit ihr Mann nicht etwa ihre geheime Freude bemerkte und alles verdarb.

Als sie die große kühle Halle betreten hatten, wo Dantry bisweilen mit Rasmussen Karten spielte, verlangte sie nach Gin und Mineralwasser und ließ sich allein an einem Tisch nieder, während ihr Mann herumschoß und schnaubte, Zimmer besichtigte, Boote bestellte und kurz angebunden Befehle erteilte, Lansbury immer dicht an seinen Fersen geheftet. Von ihrem Platz aus blickte sie durch den weiten Torbogen auf den Hafen mit den sich hin und her bewegenden kleinen Booten, und plötzlich kam ihr ein merkwürdiger Gedanke. In Wahrheit war es mehr eine Empfindung als ein Gedanke, denn sie dachte stets instinktiv mittels der Sinne.

Es dünkte sie, sie sei glücklich, und Glück und Frieden waren eins für sie. Ihr war, als sei sie am Ende einer tage-, monate-, ja jahrelangen Reise angelangt. Und dann stand ihr Mann vor ihr, gerötet und schwitzend!

Sie hörte ihn sagen: »Es ist ganz gut. Die Zimmer sind gar nicht so schlecht. Kein fließendes Wasser, aber sie sind groß und luftig und behaglich.« Er war unterwürfig und seine Haltung entschuldigend, beobachtete sie, in der Besorgnis, der einfache Komfort des Hauses würde ihr nicht gut genug sein.

Sie hörte kaum hin, denn es war ihr gleichgültig, wie die

Zimmer waren. Dann nahm sie sich zusammen und sagte: »Es ist mir recht«, und zum erstenmal wurde sie seines schlechten Aussehens inne. Sein Gesicht war dunkelrot, und die kalten, blauen Augen waren wie verschleiert. Das Herz schlug ihr bis an den Hals, weil sie denken mußte: »Vielleicht wird er sterben. Dann geht alles fehl, und der Ort bleibt verschont, und ich kann hierbleiben und ein Haus haben und zurückkommen, wann ich will. Ich kann sogar hierher zurückkehren, wenn ich eine alte Frau bin, der nichts geblieben ist.«

Ihr Instinkt sagte ihr auch diesmal das Richtige, denn der Tod erwartete ihn in Nivandrum; aber nicht der sanfte, schnelle Tod, nach dem ihr Herz schrie – *der* Tod, der für ihn und sie selbst der bessere gewesen wäre . . .

Die Ankunft Lord Grotons brachte mehr Aufregung nach Nivandrum als die jährlichen Landungen von Schiffen, und am ersten Tage umkreisten den ganzen Nachmittag und während des ersten Teils des Abends Boote und Kanus das Grand Hotel und seine kleine Insel, ein Stück vom Ufer entfernt, mit Insassen voller Neugier, den großen Lord aus dem Westen oder sonst jemand von der Reisegesellschaft zu sehen. Wenn sie zu landen versuchten oder zu dicht herankamen, stürzte Léah aus der Küche und befahl ihnen fortzugehen, und sie taten wie geheißen, denn selbst der am wenigsten abergläubische aus der Menge fürchtete sie um ihres üblen Rufes willen. Einige brachten es fertig, an Land zu steigen, unter dem Vorwand, daß sie Geschäftliches mit Rasmussen zu erledigen hätten, und boten zu diesem Zweck Gurken und Kürbis, Grenadillen und Mangostanen zum Verkauf an. Von ihrem Fenster aus beobachtete Lady Groton dies Kommen und Gehen, belustigt von der Farbigkeit des Schauspiels und erfreut, daß ihre Gegenwart soviel Interesse erregen konnte. Im Zimmer selbst ging die Aja ein und aus und brachte allerhand Klatsch und Nachrichten über Nivandrum mit herauf, die sie unten eingesammelt hatte; beim Auspacken plaudernd und erfüllt von den neuen Eindrücken und der Grüne und Schönheit des Landes, das von dem ihrigen so verschieden war, hatte sie ihre Scheu ganz abgelegt. Seit der heißen Nacht in dem Zuge fühlte sie, daß die *burra Memsahib* ihr gut war. Sie sprach zu den Männern und Frauen, die Sachen zum Verkauf brachten, nicht ohne Schwierigkeiten, weil ihre Sprache von der jener ganz verschieden war, und erzählte ihnen phantastische und übertriebene Dinge von dem Reichtum und der Bedeutung und der Schönheit ihrer Herrin. »Eine Frau aus Milch und Gold«, sagte sie ihnen, »schön wie der Mond im ersten Viertel.« Bis zum Abend hatten ihre Geschichten bereits ihren Weg über die Lagunen gemacht und waren schon bis zu den entfernteren Inseln gedrungen.

Den Neugierigen wurde der Anblick Lord Grotons zuteil, in Shorts und Hemd aus einem Schneiderladen in Hanover Street, gerötet und schwitzend mit tausenderlei beschäftigt, Boote und Schiffer bestellend und durch sein Fernglas den Hafen studierend. Sie erhaschten sogar einen Blick auf den blonden Sekretär mit den rosigen Wangen, dessen Anzug fast noch smarter war als der Seiner Lordschaft; und sie sahen Bates, der noch immer die diskrete, dunkle Dienerkleidung trug, an die er im kalten, feuchten London gewöhnt war, als könne ihm die Hitze nichts anhaben, bleich und wie stets unter zu geringem Blutdruck leidend. Aber bis zu Lady Groton drang kein Blick vor, so daß sie bis zum Abend bereits eine Art Legende von Gnaden der Aja geworden war – eine berückende, zarte Prinzessin, die erst nach Sonnenuntergang in Erscheinung zu treten pflegte.

Als Lord Groton am Abend sich zum Dinner umkleiden kam, trat er ins Zimmer seiner Frau, während diese bei der Toilette war.

Guter Laune sagte er: »Der Ort ist nicht schlimm, wahrhaftig, und die Verpflegung ist viel besser als manches, was man uns schon vorgesetzt hat.«

Sie sah, daß er gern eine Zeitlang bleiben und dazu etwas ermutigt sein wollte, so sagte sie: »Es ist heiß.«

»Besser als in der Hitze der Ebenen. Natürlich, wenn du es nicht aushältst, dann reisen wir ab, sobald ich mich umgeschaut habe.«

Sie lächelte. »Oh, so schlimm ist es nicht. Es ist viel netter als die meisten Orte, wo wir waren. Wenigstens hat man keine langweiligen Tischnachbarn. Und ich habe Bücher. Es macht mir nichts, eine Weile zu bleiben.«

»Es ist weit weg von Cannes und der Jacht.«

»Der Lunch war nicht schlecht. Der Curry sogar ausgezeichnet.«

Während sie ihre Gesichtshaut mit unendlichem Geschick und Geschmack behandelte, konnte sie bemerken, wie er sie beobachtete. In dem etwas trüben Spiegel ihres billigen Toilettetisches konnte sie sein Gesicht sehen, während sie sich anscheinend mit dem ihrigen abgab, und erkennen, wie er ihren Bewegungen mit jenem eigentümlichen, intensiven, hungrigen Blick folgte, den sie längst an ihm kannte, schon seit der ersten Zeit ihrer Ehe: ein Blick, der ihr immer die Zähne auf die Lippe preßte, weniger aus Abscheu als aus Langeweile – daß ein Mann gleichzeitig so voll Verehrung und Begierde und so tödlich uninteressant sein konnte. Und es war ihr verhaßt, daß er sie so anstarrte, als suche er unter ihre glatte, vollkommene Oberfläche zu dringen und zu erspähen, wie sie wirklich war . . . , sie, die sich selbst von Stunde zu Stunde, von Minute zu Minute kaum kannte.

Sie dachte: »Wenn ich ihn nur dazu bringen könnte, eine Weile fortzugehen, so könnte ich mich etwas ausruhen und dies alles genießen.« So sagte sie laut, scheinbar nebenbei: »Der Besitzer hat mir gesagt, daß es in den Hügeln vortreffliche Jagd gibt – Tiger, Panther, Sambur und Auerochsen und Gott weiß was noch.«

»Das hat er mir auch gesagt.«

»Und es gibt hier einen vorzüglichen Jäger – Schikari – einen Cockney namens Sandy, der schon zwanzig Jahre hier lebt. Er scheint ein richtiger Charakter zu sein.«

Argwöhnisch fragte er: »Möchtest du auf die Jagd gehen?«

»Du weißt, wie sehr mir ›Charaktere‹ zuwider sind.«

Darauf war er eine Weile stumm, mißtrauisch und eifersüchtig, immer noch darüber nachgrübelnd, was in ihrem Kopfe vorgehen mochte. Wollte sie ihn loswerden? Es war kein Mann in Reichweite außer Lansbury, und dem konnte er begegnen, indem er ihn mitnahm. Überhaupt, das war lächerlich. Sie konnte kein Interesse haben an einem rosigen Jüngling mit einem Oxford-Akzent, der hinter den Ohren noch nicht trocken war.

»Es würde mir nichts ausmachen, allein hierzubleiben«, ließ sie sich vernehmen, während sie sich vorwärts neigte und ein wenig Rouge auf ihre Lippen legte. (Vielleicht, wenn ich hier allein bin, erlebe ich irgend etwas. Irgend etwas Aufregendes. Es ist nichts da, wovor ich mich zu fürchten brauchte. Nichts Unerträgliches könnte mir passieren, und alles ist besser als diese entsetzliche Langeweile.)

Laut sagte sie: »Jedenfalls ist es schön und kühl, sobald die Sonne untergeht. Es geht ein Wind vom Meere her. Der Besitzer sagt, die Nächte sind immer kühl.« Sie drehte sich um und fragte: »Was hast du für morgen vor?«

»Ich will früh die Lagunen hinab. Ich will die Lage des Landes auskundschaften. Wenn ich nur ein Motorboot hätte, so könnte ich das Ganze in wenigen Stunden machen. Ich hätte eines bestellen sollen, um mich hier abzuholen.«

Sie lächelte. »Damit jemand Hugo Deakin einen Tip gibt?«

Er lachte, belustigt und wieder in guter Stimmung im Gedanken an den Streich, den er Deakin spielte. »Ich hätte es ja unter einem falschen Namen bestellen können. Jedenfalls, wir haben kein Motorboot, so muß ich über Nacht ausbleiben. Nur für eine Nacht. Du bist nicht unglücklich, nicht wahr?«

»Nein, natürlich nicht.«

Jetzt beobachtete er sie schärfer und sagte: »Ich nehme Lansbury mit. Das bedeutet, daß du mit Bates allein zurückbleibst und sonst nur mit den Eingeborenen und diesem Rasmussen, von dem ich nichts weiter weiß.«

Sie erhob sich und warf noch einen Blick auf den fleckigen Spiegel, erfreut, wie gut und jung sie aussah. In der brennenden Ebene und in den großen, dampfenden Städten hatte sie vergrämt und müde ausgesehen.

»Wovor sollte ich mich fürchten? Was könnte mir geschehen?« fragte sie.

»Was meinst du damit?«

»Nichts.« (Du Narr, wenn du nicht weggehst, so *kann* mir etwas geschehen.)

»Nein, ich glaube nicht, daß es gefährlich ist. Bates wird nach dir sehen. Er würde sein Leben einsetzen, wenn es nötig wäre, um etwas zu beschützen, was zu mir gehört.« Und er lächelte so eitel, daß es ihr wie eine Anwandlung von Haß den Rücken hinunterlief.

Bei sich dachte sie: »Wie kann ein Mann so schlau sein in Geldsachen und so dumm in bezug auf Menschen! Bates würde *mich* beschützen, wenn ich Schutz brauchte, aber er würde nichts anderes, was dir gehört, beschützen. Er haßt dich. Du bist ein Narr, daß du das noch nicht gemerkt hast.« Laut sagte sie: »Mach dir keine Sorgen um mich. Ich glaube, ich werde diesen Ort ganz gern haben, so laß dir Zeit für deine Arbeit. Vielleicht brauchen wir diesen Sommer nach acht oder vierzehn Tagen hier nicht in den Schwarzwald zu fahren. Jedenfalls könntest du Lansbury sagen, er möchte mir ein eigenes Boot und ein paar Schiffer verschaffen, damit ich umherfahren und mir etwas ansehen kann.«

»Schon geschehen. Das Boot wird jeden Morgen um neun hier sein, um deine Anordnungen zu erwarten.«

Dann klopfte es an die Tür, und als Lady Groton »Herein« rief, steckte Bates den Kopf in die Tür und sagte: »Mylord, das Bad ist fertig. Ich hatte Mühe, ihnen klar zu machen, daß Sie viel heißes Wasser brauchen.«

Bald darauf saßen sie einander gegenüber an einem Tisch in der großen gewölbten Halle und verspeisten ihr Dinner: Suppe, Steingarnele mit Curry, Gemüse, Koteletten mit Salat und Pudding – ein vorzügliches Essen, denn Rasmussen hatte, weise oder nicht, zu Léah wiederholt, was Dantry gesagt hatte: »Schröpfen Sie sie, sie sind steinreich«, und Léah wünschte sie dazubehalten und sie solange wie möglich zu rupfen.

Das altmodische Radio lieferte dazu ein sprühendes Konzert von Cafémusik aus dem Hotel des Indes in Batavia, und Rasmussen, der seine Portiermütze mit einem schlecht sitzenden Anzug aus weißem Drillich vertauscht hatte, wartete ihnen auf, indem er sich nach jedem Gang diskret ein Stückchen zurückzog, so wie er es in seinem »Führer und Ratgeber für Kellner« gelesen hatte.

»Hätten wir nur Eis«, sagte Lord Groton, »dann wäre es vollkommen.«

Sie schaute ihn wieder an und bemerkte den eigentümlichen, glasigen Blick in seinen kalten, blauen Augen, und nach einer kleinen Überlegung sagte sie: »Ein Glück, daß keins da ist. Du würdest noch mehr trinken. Und in diesem Klima solltest du nicht soviel trinken.« (Jetzt wird er sich noch zwei- oder dreimal einschenken, um mir zu beweisen, daß Albert Simpson, Lord Groton, der Übermensch, ohne Schaden so viel trinken kann, wie er will, und dann wird sein Blutdruck wieder steigen.)

»Unsinn«, sagte Lord Groton und bestellte bei Rasmussen Sodawasser für eine weitere Portion.

Als sie ihr Mahl beendet hatten, sagte er: »Ich habe das Boot bestellt. Der Mond steigt heran. Wir könnten noch eine kleine Runde um den Hafen machen, ehe wir zu Bett gehen.«

(Er will mich in romantische Stimmung bringen!)

»Ja das wäre fein, ich will meinen Mantel holen gehen.«

Fast von selbst dahintreibend, trug das Boot sie mit dem Ansteigen der Flut um die sieben Inseln herum. Es schien ihr, daß der Ort bei Nacht fast noch schöner was als im Morgenlicht, mit dem zunehmenden Mond über den Palmbäumen und dem fernen Klang der Trommeln und den braunen Körpern der Schiffer, die man in dem matten Licht schimmern sah. Aber als Lord Groton sagte: »Fast so schön wie Venedig«, antwortete sie, mit gespannten Nerven, das Gemüt überhungrig: »Fast so banal.«

Als sie dann durch den Kanal zwischen dem Grand Hotel Oriental und der nächsten Insel zurückfuhren, hörte sie, den schwachen Ton der Trommeln übertönend, den Klang europäischer Musik, auf einem Klavier gespielt, und zwar auf einem ganz guten Klavier. Er kam über das Wasser, gedämpft und stoßweise, aber deutlich genug, daß sie erkennen konnte, es war ein Nocturno von Chopin; und sie dachte: »Welch vollkommene Musik für einen Abend und einen Ort wie diesen.«

»Hör nur«, sagte sie zu Lord Groton.

»Ja, was?« Er war ein wenig ärgerlich über die Unterbrechung, während er über den geeignetsten Platz für die Anlage der Öltanks nachsann. Sie müßten in der Nähe des tiefen Wassers sein, aber isoliert wegen der Versicherungsprämien. Morgen würde er auf dem Wege die Lagunen hinab mit Lansbury die Karten durchgehen.

»Musik.«

»Ach so.«

»Es muß ein Europäer sein«, und sie versuchte, ihre Erregung nicht durch die Stimme zu verraten.

»Es ist ein Radio.«

(O du Narr, ich kenne den Unterschied. Es kommt aus dem Haus dort drüben . . . gegenüber dem Hotel, mit der schönen Treppe zum Wasser hinunter. Was für ein wunderbares Haus!)

»Wahrscheinlich kommt es von Radio Madras oder Singapur.«

Dann entdeckte sie durch die großen Fensterbogen des Hauses, daß sie recht hatte. Es spielte in der Tat jemand

Klavier, ein Mann aber kein Europäer. Er war nackt bis zu den Hüften, und in dem matten Licht der altmodischen Lampen schien seine Haut sehr dunkel, aber er spielte Chopin, und nicht einmal schlecht, das stand außer Zweifel. Es war sehr seltsam. Sie hätte dem Schiffer gern gesagt, er solle den Kurs des Bootes ändern und näher an das Haus heranfahren, aber sie kannte die Sprache nicht, und gleich darauf war sie froh, daß sie geschwiegen hatte, denn er hätte Albert gegen das Haus und den Musiker argwöhnisch gemacht. Sie wandte sich ein wenig zurück und beobachtete das Haus, bis das Boot vorbei war und sie den Chopin spielenden Mann nicht länger sehen konnte.

»Vielleicht«, dachte sie, »soll ich doch noch etwas erleben.«

Als sie ins Hotel zurückgekehrt waren, erfand sie eine Ausrede, um in der Halle zu bleiben, und sagte zu Rasmussen, der für sie aufgeblieben war: »Wer wohnt in dem Haus auf der nächsten Insel – dem mit der großen Treppe?«

Rasmussen machte eine große Anstrengung und sagte, sich zusammennehmend: »Ein reicher Halbblütiger, Madame. Er ist ein bißchen einfältig und verläßt die Insel nie.« Er hatte ein- oder zweimal tief Atem holen müssen, bis es heraus war, denn er war ein einfacher, ehrlicher Mann, und das Lügen fiel ihm nicht leicht. Aber Dantry hatte ihn geheißen, so zu antworten.

»Spielt er Klavier?«

Rasmussen stammelte: »O ja, ja. Er spielt Klavier.«

»Komisch – ein Halbblütiger, der Klavier spielt, und noch dazu europäische Musik.«

Wieder würgte Rasmussen. Diesmal mußte er frei erfinden. »Aber er ist in Europa erzogen, Madame.«

»Danke, gute Nacht.«

Als sie sich anschickte, die Treppe hinaufzugehen, erholte sich Rasmussen ein wenig und sagte, die Vorschriften des »Führers und Ratgebers für den Kellner« im Sinn:

»Verzeihung, Madame, ich habe einige Tänzerinnen engagiert.« Sie wandte sich und stieg die Treppe hinan, und Rasmussen blieb verwirrt und ein wenig ärgerlich zurück, weil sie eine so merkwürdig barsche und beiläufige Art hatte. Es war lange her, seit er eine Frau ihrer Art gesehen hatte. Wenn er so richtig darüber nachdachte, so konnte er sich überhaupt nicht erinnern, je so eine Frau gesehen zu haben. Einen Augenblick lang tat es ihm leid, daß sie ins Grand Hotel Oriental gekommen war, und wenn sie auch steinreich sein mochte. Es war etwas Irritierendes an ihr; etwas, was ihn mehr beunruhigte, als ihn Léah je beunruhigt hatte.

Oben kam kurz darauf Lord Groton zu ihr, aber in einer halben Stunde ging er wieder. Nach seinem Fortgang brachte der Wind, der ein wenig gewechselt hatte, den Klang des Klavierspieles wie bestellt in das Schlafzimmer. Er kam leise, bald abklingend, bald stärker zurückkehrend, immer gegen den ersterbenden Trommelton. In der Finsternis daliegend und mit aller Macht hinlauschend, fand sie, daß etwas Dekadentes und Verderbtes darin lag – dieser Gegensatz der Chopinschen Musik und des barbarischen Trommelklanges.

Am Morgen erwachte sie an einem Gemurmel, und etwas verwirrt wunderte sie sich, wo sie war und wie sie da hergekommen war, und sofort danach erinnerte sie sich an die Reise die lieblichen Berge hinab und an den Anblick des Hafens nach Tagesende, und an die Trommeln und Chopin, und plötzlich empfand sie es als ein Glück, zu leben – das erste, ganz bewußte Glücksgefühl seit Monaten und Jahren. Unter ihrem Fenster ging das Gemurmel weiter, und plötzlich packte sie die Neugier, und sie schlug das Netz zurück, erhob sich und durchschritt das Zimmer, um hinauszusehen. Sie sah eine große Menge Menschen aller Lebensalter und beiderlei Geschlechts miteinander schwatzen, und in einem verfallenen kleinen Sommerhaus saß vor einem mit Medikamenten bedeckten Tisch die Frau in dem weißen

Drillichgewand und mit dem sonderbaren Hut, die sie zwei Abende zuvor auf dem Bahnhof in der staubigen Ebene unterhalb der Berge gesehen hatte. Das Gediegene und Beharrende schien ihr auch hier anzuhaften, während sie Temperaturen maß, plauderte und scherzte und die Patienten einer um den anderen an den Tisch herantraten: alte Männer und Frauen, kranke Kinder, Frauen in Hoffnung. Und wieder kam Lady Groton der Gedanke, daß sie diese häßliche Frau gern kennen würde.

»Sie muß in diesem Hotel wohnen«, dachte sie. »Sie muß eine Art Ärztin sein. Wenn ich hinuntergehe, will ich sie ansprechen. Sie wird mir vieles über das Land sagen können.«

Aber bis sie ihr Bad genommen und die kleinen Fehler der Aja ausgeglichen und ihr Gesicht zurechtgemacht und sich angekleidet hatte und endlich hinunterkam, war die Frau fort. Rasmussen sagte: »Sie ist eine sehr beanspruchte Frau. Sie hat vor Sonnenuntergang noch zwei Dörfer zu besuchen.«

Und wiederum empfand Lady Groton ein Bedauern, sie hätte nicht recht sagen können worüber, aber sie hatte ein merkwürdiges Gefühl, als sei sie um etwas gekommen, etwas, dessen Bedeutung sie nicht erklären konnte. Und sie dachte: »Vielleicht ist diese Frau mein Schicksal. Vielleicht bin ich deshalb auf sie aufmerksam geworden.« Aber sofort mußte sie lachen und sich sagen: »Bald werde ich ganz mystisch werden und mir das Horoskop stellen lassen und mir zu meiner Belehrung einen *Guru* suchen.«

Tom Dantry war nicht fortgegangen. In dem Hause auf der Insel wartete er, gebannt in Unentschlossenheit und Schwachheit, und suchte nach einem Kompromiß, damit er bleiben oder sogar sie sehen könnte, vielleicht irgendwie von ferne, ohne sie je entdecken zu lassen, daß er in Nivandrum war. Den ganzen ersten Tag lang wartete er ungeduldig, das Hotel von Zeit zu Zeit mit dem Fernglas beobachtend, ohne den mindesten Blick auf sie zu erhaschen. Und als er am Abend nicht schlafen konnte, spielte er bis lange nach Mitternacht Klavier, in der Hoffnung, sich selbst zu vergessen und durch die Musik ins Gleichgewicht zu bringen.

Es war eigentümlich, wie die Erinnerung an sie ihn noch heute außer Fassung bringen konnte; wie er sie nach so vielen Jahren immer noch in ihrer merkwürdigen Lebhaftigkeit und Klarheit vor sich sah. Wenn er so darüber nachdachte, drängte sich ihm der Gedanke auf, daß irgendein Schicksal sie von Anfang an zusammenband, und daß Groton, ihr Mann, der sie ebenso von Anbeginn getrennt hatte, nun dazu bestimmt schien, sie fast fünfzehn Jahre später wieder zusammenzubringen, nur um abermals zu zerstören, was ihm lieb war. Groton, so dünkte ihn, war ihm von Gott zum Feind gesetzt.

Und dann, am nächsten Morgen, sah er sie, in einem Boot, auf dem Kanal treibend, welcher das Hotel von seinem Hause trennte . . . Die Stehruder wurden von einem alten Fischer namens Raniji und seinem gleichfalls gebeugten Schwager geführt. Als er sie erkannte, fiel es ihm auf, wie sonderbar es war, daß sie die ältesten und häßlichsten Schiffer des Ortes gewählt haben sollte, wo so viele junge und hübsche zu haben waren. Dann dachte er: »Sollte Groton sie gewählt haben? Kann er wirklich so schlecht sein? Er kann sie doch nicht so beleidigen!«

Sie war in halb sitzender, halb liegender Stellung auf Kokosmatten, ganz weiß gekleidet, mit einem breitrandigen Hut aus weißem Stroh, Eine dunkle Frau, vielleicht, nach ihrer Kleidung zu urteilen, eine Aja, kauerte neben ihr. Erst konnte er ihr Gesicht wegen des Hutes nicht erkennen, und er studierte die Gestalt, die sich in den kostbarsten, einfachen Pariser Kleidern verbarg. Was sie trug, überlegte er, mußte so viel gekostet haben, daß es zum Unterhalt einer ganzen Familie in Nivandrum ein Jahr lang gereicht hätte . . . , die Strümpfe, die vollendeten Schuhe, das Kleid, der kostspielige Hut. Dann wandte sie den Kopf um, und das Herz schlug ihm höher, als er die hinreißende reine Linie ihres Nackens und das Oval ihres Gesichtes wieder erblickte, und er sah, daß sie sich kaum verändert hatte. Sie hatte immer noch jenen kindlichen Zug an sich, der ihn stets entwaffnet hatte, und ihr Gesicht zeigte noch den alten Ausdruck wie von Unschuld und Reinheit. Er dachte: »Wie hat sie das fertiggebracht? Was hat sie getan, um sich so unberührt, so unverändert zu erhalten?« Er ward inne, daß sie so begehrenswert war wie einst, vielleicht sogar noch mehr durch Weisheit und Erfahrung, die sie in diesen Jahren gesammelt haben mußte.

Dann verschwand das Boot um das Ende der Insel, und er war wieder allein, ja verloren. Es war aus mit ihm. Er wußte, daß jetzt, nachdem er sie gesehen hatte, seine einzige Rettung wäre, mit Sandy ins Hügelland zu entrinnen. Dafür war es zu spät. Er hatte sie jetzt gesehen. Er mußte mit ihr sprechen und das wiederzufinden versuchen, was sie vor langer Zeit so leichtsinnig fortgeworfen hatten. Dann begann der Wurm, jener Wurm, den Léah erspürt hatte, zu nagen, und er dachte: »Schwäche, das ist es. Wenn ich stark wäre, so würde ich mich davonmachen – jetzt –, noch heute, und dies gute Leben retten, das ich mit soviel Weisheit und Sorgfalt aufgebaut habe.« Aber eine andere Stimme in ihm antwortete: »Du wärst ein Narr, wenn du davonliefest, nun du sie wiedergesehen hast. Du würdest nie wieder Frieden finden. Und warum solltest du auf Befriedigung verzichten? Seine Begier befriedigen ist das einzig Lebenswerte, und die Erinnerung daran ist das einzige, was bleibt.« Und er sagte sich, es sei Schicksal, eine außerordentliche und unglaubliche Schicksalskundgebung, was sie in das Hotel dort gegenüber seinem eigenen Hause gebracht hatte, und dem Geschick zu widerstreben sei reine Narrheit. Und wieder sagte eine andere Stimme: »Schicksal ist nichts als eine Verbindung aus dem eigenen Charakter und den Lebensumständen, in die man gesetzt ist. Die Saat des Schicksals ist mit der Geburt gegeben.« Wenn er nur einfach und ehrlich, wie Rasmussen und Sandy wäre! Den ganzen Tag lang nagte der Wurm, bis er wußte, was einzig zu tun blieb, um sich Frieden zu schaffen.

Im Laufe des Tages brachte ihm Silas, als er vom Festland zurückkam, das Gerücht, Lord Groton sei fortgefahren und würde nicht vor zwei Tagen zurückkehren, und heute abend würden die Tänzerinnen ins Hotel kommen, um ihre Vorführung in der großen Halle vor Lady Groton allein zu machen.

Als er hiermit fertig war, sagte Silas: »Ich habe Botschaft von Maria. Sie möchte wissen, ob sie heute abend auf die Insel kommen soll?«

Einen Augenblick schwieg er, dann sagte er schnell:

»Nein. Sag ihr, vielleicht morgen, aber nicht heute abend. Ich werde ihr Nachricht geben.« Dies Hin- und Herbringen von Botschaften zwischen Maria und ihm war nun Gewohnheit geworden. Es war ungefähr, als bestellte Dantry etwas beim Gemüsehändler.

»Und sie sagt, das Jüngste hat Kolik«, fuhr Silas fort.

»Dann ist es besser, sie bleibt bei ihm.«

Als Silas sich zum Gehen wandte, sagte Dantry zu ihm: »Nimm dir den Abend frei, wenn du möchtest. Geh deine Frau besuchen.«

»Danke, Sahib«, und damit ging Silas fort.

Es ging alles nach dem alten Schema, als wäre nichts geschehen, als sei Silas nicht ein halbblütiger Bursche im toten, vergessenen Nivandrum, sondern ein Diener in seiner Wohnung in der Bruton Street wie vor langer Zeit. Er hatte gleichsam keine Gewalt mehr über seinen eigenen Willen, und sein Handeln wurde wie getrieben von etwas, was stärker war als er selbst.

Der Tag schien nicht enden zu wollen, und um acht Uhr begann er sich anzukleiden, allein, denn Silas war schon gegangen und als er fertig war, in schwarzen Beinkleidern und Weste und dem eleganten weißen Abendjackett, das er seit Monaten und Jahren nicht getragen hatte, kam ihm ein anderer Einfall. Er legte den ganzen Anzug noch einmal ab und kleidete sich in einen purpurnen Sarong mit einem Unterhemd, einer weißen Drillichjacke und mit Sandalen an den nackten Füßen.

»Das ist besser«, dachte er, »das wird ihr sagen, was ich getan habe und was mit mir geschehen ist.«

Dann ging er in den Garten und pflückte einen großen Strauß Jakarandablüten, schritt die Treppe hinab und bestieg ein Kanu, in dem er über den Kanal ruderte. Es war nun ganz dunkel. Sie konnte ihn von ihrem Fenster aus nicht sehen.

In der großen Halle stand Rasmussen in seinem Kellneranzug, eine Serviette über dem Arm, neben einem Tisch, der für eine Person gedeckt war. Beim Anblick Dantrys kam ein Ausdruck des Staunens in seine hellen, blauen Augen. Dantry beantwortete den Blick, noch ehe Rasmussen sprechen konnte.

»Es ist alles in Ordnung. Sehen Sie nicht so erschreckt aus, Rasmussen. Ich habe mir's anders überlegt. Legen Sie noch ein Gedeck auf.«

»Aber . . . «

»Keine Sorge, es ist recht so. Tun Sie, wie ich sage. Und wenn es nicht recht ist, so macht es nichts aus.«

Es war der alte Ton, der Ton, den zuletzt der bretonische Kapitän zu hören bekommen hatte, der Ton der Autorität, ja der Anmaßung, an den sich Rasmussen aus weiter Ferne als an die Tonart jener erinnerte, die mit allen Vorrechten geboren sind, die Tonart der Schwerreichen. Es war nicht mehr die Stimme Dantrys, der sein Freund war.

Während Rasmussen das Gedeck hinlegte, nahm Dantry den kümmerlichen Blumenstrauß, den Léah auf den Tisch gestellt hatte, fort und stellte dafür den Jakarandastrauß mit seinen glühenden Farben hin. Darauf machte er sich an dem alten Radio zu schaffen, bis er an Musik kam, die diesmal aus dem Hotel Raffles in Singapur stammte. Dann zündete er sich eine Zigarette an und wartete, innerlich bebend vor Erregung, nicht nur in der Erwartung, sie wiederzusehen, sondern in dem Gedanken, eine Frau, sei sie, wer sie wolle, aus seiner alten Welt zu sehen: elegant, kostspielig, frivol. Durch den großen Torbogen am Ende des Raumes konnte er oben die sprühende Musik aus Singapur vernehmen, und dazwischen einzelne Töne, da die Musiker, welche zum Tanze aufspielen sollten, in den Garten gekommen waren und ihre Instrumente stimmten. Einen Augenblick lauschte er darauf, dann drehte er das alte Radio ab, ging bis zur Tür und befahl den Musikanten, zu spielen, wo sie waren, im Garten, bis es Zeit war für das Erscheinen der Tänzerinnen.

Ein wenig vor neun Uhr kam sie die Treppe herab, ganz in Weiß gekleidet, in einer Abendtoilette, als ginge sie zu einem Dinner im Savoy. An einem Arm trug sie drei weiße Armbänder mit Diamanten und Smaragden, und als er sie sah, dachte er: »Wie leer muß ihr Leben sein, daß sie sich diese Mühe gemacht hat, wenn sie allein speist«, und wie er dann alte Erinnerungen ausgrub, sagte er sich, dies sei genau, was er hätte erwarten müssen bei ihrer Liebe zu Eleganz und Juwelen.

Sie bewegte sich langsam, den Blick auf die Stufen vor sich gerichtet, als fürchte sie sich, auszugleiten. Er war ihr gegenüber im Vorteil, denn es war klar, daß sie sich allein wähnte; und weil sie sich nicht beobachtet glaubte, konnte er sie sehen, wie sie war, vielleicht zum erstenmal. Er hatte sehr bald den Eindruck von innerer Ferne und Stolz und Selbstgenügsamkeit und Müdigkeit, und dies war sogar ihm, der sie so gut gekannt hatte, neu an ihr. Und wie eine Offenbarung kam ihm der Gedanke, daß sie so lieblich und unverdorben durch all diese Jahre gekommen war, weil nichts sie auch nur berührte. Sie war unversehrt, vollkommen, in sich vollendet, ein Kunstprodukt einer dekadenten Kultur. Er dachte: »Seltsam. Es ist, als hätte sie nie etwas erlebt.«

Als sie die schöne Treppe etwa halbwegs herabgestiegen war, hob sie den Kopf und, den Blick in den Raum gerichtet, gewahrte sie ihn. Er stand neben dem Tisch und rührte sich nicht, noch änderte sich etwas in seinem Gesicht. Er schaute sie nur an, innerlich belustigt, wie lange es dauern würde, bis es in ihr aufdämmerte, wer er war. Selbst wenn sie ihn erkannte oder zu erkennen meinte, würde sie nicht glauben können, daß er in Nivandrum, hier, im Grand Hotel Oriental, sei. Aber sie war schneller und klüger, als er für möglich gehalten hätte. Sie sah ihn, in den Sarong, das Unterhemd und die Sandalen gekleidet, und ihr gelangweilter, gleichgültiger Blick bekam sofort den Ausdruck des Interesses; und doch änderte sich ihre Haltung nicht, vielmehr ging sie ruhig die Treppe bis zu Ende hinab, blieb dann stehen und sah ihn wieder an, diesmal frank und kühn und mit einem merkwürdigen Blick, wie eine Kurzsichtige, fast eine Minute lang, und ihre Ausgeglichenheit und Unerschrockenheit wühlte alte Erinnerungen in ihm auf, daß ihm das Herz fast zersprang.

Dann plötzlich lächelte sie – ihr altes, unverwandeltes Lächeln, durch das ihre schlummernde Vitalität gleichsam hindurchschimmerte, den anderen umfangend und wärmend. Sie sagte: »So bist du der Halbblütige, der Chopin spielt?« Sie trat etwas näher heran und sprach: »Laß mich dich ansehen. Ja, du bist es. Es kann niemand sein als du, mit diesen großen, leidenden, dunklen Augen.« Nun lächelte er und ging auf sie zu, ein wenig scheu und unsicher, was er tun solle. Verführt von der Tatsache, daß sie noch fast genauso aussah wie bei ihrer letzten Begegnung, war seine erste Regung, sie zu küssen, aber schnell genug wußte er, daß er das nicht tun konnte wegen Rasmussen, der sie beobachtete. So nahm er statt dessen ihre Hand und bemerkte etwas Sonderbares. Es waren Tränen in ihren Augen, in denen er nie andere Tränen als solche des Zornes gesehen hatte.

»Du bist gemein, mich so ahnungslos zu überrumpeln.

Du hättest mir ein Wort senden können. Achte nicht darauf, wenn es mir nach Weinen zumut ist. Es ist etwas Schreckliches in mir vorgegangen.« Wieder sah sie ihn an und sagte: »Ich weiß nicht, was ich tue. Gib mir einen Augenblick Zeit.« Sie schloß die Augen eine Sekunde lang, dann fragte sie, als sei nichts geschehen: »Was tust du hier, in dieser Kleidung?«

»Ich lebe hier. Das ist mein Haus, dort auf der Insel.«

Sie lächelte. »Mußt du deinen Lebensunterhalt suchen?«

»Nein, ich habe immer noch genug Geld.«

»So, du wirst von zu Hause ausgehalten.«

»Das auch nicht – nicht ganz.«

»Ich habe immer gehört, daß für einen Weißen im Orient ohne feste Arbeit das eine oder andere zutrifft.«

»Ich schmeichle mir, daß ich mich von beidem freigemacht habe. Ich habe einen Präzedenzfall geschaffen. Im Hinblick auf Europa, wie es ist, sollte es Mode werden.«

Sie lächelte wieder, diesmal ein wenig zynisch, so daß er einen plötzlichen Einblick in eine Härte hatte, die ihm an ihr neu war. »Vielleicht«, sagte sie, »immerhin, es ist mir lieber, dich hier gefunden zu haben als irgend jemand anders in der Welt. Weißt du, es ist komisch, ich dachte an dich auf dem Weg hierher.«

»Danke.«

»Laß uns nicht so sein. Laß uns nicht da anfangen, wo wir aufgehört haben.«

»Also. Wie denkst du über einen Cocktail? Dabei würden wir uns natürlicher vorkommen.«

»Ja, wahrhaftig, es ist sozusagen eine ungewöhnliche Situation.«

»Ja, daß du hierherkommen mußtest.«

»Aber ungewöhnliche Dinge passieren eben selten gewöhnlichen Menschen.«

»Danke nochmals.«

»So etwas wäre wirklich gewöhnlichen Menschen nicht passiert. Eine alltägliche Frau hätte Albert allein herreisen lassen und wäre im Regierungsgebäude geblieben und würde Bridge spielen. Ein alltäglicher Mann stünde nicht jetzt hier im Grand Hotel Oriental, gebräunt wie ein Eingeborener und in einen Sarong gekleidet.«

»Eingeborener ist ein Wort, das ich nicht mag.«

»So, du hast Grundsätze.«

»Habe ich die nicht immer gehabt?«

»Ja, aber in einen Schrank weggepackt, ohne sie je zu gebrauchen, außer, wenn es gut war, langweilige, lästige Menschen damit zu blenden und loszuwerden.«

»Immer noch die scharfe Zunge.«

Dann sagte er Rasmussen, er solle Gin und Zitronensaft bringen, und bereitete selbst das Getränk. – Es ging besser, als er sich vorgestellt hatte, viel besser. Es gab keine Fremdheit zwischen ihnen. Es war, wie sie nahegelegt hatte, als fingen sie da an, wo sie aufgehört hatten. Sie mußten sich gewandelt haben. Es war unmöglich für zwei Menschen, so viele Jahre getrennt zu leben, ohne sich zu wandeln. Und doch waren sie im innersten Herzen beide die gleichen geblieben. Sie hatten sofort Feuer gefangen, und die alte Erregung, welche sie, von allen Frauen, die er kannte, nur sie, in ihm weckte, war wieder da. Er dachte: »Sentimental – meinetwegen –, aber wir müssen füreinander bestimmt sein, zum Guten oder zum Schlimmen.«

Nachdem der erste Schreck der Überraschung von ihr gewichen war, fühlte sie sich erleichtert und natürlicher. Als er sie, mit leiser Ironie in der Stimme, fragte: »Warum ist der edle Lord Groton hier?« lächelte sie und sagte: »Es ist ein Geheimnis. Ich darf es nicht sagen.«

»Es wird Geld zu machen sein, denke ich mir.«

»Ja, wenn es gut geht. Sei nicht höhnisch.«

»Es ist doch nicht etwa ein Plan, den Hafen wieder zu eröffnen?«

»Es könnte sein.«

»Und er hat die Informationen im voraus gekauft.«

»Nicht weiter. Ich werde dir nichts sagen.«

»Ich glaube, ich habe es erraten.« Sein Gesicht wurde einen Augenblick ernst. »Das bedeutet, daß ich von hier verjagt würde, gerade wo ich für mein Leben seßhaft werden wollte. Er wird wahrscheinlich mein Haus niederreißen und Öltanks an seine Stelle setzen.« Der scharfe Zug um seine Mundwinkel verhärtete sich.

»Nun, für dies eine Mal stößt er auf jemanden, der es mit ihm aufnimmt. Die Insel gehört mir. Er wird sie sein Lebenlang nicht bekommen. Ich denke wohl, daß ich ihn überleben werde.« Seine Stimme hob sich ein wenig. »Du kannst ihm das von mir sagen. Er hat mir eines genommen. Er wird mir nicht noch ein anderes nehmen. Nicht für all sein Geld.«

Ruhig sagte sie: »Laß uns das vergessen. Laß uns nicht den Abend vergiften durch Reden über Albert. Jedenfalls nicht heute. Er hat mir so viele Abende vergiftet.«

»So hatte ich recht. Er ist um kein Haar besser geworden. Die Zeit hat ihn nicht anständig und dich nicht gleichgültig gemacht.«

Sie setzte ihr Glas nieder. »Wenn du weiter über Albert redest, so gehe ich hinauf und esse mein Dinner im Bett. Es ist mir ernst. Höre.« Sie schwieg einen Augenblick und lauschte auf die Musik im Garten, gegen den fernen Trommelklang. »Warum sollen wir uns das verderben? Du hast kein bißchen leben gelernt, seit wir uns das letztemal sahen. Du hast es nie verstanden, einer Gelegenheit das Äußerste abzugewinnen.«

»Wenn du damit sagen willst, daß Leben so viel bedeutet, wie Genuß und Erregung hier und dort herauszupressen, wo es bequem und opportun ist . . . «

»Ich meinte nichts dergleichen. Du kannst mir noch einen Cocktail geben und dir selbst noch einen machen. Wenn ich mich recht erinnere, so pflegtest du nach ein oder zwei Glas deine Prinzipien in den Schrank zu tun und den Schlüssel wegzuwerfen.«

Er bereitete ein frisches Getränk, und sie sagte: »Das Schlimmste ist, daß du Utopist bist.«

»Vielleicht.«

»Du möchtest die ganze Welt ändern, aber du arbeitest nie dafür. Und wenn sie sich nicht ändert, wirst du verdrießlich.«

»Fahre nur fort. Schilt mich aus.«

»Dann vergiß Albert. Er braucht uns nichts anzugehen. Er ist ein Außenseiter. Das war er immer. Deshalb mußte er soviel Geld verdienen. Er mußte einen Ausgleich haben, aber er ist trotzdem noch ein Außenseiter, für jedermann und für alles in der Welt. Er würde alles hergeben, was er hat – all sein Geld und seine ganze Macht –, für fünf Minuten wie diese mit mir oder überhaupt mit irgendwem in der Welt – und wäre es sein Kammerdiener. Also, das ist Albert. Schwamm darüber! Fertig! Kein Wort mehr von Albert – dem großen Lord Groton . . . , dem armen Lord Groton, dem belanglosesten und tragischsten Manne der Welt.«

»Er hat die Macht, Menschen zu verletzen und ihr Leben zu ruinieren.« Aber sie sagte in festem Ton: »Nichts mehr von Albert. – Wollen wir nun die Tänze sehen – wie eine Nummer in einem Restaurant des Westend?«

»Ja, wenn du willst. Sie werden endlos tanzen, bis man sie unterbricht. Es ist eine Art Marathon-Tanz.«

»Lassen wir sie kommen und setzen wir unser Essen fort. Mir geht es ausgezeichnet, und ich bin sehr hungrig. Die Hitze bekommt mir vorzüglich.«

»Die Engländer reden eine Menge Unsinn über die Hitze und die Sonne. Sieh mich an. Ich lebe die Hälfte der Zeit wie ein Fischer. Nie im Leben war ich gesünder und abgehärteter.«

Sie betrachtete ihn langsam vom Kopf bis zu den Füßen, die Augen halb schließend und mit dem Ausdruck der Zustimmung. »Ich muß schon sagen, es steht dir gut. Ich habe dich nie so schön gesehen. Und der Sarong ist sehr kleidsam. – Gestern abend sahst du sehr gut aus, als du Klavier spieltest. Ich wurde ganz aufgeregt in dem Gedanken, du seiest ein Fremder und ich könnte eine neue Eroberung machen.«

»Ich kann es nicht leiden, wenn du so redest. Das ist ordinär.«

»Du wirst doch nicht auf dich selber eifersüchtig werden? Das wäre ein wenig zu kompliziert, selbst für dich, mein Lieber.«

»Verteufelt, ich wünschte, du könntest ein einziges Mal einfach sein. Wir reden zu viel.«

»Und primitiv?«

»Ja, verteufelt noch mal, primitiv.«

»Hast du hier Stunden genommen?«

»Ja, und ich hatte meine Lektion beinahe gelernt, als du erschienst. Ich hatte recht. Ich hatte im Sinn, fortzulaufen und dich nicht zu sehen. Das hätte ich tun sollen.«

»Ja, das hättest du tun sollen. Vielleicht wäre es für uns beide besser gewesen. Aber was macht es? Wir haben jetzt unseren Spaß. Und Spaß liegt nicht auf der Straße herum, daß man ihn nur so aufzulesen braucht.«

Rasmussen servierte die kalte Suppe, die blauen Augen weiter als je vor Staunen geöffnet, nicht nur, daß diese beiden einander so gut zu kennen schienen, sondern auch, weil die Bruchstücke der Unterhaltung, die er aufschnappen konnte, so kompliziert und rätselhaft waren. Er spitzte die Ohren, denn jedesmal, wenn er in die Küche kam, fiel Léah begierig über ihn her und fragte ihn aus, was er gehört hätte, und er konnte ihr nichts sagen. Wenn er Wort für Wort wiederholt hätte, was er aufgefangen hatte, so hätte es beiden gleich wenig bedeutet. Beim Eintreten in die Küche mußte er immer die Tür sehr vorsichtig öffnen, weil Léah dahinter stand und durch das Gitter etwas zu erhaschen suchte.

Dantry sagte zu Rasmussen: »Lassen Sie die Tänzerinnen hereinkommen. Wir möchten sie während des Essens sehen.«

Dann hörte er Lady Groton fragen: »Waren deine Stunden erfolgreich?«, und sein einfaches Gemüt erschrak ein wenig über ihren Blick, aus dem Verlangen und Erregung sprachen.

»Ja, durchaus.«

Dann kam die Tanzgruppe herein, und sie wandten sich beide der Vorführung zu.

Erst kam das kleine Orchester: ein Trommler, ein Mann, der Harmonium spielte, ein Flötenspieler und ein junger Bursche mit einer ländlichen Fiedel. Sie kauerten an der entgegengesetzten Seite des Raumes am Boden nieder, fröhlich und strahlend in ihren Galagewändern wie Tropenvögel, und dann kamen ohne Feierlichkeit die beiden Tänzerinnen herein. Sie waren plump, und keine von ihnen war jung, denn sie waren beide von der alten Ranee entlassen und in ihre Heimatstadt Nivandrum zurückgekehrt, um mit dem Gelde und den Juwelen, die sie seit ihrem Austritt aus der Tempelschule in Tanjore gesammelt hatten, ein behagliches Leben zu führen. Sie waren noch farbenprächtiger als Paradiesvögel gekleidet, in Gold und Silber und froher Buntheit, mit Kopfschmuck aus echten Blumen, bei deren Anblick Dantry eine Erinnerung durchzuckte.

Lady Groton sagte enttäuscht: »Sie sind weder jung noch schön.«

»Warte nur«, sagte Dantry.

Dann sprach eine der Tänzerinnen zu ihm in der einheimischen Sprache, und als er geantwortet hatte, sprach sie wiederum zu dem kleinen Orchester, das daraufhin zu spielen begann. Lady Groton sah ihn ein wenig erstaunt an und sagte: »Du bist sehr gescheit. Was haben sie gesagt?«

»Sie fragten mich, was Eure Hoheit – sie sagten wirklich, ›ihre Hoheit‹ – getanzt sehen möchte. Ich sagte ihnen, sie möchten den Drachentanz und dann Krishna und Gopis und die Legende von Rama tanzen. Sie sind alle sehr lang. Du wirst wohl genug davon haben, ehe sie fertig sind.«

Die Tänzerinnen setzten sich in Position, was zuerst sehr häßlich und künstlich erschien, bis plötzlich mittels zarter, schwingender Bewegungen die Schönheit all der Statuen und Schnitzereien über sie zu kommen schien, die über den Orient verstreut sind. Im Zuschauen ging es Dantry auf, daß es gut war, daß sie weder jung noch schön waren, denn Jugend und Schönheit hätten die Aufmerksamkeit vom Wesentlichen abgelenkt, nämlich von dem Tanze selber und der Schönheit der altertümlichen Grundformen aus einem Zeitraum von über tausend Jahren, die bis zur Höhe und Feinheit der Dekadenz ausgearbeitet waren. Es war keine Spur von Realismus mehr in ihrem Tanze, noch irgendein Zugeständnis an Wollust und Begierde. Jedes einzelne Element, jede Bewegung hatte seinen Urgrund in der Zeit vor einem Jahrtausend, in einer Filigranarbeit, in dem Teil eines Frieses, auserlesen an und für sich und ohne Beziehung auf irgend etwas. Es war reine Kunst, bis zur äußersten Verfeinerung getrieben, hinter der es nur noch Verfall und das Nichts und schließlich Neubeginn geben konnte.

Dantry beobachtete Lady Groton und sah, daß auch sie von der Schönheit des Tanzes wie gebannt war. Sie hatte vergessen, ihren Kaffee zu trinken. Die Zigarette war ihr ausgegangen, und sie saß ganz in den Anblick versunken. Er hatte gefürchtet, sie hätte etwas Oberflächliches erwartet und würde enttäuscht sein und damit ihrerseits ihn enttäuschen. Es war eine Art Prüfstein. In alter Zeit hätte er gewußt, daß sie es verstehen würde, aber jetzt, an diesem Abend, hatte er sich unsicher gefühlt, und es hatte ihn etwas beunruhigt.

Sie hatte nicht versagt. Sie hatte in all diesen Jahren nicht verloren, weder an Geschmack noch an innerem Verständnis, und wie er so an ihrer Seite saß, durchdrang ihn wieder ihre Vollkommenheit, ihre Vornehmheit, und ihr Gleichgewicht, alles unterstützt von ihrer Kleidung, ihren Juwelen, ihrem Haar und der Anmut, mit der sie dasaß, ein wenig zurückgelehnt, lauschend und beobachtend und ganz von dem Schauspiel hingenommen. Und es wollte ihn plötzlich bedünken, er habe ihr tiefstes Wesen durchschaut. Er dachte: »Sie ist eine der letzten Gestalten eines Typus, der bald von der Welt verschwunden sein wird, weil diese keinen Platz mehr dafür hat.« Sie war nicht, wie Lord Groton, eine Art schwammiges Schnellgewächs, über Nacht emporgeschossen im Schmutz der Welt; sie war das Erzeugnis von Jahrhunderten der Muße, der Vorrechte und der Verantwortung, der Intelligenz und des Gefühls und der Bildung. Und eben jetzt näherte sich die Kultur, die Epoche, der sie angehörte, ihrem Ende, und darum gab es weder für sie noch für ihn den richtigen Platz; beide waren sie angerührt von dem Zerfallsprozeß des Überalterten. Und er fürchtete, daß es ihren Kern schon angegriffen hatte. Und plötzlich sah er innerlich Groton vor sich als den Samson, der den stolzen Bau der Zeit ins Wanken brachte und sie alle unter den Trümmern begrub.

Nun ging die Legende von Rama und Sita zu Ende, und die Tänzerinnen standen erhitzt, aber nicht ermüdet, in altertümlicher Stellung Seite an Seite, den einen Fuß rechtwinkelig vor den anderen gesetzt, und erwarteten weitere Weisung. Dantry schaute nach der Uhr. Es war lange nach Mitternacht, und er sagte den Tänzerinnen in ihrer Sprache: »Es ist genug. Ihre Hoheit findet Sie wundervoll, und sie wird dafür sorgen, daß Sie ein reiches Geschenk erhalten. Ich glaube, sie möchte Sie gern noch einmal sehen.« Lächelnd und mit dem orientalischen Gruß zogen sich die Tänzerinnen zurück.

Lady Groton sagte: »Ich hätte sie gerne noch länger gesehen.«

»Nein, das war genug. Mehr wäre zuviel. Wir wollen sie noch einmal kommen lassen. Du mußt nicht alles auf einmal schlucken wollen.«

Sie sah ihn lächelnd an: »Du tätest gut daran, deinen eigenen Rat zu befolgen.« Sie nahmen noch einen Kognak, und dann sagte sie: »Ich finde sie wundervoll. Wenn ich in ihrem Alter das noch machen kann . . . Für wie alt hältst du sie?«

»Fast sechzig, würde ich sagen.«

»Was mögen sie für gymnastische Übungen machen?«

»Machst du welche?«

»Bis jetzt nicht. Aber ich denke, ich muß nächstens daran denken.«

Ihr Gesicht zeigte plötzlich den Ausdruck des Schreckens und Ärgers. »Den Gedanken an Altwerden kann ich nicht ertragen. Wenn ich mich je alt *fühlen* sollte, nehme ich mir das Leben.«

»Schlimmer noch ist, alt *sein* und sich jung *fühlen*.«

»Das hättest du nicht zu sagen brauchen.«

»Nein, vermutlich nicht. Ich weiß wohl, was du damit sagen willst.«

»Gib mir noch einen Kognak. Ich habe allmählich das Gefühl, daß die Zeit kurz wird, und ich habe soviel versäumt.«

»Du hast schon ziemlich viel getrunken.«

»Warum nicht? Haben wir nicht etwas zu feiern? Das war immer der Kummer mit dir. Du hast dich immer aus Ärger über dich selbst oder aus Depression betrunken – nie aus Freude.«

So schenkte Dantry beiden noch einmal ein und sagte: »Du mußt mein Haus ansehen kommen. Es ist sehr schön . . . , von Holländern erbaut, als Nivandrum noch ein bedeutender Hafen war, vor etwa zweihundert Jahren.«

»Ich habe das gemerkt. Ich wollte es für mich haben.«

»Wofür denn?«

»Als Zuflucht, wenn ich alt bin. Es könnte um einen Schatten besser sein als Selbstmord.«

»Es ist viel besser, glaub mir. Es ist ein wenig wie neu geboren werden.«

Sie blickte ihn scharf an, dann sagte sie: »Wenn du schon neu geboren wärest, dann würdest du jetzt nicht mit mir an diesem Tische sitzen. Dann würdest du ins Gebirge entflohen. Dann würdest du mich meiden wie die Pest.«

»Vielleicht.«

»Da ist kein ›vielleicht‹ dabei. Du mußt endlich aus deinen ewigen Selbsttäuschungen herauskommen.«

»Was hilft es, sich das Leben unerfreulich zu machen?«

Und auf einmal war es, als sänke er in sich zusammen; er sah müde aus, als sei alle Vitalität aus ihm geschwunden.

Dann schwiegen sie und lauschten auf den Trommelklang, wie er nach und nach auf einer Insel um die andere erstarb, bis sie, wie aus einer schnellen Eingebung, sagte: »Warum sollte ich eigentlich nicht jetzt dein Haus ansehen kommen? Ich könnte unmöglich schlafen, wenn ich jetzt zu Bett ginge, und es ist eine herrliche Nacht.«

Einen Augenblick dachte er nach, denn der Wurm arbeitete mächtig in ihm. Es lag nicht in seiner Absicht, an einem Abend soweit zu kommen. Er hatte sie etwas in der Distanz halten wollen. Selbst jetzt war es ihm ungewiß, was er von ihr wollte.

Sie sagte: »Wenn Albert zurückkommt, wird es schwieriger sein. Er ist so ein Narr.«

Er antwortete ohne Begeisterung, ein wenig matt, denn er fürchtete sich:

»Ja, das ist eine gute Idee. Ich nehme dich in meinem Kanu hinüber. Wir trinken ein Glas, und dann bringe ich dich zurück.«

Sie hatte wohl bemerkt, daß er aus irgendeinem Grunde plötzlich kalt geworden war und sich von ihr im Geiste auf eine große Distanz zurückzog, und diese Erkenntnis machte sie stutzig, ärgerlich und ungewiß. Zum erstenmal hatte sie den Eindruck, daß er sich verändert hatte; es war etwas Neues und Seltsames und Aufreizendes in ihm.

»Bringe ich dich nicht in Verlegenheit mit meinem Besuch?« fragte sie. »Ist etwa eine Frau im Haus?«

»Nein, es ist keine Frau da.« Er stand plötzlich auf und sagte: »Wollen wir gehen?«

Er blieb am Tisch sitzen und sah ihr nach, wie sie die lange Treppe hinanstieg; er war ärgerlich und unzufrieden mit sich selbst, weil der feine Duft des Abends plötzlich dahin und an seine Stelle eine Art unbestimmter Angst getreten war, ohne daß er hätte sagen können, warum und wovor. Nach einer kleinen Weile kehrte sie in einem langen roten Samtmantel zurück, den sie über ihr weißes Seidenkleid geworfen hatte. Als er sie sah, bemerkte er: »Das ist kein sehr passender Anzug für eine Wasserfahrt. Wir fahren nicht in einem Rolls-Royce-Wagen nach der Bruton Street. Er wird arg mitgenommen, vielleicht sogar durchnäßt werden.«

Sie lächelte: »Es macht nichts. Es ist ein alter Mantel.«

»Ein Mantel«, sagte sich Dantry, »der, nach Material und Zuschnitt zu urteilen, seine fünfzig Pfund Sterling gekostet hat.« Es war klar, daß er weder alt noch vertragen war.

Zu Rasmussen sagte er: »Lady Groton möchte sich mein Haus ansehen. In einer halben Stunde wird sie zurück sein«, und Rasmussen sagte mit einem Blick, der immer noch sein Erstaunen wiederspiegelte: »Jawohl, Sir« (nach seinem Handbuch für Kellner), genau als wäre Dantry ihm ein Fremder.

Sie gingen den schmalen Pfad unterhalb der Palmbäume hinab, und Rasmussen blieb verdutzt zurück und folgte ihnen mit den Augen, bis sie beide das Kanu bestiegen hatten und Dantry abstieß. Als er in die Küche zurückkam, fand er sie leer, und nach einer Weile entdeckte er, daß Léah draußen im Schatten der Krotonsträucher war und das Kanu beobachtete, bis es in der Dunkelheit verschwand, die zwischen den beiden Inseln lagerte. Als sie sich wandte und auf ihn zukam, erinnerte er sich scharf an ihre Prophezeiungen an jenem Abend vor langer Zeit, als Dantry die Insel eben betreten hatte.

Sobald sie dicht bei ihm war, sagte sie: »Diese Lady Groton ist eine schlechte Frau«, und in ihren Augen las Rasmussen, daß sie die Engländerin ebensosehr haßte, wie ihr Dantry verhaßt war.

Ein Stück weiter unten im Garten, hinter einem kleinen Gebüsch verborgen, saß Bates, immer noch in seinen dunklen Kleidern, eine Pfeife rauchend, und erging sich in philosophischen Grübeleien über das Betragen von Menschen, die Revolutionen und Kommunismus verursachten. Den ganzen Abend hatte er von seinem Versteck aus Ihre Ladyschaft mit dem Fremden durch den großen Torbogen beobachtet und sich gewundert, wer Dantry wohl sein könnte – bis er endlich seine Neugier nicht länger zügeln konnte und in die Küche ging, um sich so weit zu erniedrigen, daß er die heidnische Köchin ausfragte. Er konnte nicht ergründen, warum Ihre Ladyschaft sich so vertraulich benahm, wie es ihr ganzes Gebaren, ihr Gesicht, ihre Stimme verrieten. Er kannte den Gesichtsausdruck, den sie heute zeigte, und er wußte, was er bedeutete. Er kannte die plötzliche Wandlung in ihrer Stimme. Es war immer so, als erwache sie unvermutet zum Leben.

Als sie nach der Insel hinüberfuhren, belebten sich Dantrys Lebensgeister wieder, angefacht von der Schönheit des Abends und dem Ton einer einzigen Trommel, welche aus dem abendlichen Gemisch von Klängen übriggeblieben war. Die anderen waren verstummt, und nur die eine Trommel, von dünner Flötenmusik begleitet, ertönte weiter; sie schien vom Festland her aus der Nähe von Sandys Grundstück herüberzuklingen und zog seine Gedanken wider seinen Willen zu Maria – zu jener Maria, welche bis noch vor drei Tagen sein Leben erfüllt und ihm Glück und Frieden gebracht hatte; derselben Maria, die nun seit der Abenddämmerung für ihn einfach ein eingeborenes Mädchen war, für das er kein besonderes Interesse hatte.

Vor ihm saß Alix in ihrem Purpurmantel, im Kanu zurückgelehnt und ihre Hand im Wasser schleifen lassend, wie ein Kind, das bei einer Bootspartie spielt, und das Phosphoreszieren des Wassers beobachtend, das aufleuchtete, sooft ihre Hand die Oberfläche berührte. Sie schwieg während der ganzen Fahrt, bis er plötzlich fragte: »Woran denkst du?« und sie lachend antwortete: »Ich denke darüber nach, wie unglaublich diese ganze Nacht ist.«

Am Fuße der Treppe landete er das Kanu im Schatten des großen, schweigenden, dunklen Hauses, und ans Ufer springend, half er ihr heraus. Während er es festmachte, wartete sie und schaute sich um, den Kopf leicht zurückgebogen, die nächtlichen Düfte des Jasmin, der Mangrovesümpfe und der Würzkräuter einatmend, die ihm so vertraut waren. Einen Augenblick lang schien sie vergessen zu haben, wo sie war und daß er in der Nähe war, denn als er das Kanu befestigt hatte und neben ihr stand, blieb sie reglos und stumm.

Er sagte: »Begreifst du jetzt, warum ich es so sehr liebe? Warum ich nie wieder von hier fort möchte?«

Wie aus einer großen Ferne zurückkehrend, sagte sie: »Ich begreife.« Dann machte sie innerlich einen gewaltigen Ruck, um wieder in der Wirklichkeit zu stehen, und sagte bitter: »Es wäre sehr schade, wenn man Albert all diesen Frieden und diese Schönheit zerstören ließe.«

»Gibt es keine Möglichkeit, ihn daran zu hindern?«

»Ich weiß nicht. Ich habe ein seltsames Gefühl, als sei dieser Ort Alberts Ende. Es kommt mir vor, als sei er stärker als selbst der große Lord Groton. Ich möchte immer hierbleiben und jene andere Welt nie wiedersehen.« Und plötzlich stieg ihr der Gedanke wieder auf, an Hugo Deakin zu kabeln – aber wie konnte man von einem solchen Ort aus kabeln? – Er antwortete ihr nicht, sondern sagte nur: »Laß uns hineingehen und etwas trinken.«

Er führte sie die große Treppe hinan, und etwa auf der Hälfte derselben fragte sie: »Ist niemand da? Ist das Haus leer?«

»Ja, ich habe meinem Burschen einen freien Abend erlaubt.«

»Und das Haus steht ganz offen?«

»Niemand in Nivandrum würde mir etwas stehlen.«

Sie lachte barsch auf. »Das würde sich alles ändern, wenn Albert seine Absichten hier durchsetzte.«

In dem großen, balkonartig offenen Zimmer zündete er

die Petroleumlampe an und ging selbst die Getränke holen, und als er zurückkam, fand er den Raum leer und Alix wieder draußen auf der Terrasse, wie hingerissen vom Anblick des Hafens. Sie befand sich in halb sitzender, halb liegender Haltung auf dem mit Fellen und Kissen bedeckten indischen Bett, mit einem Fuß auf dem großen Tigerfell auf dem Fußboden neben ihr.

Als sie ihm das Getränk abnahm, sagte sie: »Ich finde, du bist sehr glücklich, und weiser, als ich dir zugetraut habe.«

»Ich war an dem Punkte angekommen, wo ich die Wahl hatte zwischen Selbstmord und der Entdeckung eines solchen Erdenflecks.«

»Das kann ich verstehen.«

Dann plauderten sie eine kleine Weile, fast scheu, von dem Leben, das sie einstmals gemeinsam geführt hatten, und von gemeinsamen Bekannten von damals, und was aus ihnen geworden war, und auf einmal verstummten sie und lauschten auf den einsamen Trommelklang vom Festland her. Sie lehnte sich mit halb geschlossenen Augen zurück, entspannt, als hätte der nächtliche Frieden die Ruhelosigkeit ihres Geistes gestillt. Ihn beschlich wieder die alte Erregung, und nach einer kleinen Weile fragte er mit einem lächelnden Blick auf sie: »Denkst du darüber nach, was ich wohl denke?«

Beim Klang seiner Stimme belebte sie sich plötzlich wieder und lachte leise, mit verhaltener Erregung: »Natürlich, du Einfaltspinsel.«

»Du siehst heute abend wunderbar schön aus – du bist noch schöner, als du damals warst.«

»Es war ein langer Weg von der Farm in Sussex. Wir sind seither einen langen Weg gegangen.«

»Es ist, als hätte es so kommen müssen – dieser ganze Abend mit der Musik, den Tänzen, den Trommeln.«

Wieder lachte sie, diesmal spöttisch. »Ja, es ist alles so eine Art Ellinor Glyn.«

»Sprich nicht so.«

»Doch, bis zu dem Tigerfell«, und sie stieß mit der Fußspitze daran.

Er antwortete ihr nicht, und sie lachte wieder. »Ja – alles sehr romantisch und ungesund . . . , kein guter Ort für Europäer. Es erhitzt das Blut. Es ist aufreizend und wild und primitiv. Was nun?«

Er ging quer über die Terrasse auf das indische Bett zu, wo sie zwischen den Kissen lag, aber als er den Diwan erreichte, erhob sie sich und stand vor ihm; selbst in der milden Dunkelheit konnte er erkennen, daß ihre ganze Stimmung verändert war, daß sie eine andere geworden war, wie verwandelt stand plötzlich gleichsam Lady Groton neben ihm an Stelle von Alix, der alten, fröhlich lachenden Alix, die er so gut gekannt hatte.

Sie sagte: »Nein, es hat keinen Zweck, wieder von vorn anzufangen. Wir können nie zurückerlangen, was wir fortgeworfen haben. Wir taugen nichts, keiner von uns.«

Auch er spürte eine Verwandlung. Er fühlte sich gealtert, abgekühlt und losgelöst, als sei kurz vorher im Hotel, ehe sie sich auf den Weg nach der Insel aufgemacht hatten, eine Veränderung in ihm vorgegangen. Er berührte sie nicht. Er sprach nicht einmal, und dann sagte sie: »Ich denke, ich gehe zurück. Sonst fängt man noch an zu reden.«

Er ging ihren Purpurmantel holen, und während er über die Terrasse schritt, kam ihm zweierlei scharf zum Bewußtsein: daß die einsame Trommel nicht mehr schlug, und daß auf dem Wasser, dicht am Ufer, ein Kanu war und darin ein stiller Beobachter. Aber er sagte nichts von dieser Entdekkung, um sie nicht zu erschrecken. Er fühlte sich plötzlich erschöpft und in Verzweiflung, als sei etwas in ihm gestorben.

Bates war gewohnt, alle Hotelbesitzer als natürliche Feinde und alle Hotelangestellte als Gewürm anzusehen, für das ein herrschaftlicher Diener nur Verachtung haben konnte.

Darum betrug er sich bei der Ankunft im Grand Hotel Oriental zunächst wie immer, indem er über seine lange, dünne Nase sowohl auf Rasmussen als auf Léah herabsah. Aber nach vierundzwanzig Stunden kam er zu der Überzeugung, daß das Grand Hotel Oriental weder ein richtiges Hotel noch ein Landhaus war, sondern eine Art Kreuzung zwischen beiden, die sich in dem »Dschungel«-Lande des Orients entwickelt hatte. Eine Zeitlang brachte ihn diese Entwicklung außer Fassung, aber schließlich dämmerte es ihm auf, daß man das auch gern haben und daß aus solchen Umständen etwas angenehm Aufregendes und Interessantes entstehen könnte. Um die Mitte des zweiten Tages war er so weit, sich ein wenig aufzuknöpfen – nicht an der korrekten, dunklen Kleidung, die er trug, aber in seinem neugierig gewordenen Geist.

Von Natur war er ein Zuschauer, nicht ohne eine gewisse Bosheit, denn er hatte eine Abneigung gegen die Menschen, ja eine Verachtung, die ihre Ursache darin hatte, daß er eine Mischung aus Methodist und Kommunist war, und weil Aufpassen, Horchen und Intrigieren ihm eine Leidenschaft, ja fast eine Krankheit war, pflegte er die verblüffendsten und unerwartetsten Dinge über die Menschen zu entdecken. Er hatte alle Talente eines Erpressers, und in seinem engen Kopf bewahrte er Kenntnisse, Klatsch und Beweismaterial über eine erhebliche Zahl reicher und bedeutender Leute, woraus er ein ansehnliches Vermögen hätte schlagen können. Aber er hatte gar kein Verlangen nach großem Geldbesitz und hätte nichts damit anzufangen gewußt. So blieb er auf diesem Gebiet ein philosophischer Liebhaber voll nie endender Verwunderung über die Torheit und Lasterhaftigkeit der reichen Welt, in welche er als ein Diener, abgelöst und ohne daran teilzuhaben, hineingestellt war.

Er lebte auf eine sonderbare Art durch andere Menschen, denn er hatte eine lebhafte Vorstellungsgabe und eine außerordentliche Fähigkeit, seine eigenen Gemütszustände in die trägen Körper anderer um ihn herum zu projizieren. All dies befähigte ihn nicht nur zum Erpresser, sondern auch zu einer Art wissenschaftlicher Haltung. So gab es beispielsweise Zeiten, da er sich vorstellte, Lord Groton zu sein, und die Motive und die Handlungsweise seines Herrn vollkommen verstand. Dies war einer der Gründe, warum er ihn so tief verachtete. Und es kamen Zeiten, da er auf mystische Art Lady Groton wurde und so ihre Ruhelosigkeit, ihr Unglücklichsein und die Maske einer künstlichen Gleichgültigkeit verstand, in die sie sich zum Selbstschutz eingekapselt hatte.

So führte Bates ein Leben, in dem es wenige leere Augenblicke gab, und in seinem Plan, sich in eine Villa am Rande der Stadt Manchester zurückzuziehen, was das einzige störende Element der Gedanke, damit auch von der aufregenden Welt Abschied zu nehmen, in der er den größten Teil seines Lebens als Diener zugebracht hatte. Es würde keinen großen Anreiz haben, sich in die Gestalt des Gemüsehändlers zu versetzen, der im Haus Nummer achtzehn wohnt, oder in die des kleinen Beamten von Nummer zweiundzwanzig, es sei denn, daß einer von ihnen sich als der Typ eines Doktor Crippen oder Mr. Peace entpuppte. Man sollte die Hoffnung nie aufgeben.

Anfangs war er etwas grollend nach Nivandrum gekommen, denn als der geborene Pflastertreter verabscheute er den Dschungel und jegliche Natur, wie schön sie auch sein mochte, und er versprach sich nicht das mindeste davon, sich in das Dasein eines Fischers oder Schiffers zu versetzen. Sofort nach der Ankunft hatte er eine Untersuchung über den Charakter Rasmussens eingeleitet, der ihm im Gesichtskreis von Nivandrum relativ größte Hoffnung zu bieten schien. Aber er war sehr schnell an einem toten Punkt der Enttäuschung angelangt. Rasmussen, das hatte er bald heraus, war einfach ein schlichter Mensch wie die meisten ehrlichen, arbeitenden Menschen, nicht übermäßig intelligent, ohne geheime Hintergründe und ohne Laster.

Er lebte das war auch klar, ein einfaches Leben, indem er die natürlichen Funktionen eines Arbeitenden in den besten Jahren ausübte, aber ohne die Komplikationen und Perversitäten, die dem Leben der eleganten Welt den Ton gaben. Und man konnte aus Rasmussen nichts herausbringen, weil nichts zum Holen da war – kein Klatsch, keine guten Trinkgelder, keine Skandale. Rasmussen, das erkannte er, würde angesichts des schreienden Skandals rein nichts davon merken. Er merkte überhaupt nie etwas! Er war das, was in Bates' Katalog für den Privatgebrauch die Bezeichnung »null und nichtig« trug.

Ganz anders mit Léah, Rasmussens Frau.

Er machte diese Entdeckung fast sofort, nämlich an jenem ersten Abend, als er große Mühe hatte, Rasmussen einzuhämmern, wie wichtig es sei, daß Mengen, große Mengen heißen Wassers jederzeit zu haben seien, wenn Seine Lordschaft ein Bad wünschte. Denn Seine Lordschaft, das wußte Bates, war wie Lady Macbeth: er hatte eine Art Waschkomplex, als sei in ihm etwas, was er wegwaschen könnte, wenn er nur genug badete. Manchmal badete er zu Bates' Ärger bis zu viermal am Tage. »Ganz wie Lady Macbeth«, pflegte Bates zu denken.

Als er Léah zum erstenmal in der Küche das Essen zubereiten sah, hüpfte ihm das Herz – nicht weil Léah schön gewesen wäre (etwas, was ihn nie sehr interessiert hatte und jetzt bedeutungslos für ihn war), vielmehr wegen ihrer eigenartigen Augen, schwarz und undurchsichtig und etwas zu dicht aneinanderstehend, und wegen eines Zuges um ihren unzufriedenen Mund. Er hatte sofort erraten, was sonst noch niemand entdeckt hatte, daß Léah europäisches Blut haben mußte; einen Großvater oder einen Urgroßvater, in dessen Säftekreislauf die Blutkörperchen einer Allerweltsklatschbase zirkulierten. Sie war der Typ, das sah er deutlich, der nicht nur die Dinge merkte, wie sie waren, sondern der auch die Dinge kommen machte, nicht offen und gewalttätig, sondern hinterrücks. Aus der Art, wie sie ihn ansah, kalt und trotzig, sah er, daß sie der Typ war, den er brauchte – der Typ des Agitators. Als solcher, entschied er, würde sie überall in der Welt hinpassen. Das war ein Fang für ihn!

Es gelang ihm, ihr noch einige Kessel heißen Wassers für das Bad seines Herrn abzuringen, und als dies geglückt war, war es ihm auch gelungen, mit viel Takt und einem großen Aufwand von gutgespielter Sanftmut und feiner Schmeichelei, wenigstens an einer Stelle die Mauer ihrer Feindseligkeit merklich zu durchbrechen. Die Rolle eines Schmeichlers gegenüber einer »Eingeborenen« kam ihm selbst unerwartet, aber in diesem Fall war er zu einem Zugeständnis bereit. Und schließlich, an diesem weltfernen Ort, wo es keine Gesellschaft und sehr wenig Zivilisation gab, war niemand da, der diese furchtbare Entgleisung argwöhnen oder gar entdecken konnte.

Während des nächsten Tages ließ er es sich angelegen sein, seinen Kopf ein- oder zweimal zum Zeitvertreib in die Küche zu stecken. Er ließ sich sogar ein bißchen zum Spaßmacher herab, mit dem Erfolg, bis zum Abend der grimmigen Léah den Schatten eines Lächelns abzugewinnen.

Als daher das Kanu mit Dantry und Lady Groton das Hotel in der Richtung auf die Insel verlassen hatte, war Bates, nachdenklich seine Pfeife rauchend, langsam aus dem Garten in die Hotelküche zurückgegangen. Er litt an so verzehrender Aufregung und Neugier, daß es wie eine schmerzliche, bösartige Krankheit war. Gegenwärtig hatte diese Neugier, die ihn den ganzen Abend plagte, während er vom Garten aus an Lady Groton und ihrem Freund durch den großen Torbogen herumspionierte, sich ihm auf den Magen gelegt. Wenn er nichts über den Fremden auf der Insel ausfindig machte – diesen Eindringling, den Ihre Ladyschaft aus der dünnen Luft beschworen zu haben schien –, würde er sicher eine schlaflose Nacht haben.

Léah war nicht in der Küche, als er eintrat. Er wartete ein

wenig, und als er die Hoffnung, sie noch zu sehen, gerade aufgeben wollte, stand sie unversehens und lautlos hinter ihm.

Er nahm sofort wahr, daß sie ihn nicht so wütend anstarrte, wie sie es bei seinem ersten Eindringen getan hatte. Dies war, das hatte er erfahren, die Technik vieler Köchinnen, selbst in den großen Häusern auf dem Lande in England, denn er kannte sich aus mit Köchinnen und hatte dieselben Methoden gebraucht, wenn er gelegentlich gemerkt hatte, daß die Köchin die einzige gute Nachrichtenquelle im Hause war.

Er fragte: »Wie denken Sie über ein Glas Bier mit mir?«

Léah gab einen leisen schnarchenden Laut von sich, kaum hörbar, und sagte, als gehöre sie einer Brüdergemeinschaft an: »Ich trinke niemals Bier.«

»Was möchten Sie haben?«

»Vielleicht ein wenig Grenadine.«

So bestellte Bates bei einem der Burschen ein Glas Bier für sich und eine Grenadine nebst Wasser für die »Missus«, und sie ließ ihn bezahlen, denn bis jetzt war Bates ihr nichts weiter als einer von Lord Grotons »steinreicher« Gesellschaft.

»Netter Ort hier«, leitete Bates das Gespräch ein.

»Ja, ein netter Ort.«

»Ein schöner Ort.«

»Ja, ein netter Ort.«

Sie saß ihm schräg gegenüber an einem kleinen Tisch und beobachtete ihn mißtrauisch, wie sie alle Europäer mißtrauisch ansah, außer Rasmussen und vielleicht Sandy.

»Ja, es ist ein schöner Ort«, nahm Bates die Unterhaltung wieder auf. Aber diesmal antwortete sie nicht, als fände sie, Bates brauche sich nicht so zu wiederholen, und er fühlte sich merkwürdig unbehaglich. Er dachte, daß vielleicht eine Frage die Sache besser in Gang bringen könnte, und so sagte er: »Wird es manchmal noch heißer?«

»Viel heißer, wenn der Monsun weht.«

Bates trank ein oder zwei Schluck Bier und überlegte, daß all diese einleitenden Worte, dieses Anwärmen sozusagen, ihn zu nichts führten; so sagte er laut, als sei Léah schwerhörig und er müsse sich verständlich machen: »Wie heißt der Herr, der heute abend hier war?«

»Dantry«, sagte Léah, »Mister Dantry.«

»Europäer?«

»Ja, Engländer.«

»Lebt hier schon lange?«

»Fünf Jahre.«

»Ganz netter Kerl?«

»Nicht nett.«

»Oh«, sagte Bates; und eine Minute darauf: »Was tut er?«

»Tut nichts.«

Wieder trank Bates einen nachdenklichen Schluck Bier, immer überlegend, daß dies zu nichts führte, denn alle diese Fragen hätte er sich selbst beantworten können. Was er wünschte, war, sie zum Schwatzen zu bringen; dies war der einzige Weg, wie er hinter die Dinge zu kommen pflegte: die Leute schwatzen machen, daß sie indiskrete Dinge ausplauderten.

Selbst ihr »Nicht nett« besagte noch nichts, außer daß sie ihn aus vielleicht ganz persönlichen Gründen nicht leiden mochte. Sie schien weder empfindlich noch verlegen, sondern saß ihm gegenüber, trank ihre Grenadinefrucht und starrte ihn so kühn und unverblümt an, daß es ihm immer unbehaglicher wurde. Denn der Beobachter Bates hatte es nicht gern, beobachtet zu werden. Er hatte ein Gefühl, als sei diese Köchin ihm gewachsen. Endlich sagte er: »Hat er Familie?«

»Wer?«

»Dieser Dantry.«

Aber da versagte Léahs Englisch. Sie sagte: »Was heißt das, Familie?«

»Ist er verheiratet?«

»Jawohl, seit drei Tagen. Großes Fest.«

Bates schöpfte unbewußt Atem, dann fragte er: »Europäische Frau?«

»Nein. Halbblütig.«

»Oh«, sagte Bates.

Er nahm einen neuen Schluck Bier und wünschte, sie tränke auch Bier, so daß sie vielleicht etwas mitteilsamer würde. Während er über eine neue Methode des Angriffs nachsann, ergriff Léah die Offensive.

»Warum«, fragte sie, »wollen Sie Auskunft über diesen Mann?«

»Nicht weiter ..., keinen besonderen Grund ..., interessiert mich eben.«

»Wozu ist Ihr Herr hergekommen?«

»Nanu«, dachte Bates, »das ist eine harte Nuß.« Er hatte keine Lust, ihr die Absichten Seiner Lordschaft für Nivandrum zu verraten, so sagte er: »Ich weiß nicht. Vielleicht will er auf Jagd gehen.«

»Warum lügen?« fragte die Frau, und Bates dachte: »Die ist mir über.«

»Nicht lügen«, sagte Bates, unwillkürlich ins Pidgin-Englisch gleitend.

»Vielleicht gekommen, den Hafen wieder aufzumachen.«

Das verschlug Bates fast den Atem. Er suchte sich zu sammeln und sagte: »Ich weiß nicht.«

Aber die Frau entnahm die Antwort seiner Miene der Überraschung, die in seinem Blick lag, und faßte sie einfach als »Ja« auf.

»Täte besser, wieder fortzugehen. Shaputra ihn verjagen.«

»Wer ist Shaputra?« fragte Bates. »Ein Häuptling?«

»Großer Flußgott. Hat Hafen geschlossen. Will, daß Hafen geschlossen bleibt.«

»Hmm«, machte Bates. »Vielleicht haben Sie recht.«

Dann nahm er seine Pfeife und füllte sie langsam, immer noch etwas außer Fassung durch ihr Anstarren. Auch versuchte er, sich zusammenzuraffen, um sie herumzubringen und sie zugänglicher zu machen. »Vielleicht«, dachte er, »ist der direkte Angriff das beste.« »Ich möchte den Hafen auch nicht wieder geöffnet haben. Habe ihn viel lieber so.«

Sie antwortete ihm nicht, und so sagte er unvermittelt: »Schauen Sie her; wir wollen uns doch verständigen. Es hat keinen Sinn, daß Sie mich wie einen blutgierigen Geier behandeln.«

Irgend etwas, vielleicht die Tatsache, daß Bates mit seinem langen Kopf und seiner langen Nase wirklich etwas wie ein Geier aussah, machte sie lächeln. Es war ein widerstrebendes Lächeln, das sich ihr gegen ihren Willen entrang. Aber sie sagte nichts, und nach einer Weile begann er wieder: »Sie wissen, was ich nicht weiß, und ich weiß vieles, was Sie nicht wissen. Stimmt doch?«

»Mag sein.«

»Na ja, ich mag diesen Ort nicht, und ich schere mich keinen Pfifferling darum, ob der Alte hergekommen ist, den Hafen wieder aufzumachen oder nicht. Was ich will, ist, daß wir freundlich miteinander sind.«

»Ich freundlich«, sagte Léah zu seiner Überraschung, ohne ihren Gesichtsausdruck zu ändern. »Mag Sie auch leiden. Hatte gleich zu Anfang recht.«

»Nun, wer hätte das gedacht«, sagte Bates und lächelte ebenfalls, und die Frau lächelte zurück, so daß Bates in plötzlichem Schreck dachte: »Wenn sie sich nur nicht in mich verliebt.«

»Nun, das ist fein«, fuhr er fort. »Sie erzählen mir, was Sie wissen, und ich Ihnen, was ich weiß. Was halten Sie davon? Ein guter Handel?«

»Guter Handel.«

»Noch eine Grenadine?«

»Gern«, sagte Léah.

Diesmal, dank der neuen Vertraulichkeit, nahm Bates sein Bier und ging damit durch die große Küche und setzte sich zu ihr an den Tisch, und Léah, wie zum Zeichen des abgeschlossenen Vertrages, holte einige feuchte, altbackene Kuchen, für die sie nichts verlangte.

»Nun«, dachte Bates, »das ist gemütlicher.«

»Um die Wahrheit zu sagen: der Alte ist wirklich hergekommen, um zu untersuchen, ob man den Hafen wieder aufmachen könnte; bloß es ist ein Geheimnis, ein furchtbares, schreckliches Geheimnis.«

»Frau macht Schwierigkeiten«, sagte Léah.

»Welche Frau?«

»Die Frau des Alten.«

Bates machte eine schnelle Bewegung mit dem Kopf, sagte aber nichts. So fuhr sie fort: »Dantry taugt auch nichts«, und Bates dachte: »Jedenfalls, dumm ist sie nicht. Sie erfaßt schnell.«

Und er sagte: »Erzählen Sie mir von diesem Dantry.«

Léah traute ihm nun schon mehr und begann, ihm von Dantry zu berichten, wie er hergekommen und geblieben war, wie er Maria genommen und endlich geheiratet, und wie er ihr nie erlaubte, in seinem Hause zu wohnen, sondern sie weiter auf dem Grundstück ihres Vaters auf dem Festland ließ. Sie erzählte ihm noch viel anderes, Kleinigkeiten, die sie beobachtet hatte und die einem gewöhnlichen Zuhörer nichts bedeutet hätten, aber Bates in seiner Rolle als Liebhaber-Detektiv sagten sie viel, denn sie halfen ihm, eine Menge Lücken auszufüllen. Als Léah mit dem Erzählen fertig war, hatte er ein sehr gutes und genaues Bild von Dantry. »Wieder einer«, dachte er, »von denen, die an Revolutionen und Kommunismus schuld sind.«

Nachdem sie geendet hatte, fragte er nicht weiter, in der Überlegung, es sei besser, langsam vorzugehen, damit sie nicht etwa Verdacht schöpfte und plötzlich die Quelle sich wider verstopfte, die er eben mit viel Erfolg angezapft hatte.

»So, so«, sagte er und füllte sein Glas mit der Miene tiefen Grübelns über all ihren Mitteilungen.

»Und was ist mit der Missus?« fragte Léah.

»Ja«, sagte Bates, »das ist eine ganze Geschichte für sich.«

Als er sich gesammelt hatte, erzählte er ihr ein wenig, ein ganz klein wenig von Lady Grotons Reichtum und ihren Erfolgen, und wie ihre Bilder in allen Zeitungen waren und daß Lord Groton einer der reichsten Männer der Welt sei.

»Warum hat sie ein altes Schwein wie den Herrn geheiratet?«

»Weiß nicht«, antwortete Bates. »Geschmack geht mich nichts an.«

»Geld«, sagte Léah, und ein merkwürdig haßerfüllter Blick trat in ihre schwarzen Augen, so daß Bates einen Augenblick betroffen war und dachte: »Vielleicht hat sie den bösen Blick.«

Dann saßen sie eine lange Zeit ganz still, Bates etwas verlegen, den Blick auf seinen Pfeifenkopf gerichtet, als sei dieser ein ihm neuer, bestaunenswerter Gegenstand, den er zum erstenmal sah, und Léah ihn mit ihren undurchsichtigen schwarzen Augen anstarrend, wie ein Bohrer, der sich in weiches Holz einbohrt. Eins war sicher, dachte Bates, diese Frau hatte kein gesellschaftliches Benehmen; eine Unterhaltung im Gang erhalten konnte sie nicht. »Der Späher hat aufgepaßt und hat die Oberhand; sie hat schon aus mir herausgekriegt, was sie zu wissen wünschte.«

Die Spannung löste sich, als einer der Hausburschen den Kopf durch die Tür steckte und sagte: »Memsahib kommt nach Haus«, und Bates erhob sich und wünschte Léah gute Nacht.

»Gute Nacht«, sagte Léah.

»Wieder Grenadine morgen abend?«

»Gern.«

Es war im Lot. Er hatte gewonnen. Sie verstanden einander.

Er erreichte das große Tor der Halle rechtzeitig, um ihre Ladyschaft heimkehren zu sehen. Sie war allein, in ihren purpurnen Mantel gehüllt, und sah, so schien es Bates, so aus, als wolle sie in ihren Rolls-Royce-Wagen steigen und zu einem Dinner fahren, ihr Haar vollendet frisiert und ihr

Gesicht mit so maskenartiger Vollkommenheit zurechtgemacht, wie es bald nach dem Kriege Mode gewesen war. Aber Bates war zu lange um sie, um sich täuschen zu lassen. Nicht an solchen Anzeichen konnte man erkennen, was sie getan hatte, in ihren Augen konnte man immer die Antwort finden.

So ging er auf sie zu, mit dem Rücken gegen das Licht, und fragte: »Wünscht Eure Ladyschaft etwas?«, und dabei beobachtete er ihre Augen, und noch ehe sie antworten konnte, dachte er bei sich: »Potz Blitz, es geht schnell bei ihr.«

»Nichts, Bates, höchstens etwas Zitronensaft und Wasser.«

»Steht schon neben dem Bett, in dem Steinkrug. Das hält kühl, wenn kein Eis da ist.«

»Danke, Bates«, sagte sie und ging an ihm vorbei die Treppe hinauf, und er wußte, daß sie ihn überhaupt nicht gesehen, sondern wie eine berauschte Frau einfach einer wohlbekannten Stimme geantwortet hatte, die wie durch Nebel zu ihr kam.

Hinter ihnen, unterhalb des großen Torbogens, schlüpfte Léah wie ein Gespenst durch das Gebüsch der Bougainvillea-Sträucher zum Landungsplatz hinunter, um ihr Kanu zu nehmen. Es war jetzt nötig, schnellstens den Flußgott aufzusuchen und ihm das Blut einer Ziege zu opfern und ihm zu sagen, was sie entdeckt hatte – daß die Weißen gekommen waren, um seinen Hafen wieder aufzumachen. Seine Hilfe mußte schnell angerufen werden gegen ihre mächtigen Zauberkräfte und zur Auffindung von Mitteln zu ihrer Vernichtung, womit sie letzten Endes auch die Zaubermacht Dantrys zu zerstören hoffte, die sich bisher als für sie zu stark gezeigt hatte. Sie wußte, daß es eine verflixte und schwierige Sache sein würde, weil die Weißen sich nicht vor ihr fürchteten wie das Inselvolk.

Auf der Matte vor ihrer Tür schlief die Aja, und beim Klang von Lady Grotons Tritt sprang sie auf, sofort ganz erwacht. Wieder nahm sie die Aja wie durch einen Nebel wahr und sagte zu ihr: »Machen Sie sich keine Mühe, ich brauche Sie heute abend nicht«, denn sie wollte allein sein. Als die Aja protestierte, fühlte sie sich gereizt und sagte halblaut und mehr zu sich selbst als zur Aja: »Einstmals, vor langer Zeit, pflegte ich mich allein an- und auszukleiden und sogar mein Haar selbst zu machen. So abhängig bin ich nicht. Ich brauche Sie nicht, verstehen Sie, ich brauche Sie nicht, verstehen Sie, ich brauche Sie nicht.« Die Frau sah sie verdutzt an, als sähe sie sie zum erstenmal, und dann hielt sie Lady Groton die Tür auf, um sodann wieder auf der Matte niederzusinken wie ein treuer Hund.

Im Zimmer angelangt, zündete sich Alix eine Zigarette an und begann sich langsam zu entkleiden. Sie hatte nie Betäubungsmittel genommen, weil sie das töricht fand, jetzt aber dachte sie: »So muß es sein.« Alles war weich und nebelhaft um sie her. Selbst ihr Spiegelbild kam ihr aus dem billigen, fleckigen Glas noch unklarer und trüber entgegen als sonst, so daß sie beim ersten Blick in den Spiegel ein plötzlicher Schrecken durchfuhr, als habe sie geträumt und sei in Wirklichkeit eine alte Frau, die sich all das eingebildet hatte, was sie an Schönheit und Romantik erlebt hatte, seit der Zug den Berg umkreist hatte und sie die Lieblichkeit Nivandrums erblicken ließ. Ein- oder zweimal dachte sie: »Nein, es kann nicht sein. Es kann nicht passiert sein«, und noch halb im Auskleiden begann sie zu weinen, daß die Tränen ihr über die Wangen rollten. Tränen weder des Leids noch der Reue; vielmehr die entspannenden kostbaren Tränen der Freude und des Glücks mit einer leisen Beimischung von Schwermut. Seit sie ein hysterisches Schulmädchen war, hatte sie nicht so geweint, schwelgend und glückselig.

Lange saß sie, dem Weinen hingegeben, da; dann erhob sie sich schnell, ging zum Fenster und schaute stehend über das Wasser zu Dantrys Haus. Es war jetzt dunkel, nur in seinem Zimmer brannte Licht, und plötzlich ging auch das aus, und es durchzuckte sie der Wunsch, daß sie nicht so diskret in das Hotel zurückgegangen wäre, wo doch ihr ganzes Herz danach geschrien hatte, zu bleiben, für immer dort zu bleiben und nie mehr in das alte Leben zurückzukehren. Einst, vor langer Zeit, das wußte sie, hätte sie es getan. Aber jetzt, das wußte sie auch, war es nicht ihr wahres Selbst, das sie zurückgeführt hatte, jenes ruhelose Selbst, das einst alles für ihn geopfert; es war die Gewohnheit, die ihr von der Welt, in der sie lebte, aufgeprägt war, nach der Regel, daß es nicht darauf ankommt, was man tut, sondern wie man es tut, und daß man nie entdeckt werden darf. Und plötzlich wußte sie, wie verwandelt sie war durch all die Jahre, die dazwischen lagen, und wieviel Schwäche, wieviel Härte jetzt in ihr war.

Sie dachte: »Ich könnte jetzt noch zurückgehen«, aber es gab ja keinen Weg dahin, außer wenn sie wie Leander über das Wasser geschwommen wäre. Und dann kam ihr der entsetzliche Gedanke, daß er vielleicht gar nicht wünschen würde, daß sie zurückkäme. Und sie erinnerte sich, wie er sich, wie er sich im Hotel plötzlich verändert und sie angeschaut hatte, als sei sie eine Fremde. Vielleicht liebte er die Einsamkeit, die er sich erkämpft hatte, noch mehr als sie. Die Männer, das wußte sie, waren so.

»Es würde nichts machen«, sagte sie sich, »wenn ich morgen zurückginge und für immer bliebe; nie, nie mehr von hier fortreiste.« Jedoch gleich darauf erschreckte sie der Gedanke, daß es vielleicht zu spät sei. Sie würde vielleicht jetzt nicht mehr den Mut haben, dazuzustehen. Denn selbst in Augenblicken wie diesen war sie ehrlich mit sich selbst. Ehrlichkeit war ihr angeboren, und sie hatte sie zu wahren, wenn sie sich selbst behaupten wollte.

»Was für eine Törin war ich damals, vor langer Zeit; und vielleicht bin ich noch immer eine Törin.«

Endlich überfiel sie die Stille der Nacht fast wie ein Schmerz, und sie verließ das Fenster und kleidete sich fertig aus. Ehe sie ins Bett stieg, nahm sie eine doppelte Portion Schlafmittel; nicht weil sie es nötig gehabt hätte, aber weil sie heute nacht, wenn jemals, sofort einschlafen mußte, um nicht weiterzudenken. Als sie jedoch im Bett lag, das Moskitonetz zugezogen und das Licht gelöscht hatte, war das Schlafmittel so wirkungslos, wie wenn es Wasser gewesen wäre. Ihr Gemüt, so schien es, war erhitzt, und ein Gedanke um den anderen, eine Reue um die andere, eine Bitternis nach der anderen zogen ihr durch den Sinn, quälten sie und verschlimmerten ihren unentschiedenen Zustand.

Lange Zeit wollte es ihr scheinen, als wäre es das beste, wenn sie so schnell wie möglich fortginge, zurück über die brennende Ebene in dem schrecklichen Zug, bis sie im Regierungsgebäude wäre und den ganzen Tag Bridge und Mah-Jongg spielend auf der Veranda säße, klatschend und voll Widerwillen gegen alle Frauen, die sie sah. Das mochte todlangweilig sein, aber es war nicht schmerzlich und nicht gefährlich. Dann widerlegte der Gedanke sich selbst, weil sie wußte, daß sie so etwas nicht tun würde. Sie hatte immer getan, was sie wollte, von der Zeit an, da ihr Vater sie verwöhnt und ihr alles gegeben hatte, was sie begehrte, obwohl auch Zeiten gekommen waren, wo er in tiefe Schulden geriet, um ihr alles gewähren zu können. Und jetzt würde sie wieder tun, was sie wollte, nämlich hierbleiben, Tom wieder und wieder sehen, jeden Abend, immerdar, in einer gewaltigen Anstrengung zurückgewinnen, was sie verloren hatte. Was sie wollte im innersten Herzen, war, nie wieder aus Nivandrum fortzumüssen.

Sie dachte: »Ich sehnte mich, etwas zu erleben, und nun habe ich dies erlebt. Das letzte, was ich je zu erleben wünschte.«

Und dennoch wünschte sie es. Sie hatte es im Herzen die ganze Zeit gewünscht, mehr als irgend etwas anderes in der Welt. Es war das einzige, was sie sich je hätte wünschen können. Denn sie liebte wieder, so wie sie vor langer Zeit geliebt hatte, ruhelos und wollüstig, und dann nie wieder seit jenem Tage, da Tom aus ihrem Leben geschieden war, wie sie beide wähnten, für immer. Jetzt wußte sie, wonach sie all diese Jahre gesucht hatte. Sie hatte jenes alte Gefühl noch einmal herbeigesehnt, und sie hatte es hier und dort zu erhaschen gesucht, wo sie konnte, aber nie hatte sie es gefunden. Schließlich war ihr dies endlose Suchen zur wahren Sucht geworden: die Mannigfaltigkeit, die perverse Neugier, die sie zwang, in jedem anziehenden Mann den möglichen Liebhaber zu sehen. Es war dahin gekommen, daß sie so darin aufging, daß es das einzige war, was sie interessierte. Bisweilen hatte sie darüber nachgegrübelt, was das war, was nur Tom ihr hatte geben können, aber sie war nie dahintergekommen. Kein Mann hatte ihr seither Eindruck gemacht. In einer Weise war sie immer noch unschuldig – nur daß die Narben da waren – ja, die Narben waren da – die Narben von Begegnungen, die immer mit Überdruß und Ruhelosigkeit und dem Wunsche endeten, davonzulaufen.

Nun sie über all das nachdachte, was diesen Abend geschehen war, glaubte sie mit einem Schlage all seine Wandelbarkeit, seine Anwandlungen von Depression und Kälte zu verstehen, die über ihn gekommen waren, als ob er plötzlich einen Widerwillen gegen sie hätte. Er hatte die Narben gesehen, jene Narben, die sie so sorgfältig verborgen hielt, daß noch niemand sie je entdeckt hatte.
»Aber«, sagte sie sich, »er ist kein bißchen besser gewesen als ich.« Nur, bei einem Mann war das anders. In ihrer Ehrlichkeit konnte sie das nicht leugnen. Es *war* anders. Solche Dinge konnten einen Mann unangetastet lassen, aber sie fraßen sich in die Seele einer Frau, weil in einer Frau solche Gemütsbewegungen vielseitig waren – sogar der zufälligste Flirt –, sie bedeuteten Gefühl, Romantik, häufig sogar Zärtlichkeit. Sie wußte es jetzt, vielleicht zum erstenmal, und sie schämte sich ihres Zynismus, ihres billigen Witzes, der albernen Scherze, die sie über seine Grundsätze gemacht hatte.

Schließlich betäubte sie das Schlafmittel, und im Augenblick des Einschlafens, im halbbewußten Zustand, wie bei der Rückkehr von der Insel, sagte sie immer wieder vor sich hin: »Ich liebe. Ich liebe. Ich habe nie einen anderen Mann geliebt. Ich habe ihn damals nie so geliebt, wie ich ihn jetzt liebe.«

Es war ein neuer Reiz in dieser Liebe, anders als das erstemal, unschuldige Verzückungen, in die alles verwoben war, was sie beide seither erlebt – ein mystischer Reiz, der fast an Perversität grenzte. Als ganz junger Mann war er begehrenswert gewesen; jetzt war er es noch viel mehr. Wie der Feinschmecker oder der Kenner von Currys immer mehr und immer hitzigere Gewürze verlangt, je mehr er genießt, so war das, was sie jetzt brauchte, nicht so sehr Liebe wie Leidenschaft, und er konnte es ihr geben, er, der derselbe Tom war und noch etwas mehr. Dieser Tom, stahlhart und halbnackt in einem Sarong, dunkelgebräunt wie ein Fischer.

Sie dachte: »Morgen werde ich ihn wiedersehen. Morgen! Es ist gleichgültig, was mit Albert geschieht.«

Aber am nächsten Tag sah sie ihn nicht, denn am frühen Morgen, ehe sie ihr Mittel ausgeschlafen hatte, fuhr er mit den Fischern über die Große Barre, um ihr zu entrinnen.

Er erwachte spät, und als Silas ihm den Tee brachte, fragte er nicht, wie sonst gewohnt, ob er einen schönen Abend verbracht hatte; er sprach kaum zu ihm, und das wenige, was er sagte, bezog sich auf den Lunch, den er eingepackt mitnehmen wolle, da er vorhabe, den ganzen Tag auszubleiben.

Nachdem er die Anordnungen entgegengenommen hatte, blieb Silas ruhig stehen, als wolle er noch etwas sagen. Es dauerte nicht länger als eine Sekunde, aber Dantry mit seinen überspannten Nerven schien es, als hätte er lange dort gestanden, schweigend und mit einem vorwurfsvollen Ausdruck in den Augen, welche den großen, sanften Augen Marias so sehr glichen.

Ärgerlich sagte er: »Nun, was gibts? Was willst du?« und Silas antwortete einfach: »Nichts, Sahib«, und ging seiner Wege.

Als er ihn durch die Tür verschwinden sah, fühlte sich Dantry plötzlich wie aufgepeitscht, ihm nachzuschreien: »Sage deiner verfluchten Schwester, sie soll nie zurückkommen und Lady Groton mitnehmen. Ich will nie wieder eine Frau sehen.« Aber er sagte nichts.

Beim Erwachen wußte er, daß er Alix nicht sehen wollte. Denn nunmehr bei kaltem Blute, nachdem der Rausch des gestrigen Abends dahin war, sah er das Ganze in neuem Lichte und war erschrocken über das, was er sah.

Er dachte: »Wir sind beide Narren. Ich bin so schlimm wie sie. Was kann anderes daraus entstehen als Elend und Unheil?« Er machte sich nicht weis, daß dies nur ein vorübergehendes Abenteuer sei wie so viele andere. Es war nicht einmal wie jene seltsame Leidenschaft, die er zu Anfang für Maria empfunden hatte. Es war, das war ihm bewußt, ernster als das, tiefer und dauernder. Es war wie wiederkehrende Malaria, die ihr Opfer befällt, wenn es dies am wenigsten erwartet. Das bloße Wissen darum, daß er sie nur wiederzusehen brauchte, um aufs neue in Liebe zu ihr zu entbrennen, sagte ihm, wie ernst es war. Kurze Zeit, während er sich ankleidete, haßte er sie, weil sie wiederum in sein Leben eingetreten war; wußte er doch jetzt, daß es um seinen Frieden geschehen war und daß die leise, gleichmäßige, geschöpfliche Zufriedenheit mit dem Leben, das er sich so sorgsam aufgebaut hatte, dahin war, dahin für immer, ausgetauscht gegen etwas, wovon er nicht wußte, was es war.

Dann stieg es ihm plötzlich wie Schrecken und Angst auf, daß er nicht an Maria gedacht hatte, seit er sich einen Augenblick lang einbildete, das Kanu im Schatten der Insel zu sehen. Halb unbewußt und unwillkürlich beschlich es ihn, daß er ihrer müde war und sie nie mehr zu sehen begehrte; und er begriff auch, daß er dies in jenem Winkel seines Herzens, auf dessen Stimme er nie gehört hatte, immer gewußt hatte: daß eine Zeit kommen würde, wo ihre Schönheit ihm nicht mehr schön und ihre Ergebenheit ihm nur noch etwas Widerwärtiges sein würde. Dies Vorgefühl war richtig gewesen, das war ihm immer klarer geworden, aber er hatte es nicht anerkannt und zugegeben, weil es in dem anhaltenden Frieden gleichmäßig dahinfließender Tage nicht wichtig erschien. Seit gestern abend war alles deutlich. Er konnte an Maria jetzt nur denken als das, was sie war: ein hübsches, unwissendes, halbwildes, halbblütiges Mädchen, für das er nicht mehr das mindeste Interesse hatte. Er dachte: »Mein Unglück ist, daß ich nie den Dingen auf den Grund gegangen bin. Hätte ich es getan, so brauchten so bittere Dinge, wie Maria, mich nicht niederzudrücken.«

Den ganzen Tag fischte er, ohne Erfolg, über den Sandbänken jenseits der Großen Barre; er war freilich nicht zum Fischen ausgezogen, sondern um ihr und sich selbst zu entgehen, so war der Fischfang ohne Bedeutung für ihn, ausgenommen, daß der Kampf mit einem großen Fisch ihn eine Zeitlang abgelenkt hätte. So saß er brütend den ganzen Tag im Boot. Um Sonnenuntergang, in der Stunde, da der Wind wechselte und die Schakale herauskamen und die Trommeln sich hören ließen, war er zu einem festen Plan gekommen.

Diesmal würde er davongehen, ganz gewiß, und er würde Sandy mit sich nehmen und mit ihm im Hügelland bleiben, bis sie fort war. Und während sie dort zusammen waren, würde er Sandy sagen, daß er Maria nicht länger wollte und sie mit einer Summe abzufinden dachte, die ihr nach den Begriffen von Nivandrum ein Leben in Luxus bis zu ihrem Ende erlaubte. Und wie stets, wenn er einen Entschluß gefaßt hatte, fühlte er sich plötzlich wieder frei, und während das Boot heimwärts fuhr, hinweg über die Große Barre in das stille Wasser des Hafens, empfand er ein Gefühl des Jubels. Er beschloß sogar, nach der Rückkehr aus dem Hügelland eine Zeitlang zu verreisen, etwa nach Schanghai oder Hongkong. Das würde eine Abwechslung bedeuten, vielleicht war er zu lange in Nivandrum gewesen. Es war jetzt fast fünf Jahre her, daß er den Ort nicht verlassen hatte, außer wenn er auf Jagd ins Hügelland ging. Er würde frei sein, frei von Maria, frei von Alix, diesmal für immer.

Damit sie ihn nicht etwa von ihrem Fenster aus zurückkommen sähe, fuhr er das Boot durch die inneren Kanäle und landete von hinten auf der Insel, das Boot liegen lassend, wo es war, um es von Silas nach dem Dunkelwerden zur Landungsstelle herumbringen zu lassen.

Als er Silas sah, fragte er nicht, was am Tage passiert sei, aber der Bursche wartete wieder einen Augenblick und sagte dann ehrerbietig: »Englische Dame kam um fünf Uhr auf die Insel.«

»Gut«, sagte Dantry kurz und fügte hinzu: »Lege mir meine Jagdausrüstung zurecht. Ich will morgen fort ins Hügelland«, und er glaubte wahrzunehmen, wie ein Blick der Erleichterung und der Zustimmung in die Augen des Burschen kam. Er rief ihn zurück und wollte ihm sagen, selbst wenn Maria seine Schwester sei, so ginge es ihn nichts an, was zwischen Maria und ihm vorginge. Aber schon im nächsten Moment wußte er, daß es unmöglich sei, so eine Rede zu halten, und statt dessen sagte er: »Bring mir den Kognak.«

Und nun wußte er, daß sein Ich wieder aufgewacht war, jenes Ich, dem er in all den Monaten und Jahren entronnen war, während derer Maria ihn glücklich gemacht hatte; denn nicht in den Augen und der Stimme und dem Verhalten Silas' lag der Vorwurf, sondern sein eigenes Ich, dieses trotzige, gespaltene, schwankende Ich, blickte vorwurfsvoll auf ihn aus Silas' Augen und sprach zu ihm mit Silas' Stimme.

Gegen neun Uhr war er ganz betrunken, und als Silas kam, um ihm beim Ankleiden zu helfen, befahl er ihm, seine europäischen Kleider herauszulegen. Zögernd, unsicher zog er sie mit Silas' Hilfe an, sogar das gestärkte Hemd, das längst weich und infolge der Feuchtigkeit etwas gelblich geworden war. Selbst während des Anziehens trank er.

Silas machte sich um ihn zu schaffen, reichte ihm die Kleidungsstücke, bürstete unsichtbare Stäubchen fort, ein wenig verblüfft und ein wenig davon angezogen, daß sein Herr sich vor seinen Augen so schnell betrank. Durch die Umnebelung seines Rauschzustandes hindurch meinte Dantry die vorwurfsvollen Augen Silas' zu sehen und wurde sich plötzlich klar, daß an diesem Benehmen seines Dieners nichts Neues war. Vielmehr hatte Silas ihn schon immer so beobachtet, mit einer Art einschmeichelnder Neugier, wie ein exotisches Tier. Jetzt, da es ihm bewußt wurde, verdroß ihn diese Beobachtung, aber wie schnell er sich auch umkehrte, nie konnte er den Jungen dabei ertappen, daß er ihn direkt anstarrte. Und doch spürte er die ganze Zeit, daß Silas alles beobachtete, was er tat, und jede Veränderung seines Gesichtsausdruckes verfolgte. Er konnte die Augen des Burschen hinter seinem Rücken fühlen, und bald fesselte ihn die Überlegung, was wohl in dem Kopf des Jungen vorging.

Dann drehte er sich, betrunken und gereizt, vom Spiegel weg, aber wieder war der Junge zu schnell für ihn und schien ganz vertieft in einen Fleck auf dem Gesellschaftsanzug, den er in der Hand hielt. Dantry sah ihn an und fragte: »Nun, was ist los? Was schaust du die ganze Zeit an?«

Aber Silas ließ sich nicht fangen. Sein Gesicht wurde kalt und undurchsichtig, und er sagte: »Nichts, Sahib, ich verstehe nicht.«

»Verflucht, du siehst zuviel! Was ist es? Habe ich mich verändert? Bin ich anders geworden? Was starrst du so?«

»Nicht anders, Sahib«, gab der Junge zurück, und wieder setzte er hinzu: »Ich verstehe nicht.«

Dann ging es ihm auf, daß er nicht imstande war, auch nur zu entdecken, was im Kopfe seines Dieners vorging, und in seiner Trunkenheit schien es ihm, als ob er die ganze Zeit, all diese Monate und Jahre, nicht nur von Silas, sondern auch von Maria getäuscht worden sei. Er wußte nicht, was sie dachte. Er hatte es nie gewußt. Vielleicht hatten sie alle, selbst Sandy, gefunden, daß er gut zu gebrauchen war, ein reicher Mann, von dem sie alle leben konnten. Vielleicht sahen sie ihn immer noch als einen Außenseiter an, den sie duldeten um deswillen, was sie aus ihm herausschlagen konnten. Oder aber, dachte er weiter, vielleicht interessierte es Silas einfach, zu sehen, wie ein Weißer sich betrinkt. Vielleicht freute er sich darüber und vielleicht tat es ihm leid. Oder war es nicht möglich, daß Silas ihn sah, wie er selbst sich nicht sah, nicht einmal in Augenblicken der Selbstvorwürfe: als einen gebrochenen, nutzlosen Mann, der sein Leben vergeudet hatte und dem zu dienen gut war, weil die Stelle gut und leicht und trefflich entlohnt war? Vielleicht dachte er: »Ein Europäer mehr, der denselben Weg geht wie sie alle. Ein Europäer mehr, der bald am Ende und aus dem Wege sein wird.« Fünf Jahre waren sie zusammen, und er hatte nicht die leiseste Vorstellung, was sein Diener von ihm dachte. Und als er plötzlich in dem Spiegel vor ihm den Widerschein von Silas' Gesicht sah, glaubte er Verachtung und sogar Feindseligkeit darin zu lesen.

Er wandte sich schnell um und sagte zu Silas: »Ich brauche kein Nachtessen. Ich gehe zu Sandy.« Und dann, mit einem schnellen Einfall: »Wenn ich fort bin, mach alle Lichter aus.« Wenn das Haus finster war, würde es Alix kaum einfallen, auf die Insel zu kommen und auf seine Rückkehr zu warten.

Auf dem Weg nach dem Festland und Sandys Grundstück strich er zufällig ganz dicht an einem anderen Boot vorbei, dem größten und besten Stehruderboot im Hafen, und im bleichen Schein des zunehmenden Mondes erkannte er, auf Matten ausgestreckt, die stiernackige Gestalt Lord Grotons, ganz in Weiß gekleidet, der von den Lagunen zurückkam.

Den ganzen Morgen lang hatte Lady Groton gewartet, ob Dantry ins Hotel kommen oder ihr eine Botschaft senden würde, sie möchte ihn auf der Insel besuchen. Kurz vor dem Lunch ging sie in ihr Zimmer, schloß die Tür zu, nahm ihr Fernglas und beobachtete lange die Insel. Aber sie sah nichts als einen Diener, einen gut aussehenden, ganz weiß gekleideten Burschen. Durch die großen Fenster blickte sie ins Wohn- und ins Schlafzimmer, doch war niemand dort als der Bursche; sie sah ihn einmal hereinkommen, sich setzen und die Nummern der Londoner illustrierten Zeitschriften anschauen, die auf dem Tisch lagen. Als sie eben ihren Beobachtungsposten wieder aufgeben wollte, gewahrte sie ein Kanu, das sich der Insel vom Festland her näherte, und darin eine jugendliche und, soviel sie sehen konnte, anmutige Frauengestalt. Das Kanu verschwand hinter dem Hause, und bald darauf erschien die Frau im Garten und begann Büschel von Jakarandablüten und Trompetenblumen zu schneiden. Dann ging sie ins Haus und trat in Dantrys Schlafzimmer und stellte die Blumen in eine Vase neben dem Bett; der Diener trat hinzu, sie plauderten einen Augenblick und verschwanden wieder.

Noch etwa eine Stunde lang beobachtete sie das Haus durch ihr Fernglas, bis sie die Frau durch den Garten gehen und verschwinden sah, und einen Augenblick später kam das Kanu wieder hinter dem Hause hervor und fuhr dem Festland zu.

Sie dachte: »Das ist seine Geliebte. Sie hat die Blumen dorthin gestellt, um ihn an sie zu erinnern, wenn er zurückkommt. Jemand muß uns gestern abend gesehen haben. Jemand hat es ihr gesagt.«

Allein, gequält und ruhelos aß sie ihren Lunch, und dann wartete sie wieder während des ganzen heißen Frühnachmittags; sie konnte an nichts anderes denken, als was sie am Abend zuvor und was sie vor langen Jahren erlebt hatten.

Sie dachte an den ersten Abend, als sie ihn kennenlernte, und wie sie sein Gesicht sofort liebte wegen des Leids und der Intelligenz, die daraus sprachen – ja sogar um der Schwäche willen, die darin lag, wenn sie sie auch nicht gleich erkannte. Sie dachte an die Tage und Nächte auf der Tipton-Farm, wo sie manchen Streit miteinander hatten, aber im ganzen unsinnig glücklich waren.

Um fünf Uhr hielt sie das Warten nicht länger aus. Sie bestellte das Boot und fuhr zur Insel hinüber. Zuerst fand sie niemanden und wanderte durch das Haus, vieles beachtend, was sie in der Aufregung des gestrigen Abends nicht bemerkt hatte. Als sie endlich in das Schlafzimmer kam, konnte sie nichts darin sehen als den Blumenstrauß, der in der etwas zu engen Vase neben dem Bett stand. Für sie bedeutete es nicht nur eine mit Blumen gefüllte Vase: es sprach daraus zu ihr der Geist jener Frau, die hinein- und wieder hinausgegangen war, ohne daß sie auch nur ihr Gesicht deutlich gesehen hätte. Und die Blumen, die diese Frau hereingebracht hatte, waren ihr wie das Sinnbild der Gefahr, die zum zweitenmal Tom und sie zu trennen drohte. Lange stand sie in die Betrachtung der Blumen versunken und stellte sich vor, wie diese Frau aussah und ob sie wohl Tom wenigstens eine Zeitlang glücklich gemacht hatte. Und dann durchschoß sie der Gedanke: »Wenn ich jetzt die Blumen fortnähme, so würde er nie erfahren, daß sie sie hergestellt hat. Er würde gar nicht wissen, daß sie hier war; und so würde er nicht mehr an sie, nur noch an mich denken.« Aber sie dachte auch: »Nein, etwas so Gemeines kann ich nicht tun. Ich kann mich doch nicht benehmen wie eine Dirne.«

Und doch tat sie es. Wie hypnotisiert ging sie auf die Blumen zu und nahm sie aus der Vase, nur das eine denkend: »Jetzt muß ich schnell gehen, ehe der Diener wieder erscheint.« Sie fühlte einen Widerwillen gegen sich selbst, aber sie stellte die Blumen nicht in die Vase zurück. Geschwind schritt sie hinaus, auf die Terrasse mit dem indischen Ruhebett und dem großen Tigerfell, von dort die breite Treppe hinuntereilend – aber sie war doch nicht schnell genug. Denn als sie unten angekommen war, erblickte sie das Gesicht des Dieners und sah ihn sich hastig die Jacke zuknöpfen. Nun konnte sie nichts machen. Sie konnte die Blumen nicht fortwerfen und so tun, als hätte sie sie nie gehabt. So blieb sie errötend stehen und wartete, daß der Diener sich ihr näherte. Sie, Alix Groton, die niemals errötete, fühlte sich plötzlich wie ein bei etwas Häßlichem ertapptes kleines Kind.

Mit großer Anstrengung sagte sie zu dem Burschen: »Sagen Sie Sahib, Lady Groton sei hier gewesen.«

»Ja, Memsahib.«

Sie sah, daß er die Blumen bemerkte, und setzte heftig hinzu: »Sagen Sie ihm, daß ich den Strauß für mein Zimmer mitgenommen habe. Im Hotel sind keine Blumen.« Und sofort wußte sie, daß sie etwas Idiotisches gesagt hatte, denn der Bursche brauchte ja nur den Blick zu wenden, um den Garten auf Rasmussens Insel mit Jasmin, Jakarandasträuchern, Wollgras, Bignonien und hunderterlei anderen Blumen zu sehen. Mehr noch, sie sah dem Burschen an den Augen an, daß er verstand, was sie getan hatte und warum sie es getan hatte. Sie sah, daß er die Geschichte durchschaute – alles, alles. Wie er dahintergekommen sein mochte, konnte sie sich nicht vorstellen.

Schnell bestieg sie das Boot und befahl, sie zum Hotel zurückzufahren, immer noch die elenden Blumen in ihrer heißen Hand. Sie konnte sie nicht über Bord schleudern im Angesicht des Dieners und der zuschauenden Schiffer. Sie schienen an sie geheftet wie der Vogel Albatros um den Hals des »Ancient Mariner« in der Ballade von Coleridge. Sie begleiteten sie den ganzen Weg bis zu Rasmussens Insel, und noch als sie an Land stieg, hielt sie sie in der Hand, mit einem Gefühl leidenschaftlichen Hasses, weil sie sie lächerlich gemacht und sie vor einem Diener um ihre Würde gebracht hatten. Sie nahm sie bis hinauf in ihr

Zimmer, wo sie sie auf den Tisch warf und nach der Aja rief.

Als die Frau kam, sagte sie: »Nehmen Sie dies und werfen Sie es fort.«

Die Frau sagte nichts, nur sah sie sie sonderbar an, so daß Lady Groton dachte: »Weiß sie etwa auch alles? Was für ein Ort ist dies!« Zum erstenmal fürchtete sie sich ein wenig, und plötzlich beschlich sie etwas von jener Angst und jenem Gefühl der Unentrinnbarkeit des Schicksals, das vor langer Zeit Dantry zu befallen pflegte, wenn die Schakale herauskamen und die Trommeln begannen.

Den ganzen Rest des Abends saß sie wartend am Fenster, und zur Dämmerzeit sah sie die Fischerboote zurückkehren, jedes seiner Heimat so sicher zusteuernd wie die Vögel, die ihr Nest zwischen den Kanälen und den Inseln kannten, und gleich darauf hörte sie die Schakale einander rufen; es tönte hin und wieder zurück über die Reisfelder auf dem Festland, aber noch fehlte jedes Zeichen von Tom. Selbst als es dunkler wurde, wurde es nicht hell im Hause. Da trat Zorn an Stelle ihrer Angst, und ihre verletzte Eitelkeit schrie auf: »Er hat kein Recht, mir das anzutun. Er ist feige und gemein.« Weiter dachte sie: »Er kann jetzt warten, bis ich mich wieder bemühe, ihn zu sehen. Wie ich diesen Ort hasse. Ich will am Donnerstag mit dem ersten Zuge fortreisen und ihn nie wieder sehen.«

Aber sie vergaß ihn nicht.

Endlich ging in dem Hause ein Licht an, und sie dachte: »Er ist zurück und kleidet sich um, und in einer kleinen Weile wird er mich besuchen kommen.« Und all ihr Zorn war verraucht und untergegangen in angstvoller Sehnsucht. Als dann plötzlich das Licht wieder ausging, dachte sie: »Jetzt wird er in paar Minuten hier sein«, und sie erhob sich von ihrem Platz am Fenster und begab sich zu dem Toilettentisch und machte ihr Gesicht schon zum viertenmal an diesem Abend frisch zurecht, und als sie damit fertig war, zog sie, ohne Hilfe der Aja, ein anderes Kleid an und schmückte sich mit noch mehr Juwelen. Und die ganze Zeit dachte sie: »Jetzt wird es an die Tür klopfen. Jetzt wird Rasmussen kommen und sagen, daß er wieder unten ist und auf mich wartet.« Und sie sah ihn wieder deutlich vor sich in dem purpurfarbenen Sarong, in dem er noch anziehender aussah, als er es je in den alten Tagen gewesen war.

Aber es klopfte nicht, und kein Rasmussen kam, und als sie wieder zum Fenster ging, war das Haus auf der Insel immer noch dunkel. Nun wußte sie, er würde gar nicht kommen, und sie warf sich auf das Bett und weinte. Sie wußte nicht, wie lange sie dort gelegen hatte, aber plötzlich klopfte es an die Türe, und sie sprang von ihrem Bette auf und, ihr Gesicht halb mit den Händen bedeckt, rief sie: »Wer ist das? Was ist?«, mit dem Versuch, ihre Stimme zu beherrschen, damit weder die Aja noch Rasmussen oder wer sonst draußen war, ihr das Weinen anmerken und die Geschichte über die Inseln verbreiten sollte. Einen Augenblick lang hatte sie ein eigentümliches, halb hysterisches Gefühl, als ob all die Menschen, die sie vom Zuge und aus dem Boot beim Umherfahren zwischen den Inseln gesehen hatte, all diese umherschwärmenden, unbekannten halbwilden Menschen sie horchend beobachteten.

Aber es war nur Rasmussen, der nicht kam, um zu sagen, daß Tom unten auf sie warte, sondern der wissen wollte, ob sie in ihrem Zimmer zu speisen wünsche. Sie schickte ihn weg mit der Bemerkung, sie wolle nichts essen, und dann kleidete sie sich aus und nahm, ehe sie ins Bett stieg, eine starke Dosis Schlafmittel, in der Hoffnung, sofort das Bewußtsein zu verlieren und stundenlang nicht mehr aufzuwachen, weil das Warten und Enttäuschtwerden ihr unerträglich geworden war – wie ein heftiger Zahnschmerz.

Sie versuchte zu lesen, in der Annahme, daß sie darüber schneller einschlafen würde, aber das Buch, nach dem sie griff, sagte ihr nichts. Sie sah nicht einmal die Wörter auf der Seite. Sie war endlich am Einschlafen, als es wieder an der Tür klopfte. Sie blieb mit geschlossenen Augen liegen und versuchte, keine Notiz davon zu nehmen; aber nach einem zweiten Anklopfen öffnete sich die Tür und, eine der Petrollampen in der Hand, trat Lord Groton ein. Sie schlug die Augen leicht auf und erkannte seinen unförmigen Körper, der die ganze Türbreite einnahm, und mit einem Schock fiel ihr ein, daß sie ihn während des ganzen Tages und Abends vergessen hatte; sie hatte auch vergessen, daß er heute zurückerwartet wurde – als habe er nie existiert.

Als er durch das Zimmer hindurch auf sie zukam, hätte sie am liebsten aufgeschrien – statt dessen blieb sie stumm, am ganzen Körper gespannt, die Augen halb geschlossen und ihn beobachtend. Er trug einen Bademantel, der ihr verhaßt war und dessen Anblick sie die Zähne zusammenbeißen ließ. Sie hatte ihn ihm vor Jahren zu Weihnachten geschenkt, in der Meinung, er würde ihm gefallen, weil er ein Pferdemuster hatte. Das war ihr nur zu gut gelungen. Er war unsäglich oft gereinigt und ganz abgetragen, aber er mochte sich nicht davon trennen. Wenn sie ihm nahelegte, ihn fortzutun, so sagte er jedesmal, er bringe ihm Glück. Er war mit Pferden aller Art bedeckt: Rennpferde, die über Hecken und Gräben setzten, sich bäumende Pferde, Pferde in vollem Galopp kurz vor dem Endziel. Es war ihr im Lauf der Jahre zum Symbol seiner Besuche bei ihr geworden; so sehr, daß sie schließlich Pferde gänzlich verabscheute und alle Jagden und Rennen ablehnte.

Er sprach nicht, bis er an ihrem Bett stand, wo er sich, nachdem er das Netz gehoben und die Lampe neben sie gestellt hatte, niedersetzte. Aus seinem Schweigen folgerte sie: »Er hat alles erfahren. Jetzt gibt es einen Krach«, und sie hätte schreien mögen: »Geh weg. Bitte, geh wenigstens für heute abend weg!« Aber im nächsten Augenblick sah sie aus seiner Miene, daß er nicht vorhatte, zu bleiben. Er sah krank und verdrießlich aus, und um seinen schweren Unterkiefer bewegten sie verhärtete Muskeln, was immer ein Zeichen dafür war, daß er vorhatte, eine Szene zu machen.

Er sagte: »Du hättest auf mich warten können.«

Sie machte eine heftige Anstrengung, sich zusammenzunehmen, und antwortete: »Ich wußte nicht, zu welcher Zeit ich dich erwarten sollte, und war sehr müde. War die Reise erfolgreich?«

»In einer Weise, ja.« Dann nahm er eine Zigarette heraus, zündete sie an und sagte, während sie ihn beobachtete: »Alix, wer ist dieser Mann namens Dantry?«

Eine Sekunde zögerte sie, denn selbst in der Nebelhaftigkeit ihres Bewußtseins war ihr deutlich, daß sie Zeit gewinnen müsse, um herauszufinden, wieviel er schon wisse. Dieses Absperren machte ihr keine große Mühe, hatte sie es doch schon so oft getan, daß es eine Art Technik geworden war. Sie sagte: »Ein alter Freund. Warum?«

»Es interessiert mich eben.«

»Ich habe ihn seit fast fünfzehn Jahren nicht gesehen.«

»Ist es derselbe, der als junger Mann das Viktoriakreuz erwarb?«

(Also weiß er so viel. Wieviel mehr weiß er noch?)

»Ja. Wer hat dir von ihm gesprochen?«

»Bates.« Bates' Namen machte es leichter für sie. Wenn es Bates war, der ihm Auskunft über Dantry gegeben hatte, so hatte er nur Verdacht, wußte aber nichts Bestimmtes. Bates hatte sie schon so oft beschützt. Sie sagte: »Er erschien gestern abend plötzlich hier. Er lebt schon lange am Ort.«

Er gab zurück: »Dann sollte er über die lokalen Verhältnisse gut Bescheid wissen. Er müßte mir nützlich sein können.«

»Ich zweifle daran.«

»Warum?«

»Er wird kaum um die Dinge wissen, die dich interessieren. Er ist nicht sehr praktisch.«

»Ist das nun Spott?«

»Nein . . . nein.«

Sie fühlte sich nun sicher, daß er nicht die ganze Geschichte kannte, weder die von gestern abend noch die vor Jahren. Er war argwöhnisch und in unbehaglicher Stimmung, weil dieser Mann namens Tom Dantry und überhaupt Männer vom Schlage Tom Dantrys in ihm immer ein Minderwertigkeitsgefühl auslösten. Er hatte nie etwas gegen ihre Freundschaften mit Sportsleuten. Jetzt arbeitete in ihm jener sozusagen umgekehrte Snobismus, jener krankhafte Haß auf jeden Menschen, dem die Dinge angeboren waren, die er nie erreicht hatte und nie erreichen konnte. »So«, dachte sie, »wirkt sich bei uns das Kastensystem aus.«

Mit einem Schlage hatten sich ihre Gedanken geklärt; sie fühlte sich stark und voll Haß gegen ihn – nicht mit jenem physischen Haß, der ihr längst vertraut war, vielmehr mit einer Art kalten, leidenschaftslosen Hasses gegen ihn, wie gegen alle Männer, deren Leben und Seele, so fragwürdig ihre Existenz sein mochte, sich ausschließlich mit materiellen Dingen beschäftigten.

Nun fragte er: »Wie nahe bist du mit ihm befreundet?«

»Früher kannte ich ihn ziemlich gut. Wir waren schon in London befreundet, bald nach dem Kriege.«

Der Unterkiefer wurde härter. »Wo war er seitdem?«

»In der Welt herumgereist. Ich weiß nicht genau wo.«

»Aus eigener Wahl?«

»Aus Liebhaberei.«

»Muß ein rechter Narr sein.«

»Das glaube ich nicht einmal. Er wollte mit etwas fertig werden.«

»Womit fertig werden? Was ist los mit ihm?«

»So allerhand. Kriegserlebnisse ... und sein eigener Charakter. Es ist keine besonders interessante Geschichte. Sie würde dich langweilen.«

Die Asche seiner Zigarre fiel auf ihre rosaseidenen Bettücher, und sie hätte gern gesagt: »Wenigstens brauchtest du hier nicht zu rauchen«, aber wieder hielt sie die Überlegung zurück: »Wenn ich ihn tun lasse, was er will, so wird er eher wieder weggehen.« Sie fühlte, wie der Betäubungszustand sie wieder leise beschlich; mit bewußter Anstrengung richtete sie sich im Bett auf und sank sogleich in die angehäuften Kissen zurück, sich klarmachend, daß sie sich zusammennehmen mußte, wenn sie in diesem Spiel durchhalten und nicht verlieren wollte, indem sie sich selbst verriet.

»Einer von diesen verfluchten Radikalen, nehme ich an?«

»Ja, vielleicht kann man ihn so nennen. Jedenfalls paßt er nicht in die Welt, wie sie ist.«

»Warum läßt du dich immer mit solchen Eseln ein?«

Sie lachte, aber nur heimlich, über so viel Dummheit. Sie fand keinen besonderen Geschmack an Radikalen oder Intellektuellen oder sonst an einem bestimmten Männertyp. Was sie an den Männern anzog, waren weder ihre Ideen noch ihre Klugheit. Es war etwas ganz anderes und war viel einfacher. »Es ist komisch, wie der eigene Ehemann immer der letzte ist, der die Wahrheit durchschaut.«

Sie war müde und verstimmt, denn sie hatte schon zu viele solche Szenen erlebt. Sie kannte alle Fragen und alle Antworten auswendig, und in solchen Dingen war sie die scharfsinnigere von beiden.

Er fuhr mit bitterem Schelten fort, ihr ihre Sorglosigkeit in Geldsachen, ihre herausfordernde Art, sich zu kleiden und die Männer anzusehen, und hundert andere Dinge vorzuhalten. Sie gab sich nicht die Mühe, zuzuhören, aber bisweilen blickte sie zu ihm hin und meinte erst, er habe wieder zuviel getrunken; dann aber machte sie sich klar, daß nicht Alkohol an seinem Aussehen und seinem Verhalten schuld war. Statt hochgerötet, wie er nach dem Genuß geistiger Getränke aussah, war er bleich und gedunsen, und es kam ihr zeitweilig vor, als müsse er sich sehr anstrengen, um zu sprechen. Dann überkam sie wieder der Überdruß, und in ihrer Benommenheit war ihr zumute, als seien alle Pferde auf dem entsetzlichen Bademantel lebendig geworden. Sie waren in wirbelnder Bewegung, springend, trabend, sich hochbäumend und vorwärtsstürzend.

Weil es doch nichts half, wurde sie nie heftig und gab nie etwas zurück auf diese eifersüchtigen Vorwürfe; und diesmal war es nicht Groton, der ihren Zorn reizte, sondern der

Bademantel und die albernen, aufgebäumten, voranstürmenden Pferde. Sie hörte sich selber sagen: »Warum stößt du dich immer an Männern wie Tom Dantry? Ist es, weil du alle hassest, welche Gentlemen sind? Weil du weißt, daß sie in vieler Beziehung besser sind als du?«

Einen Augenblick starrte er sie an, den schweren, fast lippenlosen Mund weit geöffnet, so erstaunt, daß er keine Worte zu finden schien. Dann fragte er: »Was willst du damit sagen?«

»Nichts Besonderes.«

»Mach dir keine albernen Gedanken. Ich bin stolz darauf, Albert Simpson zu sein. Stolz darauf, daß ich mir selbst den Weg gemacht habe. Stolz auf alles, was ich aufgebaut habe. Es ist mehr, als einer deiner angekränkelten ›Gentlemen von Kopf zu Fuß‹ tun könnte.«

Wieder setzte ihn ihre Antwort: »Ja, das ist ganz richtig«, in Erstaunen, und noch ehe er sprechen konnte, fuhr sie fort: »Was willst du von mir, Albert? Wenn du nicht duldest, daß Männer mit deiner Frau sprechen, warum hast du mich geheiratet? Dann hättest du eine simple, gut bürgerliche Frau aus einem Vorort mit einem komischen Hut heiraten sollen, aber nicht mich. Manchmal denke ich, du hast mich aus keinem anderen Grund geheiratet, als weil ich Alix Ainsworth war, die zur großen ›Gesellschaft‹ gehörte und von der in den illustrierten Zeitungen immerfort die Rede war. Du wolltest den Leuten zeigen, daß du dir aus der Welt auslesen konntest, was du wolltest – daß nichts zu gut für dich war. Ich war als eine Art Preis zu gewinnen, und du wolltest mit mir großtun. Wenn ich eine gewöhnliche Mary Smith von Bloomsbury gewesen wäre, so hättest du mich nicht angesehen. Du hattest nie die mindeste Sympathie oder gar Verständnis für mich. Du wolltest einfach das, was ich ganz zufällig war.«

Lange sah er wortlos auf seine Zigarrenspitze. Sie wußte, was er tat. Er riß sich zusammen und zählte bis zehn, ehe er den Mund öffnete, um sicher zu sein, daß er nichts sagte, was er zurücknehmen müßte. Er war der schlaue Geschäftsmann. Sie hatte ihn ein- oder zweimal ertappt, wenn er mit anderen Geschäftsleuten sprach. Es war in Wahrheit dies und noch sehr viel mehr, denn plötzlich ging es ihm in seinem müden, verwirrten Gehirn auf, daß hier vielleicht zum erstenmal seit seiner Verheiratung die Möglichkeit war, die Wahrheit zu erfahren – und seine Eitelkeit ließ ihn die Antwort fürchten. Er zögerte einige Augenblicke, weil er sich fragte, ob es nicht besser sei, weiter in Unkenntnis und Zweifel dahinzuleben, wie er es seit vielen Jahren tat; dann aber, wie ein Mann, der gezaudert hat, ob er tauchen solle, stürzte er sich hinein.

»Warum hast du mich geheiratet?« fragte er.

Sie antwortete sofort. »Weil mein Vater und ich in verzweifelter Lage waren und eine Menge Schulden hatten. Weil du mir eine großartige Versorgung anbotest, weil ich dachte, es würde wundervoll sein, kolossal reich zu werden – und weil ich einen anderen liebte und unglücklich war und es mir ziemlich gleich war, wen ich heiratete.« Dann schwieg sie für einen Augenblick und dachte nach, mit dem Wunsche, ganz ehrlich zu sein; und diese Willensanstrengung und Konzentration ließ sie sehr jung erscheinen, wie ein unartiges Kind. Sie sagte: »Ich glaube, es war die Versorgung, die den Ausschlag gab. Das bedeutete, daß ich, was auch geschähe, unabhängig sein würde. Ich würde nicht einmal dein Geld brauchen.«

Er sah sie einen Moment gerade an, mit müdem Blick, zum erstenmal begreifend, wie undurchdringlich die Gleichgültigkeit seiner Frau war und daß er keine, aber auch gar keine Hoffnung hatte, sie je zu beherrschen oder ihren Willen zu brechen. Dann erhob er sich schweigend und zerbröckelte das Ende seiner halbgerauchten Zigarre an ihrem Nachttisch, so daß ihre schmutzigen, toten, zerkrümelten Überreste zwischen ihren Damensachen, der Gold- und Platin-Zigarettendose, dem Riechsalz und dem Gebetbuch liegenblieben. Es war eine grobe, brutale Gebärde, und sie dachte: »Das würde er in diesem Augenblick gerne mir antun, aber er fürchtet sich. Er ist der arme, aufgeblasene, ungeschickte Albert Simpson, der sich vor der vornehmen Gesellschaft fürchtet.«

Er wollte etwas sagen, aber der Mund öffnete sich nur und schloß sich wieder, ohne daß er mehr herausbrachte als »Gute Nacht«, und dann ging er aus dem Zimmer und ließ sie zurück in der Erkenntnis, daß sie endlich den, den sie für unverletzlich hielt, doch verletzt hatte. Sie hatte die verwundbare Stelle an Baron Groton entdeckt, der als einfacher Albert Simpson in Wilhelmina Crescent, Birmingham, geboren war, und es tat ihr nicht leid. Es hielt sie schadlos für vieles. Vielleicht würde er sie jetzt für immer in Frieden lassen. Jedenfalls, mit ihrer Versorgung würde sie immer genug Geld haben, selbst wenn er ihr nichts hinterließ. Nur schämte sie sich ein wenig, weil sie wußte, daß sie ihn dafür leiden ließ, daß Tom nicht erschienen war. Er hatte dafür gebüßt, was Tom ihr angetan hatte.

Die Wirkung des Schlafmittels war nun völlig vergangen, und sie war überwach und erregt, denn sie glaubte, sie müsse nun ihr ganzes Leben neugestalten und würde wieder frei sein. Doch war sie nicht imstande, Ordnung in ihre Gedanken zu bringen, bis sie mit einem Ruck aufstand, sich eine Zigarette anzündete und noch eine Dosis von der Schlafmedizin nahm. Da sie einmal auf war, ging sie, obgleich es ihr Stolz eigentlich verbot, wieder zum Fenster und schaute nach dem Hause auf der Insel, aber es war immer noch finster. Es war spät, denn die Trommeln fingen an abzuklingen, eine um die andere, über die Inseln hinweg.

Als sie wieder im Bett lag, klopfte es abermals an die Tür, und auf ihre Frage: »Wer ist da?« antwortete eine Stimme: »Bates, Mylady.«

»Herein.«

Er trat ein, gewandt in seinen Manieren, aber leichenblaß aussehend.

»Was ist?« fragte sie.

»Es tut mir leid, Eure Ladyschaft zu stören, aber ich glaube, mit Seiner Lordschaft ist etwas nicht in Ordnung. Er ist nicht wohl.«

»Was ist es, Bates?«

»Ich habe keine Ahnung, Mylady, aber sicherlich hat er Fieber. Ich wollte ihm die Temperatur messen, er wollte nichts davon wissen. Sie kennen ihn ja. Er wird nie zugeben, daß er nicht auf dem Posten ist.«

»Wie ist es mit einem Arzt?« »Auch davon wollte er nichts wissen. Er sagte, an einem Ort wie hier gäbe es keine guten Ärzte.« Ein schwaches Lächeln huschte über sein langes Gesicht, und er fügte hinzu: »Er drückte sich viel kräftiger aus, aber das ist es, was er sagen wollte.«

Es war, als hätte das schattenhafte Lächeln gesagt: »Sie und ich verstehen den alten Schweinehund.« Dieses Lächeln störte sie. Sie mochten beide Groton hassen. Ja, sie haßten ihn in der Tat. Aber solange sie von ihm lebten, sollten sie es einander nicht zugeben. Es war ihr unbehaglich, sich vorzustellen, was in dem Lächeln alles eingeschlossen lag.

Einen Augenblick blieb sie stumm, weil ihr vieles durch den Kopf ging. Dann sagte sie: »Danke, Bates. Wenn es morgen nicht besser geht, so will ich einen Arzt ausfindig machen. Ich denke, ich kann ihn dazu bringen.«

»Danke, Mylady, gute Nacht.«

Als er fort war und sie über ihn nachdachte, kam sie zu dem Schlusse, er sei ein schlechter Diener; zwar weder untüchtig noch dumm, aber von zu selbständigem Denken und zu großer Einbildungskraft. Es war nicht angenehm, einen Diener um sich zu haben, der einem die Beweggründe und sogar die innersten Gedanken ablesen konnte. »Wahrscheinlich ist er einer von den Dienern«, dachte, sie, »die in Hotelmorde verwickelt sind.« Sein Gehaben war das der äußersten beruflichen Diskretion, und in ihrem Falle hatte sie, weiß der Himmel, Beweise seiner Verschwiegenheit, und doch sagte ihr der Instinkt, daß ihm nicht zu trauen sei. Das Gespräch hinterließ ihr einen peinlichen Nachgeschmack, als hätte er es irgendwie fertiggebracht, sie zu seiner Mitschuldigen bei einem seiner Anschläge zu machen. Als ob er sie in etwas Schmutziges hineingezogen hätte. Außer durch jenen Anflug von Lächeln hatte er sich weder durch Blicke noch durch Worte, noch selbst durch den Stimmklang verraten, und trotzdem *wußte* sie, daß er an Lord Grotons Tod dachte und sich in dem Gedanken daran freute und daß er wußte, daß sie ähnliche Gedanken gehabt hatte.

Gleich darauf löschte sie das Licht wieder, aber sie konnte noch lange nicht schlafen. Die in der Ferne ersterbenden Trommelklänge und das Gesumm der Insekten irritierte sie, und wie sie so zwischen Wachen und Einschlafen lag, ergriff sie einen Augenblick lang ein hysterischer Schreck vor Nivandrum und dem ganzen Lande. Im Einschlafen hatte sie dann einen sonderbaren Traum, als suche sie verzeifelt nach etwas, aber sie wußte selbst nicht, wonach. Sie war sich einer furchtbaren Angst und der Notwendigkeit großer Hast bewußt und wanderte durch übelriechende Straßen und weite staubige Felder und endlich durch einen Dschungel, in welchem sie die Pflanzen, die Bäume, die riesigen Farne und die Weinranken, die sie ganz umwuchsen und einschlossen, zu *hören* glaubte. Und überall waren Augen ohne Gesichter, die ihren Kämpfen zuschauten.

Als sie gerade zu finden meinte, was sie suchte, erwachte sie schreiend, und im Augenblick des Bewußtwerdens erinnerte sie sich, daß all die Augen gleich gewesen waren, schwarz und dicht beieinanderstehend. Es waren die Augen der Frau Léah, Rasmussens Weib, welche sie kaum beachtet hatte und von der sie niemals Notiz genommen hätte, wäre es nicht ihrer merkwürdigen Augen wegen.

Als Dantry auf Sandys Grundstück kam, fand er den Cockney mit seiner halben Familie und einem halben Dutzend Nachbarn um das Feuer geschart. Einer aus der Gesellschaft, Sandys dritter Sohn, saß da, eine Trommel zwischen den Knien und eine andere neben sich. Während die anderen schwatzten und spielten, hämmerte er auf beiden Trommeln, neue Rhythmen versuchend und neue Klangverbindungen zwischen männlichen und weiblichen Instrumenten probend. Ausgenommen, daß er seine Hände von einer Trommel zur anderen geschwind hin- und herbewegte, saß er ganz still, ganz in sein Musikspiel vertieft. Beim Anblick Dantrys, wie er aus der Dunkelheit in europäischer Kleidung auftauchte, verstummte die kleine Gesellschaft mit einem Schlage; so vollkommen war das plötzliche Schweigen, daß der Junge mit den Trommeln, als er gewahr wurde, daß das begleitende Schwatzen aufgehört hatte, aufsah und mit seinem Spiel aufhörte. Und dann schlich sich einer um den anderen von der Familie und den Gästen verlegen und ungeschickt, ohne ein Wort zu sagen, hinweg und suchte ein Feuer auf einem anderen Grundstück auf, und als der letzte nahm der Junge seine Trommeln und entschwand zwischen den Kroton- und Bougainvillea-Sträuchern, die dicht an den Häusern wuchsen. Es war, als sei plötzlich ein Gespenst erschienen oder ein Geschöpf mit einer namenlosen, entsetzlichen Krankheit. Und Dantry dachte: »Mein Gott, sie müssen alle wissen, daß etwas schiefgegangen ist.« Es war wieder alles so anders, wieder so wie zu Anfang.

Am Schluß saß nur noch Sandy vor dem Feuer, seine Pfeife rauchend, noch rundlicher als zu der Zeit, da Dantry zuerst auf die Insel kam, und noch gelassener und gesammelter als je – ein rundlicher kleiner Cockney-Buddha.

Als Dantry sich näherte, sah Sandy ihm am Gang an, daß er getrunken hatte, und als er dann bemerkte, daß Dantry angezogen war wie jemand, der in ein Londoner Restaurant essen geht, da wußte er, daß er sehr betrunken war, und ganz ruhig sagte er sich, daß dies sehr schade sei, nachdem die Dinge eine Zeitlang so gut gegangen waren. Es war schade, daß dies gerade jetzt passierte, da die Menschen auf der Insel sich an ihn gewöhnt hatten und im Begriff waren, ihn zu den Ihrigen zu zählen. Nun aber, heute abend, wo sie ihn in diesem Zustand und in diesem Aufzug ankommen sahen, liefen sie alle davon, wie sie es zu Anfang getan hatten, als er sich auf der Insel niederließ. Sandy wußte, warum sie davonliefen; sie waren von Natur kein trunksüchtiges Volk, und der Anblick von Trunkenheit verletzte sie. Sie fühlten sich befremdet und beschämt wie beim Anblick eines Verrückten. Und Dantry hatte es durch sein Auftreten in europäischer Kleidung verschlimmert. Der Anblick betrunkener Europäer brachte sie immer sehr auf. Ein Europäer in angetrunkenem Zustand wurde entweder zu vertraulich und setzte sie damit in Verlegenheit, oder er wurde brutal und damit ihr Feind. Nun wartete Sandy, während Dantry auf ihn zukam, um zu sehen, in welcher dieser beiden Richtungen der Alkohol bei seinem Schwiegersohn wirkte; und sobald der Feuerschein auf sein Gesicht fiel, wußte er es. Dantry war häßlich und ihm weit zurück. Es war ein fremdes Gesicht, das Sandy, sein Freund, nie gesehen hatte, und es erinnerte ihn in seinem einfachen Sinn ein wenig an die Masken, welche die Tanzenden anlegten, um den Dämon der Legende von Rama und Sita zu verkörpern.

Er fühlte sich aufgestört, aber er ließ Dantry ruhig an sich herankommen und blieb am Feuer sitzen, als Dantry hinzutrat, und sagte bloß: »Hallo.«

Dantry setzte sich nicht. Es war kaum möglich, im Abendanzug am Feuer niederzukauern, und diese Geste des Stehenbleibens beunruhigte Sandy noch mehr. Es war, als sei diese Haltung, zusammen mit der Kleidung, eine stillschweigende Absage: »Ich bin zu dem zurückgegangen, was ich von Geburt bin; in unserer Heimat ist eine Schranke zwischen uns, und nichts kann das hier ändern ...«

Und in der Erinnerung Sandys, wie sie ihn über fünfundzwanzig Jahre zurückschweifen ließ, regte sich ein dunkler Antrieb, sich zu erheben und gleichfalls dazustehen, nicht anmaßend und in der Trunkenheit ein wenig auf den Füßen schwankend, sondern unterwürfig, eines Befehls gewärtig. Aber sofort dachte er: »Nein, das ist alles vorbei und zu Ende. Das ist etwas, was ich nie wieder tun werde. Dies ist meine Welt und nicht die seine, und es wird ihm nichts übrigbleiben, als sich anzupassen.«

Dantry gab Sandys Gruß nicht zurück, sondern fragte: »Warum sind alle weggelaufen? Habe ich die Pest?«

»Nein«, sagte Sandy ruhig. »Sie fürchten sich.«

»Warum fürchten sie sich?«

»Weil Trinken Freunde in Fremde verwandelt.«

»Ich habe nicht getrunken.«

Da wurde Sandy, in aller Ruhe, etwas hart. Es war ein Zug, den Dantry nie an dem plumpen, gutmütigen, kleinen Mann wahrgenommen hatte, aber Sandy dachte bei sich: »Dies ist meine Welt, nicht seine, und er darf sie weder beherrschen noch zerstören.« Er sagte freundlich, aber bestimmt: »Sie müssen sehr viel mehr getrunken haben, als ich annahm, wenn Sie meinen, niemand könne sehen, wie betrunken Sie sind.« Und während er sprach, ging etwas Merkwürdiges in ihm vor. Er wußte, daß er keine Achtung vor diesem Manne, seinem Landsmanne, hatte, und er wußte, daß er ihn nie geachtet hatte. Im Dschungel, auf der Jagd oder hier zu Hause nach Fischen angelnd, wußte er, daß er ein Besserer war als Dantry. Ohne ihn wäre Dantry zu keinem Jagdvergnügen, zu keinem Fischfang, ja, genau besehen, zu keiner Frau gekommen. Ohne ihn wäre Dantry in Nivandrum ein Fremder und ganz verloren gewesen. Bis jetzt hatte er nie solche Gedanken gehabt, außer ein- oder zweimal, wenn Dantrys Verhalten zu Maria ihm weh tat. Er hatte diese Dinge aus Gutmütigkeit und natürlicher Freundlichkeit übersehen. Er war bereit gewesen, die gelegentliche Arroganz dieses Mannes unbeachtet zu lassen; er sah in ihm einen Menschen, der einer anderen Klasse und einer von

Grund aus anderen Welt entstammte und der hilflos war, wenn ihm plötzlich die gewohnten Stützen und Schutzwälle fehlten. Nein, Sandy war der Bessere, und nun wußte er es. All sein Geld, sein gesellschaftlicher Hintergrund, seine Bildung hatten Dantry nichts gegeben und ihn vielleicht nur in Nachteil gesetzt. In einer Weise hatte ihn das alles der Welt gegenüber geschwächt. Sandy hatte nichts gegen Trinken, aber was er liebte, war Trinken aus Freude, lärmend, ausgelassen, gutartig, wenn es etwas zu feiern galt. Diese mürrischen Trinker liebte er nicht, die in der Einsamkeit trinken, um sich Mut oder Entschlußkraft einzuflößen oder ihr Unglück zu vergessen. Und als wäre das schwelende, lieblich duftende Feuer vor ihm ein blendendes, weißes Licht, erkannte er, daß dies der Grund war, warum Dantry trank. Jedesmal während der fünf Jahre, die er Dantry kannte, war dies der Anlaß gewesen, warum Dantry trank; und mit jedem Male war er unmöglicher geworden. Immer hatte er dem Alkohol zugesprochen, nicht um froh zu sein oder etwas zu feiern, sondern um sein eigenes Elend zu ersäufen.

Dantrys Gesicht, wie er im Licht des Feuers zu ihm herabsah, wurde plötzlich fahl, als der Sinn von Sandys Worten ihm in seinem getrübten Denken aufging. Einen Augenblick empfand er den Wunsch, zu sagen: »Wenn Sie mit mir sprechen, so stehen Sie bitte auf«, aber er begriff, daß unter den obwaltenden Umständen eine solche Redeweise nur lächerlich und grotesk, ohne Widerhall, durch die Stille des Grundstückes tönen würde. Einen Moment schämte er sich, so wie er sich geschämt und erbost hatte, als kurz zuvor Silas ihn beim Ankleiden beobachtete. So sagte er schwach: »Ich bin nicht betrunken, jedenfalls nicht so arg betrunken.«

»Ich will Ihnen einen Stuhl besorgen«, sagte Sandy, und mit lauter Stimme rief er dem Haupthause zu: »Anthony! Anthony! Bring Sahib Dantry den Stuhl.« Nicht lange, so kam einer von Sandys jüngeren Söhnen heraus und brachte ihm den billigen steifen Stuhl, den einzigen Stuhl im Hause, der nie benutzt wurde, außer wenn Sandys Frau an der eleganten Nähmaschine saß, die Sandy ihr mit Dantrys Geld gekauft hatte.

Der Junge stellte den Stuhl scheu und ungeschickt neben Dantry, schaute ihn ängstlich an und sauste wieder davon ins Dunkel. Dantry stand noch wie angewurzelt davor; es war ihm unbehaglich zumute, und er kam sich etwas lächerlich vor, weil ihm zum erstenmal zum Bewußtsein kam, warum er sich so großartig angezogen hatte. Ohne zu überlegen, hatte er sich angekleidet, als ginge er in ein Londoner Restaurant, und damit einen schwachen Versuch gemacht, sein Prestige wiederherzustellen, als sei er bereits einer von jenen entwurzelten Weißen, die genötigt sind, um Respektierung ihrer Würde zu werben, statt daß ihnen dies von selbst gewährt wird. Er hatte etwas zu erzwingen versucht, worauf er kein Anrecht mehr hatte. Und als er jetzt neben dem Stuhl stand, wurde ihm klar, wenn er sich nun auf diesem steifen, billigen Ding am Feuer auf Sandys Grundstück niedersetzte, während Sandy selber auf dem Erdboden hockte, würde er sich hoffnungslos lächerlich machen. Schon jetzt hielten sich wahrscheinlich die Nachbarn und Kinder in dem Kroton- und Bougainvillea-Gesträuch verborgen, um ihn zu beobachten, und grinsten einander zu, mit ihrem gutmütigen Kichern an sich haltend. Die Ruhe, ja man durfte sagen, Würde des kleinen Cockney-Buddha, der mit gekreuzten Beinen ihm gegenüber am Feuer kauerte, konnten ihm nichts helfen. Es war, als ob Sandy sagte: »Du machst dich selbst zum Narren. Jetzt hilf dir auch heraus, so gut du kannst.«

Mit einem heftigen Puff stieß Dantry darum den Stuhl halbwegs über das Grundstück, legte sein Jackett ab und warf es auf den Boden, und schließlich riß er sein Hemd herunter; nackt bis zu den Hüften setzte er sich dann auf die Erde, dicht am Feuer, Sandy gegenüber. Dieser sah ihm zu, gab aber kein Zeichen von sich, außer daß ein Schatten eines hämischen Grinsens über sein Gesicht zu huschen schien, jedoch so schwach, daß Dantry beim flackernden Feuerschein nicht sicher sein konnte, ob es wirklich so war. Dann sagte er: »Nun . . . «, und schaute Sandy an, der aber immer noch nicht sprach.

Dantry war in der Absicht gekommen, einen Jagdausflug vorzuschlagen; jetzt aber sagte ihm sein Feingefühl, das ihm teils natürlich und krankhaft gesteigert und teils das Ergebnis seines Rauschzustandes war, daß dies unmöglich sei, weil etwas zwischen sie getreten war; etwas, was die ganze Reise zunichte machen und ihre Beziehung verzerren würde. Und Sandys Schweigen beunruhigte ihn, denn es ließ ihn befürchten, daß all diese fünf Jahre in Nivandrum vergeblich gewesen seien. Wie er so halbnackt, nur in schwarzen Abendbeinkleidern am Feuer saß, hatte er das Empfinden, wieder so sehr ein Fremder zu sein wie am Tage seiner Ankunft auf den Inseln.

Als Sandy immer noch nicht redete, fühlte er einen plötzlichen Zwang zum Sprechen, und eine hysterische Anwandlung führte ihn mit einem Gedankensprung weiter, als er wollte. Er sagte: »Ich gehe fort.«

Diesmal antwortete Sandy: »Ich glaube, das ist eine gute Idee«, sagte er. »Eine Abwechslung würde Ihnen sicher gut tun. Sie sind zu lange hier gewesen, ohne einmal zu verreisen. Der Ort wirkt deprimierend auf sie.«

Und wieder ließ sich Dantry, als er antwortete, von seiner Verärgerung weiter hinreißen, als er wollte, indem er sagte: »Nein, ich meine, ganz von hier fort.« Diesmal gab Sandy keine Antwort. Schon einmal hatte Dantry sein Fortgehen angekündigt, war aber Marias wegen geblieben. Nach einer Pause nahm Dantry das Gespräch wieder auf. »Ich werde Maria gut versorgen. Ich hinterlasse ihr ein Einkommen, von dem sie für immer leben kann. Ich werde großzügig sein.«

»Daran habe ich nicht gedacht«, sagte Sandy.

»Es geht euch allen viel besser seit meiner Verbindung mit Maria.«

»Nein«, sagte Sandy. »Nicht viel besser. Überhaupt nicht besser.«

»Was wollen Sie damit sagen?«

»Sie haben uns kein besonderes Glück gebracht. Eine Nähmaschine und ein paar europäische Kleider für die Kleinen bedeuten noch nicht das Glück.«

»Es war viel mehr als bloß das.«

»Nicht viel. Es war mehr Kummer als Glück.«

»Wieso?«

»Da ist Maria.«

»War ich nicht gut zu Maria? Habe ich ihr nicht alles gegeben?«

»Was Sie ihr gegeben haben, bedeutet nichts. Das eine, was sie brauchte, haben Sie ihr nicht gegeben.« Dantry fragte nicht, was dies sei, denn selbst in der Trunkenheit wußte er, was er ihr alles versagt hatte.

»Sie dürfen nicht vergessen, daß Maria halb europäisch ist. Und auch wenn sie das nicht wäre, möchte sie nicht gern wie eine Sache behandelt werden, die man bequem zur Hand haben will.«

»Sie haben Maria lieb, nicht wahr?« fragte Dantry.

»Ja. Sehen Sie, sie ist mein Kind. Daß ihre Mutter eine Farbige ist, macht keinen Unterschied. Ihre Mutter ist mir eine gute Frau gewesen. Sie hat mir das Leben schön gemacht. Sie hat mir und den Kindern Glück gebracht.«

Sandy schwieg kurze Zeit, klopfte seine Pfeife aus und starrte ins Feuer. Dann sprach er wieder. »Ich würde Sie trotzdem nicht bitten, zu bleiben. Es würde dadurch kein bißchen besser. Ich meinte erst, es würde alles gut werden. Ich hatte freilich meine Zweifel, als Sie sie heirateten, aber ich dachte doch, es könne noch gut werden.« – Wieder machte er eine Pause, schüttelte die Asche fertig aus der Pfeife, füllte sie frisch und sagte dann: »Und ich will Ihnen offen gestehen, daß ich gehofft habe, es würde gut werden. Ich wünschte es um Ihretwillen ebensosehr wie um Marias willen, aber nun weiß ich, daß es nicht sein kann. Ich hatte unrecht, als ich glaubte, Sie seien anders. Das sind Sie nicht. Es war schlecht für Sie und für Maria und für jedermann. Jetzt ist es besser, daß Sie fortgehen und sie Sie vergißt. Ich kann auf den Inseln einen guten Ehemann für sie finden, der für sie sorgt und ihr die Kinder gibt, die Sie nicht von ihr wollten, weil Sie niemals willens waren, die andere Welt aufzugeben. Sie wollten nie wirklich zu uns gehören. Sie wollten alles haben und nichts geben.«

Dann sprang er zu Dantrys Überraschung auf, hielt ihm die Hand hin und sagte: »Vielleicht ist es nicht Ihre Schuld. Um solche Dinge zu beurteilen, müßte man die ganze Geschichte kennen. Ich wünsche Ihnen Lebewohl. Machen Sie sich keine Gedanken um die Versorgung. Maria braucht sie nicht, weil Geld hier nicht so wichtig ist. Ich hoffe, daß Sie eines Tages den Ort finden werden, wo Sie hinpassen.«

So entließ ihn Sandy; dieser Cockney-Matrose, der sein Jagdhelfer gewesen war, schickte ihn einfach weg. Er saß noch immer am Fußboden, gepeinigt und zum zweitenmal mit dem Bewußtsein, daß Sandy ihm über war. Er war zu ihm gekommen in der Haltung des Beleidigten und mit der Absicht, Sandy und den Seinen und ganz Nivandrum vorzuhalten, daß sie sich mit ihm nur abgefunden hätten, weil sie Geld aus ihm herauszuschlagen wünschten, und Sandy hatte den Spieß umgedreht, nicht weil er intelligenter oder klüger gewesen wäre, sondern weil er recht hatte, weil seine beiden plumpen Füße fest auf der Erde und in der Wirklichkeit standen. Diese Erkenntnis ernüchterte ihn ein wenig und ließ ein Gefühl der Beschämung in ihm aufsteigen. Und gleichzeitig packte ihn innerlich die Wut, und er dachte: »Es ist ihr Fehler und Grotons – warum sind sie hergekommen? Sie haben alles zerstört, und jetzt wird Groton die Insel zerstören und die Menschen mit seinen Petroleumtanks und Docks verderben. Zum Teufel mit ihnen.«

Still erhob er sich, nahm Sandys Hand und sagte dann sehr ruhig: »Leben Sie wohl, Sandy«, und dieser antwortete, in einem Gemisch von Würde und Verlegenheit: »Leben Sie wohl, Sir.«

Die Anrede »Sir« traf Dantry wie ein Schlag. Einen Augenblick machte es ihn wortlos. Es war, als ob Sandy mit diesem einen Wort ironisch alles, was er war und was er darstellte, verdammte – die ganze Welt, aus der er kam und der sich Sandy so sicher, so überlegen entzogen hatte und die er selber niemals aufzugeben fähig sein würde. Er suchte Sandys Gesicht, ob er Ironie darin entdecken könne, ungewiß, ob er ihn absichtlich oder aus einer sonst längst erstorbenen Gewohnheit so angeredet hatte; aber das plumpe, freundliche Gesicht war ruhig und ausdruckslos.

So blieb nichts übrig, als Abschied zu nehmen, aber wie dies mit Würde tun, blieb ein Problem. Sandy half ihm ein wenig, indem er plötzlich sagte: »Und Maria?«

»Ich glaube, es ist besser, daß ich sie nicht sehe. Es mag so leichter für sie sein.«

»Vielleicht.« Und wieder glitt so etwas wie der schwache Abglanz eines Lächelns über Sandys plattes Gesicht, in aller Schattenhaftigkeit doch deutlich genug, um zu sagen: »Leichter für dich. Jetzt kannst du fortlaufen. Du kannst davonlaufen. Aber dein liebes Ich wird im Hafen von Singapur oder Batavia oder Schanghai, einerlei wo du landest, auf dich warten.«

Weil nichts anderes zu tun blieb, wandte er sich um und ging von Sandy und dem Feuer fort, doch kaum hatte er das Tor des Grundstückes erreicht, da hörte er Sandys Stimme: »Sie haben Jackett und Hemd vergessen« (war denn Sandys Macht, ihn lächerlich zu machen, unerschöpflich?), und er rief zurück: »Schmeißt die verfluchten Dinger ins Feuer.«

Endlich befand er sich außerhalb des Grundstückes, so daß ihm der fatale Blick Sandys nicht mehr folgen konnte, aber er war noch nicht frei: als er sich dem kleinen Landungssteg näherte, schritt ihm aus dem Bambusgesträuch die vertraute Gestalt Marias entgegen. Der Mond leuchtete hell genug, daß er sie sofort erkennen konnte, und als sie dicht bei ihm stand, sogar hell genug, ihn ihr Gesicht und ihre dunklen Augen sehen zu lassen. Sie sah sehr schmächtig aus, und bei ihrem Anblick zog sich ihm das Herz zusammen, nicht aus Liebe oder Furcht, sondern aus Mitleid . . . , aus jenem Mitleid, gegen das er sich nie wappnen konnte, dem er sich nie anders als durch Flucht zu entziehen vermochte – das im Tiefsten an seiner Schwäche und Unentschlossenheit schuld war und ihm den Frieden nahm. Und in seinem getrübten Sinn regte sich eine Art Verwunderung, daß ihr Anblick ihn einst so furchtbar erregt hatte und jetzt nicht die geringste Begierde in ihm weckte.

Er blieb, weil er nicht anders konnte, am Rande der Landungsstelle stehen, sagte aber nichts. Es war Maria, die das Wort ergriff. Sie sagte nur: »Dantry«, und nun schien ihm diese Anrede noch unpassender und beschämender als je. Irgendwie, ging es ihm durch den Kopf, lag die Tatsache, daß er sich von ihr »Dantry« anstatt »Tom« nennen ließ, an der Wurzel von allem, es war gleichsam ein Symbol. Deshalb kannte er sie überhaupt nicht; deshalb hatte er sie nie kennenlernen können, deshalb war er nie irgend jemandem auf den Inseln hier nähergekommen. Ihnen allen war er niemals »Mr. Dantry« oder »Sahib« oder »Mr. Tom« oder »Tom«, vielmehr nichts als »Dantry«. Es war eine unpersönliche Anrede, die gar nichts besagte; weder Würde und Respekt noch Freundschaft und Vertrautheit; es bedeutete wieder nur das eine, daß er versucht hatte, alles von ihnen zu nehmen, was sie zu geben hatten, und nichts zurückzugeben. Es ging ihm wie ein Blitz auf, während er die stille, zierliche Gestalt im Mondschein betrachtete, und zum erstenmal sah er alles vollständig klar.

Er sagte, so gelinde wie möglich: »Ja, Maria?«

»Was habe ich getan?«

Er vermochte ihr nicht zu antworten. Wie hätte er es ihr erklären können? Wie konnte er sich ihr verständlich machen – einem einfachen, geradlinigen Kindergemüt, das in die Natur eingebettet war, nachdem es ihm nie gelungen, anderen Frauen, die weit älter und weiser und gewandter waren, nahezubringen, warum stets der Augenblick kommen mußte, wo sie, am Maßstab *einer* Frau gemessen, unerträglich wurden. Darum sagte er nur: »Nichts, Maria. Es ist nichts, was du getan hättest. Es liegt an mir.«

Sie sah ihn verdutzt an, und er empfand ein plötzliches Verlangen, den Arm um ihre Schulter zu legen und sie verstehen zu machen – aber er fürchtete die Berührung, weil sie ihm all die seltsame, fast tierhafte Glückseligkeit zurückbringen konnte, die sie miteinander empfunden hatten und die nunmehr seine Schwäche noch erhöht hätte. Und er wollte doch fliehen, er mußte ja fliehen.

Und doch fehlte ihm der Mut, ihr zu sagen, er gehe für immer fort und dies sei das letztemal, daß sie einander sähen. Das mochte Sandy tun.

»Wann darf ich wiederkommen?« fragte sie.

Er log und sagte: »Ich weiß nicht. Ich gebe dir Nachricht durch Silas.«

Sie schwiegen beide, und Dantry hörte die Trommel auf Sandys Grundstück wieder anklingen und wußte nun sicher, daß alle: Sandys Familie, die Nachbarn, der Junge mit den Trommeln, im Gebüsch gewartet und aufgepaßt hatten, bis er wieder wegging. Jetzt, da der Mann mit der Pest fort war, konnten sie zurückkommen.

»Dantry«, sagte sie sanft. »Ich will tun, was du willst, denn dein Glück ist das, was ich will.«

Dies Wort machte ihn noch mehr verstummen und erfüllte ihn mit Scham; es war ein Wort, das er sein Leben lang noch nie gesprochen hatte, nicht einmal vor langer Zeit zu Alix. Hätte er damals sich so verhalten, dann wäre das ganze Leben anders gewesen. Er wünschte die Menschen glücklich, nicht um ihrer selbst willen, nur weil ihr Glücklichsein ihn wiederum beglückte. Wenn sie nicht glücklich sein konnten, ergriff er die Flucht.

Endlich sagte er: »Es gibt nichts, was du tun kannst. Es ist jetzt zu spät, um etwas zu tun.« Und in der Besorgnis, sie möchte es so auffassen, als klage er sie an, fügte er hinzu: »Sieh, es ist nicht deine Schuld, Maria; es sind die Dinge schuld, die sich vor langer Zeit zugetragen haben – die Jahre und Jahre hindurch immer weitergingen.«

Er wußte, daß es für sie, deren ganze Welt der Hafen und die Inseln waren, ganz unmöglich war, je zu verstehen, was er brauchte, und im Moment war ihm ihre Liebe zu ihm verhaßt. Es war immer am Schluß so gewesen; er haßte schließlich die, welche ihn liebten und in gewissem Sinn ihn, wenn auch nur ganz leise, verantwortlich machten, sein Mitleid erweckten und ihm das Gefühl seines Elends gaben. Nur Alix hatte ihm das nie angetan, nicht ein einziges Mal. Auch dies sah er zum erstenmal ganz klar. Das war der Grund, warum nichts jemals seine Gefühle für sie hatte wandeln können, warum sie ihm zum Maßstab geworden war, an dem er alle anderen Frauen maß. Sie liebte ihn, aber sie ließ ihn frei, weil sie selbst frei war, trotz allem. Sogar Groton und dem Leben, das sie führte, zu Trotz war sie allzeit frei. »Frei«, dachte er, »strahlend und frei«. Und plötzlich sah er sie ganz deutlich vor sich in all ihrer Schönheit mit ihrem kindlichen Gesicht und so von Licht umstrahlt, daß er Maria gar nicht mehr sah. Dies eine blieb trotz all ihrer Überfeinerung und Dekadenz. Sie war immer innerlich klar und einheitlich und frei. Vielleicht hatte es der Jahrhunderte bedurft, um diese Freiheit hervorzubringen, genauso wie die Dekadenz die Frucht von Jahrhunderten war.

In dem halbnüchternen Zustand, in dem er jetzt war, arbeitete sein Denken mit solcher Geschmeidigkeit, daß er alles auf einmal zu übersehen und alles zu verstehen schien, wenn auch dies Verstehen weder angenehm noch hilfreich war; und so war ihm auch der Weg, den er gehen mußte, immer klarer. Er mußte fortgehen und mit sich Schluß machen, bevor er Elend über noch mehr Menschen brachte, ihr Leben verwirrte und ihren Geist zermürbte. Er konnte sich zu Tode trinken, von einer Bar zur anderen über die

Inseln und Städte des Orients hin. Auch Alix sollte Schluß mit sich machen, denn sie stand unter demselben Fluch wie er; nur würde sie es niemals tun, denn sie war weiser und verächtlicher und härter als er, und sie war frei.

Lange hatte er so dagestanden, ohne auf Maria zu achten, die Hände gegen den schmerzenden Kopf gepreßt, die Augen bedeckt, als müsse er das Licht des zunehmenden Mondes ausschließen – dieses jungfräuliche Licht der beginnenden Mondscheibe, die ihren ganzen Weg noch vor sich hatte. Es war der Augenblick des schwärzesten Elends, den er je erlebt hatte, und es war Maria, die all dies in ihm auslöste, indem sie ihn mit der Hand berührte. Als er seine Hände herabnahm und niederblickte, fand er sie ihm zu Füßen, ihre Arme um seine Knie schlingen. Sie schluchzte leise und sagte: »Dantry, ich will, was immer dich glücklich macht . . . , denn im Herzen bist du ein guter Mensch.«

Er ließ sie auf dem Boden liegen und stieg schnell in sein Kanu, aber nicht, um zu seiner eigenen Insel zu fahren, sondern um sich zwischen den verzauberten Lagunen und Kanälen treiben zu lassen. Als sein Kanu im Nebel verschwand, tauchte ein anderes aus den Uferschatten auf und glitt über das glasige Wasser zu Sandys kleinem Landungssteg.

Nachdem Dantry gegangen war, blieb Sandy am Feuer sitzen, und im nächsten Augenblick kamen die Kinder und Nachbarn zurück und nahmen ihren Platz in dem kleinen Kreise ein. Aber Sandys frohe Stimmung war dahin, er brachte sie nicht mehr mit seinen Scherzen zum Lachen. Dantrys Jackett und Hemd lagen neben ihm auf dem Boden; er sprach aber nicht davon, noch machte er einen Spaß damit, denn er dachte darüber nach, wie er Maria, ohne sie zu sehr zu verletzen, erklären könne, was Dantry ihm gesagt. Er wußte genau, daß Maria, als Dantry das Grundstück verließ, ihm gefolgt sein mußte; aber er wußte auch –

denn er kannte seinen Schwiegersohn allzu gut –, daß Dantry ihr nicht die Wahrheit sagen, sondern sie abschütteln würde. Er dachte aufs neue: »Es ist nichts zu machen. Je eher er Nivandrum für immer verläßt, desto besser. Jeder Tag, den er noch hier bleibt, kann eine neue Tragödie bringen.« Und er überlegte weiter, daß der einzige Zug nicht vor morgen in der Mittagsstunde abfuhr. Er fürchtete nicht so sehr, was Dantry, als was Maria tun möchte.

Neben ihm trommelte sein dritter Sohn weiter, neue Rhythmen ausprobierend, und einer der alten Flötenbläser fiel plötzlich in die Musik ein, indem er erst ein Thema angab und es dann, von Sandys Jungen begleitet, durch endlose Variationen abwandelte. Bisweilen unterhielten sich die Nachbarn mit leiser Stimme, aber die meiste Zeit verhielten sie sich schweigend, denn es war, als hätte Dantry nicht nur greifbar sein Jackett und sein Hemd, sondern gewissermaßen einen Schatten zurückgelassen, der das Feuer dämpfte und dem Thema und den Variationen, die der alte Mann spielte, eine immer schwermütigere und düstere Wendung gab.

Sandy starrte ins Feuer, nicht mehr der vergnügte Buddha, vielmehr ernst wie die Buddhas des Nordens, und plötzlich bemerkte er um sich herum ein Gemurmel und eine unruhige Bewegung, und als er aufsah, wurde er gewahr, daß der Flötenspieler zu spielen aufgehört hatte und mit seinen welken Fingern das Zeichen gegen den Bösen Blick machte. Es war ein Ausdruck des Schreckens in seinem runzeligen Gesicht, und als Sandy seinem Blick nachging, entdeckte er, schweigend im Feuerschein stehend, Léah, Rasmussens Weib. Sie war in einen dunklen Sari gekleidet, so daß man nur ihr schönes, aber beunruhigendes Gesicht mit den dichtstehenden Augen sah, mit einem Ausdruck des Übelwollens und all dessen, was das Übel im Gefolge hat.

Die Kinder liefen weg, und die älteren Leute blieben, von Schrecken gelähmt und besorgt, sie durch Fortlaufen zu beleidigen. Sandy beobachtete sie und dachte, wie er immer pflegte: »All dies Gerede vom Bösen Blick ist Unsinn«, aber er fühlte sich doch aus seiner Ruhe gerissen, vielleicht weniger aus Furcht vor ihrer Magie, als weil er das Walten ihres Übelwollens empfand. Sie verließ Rasmussens Insel nie und hatte Sandys Grundstück nicht mehr betreten seit jener Nacht vor langer Zeit, in der Maria sich zu Dantrys Insel fortgestohlen hatte und die der Anfang all ihres Unglücks war. Jetzt zum erstenmal fiel ihm ein, daß Léah etwas mit Marias Verhalten zu tun haben könne.

Er versuchte, besonders um all der anderen willen, Léas Besuch als etwas völlig Normales hinzustellen. »Sitz nieder, Léah.« Und weil er ein wenig ängstlich war, was sie wohl zu sagen hatte, sprach er englisch, was seine Nachbarn, wie er wohl wußte, nur ungenau verstanden.

Léah antwortete ihm in ihrem gebrochenen Englisch und sagte: »Nicht niedersitzen. Komme Maria besuchen.«

»Wozu Maria besuchen?« fragte Sandy.

»Maria helfen.«

»Wie helfen?«

»Ihr sagen, wie ihren Mann zurückbekommen.«

Einen Augenblick schwieg Sandy, um Zeit zu gewinnen. Dann sagte er: »Sie hat ihren Mann noch.«

Léah lächelte – wenn man diese Gebärde lächeln nennen konnte: es war mehr der Blick einer müden Prophetin in Trance . . . , der Prophetin, der Kassandra, die immer richtig prophezeite und der niemand glaubte, bis es zu spät war.

»Ihren Mann nicht haben«, sagte sie eigensinnig. »Maria es auch wissen.«

»Maria ihren Mann nicht wollen«, sagte Sandy ebenso eigensinnig.

»Maria ihren Mann wollen – ihn glücklich wollen.«

Sandy dachte ein wenig nach und sagte sich: »Vielleicht kann sie dem Mädchen wirklich helfen. Vielleicht ist an ihrem Hokuspokus etwas dran. Schließlich war es Léah, die

Maria zuerst Dantry verschafft hat. Sie mag ein Interesse daran haben. Vielleicht will sie ihn ihr erhalten. Ich habe vielleicht kein Recht, mich einzumischen. Jedenfalls, sie kann Maria nichts antun.« So sagte er: »Maria im Haus. Maria nichts antun!«

»Was antun?« fragte Léah, vor Wohlwollen lächelnd. »Maria glücklich machen. Wissen, was Maria braucht.«

»Also«, sagte Sandy.

»Danke«, und Léah schritt durch den Schatten dem Haupthause zu. Die anderen folgten ihr mit den Augen, immer noch von Schrecken erfüllt. Sie ging langsam und mit prophetischer Würde, und als sie wie ein Schatten in der Tür verschwand, verspürte Sandy ein Gelüst, aufzuspringen, ihr nachzueilen und sie zu Rasmussens Insel zurückzuschicken, ohne sie mit Maria zusammenkommen zu lassen; aber er rührte sich nicht. Es war nur Trägheit, die ihn zurückhielt, und die Tatsache, daß er älter wurde und es nicht mehr so leicht war, aufzustehen und sich wieder hinzusetzen.

Um acht Uhr wurde Lady Groton von einem heftigen Klopfen an der Tür geweckt. Immer noch halb betäubt von all den Schlafmitteln, die sie genommen hatte, erwachte sie nur langsam, und mit ihrem schläfrigen »Herein« erwartete sie, daß die Tür zu ihrem Schlafzimmer in der Hill Street sich öffnen und Harris hereinlassen würde. Aber die Tür, die ganz und gar nicht der ihres Zimmers daheim glich, ließ Bates erscheinen, der so aufgeregt war, als es bei seiner Natur irgend möglich sein konnte. Mechanisch fragte sie: »Was gibt's, Bates?«, und hörte dann zu, immer noch verwundert, wo sie war und warum es so heiß sein konnte ohne Kaminfeuer.

Seine Lordschaft, berichtete Bates, war nicht richtig erwacht. Er war augenscheinlich in einem Zustand, den Bates »dösen« nannte, und da seine Widerstandskraft nachgelassen hatte, war es Bates gelungen, die Temperatur zu messen und festzustellen, daß sie ziemlich hoch war.

»Ich fürchte, Mylady«, sagte Bates, »daß er so ein orientalisches Fieber hat.«

Damit war plötzlich Bates' Erscheinung und das Zimmer völlig erklärt, und sie war sich nun selbst klar genug, um sich zu sagen: »Du fürchtest das gar nicht. Du hoffst es sogar. Du hoffst, daß es mindestens die Pest ist.« Sich mit einem Ruck zusammennehmend, antwortete sie: »Ich denke, wir sollten nach dem Arzt schicken, nur weiß ich nicht, wo einer ist und wohin man sich zu wenden hat.«

»Ich habe mich schon erkundigt, Mylady«, sagte Bates, »bei diesem Rasmussen, und es gibt hier herum keinen Arzt, außer einer Art von Wunderdoktoren.« Er zögerte einen Augenblick und fügte dann hinzu: »Ich habe manchmal gehört, daß sie ganz gut sein können; sie haben allerhand Naturmittel gegen Schlangenbisse und dergleichen.«

Nach kurzer Überlegung sagte sie: »Nein, das können wir nicht tun. Lord Groton würde wütend.«

Bates berichtete weiter: »Dieser Rasmussen sagte noch, es gäbe auch eine Ärztin – eine Halbblütige oder so was –, die in der Hauptstadt lebt. Sie heißt Mees Opp. Nur ist die Hauptstadt weit weg, und es fährt kein Zug.«

Der Name ließ sofort das Bild der großen, vierschrötigen Frau in ihr aufsteigen; sie sah sie vor sich in ihrer weißen Kleidung und mit dem Hut und seinen ausgeblichenen Blumen. Sie sah sie im Geiste, wie sie sie vor dem Wagenfenster gesehen hatte, gelassen, Ruhe ausstrahlend, heiter, mitten in dem Gedränge der Pilger und Verkäufer von Reiskuchen. Und wieder sah sie sie vor sich wie damals vor ihrem Hotelfenster, als sie langen Reihen von krank und leidend aussehenden Inselbewohnern Medizinen austeilte. Und plötzlich kam ihr der Gedanke wieder, daß vielleicht diese Frau auf irgendeine Art mit ihrem Schicksal verquickt sei. Sie konnte sich dieser Vorstellung gar nicht erwehren, so zähe war sie. Aber sie dachte: »Ich darf kein Idiot sein. Ich muß bei gesundem Menschenverstand bleiben.« Laut schlug sie vor: »Wir könnten nach Colombo oder Madras telegraphieren und einen Arzt mit dem Flugzeug kommen lassen.«

Bates durchschaute das Irrige dieses Vorschlages. »Ich habe diese Möglichkeit genau untersucht, Mylady«, sagte er, »und zwar mit Rasmussen. Es gibt hier keine Stelle, wo ein Flugzeug landen könnte, und überhaupt zweifelt er, ob ein Arzt kommen würde.«

»Selbst wenn er wüßte, wer der Patient ist?«

Bates' Gesicht verzog sich. »Das ist es eben Mylady. Wir können ihnen das nicht sagen. Seine Lordschaft hat streng verboten, zum Arzt zu schicken.«

»Wann?«

»Gestern abend, als ich versuchte, ihm die Temperatur zu messen. Er sagte: ›Eines, Bates: wenn ich krank werde, so darf kein Arzt geholt werden. Ich bin ein starker Mann und werde durchkommen, und ich werde nicht dulden, daß ein Arzt Unfug um mich herum macht. Das ist ein Befehl‹, so sagte er, ›der strikteste Befehl, den Sie je von mir erhalten haben. Er darf auch nicht von Ihrer Ladyschaft geändert werden. Sie stehen bei mir im Dienst und nicht bei ihr, verstanden?‹«

»Warum sagte er das?«

»Ich bin nicht ganz sicher, Mylady, aber Sie wissen ja, wie er über die Ärzte denkt. Er flucht immer, wenn die Rede auf sie kommt. Und dann ...« Er zögerte, und dann platzte er heraus: »Ich vermute, es soll nicht herauskommen, warum er hier ist. Das ist etwas, was ich nicht wissen sollte, aber ich weiß es nun einmal.«

Wieder glitt, wie am vorhergehenden Abend, der Schatten eines vertraulichen Lächelns über sein Gesicht, und wiederum fühlte Lady Groton sich unbehaglich. Es war erschreckend, wieviel Bates wußte. Es war ihr gleich, wieweit er über sie Bescheid wußte, solange sie es einander nicht eingestanden. – Plötzlich fragte sie: »Kann man von hier ein Telegramm schicken?«

»Nein, Mylady, ich habe gefragt. Es kann nur von jenseits des Gebirges abgesandt werden.«

»Wollen Sie damit sagen, daß es am Bahnhof keine Telegraphenstation gibt?«

»Ja, Mylady. So ein Ort ist das!«

Sie dachte einen Augenblick nach, müde wie sie war, und dann raffte sie sich auf zu einem: »Dann glaube ich, daß Mees Opp noch das beste sein wird.«

»Seine Lordschaft haßt die Ärzte«, sagte Bates; »eine Ärztin würde seinen Blutdruck zum Bersten steigern.«

Da empfand sie wieder einen heftigen Ärger, daß Albert sie in diese Lage gebracht hatte – allein, abgeschnitten an diesem vergessenen Ort, er selbst hilflos und krank, und keine Ärzte, keine Krankenschwestern, kein Telegraph, keinerlei Luxus – alles nur, weil er immer mehr Geld und immer mehr Macht erstrebte. Er war so darauf erpicht – auf diesen Sieg über Hugo Deakin –, daß er es lieber riskierte zu sterben, als zuzulassen, daß die Welt erfuhr, er sei in Nivandrum. Lieber den Tod, als Deakin sein Geheimnis entdecken zu lassen! Es war unglaublich – und doch, ganz im Hintergrund und dunkel, lag auch etwas Großartiges in einer solchen Entschlossenheit und einheitlichen Zielsetzung. Das war es, sagte sie sich, was Menschen wie Albert reich und mächtig werden ließ. Aber es war auch etwas Schreckliches, weil es eine Art Wahnsinn war.

Zu Bates sagte sie: »Ich glaube, er ist an dem Punkt angelangt, wo Lord Grotons Wille nicht mehr entscheidend ist. Im bewußtlosen Zustand kann er keinen Krach machen. Ich denke, das führt uns wieder zu Mees Opp. Wie kann sie herkommen?«

»Zu Schiff, Mylady.« »Wie lange wird das dauern?«

»Zwei oder drei Tage.«

Nach neuem Überlegen sagte sie: »Ich will zu ihm gehen und dann Mr. Dantry ein paar Zeilen schicken. Er wird besser raten können als irgend jemand unter diesen Umständen. Er ist seit fünf Jahren hier. Er muß sich auskennen.«

Es war ihr, als hörte sie Bates sagen: »Sehr gut, Mylady, ich glaube, dies ist das klügste«, aber sie war nicht ganz sicher, denn tief in ihr sagte eine Stimme: »Mees Opp, das ist, was wir brauchen. Mees Opp haben wir nötig.«

Sie fühlte sich seltsam müde, und es ging ihr durch den Sinn: »Vielleicht werde ich auch krank«, aber dann merkte sie, daß Bates noch dastand und sie beobachtete, so sagte sie: »Das ist alles, Bates. Wenn ich Sie brauche, werde ich Sie rufen lassen.«

Als sie ihm im Hinausgehen nachsah, kam es ihr vor, als sei etwas wie ein Frohlocken in seinem Blick, als denke er: »Jetzt sind sie in eine Falle geraten. Jetzt kann diese noble Gesellschaft erfahren, was es heißt, arm zu sein und kein Geld für den Arzt zu haben. Jetzt ist der verfluchte alte Narr krank und wird sterben wie ein gewöhnlicher Mensch.«

Zum erstenmal brachte Bates sie ernstlich außer Fassung; die Vertraulichkeit in seinen Manieren beunruhigte sie, als nähme er vorsichtig und mit der größten Diplomatie Fühlung für ein Bündnis gegen Albert.

Als sie ihr Gesicht zurechtgemacht und sich frisiert und ihr Morgenkleid angelegt hatte, fühlte sie sich nicht mehr ganz so betäubt und auf den Kopf geschlagen, obgleich sie immer noch eine Empfindung hatte, als sei ihr Gehirn in Watte gewickelt, und als sie ihre Hand erhob, war sie wie bleiern und als gehöre sie nicht ihr.

Es war das erstemal, daß sie in Lord Grotons Zimmer ging, und als sie es sah, war sie in Versuchung zu lachen: Nicht über das Zimmer selbst, sondern weil sie dachte, Albert habe es zweifellos gewählt, weil es das größte und imposanteste Zimmer in Rasmussens Hotel war. Er lag, grotesk anzusehen, in einem großen Bett aus indischem Eichenholz mit eingelegtem Perlmutter, und dieses stand auf einem quadratischen, knallroten Teppich. Sein Anblick, wie er halb bewußtlos dalag und wie sie ihn noch nie gesehen hatte, gab ihr einen heftigen Schock. Es war, als hätte sie ihn noch nie so genau gesehen, wie er wirklich war, noch nie wahrgenommen, wie schwer und dick er sein konnte; denn nun fehlte der Funke, die Vitalität und Energie, welche diese schwerfällige Masse belebt und bloßes Gewicht in Kraft gewandelt hatten, so daß er formlos, träge und wie ein Plumpsack aussah. Die harte Linie um den Unterkiefer war weich geworden, und alle Muskeln in dem großen Gesicht waren schlaff.

Erst dann, noch immer etwas dämmerhaft, erinnerte sie sich, was am Abend zuvor passiert war; als hätte sie es nur geträumt, stieg der Streit mit ihm in ihrem Schlafzimmer vor ihr auf, und sie ward inne, daß sie einen Augenblick ordinär und gemein gewesen war. Und gleichzeitig kehrten sich Scham und Widerwillen gegen sie selbst, weil sie über ein Jahrzehnt mit dieser großen fleischigen Masse auf dem Bett vor ihr gelebt und sich immer wieder gleichgültig mit ihm abgefunden hatte. Und sie mußte jäh wieder an Dantry denken, und wie anders sein Körper war, wie schlank und abgehärtet und braun, trotz seinem Trinken. Und sie empfand ein ihr fremdes Verlangen, zu weinen – über sich selbst, über all ihre Irrtümer und ihre Torheit und die Kälte ihres Elends.

Grotons Anblick zwang sie, zu denken: »Es ist alles aus zwischen uns, einerlei, ob er lebt oder stirbt. Nie mehr werde ich mit ihm leben.« Jetzt aber wünschte sie im Herzen schamlos seinen Tod, denn sie wußte, solange er lebte und vielleicht noch nachdem er gestorben war, würde sie ihn immer so vor sich sehen, von seiner Krankheit verraten, schwer, dick, mit dunkelgerötetem Gesicht, den Mund ein wenig geöffnet. Und jedesmal, wenn sie ihn sah oder an ihn dachte, würde sie sich erinnern, daß sie ihm ihren schönen, zarten Körper preisgegeben hatte, und nicht einmal, sondern viele Male.

Während sie sich über das Bett neigte, wußte sie, daß Bates sie aus einer Ecke des Zimmers beobachtete, mit einer dunklen Neugier, wie sie sich verhalten würde, und sie war sich bewußt, daß sie irgend etwas vorgeben mußte, um für immer jenes entsetzliche, verstecktdreiste Lächeln dieses Menschen zu ersticken; er würde sich von solchem Vorgeben wahrscheinlich nicht täuschen lassen, aber es würde ihn doch in seine Schranken verweisen.

Sie sagte, wie eine liebende Frau zu ihrem Manne sagen würde: »Albert, Albert, hier ist Alix«, und die matten, blaßblauen Augen öffneten sich ein wenig, aber sie blickten geradeaus ins Leere. Dann gab er einen grunzenden Laut von sich und schloß die Augen wieder. Sie versuchte noch einmal, ihn zu erwecken, aber ebenso erfolglos, und dann sagte sie, zu Bates gewandt: »Ich will Mr. Dantry ein paar Zeilen schreiben. Sie können sie gleich hinüberschicken. Wenn wir Mees Opp holen lassen wollen, dann sofort, aber ich möchte erst Mr. Dantrys Rat hören. Es wäre das beste, Sie nähmen den Brief selbst hinüber und warten auf die Antwort.«

»Jawohl, Mylady.«

»Ich bringe ihn, wenn er fertig ist«, sagte sie und ging aus dem Zimmer, während Bates hochbefriedigt zurückblieb: würde er doch nun diesen Dantry ganz nahe sehen, in dessen eigenem Hause, wo er allerhand über ihn auskundschaften konnte, was er für eine Einrichtung hatte, was für einen Bedienten, wie er lebte und ob er wirklich so sehr Gentleman war, wie seine Erscheinung vermuten ließ.

In ihrem Zimmer angelangt, öffnete sie ihre Schreibmappe, aber als sie ihr Billett beginnen wollte, fand sie es keineswegs einfach, ihm zu schreiben, denn sie wollte noch anderes als einfach Auskunft über Mees Opp oder sonst einen Arzt. Es war ihr mittlerweile klargeworden, daß er sie absichtlich mied, und sie fürchtete sich ein wenig, daß er, wenn er nicht schon abgereist war, es für den Lauf des Tages vorhaben könnte. Jetzt, mit Albert in diesem schrecklichen Bett, wie ein krankes Tier, durfte sie nicht daran denken, Tom könnte sie hier in diesem fremdartigen Hotel mit dem halbidiotischen Besitzer und dem immer schwieriger werdenden Bates allein lassen. In ihrem Denken kreiste fortwährend wie eine lauernde Versuchung die Vorstellung, daß alles in allem, ob Albert lebe oder sterbe, ihre Stunde der Freiheit nahe sei, und dann könnte sie vielleicht Tom für immer haben. Sie war nicht mehr so jung. Vielleicht war es Zeit, sich auf etwas Bleibendes, Endgültiges einzurichten; und bei dem Gedanken, alt zu werden, schüttelte ein leises Entsetzen ihren Körper. Und schließlich, während sie mit sich kämpfte und nachdachte, wie sie ihren komplizierten Zweck am besten erfüllen könne, tauchte Toms Bild wieder vor ihr auf, so wie sie ihn an jenem Abend gesehen hatte, als die Tänzerinnen kamen, und sie wußte, daß sie ihn mehr begehrte als irgendeinen anderen Mann in der Welt und daß es für sie nie einen anderen gegeben hatte.

Dreimal entwarf sie den Brief und vernichtete ihn, und es hätte den ganzen Morgen weitergehen können, hätte nicht die Zeit gedrängt und sie sich überlegt, wenn sie die Sache so hinausschob, konnte Bates neugierig werden und ihr zunahe treten. Es war seltsam, aber sie begann, sich vor Bates zu fürchten, als sei er ihr eigenes Gewissen, das ihr in Gestalt eines Spions auf dem Horchposten gegenüberstand.

Als sie den Brief zum viertenmal entwerfen wollte, dachte sie plötzlich: »Was für eine Törin bin ich! Ich schicke ihm keinen Brief. Ich gehe selbst zu ihm.« Denn sie erkannte, daß sie ihr hier eine Ausrede, ein Grund bot, mit dem sie ihre Eitelkeit und ihren Stolz retten konnte. Sie konnte zu ihm gehen und es vielleicht erreichen, daß er hier in Nivandrum blieb, ihr nah, wenigstens noch ein klein wenig; und jede Stunde, jede Minute schienen ihr jetzt kostbar.

Hastig zerriß sie das Geschriebene, und als sie sich vor dem trüben Spiegel zum zweitenmal frisiert und Rot auf die Lippen gelegt hatte, zog sie sich an, setzte den Hut auf und ging die Treppe hinunter, um bei Rasmussen die Schiffer zu bestellen.

Nicht lange darauf sah Bates aus dem Fenster von Lord Grotons *chambre de luxe* sie zu Dantrys Insel übersetzen, und er dachte: »Es gibt noch Schwierigkeiten, ehe es zu Ende ist.«

Er war enttäuscht und etwas empfindlich, daß sie nicht ihn geschickt hatte, denn nun würde er wahrscheinlich nie das Innere von Dantrys Haus sehen und nicht herausfinden, ob er wirklich so sehr Gentleman war, wie er aussah. Er beobachtete noch, wie sie an Land stieg und die große, offene Treppe hinanschritt und dann in Dantrys Haus verschwand. Dann ging er hinunter, um Haferschleim für seine Lordschaft zu holen. Der Haferschleim war freilich nicht das, was ihn dabei interessierte, sondern die Gelegenheit, mit dieser Frau namens Léah noch einen Schwatz zu haben.

Der Zug fuhr in der Mittagsstunde, aber Dantry war seit kurz nach der Morgendämmerung wach. Er ging zum letztenmal durch das Haus und gab Silas Anordnungen, was er in ein oder zwei ziemlich mitgenommene Handtaschen packen solle: einige Shorts, einige Hemden, ein paar Bücher, die Toilettensachen. Als er den Burschen packen sah, durchzuckte es ihn, wie tief er in das Leben von Nivandrum untergetaucht und wie weit er von der westlichen Zivilisation abgerückt war. Es war kaum mehr etwas Materielles aus dem alten Leben vorhanden. Und jetzt, da zum erstenmal sein Fortgehen von Nivandrum Wirklichkeit wurde, fühlte er, wie sich ihm das Herz zusammenkrampfte bei dem Gedanken, daß er wahrscheinlich nie wieder einen Sarong tragen oder nackt mit Ausnahme eines Tuches um die Lenden auf der anderen Seite der Großen Barre fischen gehen würde.

Sein Kopf schmerzte infolge der Schlaflosigkeit und des Alkohols am Abend vorher, und sein Denken verbohrte sich voll Scham in die Erinnerung an die demütigende

Szene, die sich auf Sandys Grundstück abgespielt hatte. Einen Augenblick dachte er: »Ich könnte doch noch bleiben und sie nie wiedersehen«, aber im Herzen wußte er, daß diese Idee nichts wert war. Er würde keinen Frieden finden, solange sie in Nivandrum war.

Er hatte Tee getrunken und dazu zwei Kognak, um auf die Füße zu kommen, und stand nun in seinem großen Schlafzimmer, mit dem Blick auf den Hafen, als er jemanden ins Zimmer kommen hörte, leise wie es Silas zu tun pflegte, und doch wieder anders, und als er sich umdrehte, sah er Maria schüchtern in der Türöffnung stehen. Sie war ganz weiß gekleidet, wie er sie an jenem Tage vor langer Zeit gesehen hatte, als er sie in der Küche überraschte, und in ihrem dunklen Haarknoten trug sie einen Kranz aus Jasminblüten. Es war etwas an ihrem Anblick, was keinen Ärger in ihm aufkommen ließ, und er sagte nur scheu und ein wenig beschämt mit sanfter Stimme: »Komm herein.«

Schüchtern ging sie auf ihn zu und sagte: »Ich komme, dir Lebewohl zu sagen.«

Es war eine merkwürdige Szene, und er war sich dieser Merkwürdigkeit bewußt. Er konnte sehen, daß sie voller Liebe zu ihm gekommen war, und er wußte doch, daß sich in seinem Herzen für sie nichts mehr regte als Mitleid. Schauspielern war nie seine Sache gewesen, und nun fühlte er, daß etwas, was stärker war als er selbst, etwas, was in der Situation lag, ihn zwang, eine Rolle zu spielen, die ihm fremd war.

Sie sagte: »Wenn du nichts dagegen hast, will ich mit zum Zuge kommen. Ich will dir deine Sachen tragen helfen.«

Ihre Worte taten ihm irgendwie weh um der tiefen Einfachheit und Ergebenheit willen, die in ihnen lagen; denn sie hatte sie mit einer kindlichen Aufrichtigkeit gesprochen, nicht wie andere Frauen, Frauen des Westens, es getan hätten, um ihre Eitelkeit zu retten oder feurige Kohlen auf sein Haupt zu sammeln. Sie spielte nicht die Märtyrerin. Sie war einfach gekommen, weil sie ihn liebte, weil sie ihn noch einmal, zum letztenmal, sehen wollte, und es quälte ihn, zu wissen, daß er ihr weh tun müsse; so wie wenn man einem Kind oder einem jungen Tierlein weh tut.

»Nein, natürlich nicht«, sagte er. »Ich möchte nicht, daß du wie eine Farmersfrau meine Gepäckstücke auf dem Kopf trägst«, und sie antwortete ganz einfach: »Ich täte es, wenn du es gern sähest.«

»Sitz nieder, Maria. Wir können plaudern, während ich fertigmache, was ich noch zu tun habe.« Es war ihm aufgegangen, daß es leichter sein würde, wenn er den Besuch so harmlos wie möglich nahm und wenn er selbst beschäftigt war, während sie ihn beobachtete. Auf diese Weise brauchte er nicht dem Blick ihrer großen, dunklen Augen standzuhalten – diesem Blick, der wie der einer Sterbenden war.

Sie setzte sich nicht auf einen Stuhl, sondern ließ sich scheu auf den Rand des großen spanischen Bettes nieder, und wie sie dies tat, sah er das Bett wieder so, wie es an jenem Abend vor langer Zeit ausgesehen hatte, mit Jasmin- und Jakaranda- und Bignolienblüten bedeckt. In der Erinnerung fühlte er sich plötzlich schlecht und dachte bitter: »Auch das ist dahin. Das ist den Weg alles anderen gegangen.« Eines Tages, wenn er ein alter Mann wäre, würde dies Erinnern nicht mehr wie ein scharfer Schmerz, sondern voll Glanz und Schönheit sein. Aber darauf mußte er noch lange warten; noch war es ihm zu nah, um anderes als Schmerz hervorzurufen. Das Mädchen, das da auf dem Bettrand saß, war für ihn nicht dasselbe wie jenes Mädchen, das er damals in seinem Zimmer gefunden hatte, angetan mit einem europäischen Kleide und einem alten Hut aus Fasergeflecht, mit frischen Blumen geschmückt. Dies hier war einfach ein hübsches, halbblütiges Mädchen, das keinerlei Gefühle in ihm weckte. Und wie eine Offenbarung kam es über ihn, daß er nun sah, wo die Wurzel des Übels lag. Es war nie etwas zwischen ihnen gewesen als das Band der körperlichen Vereinigung. Für sie in ihrer Einfachheit war das schön gewesen. Es war ihr genug. Für Männer, wie

Rasmussen und Sandy, war es genug. Aber auf ihm, Dantry, ruhte der Fluch der Zivilisation und der Kompliziertheit, und so wurde er ihrer nach einer gewissen Zeit überdrüssig. Dieser Überdruß hatte ihm nichts weiter ausgemacht, bis Alix kam. Im Augenblick, da er sie wiedersah, war ihm sofort sein Wahn und sein Irrtum klargeworden. Er hatte entdeckt, daß er trotz allem sich selbst nicht entronnen war.

Das Mädchen saß ruhig auf dem Bett, still, wie es orientalischen Frauen eigen ist, erfüllt von Traurigkeit und doch wieder von entsagungsvoller Glückseligkeit in dem Wissen, daß er noch da war, daß noch kostbare Minuten zu verleben waren, die die laute, kleine Uhr auf dem Toilettentisch mit abscheulicher Schnelligkeit hinwegtickte – Minuten, Sekunden, in welchen sie ihn noch beobachten konnte, bewußt, wie sehr sie ihn liebte und wie viele Stunden des Entzükkens sie miteinander verbracht hatten. Mit einer schnellen Bewegung zog sie ihre Füße vom Boden und kreuzte sie zum Sitzen nach der Art der Eingeborenen, sie mit dem Rand ihres Sari bedeckend.

Auch Dantry achtete auf das Ticken der Uhr, aber für ihn schleppte sich jede Minute, jede Sekunde hin. Er beschäftigte sich zwecklos damit, Sachen aus den Schubladen herauszunehmen und wieder hineinzutun, und sprach mit ihr, ohne sie anzusehen. Er sagte ihr, er würde ihr Geld schikken lassen, so daß sie nach den Begriffen von Nivandrum immer reich sein würde. Das Mädchen machte keine Gebärde der Ablehnung noch der Zustimmung, sie saß ganz ruhig und stumm da, doch in ihrem Schweigen lag, nicht ihrer Absicht nach, aber Dantrys schlechtes Gewissen widerspiegelnd, ein Vorwurf, als sage sie wortlos: »Ich will dein Geld nicht, aber wenn es dir Freude macht, es mir zu geben, wenn es dein Gemüt befriedigt und dich glücklicher macht, so will ich es annehmen.«

Die Unterhaltung war nicht leicht, denn Maria empfand nicht nach Art der europäischen Frauen die Notwendigkeit, ihre Gemütserregung durch Sprechen zu verbergen. Viel hatte sie nie gesprochen. Er besann sich jetzt, daß sie in all der Zeit, in der sie zusammen waren, sehr wenig gesagt hatte, und nichts, was ihn je tiefer interessiert oder einen Wunsch nach Zwiesprache in ihm geweckt hätte. Nach dieser Seite war ihr Leben miteinander immer leer gewesen. Er hatte es ertragen, denn wenn es ihm zuviel wurde, konnte er sie immer in Sandys Wohnung zurückschicken.

Die Uhrzeiger krochen langsam über das Zifferblatt, das von der ewigen Feuchtigkeit der Lagunen rostig geworden war. Es schien ihm, er würde nie den Punkt erreichen, wo er mit Anstand sagen konnte, daß er jetzt zum Bahnhof müsse und daß es besser sei, sie kehre nach Hause zurück. Er hatte oft die Flucht ergriffen, aber noch nie war es so schmerzlich wie dieses Mal. Szenen, hysterische Anfälle, Geschrei – alles war besser als dies einfache, fragende Schweigen der zierlichen Gestalt auf dem großen Bett.

Er zündete eine Zigarette an und gab sie ihr und nahm dann selbst eine und goß sich ein Glas Whisky ein. Im selben Augenblick sah er in dem großen Hauseingang, deutlich abgezeichnet gegen das glänzende Blau des Hafens, Alix' Gestalt in ihren kostbaren Kleidern, und er dachte: »Die Dirne! Was braucht sie jetzt herzukommen?« und weiter: »Nun, da haben wir's. Nun wird sie alles erfahren.«

Laut sagte er, mit so alltäglicher Stimme, als er es irgendwie aufbringen konnte: »Hallo! Komm herein. Ich bin am Packen.« Und er dachte: »Ich bin gefangen. Diesmal von zwei Frauen statt von einer«, und einen Augenblick lang sann er nur auf Flucht. Es dünkte ihn, er habe sich sein Leben lang noch nie so müde gefühlt.

Sie kam über die Schwelle und sah Maria auf dem Rande des großen Bettes sitzen. Im ersten Schreck zauderte sie, und sie fühlte sofort, daß sie die Selbstbeherrschung verloren hatte. Er sagte: »Dies ist Lady Groton, Maria«, und zu Alix: »Dies ist meine Frau.«

Diesmal fand sie nichts zu sagen, und die Farbe wich aus ihrem Gesicht. Er hätte es kaum bemerkt, hätte nicht das plötzliche Erbleichen das sorgsam aufgetragene Rot als zwei grelle Farbflecke oben auf den Backenknochen stehenlassen.

Maria schlüpfte, ein wenig zitternd, auf den Fußboden. Sie gab nicht den orientalischen Gruß, wie es eine vollblütige Eingeborene getan hätte, sondern stand ein wenig erschreckt da und klammerte sich mit der einen Hand an das Ende des gemalten Bettes.

Dann erholte sich Alix und murmelte einen Gruß, und Maria verneigte sich leicht und bewegte die Lippen, ohne daß Alix verstand, was sie sagte.

»Ich scheine in einem sehr unpassenden Augenblick zu kommen«, sagte sie. »Ich bitte um Entschuldigung, daß ich ohne Ankündigung hier hereinstürme, aber es ließ sich nicht anders machen.«

»Nimm Platz«, sagte Dantry. »Ich kann mich dir nicht lange widmen. Mein Zug geht in dreiviertel Stunden.«

Er war sich bewußt, daß in dem höflichen Gebaren zwischen ihnen etwas Komisches lag, etwas, was mit keiner anderen Frau in der Welt komisch gewesen wäre. Aber mit ihr war es absurd.

Sie kannten einander so gut, daß es Zeiten gegeben hatte, wo jeder wußte, was der andere dachte, und reden zwischen ihnen kaum nötig war.

Sie setzte sich nicht, und er wußte, daß ihr Stolz sie daran hinderte. Sie sagte: »Es ist wegen Albert. Er ist sehr krank. Ich wußte nicht, was tun. Ich kenne hier niemanden. Ich weiß nicht, nach wem man schicken soll.«

»Wie krank?« fragte Dantry.

»So krank, wie man nur irgend sein kann. Er hat sehr hohes Fieber.«

Einen Augenblick schwieg er in dem Gedanken: »Warum ihn nicht sterben lassen? Es wäre besser für alle. Niemand wünscht, daß er lebt . . . , weder Alix, noch der Sekretär, noch der Kammerdiener. Wenn er stürbe, könnte Nivandrum gerettet werden ... wenigstens für eine kleine Weile.« Dann sagte er: »Ich fürchte, man kann nichts machen als versuchen, Mees Opp herzubekommen. Schade, daß er nicht vor drei Tagen krank war, als sie hier war. Sie muß jetzt in die Hauptstadt zurück sein.«

»Er war damals schon krank, aber er duldete nicht, daß irgend jemand etwas dagegen unternahm.«

»Ich weiß nicht, ob sie kommen wird oder nicht.«

»Und wenn sie hört, wer es ist?«

Tom lachte, und es war ein schnelles, eher herbes Lachen. »Ich glaube nicht, daß ihr das viel Eindruck machen würde. Der Name des großen Lord Groton bedeutet hier nicht viel – und am wenigsten für Mees Opp. Sie ist eine merkwürdig einfache und menschliche Frau. Ihr bedeuten Rajas und Kulis gleich viel, ausgenommen, daß Kulis sie nötiger haben.«

Wieder waren seine Sinne scharf auf das Ticken der Uhr gerichtet. Die Zeit wurde knapp. In Kürze würde er zum Bahnhof müssen, oder er würde den Zug versäumen, und wenn er den Zug versäumte ... Und es durchrann ihn, wie er sie vor sich stehen sah, äußerlich so ruhig, daß er nicht gehen wollte, und sein Herz sagte ihm, daß er nie hatte gehen wollen. Es war etwas in ihrer Selbstbeherrschung, in ihrer Ruhe, ja selbst in der Härte, die er hinter ihrem gehaltenen Gesichtsausdruck erriet, was ihm Kraft gab. Und er wußte, daß sie im Innersten ebensosehr litt wie er. Wiederum mußte er denken: »Sie *ist* ehrlich. Strahlend und frei.«

Da tat Maria etwas Außerordentliches – das erstemal, seit er sie kannte, daß sie etwas Positives unternahm. Sie sagte: »Es ist halb zwölf, Dantry. Wenn du jetzt nicht gehst, wirst du den Zug versäumen.« Und er wußte, daß sie, wenn nicht schon früher, nun alles erraten hatte, daß sie ihn lieber aus ihrem Leben scheiden lassen wollte, als hinter dieser weißen Frau zurückzustehen.

Alix sagte: »Wenn du den Zug erreichen mußt, so tu es unter allen Umständen. Irgendwie werde ich dann allein fertig werden.«

Er fühlte, wie die großen, dunklen Augen Marias ihn beobachteten, aber er wagte nicht, sie anzusehen, denn er wußte, was auch geschähe und welchen Weg er auch einschlüge, es war aus mit ihr. Die Uhr tickte laut weiter. Er dachte: »Wenn ich bleibe, so ist nur *ein* Ende möglich. Wenn ich bleibe, wird sie Groton verlassen und mit mir leben, für immer . . . «, und dann hörte er sich zu Maria sagen, ohne sie anzuschauen: »Sage Silas, daß ich nicht mit diesem Zug fahre. Vielleicht mit dem Zug am Sanstag; vielleicht direkt von der Hauptstadt aus. Ich kann nicht fortgehen und den *burra* Sahib, der sehr krank ist, im Stich lassen.«

Eine Sekunde stand Maria ganz still, den Blick auf ihn gerichtet, und dann wandte sie sich, ohne ein Wort zu sagen, um und ging, wie eine Dienende, aus dem Zimmer, um seinen Befehl auszuführen.

Als sie fort war, hielt das Schweigen noch ein wenig an, und dann sagte Alix: »Es ist sehr gut von Dir, zu bleiben.«

»Es ist nicht gut von mir. Ich wollte gar nicht gehen. Ich brauchte nur eine Ausrede.«

»Aber warum hattest du dann vor, zu gehen?« Diese Frage, das sah er, war kennzeichnend für sie, für all ihre Ehrlichkeit und ihre Freiheit, für die Stärke, die er an ihr wahrnahm. Schwach sagte er: »Weil ich es für das beste hielt . . . , weil es der einzige Ausweg schien.«

Nach einer kleinen Pause sagte sie: »Was ist zwischen uns, Tom? Warum können wir nie ehrlich und ganz einfach miteinander sein? Wären wir nur vor langer Zeit ehrlich miteinander gewesen, so wäre alles anders geworden.«

Er antwortete ihr nicht, und sie wandte sich ab und sagte: »Ich wußte nicht, daß es so schlimm ist.«

»Was?«

»Das du verheiratet bist.«

Er lachte. »Ich bin noch keinen Monat verheiratet. Die Hochzeit fand einen Tag vor dem Eintreffen des Briefes mit der Ankündigung eurer Herkunft statt.« Wieder lachte er. »Es war freilich keine neue Geschichte. Wir haben mehr als drei Jahre zusammengelebt.«

»Liebst du sie?«

»Nein, geliebt habe ich sie nie.«

Eine kleine Weile schwieg sie nachdenklich. Dann sagte sie: »Nein, das wäre wohl nicht möglich gewesen, nicht bei einem Manne wie du.«

Er trank seinen Whisky aus und hörte sie sagen: »Jetzt sollten wir wohl vernünftig reden. Wie kann ich nach dieser Ärztin schicken? Wie lange dauert es?«

»Es ist eine anstrengende Reise von gut vierundzwanzig Stunden, allein die Hinfahrt. Wenn sie sofort kommt, können wir übermorgen wieder hier sein. Ich werde sie selbst holen gehen. Ich zweifle, daß sie kommen würde, wenn wir nur einen Jungen nach ihr schicken. Sehr wahrscheinlich wird es der Überredung bedürfen.«

»Es ist viel von dir verlangt, ausgerechnet von dir.«

»Ja, das ist es.« Und er lachte wieder, freudlos, wie er daran dachte, daß er und Alix arbeiteten, das Leben eines Mannes zu retten, dessen Weiterleben keines von ihnen im Herzen wünschte. »Aber es macht mir nichts. Es gehört alles zum Ganzen.«

Er wandte sich ab und sagte: »Es wird jetzt das beste sein, du gehst ins Hotel und sagst Rasmussen, er möchte Sandys dritten Jungen holen lassen. Er heißt Anthony. Er kann mir den Weg zeigen. Ich werde hinüberkommen, sobald ich mich umgezogen und für die Reise fertiggemacht habe.«

Sie sagte nichts mehr, sondern ging aus dem Zimmer und die Treppe hinunter zu dem auf sie wartenden Boot, aber die ganze Zeit wiederholte sie sich, was er zu Maria gesagt hatte: »Vielleicht werde ich am Samstag fahren oder vielleicht direkt von der Hauptstadt aus.« Er konnte jetzt nicht fortgehen. Er durfte nicht, jetzt, da sie ihn gerade wiedergefunden hatte. Als das Boot an der Bucht vorüberfuhr, dachte sie: »Ich hätte den Mut haben sollen. Ich hätte ihm sagen müssen, daß wir trotz allem einander immer geliebt haben ..., daß wir jetzt, da wir einander wiedergefunden, für immer zusammenbleiben müssen.« Dann wurde ihr klar, daß seine ironische Stimmung sie am Sprechen gehindert hatte. Man konnte solche Dinge nicht sagen, sosehr man auch danach verlangte, wenn die Atmosphäre mit bitterem Spott erfüllt war. Und dann war da dies Mädchen – seine Frau. Auch nachdem sie gegangen war, hatte sie etwas von sich zurückgelassen, etwas Ungreifbares, was sie beide mit Scham erfüllte, was sie trennte, und zum Schweigen verurteilte.

Beim Hinanschreiten des Pfades dachte sie: »Wenn ich ihm nur irgendwie helfen könnte«, und seltsam genug mußte sie gleichzeitig an das Mädchen denken, das sie im Schlafzimmer gefunden hatte, so schmächtig und so jung, und auch sie tat ihr leid, weil sie nie verstehen würde, warum Tom so merkwürdig und verschroben und elend war. Sie würde nie begreifen, daß es sein Schicksal war, sich selbst mit solcher Macht zu quälen und Unglück über andere zu bringen.

Beim Verlassen der Landungsstelle gab sie Rasmussen die Botschaft und ging dann in Lord Grotons Zimmer, träge, unsicher, weil sie nicht recht wußte, was sie wollte. Er war allein, immer noch in einer Art krankhaftem Schlaf, schwer atmend, und sie betrachtete ihn, objektiv, kalt – vielleicht kälter, als sie ihn je während ihres ganzen Zusammenlebens angesehen hatte. Er hatte sich nicht gerührt, als sie ins Zimmer trat, und gab auch jetzt kein Zeichen, ob er ihre Anwesenheit bemerkte. Die Aja hatte gesagt, sie solle das Zimmer nicht betreten, bevor man wisse, was es für eine Krankheit sei. Wenn es Pest oder Cholera wäre, so könne es gefährlich sein. Aber sie hatte kein Gefühl der Gefährdung, denn tief in ihr war, wie es bisweilen die Soldaten auf dem Schlachtfeld haben, die Überzeugung, es könne ihr nichts zustoßen. Seit kurzem war dazu noch ein anderes Gefühl gekommen, ein deprimierendes Gefühl, daß sie vom Schicksal bestimmt sei, weiterzuleben, immer weiter, bis der ganze Fluch zu Ende gelebt, und daß ihr dies vielleicht zur Sühne auferlegt sei. Denn im Älterwerden überkam sie bisweilen das Bewußtsein, daß sie irgendwo und zu irgendeiner Zeit eine Sühne leisten müsse und daß sie dem nicht entrinnen könne.

In ihrer jetzigen Kälte verspürte sie kein Verlangen, das Zimmer und das Schauspiel ihres bewußtlosen Gatten auf dem schrecklichen Bett aus indischem Eichenholz zu verlassen. Es machte ihr sogar gewissermaßen ein perverses Vergnügen, ihn so vor sich zu sehen, hilflos darniederliegend, zum erstenmal geschlagen. Sie empfand weder Mitgefühl noch Bedauern – Gefühle, von denen sie wußte, daß er selbst sein Leben lang von ihnen niemals berührt war.

Wie sie so dasaß, dachte sie: »Da bist du nun – nicht der mächtige, prahlerische Lord Groton, großtuerisch, andere anbrüllend, der sich alles kaufen kann – nur der simple, vulgäre Simpson, der es äußerlich soweit über sich hinaus gebracht hatte; Albert Simpson, der Sohn eines kleinen Häusermaklers in Birmingham. Niemals hast du etwas Gutes oder Großherziges getan, außer wenn es dir Gewinn oder Ruhm einbrachte. Und du hast Männer und Frauen zugrunde gerichtet, die dir vertrauten, um der Macht und des Geldes willen. Oh, du hast für wohltätige Zwecke Geld in großen Mengen gegeben, und es wurde in den Zeitungen großartig verkündet, aber es hat dich nicht das Geringste gekostet. Du hast nie etwas dafür entbehrt, und es ließ Menschen, die dich nicht kannten, dich für großmütig halten, und es half deinen Charakter reinwaschen und viel Blutsaugerei überdecken und die Kritik deiner Feinde dämpfen. Du würdest dein Vaterland verraten, wenn es dir einen Schilling mehr oder eine Unze Machtzuwachs eintrüge. Es ist lang her, da verkauftest du Gewehre und Granaten unter der Hand an die Türken, so daß damit bei Gallipoli die Jungen aus deinem eigenen Lande getötet wurden – Männer, die besser waren als du und die in den Tod gingen, während du zu Hause bliebst und Geld verdientest an der Not deines eigenen Volkes; und du ließest in deinen eigenen Zeitungen wilde Leitartikel für die Weiterführung des Krieges erscheinen. Noch jetzt, vor vierzehn Tagen in Singapur, hast du einen Artikel für alle Groton-Blätter geschrieben, der mit sicherer Wirkung Haß und Bitternis wecken und mehr Krieg verursachen mußte. Es hat eine hübsche Summe gekostet, ihn von so weit wie von Singapur zu kabeln – genug, daß einst mein Vater und ich monatelang davon hätten leben können –, aber es machte ja nichts, denn wenn es Krieg gäbe, würde es millionenfach zu dir zurückkommen. Du wußtest nicht, daß ich den Artikel gelesen habe, ehe er abging, aber ich habe es getan. Es gibt so vieles, was du von mir nicht weißt und was ich dafür von dir weiß. Bates und ich könnten eine Biographie von dir schreiben, die dich lebenslang ins Gefängnis brächte oder auch ins Irrenhaus – nur daß du wahrscheinlich einen Weg finden würdest, dich davon loszukaufen. Oh, du bist schlau, sehr schlau – du benützest deine Zeitungen, deine Schiffahrtslinien, deine Bergwerke, deine Fabriken, alles in endloser Kette, um dir Profite zu verschaffen auf Kosten der Arbeiter und der Aktionäre und schließlich der Menschheit. Du hast dir sogar eine Frau gekauft, und das war ein schlechtes Geschäft, vielleicht das schlechteste, das du je gemacht hast. – Was mag mit dir vor langer Zeit, vielleicht als du noch ein kleines Kind warst, vorgegangen sein, das dich all dies begehren und alles Anständige dafür aufopfern ließ? Hast du schon an all dies gedacht, als du vor langer Zeit billige Stahlwaren und Uhren auf den Malaiischen Inseln verkauftest? Wer hat dich verletzt? Was hat dir die Idee in den Kopf gesetzt, all diese Macht und all dies Geld sei das einzige Begehrenswerte in der Welt? Was ließ dich glauben, man könne lebendige Werte kaufen – Liebe und Treue und Achtung und Vornehmheit? Wie sieht es in dir aus? Wie muß es sein, so zu sein wie *du* bist? Wie muß man sich fühlen, um so grausam, so bitter, so vereinsamt, so voll Haß gegen jeden zu sein, der einem nicht Speichellecker ist? Das wirst du nie verraten, weil du selber nichts dabei fühlst. Du bist dir dessen nie bewußt gewesen. Du kannst das nicht wissen, denn du bist wie ein Mensch, der mit einer entsetzlichen körperlichen Verstümmelung geboren ist und der nie wissen kann, wie man sich fühlt, wenn man gesund und gerade gewachsen und jung und schön ist. In deinem Gehirn, in deiner Seele muß eine furchtbare Verstümmelung sein, die um so schlimmer ist, weil man sie nicht wahrnehmen kann. Du mußt ein schreckliches Kind gewesen sein – habgierig und voll Berechnung, daß du selbst aus deiner Mutter Geld herauspressen konntest. Aber es hat dich auch zugrunde gerichtet. Denn es ist aus mit dir, Albert Simpson. Die Welt ist fertig mit dir, und du bist deiner selbst überdrüssig und müde und ausgepumpt von eben den Dingen, die du mit soviel List und Ehrgeiz aufgebaut hast. Du wirst in einem billigen, unbehaglichen Hotel in einem schauderhaften Bett sterben, und nicht in deinem schönen Hause in der Hill Street oder deinem Landhaus im Georgianischen Stil. Du wirst im Orient an einer gräßlichen Krankheit sterben, und niemand wird danach fragen, nicht ein Mensch in der Welt, nicht einmal deine Frau oder dein Sekretär oder dein Diener.

Vielleicht wird deine Asche auf einem deiner eigenen Schiffe heimgeführt werden, und vielleicht auch nicht. Aber es ist aus mit dir, Gott verdammt dich! Nie mehr wirst du diesen lieblichen Ort verlassen, diesen Ort, den du zugrunde richten wolltest, wie alles an dir zugrunde ging, was du berührtest. Nie mehr wirst du in mein Zimmer kommen und mit mir schlafen, Tier, das du bist. Nie mehr wirst du Diener und Untergebene anfahren, als ob sie Hunde wären. Nie wieder wirst du mich öffentlich in Verlegenheit bringen, daß ich mich schämen muß, dich auch nur gekannt zu haben. Du hast mir in meiner eigenen Seele Entsetzliches angetan. Oh, ich ließ es geschehen, weil ich müde und gleichgültig war, aber du hättest es etwas lindern können. Du hättest sehen können, was ich brauche – es war so wenig –, um mich zu retten, denn im Anfang versuchte ich, etwas daraus zu machen, aber du hast es nie gesehen. Du hattest nie Zeit. Alles, was du tatest, war, mich mit Geld zu überhäufen. Nun, es ist aus mit dir. Du wirst sterben und verfaulen, und in einigen Jahren wird niemand mehr wissen, wer du warst. Du hast nicht einmal einen Erben zurückgelassen. Ich bin froh, daß dein wüstes Blut nicht in einem Kinde weiterleben wird, das ich dir geschenkt hätte. Ich bin froh, daß ich dafür gesorgt habe. Es ist aus mit dir, und niemand ist betrübt. Geifere und schnarche nur weiter, du grobes Tier. Es hat Zeiten gegeben, da du glaubtest, meinen Stolz brechen zu können und mich so grobschlächtig zu machen, wie du selber bist, aber es ist dir nicht gelungen. Am Ende habe ich gewonnen. Sogar noch gestern abend habe ich gewonnen, als ich dich aus meinem Zimmer schleichen sah. Es war in dir weder Güte noch Empfindsamkeit noch Moral oder Ethik, so konnte nie jemand an dich herankommen außer mir. Ich kannte dich gut genug, um zu wissen, wo du verwundbar warst, und schließlich brachtest du es dahin, daß ich von diesem Wissen Gebrauch machte. Du zwangst mich, es zu tun. Es tut mir nicht leid. Ich wünschte nur, ich wäre noch grausamer gewesen. Oh, wenn du nur wüßtest, wie oft ich dich betrogen habe, und nicht ein einzigesmal mit einem Manne, der nicht besser gewesen wäre als du – wärmer, gütiger, anständiger, menschlicher, schöner. Ja, und ein jeder von ihnen verstand besser zu lieben als du. – Mit der Zeit sehen die Menschen so aus, wie sie sind, Albert. Du warst ein Schwein, und du gleichst immer mehr einem Schwein, so wie du nun daliegst, schnarchend und geifernd in deinem eigenen Speichel. Nun, du liegst im Sterben. Dies ist dein

Ende, und die ganze Welt – sogar jeder kleine Balg in den Straßen von Canton und Bombay und Madagaskar – wird glücklicher sein und ein besseres Leben haben, weil du nicht mehr da bist.«

Und plötzlich wandelte sie ein leidenschaftlicher Wunsch an, quer durchs Zimmer zu gehen und ihn anzuspucken, aber sie tat es nicht, weil ihr sofort einfiel, daß ein solches Schauspiel nur furchtbar komisch wäre.

»Was ist mit mir geschehen?« fragte sie sich. »Vielleicht werde ich auch krank. Ich sollte nicht hier sein, aber wenn ich mich nun angesteckt hätte, was würde es machen? Es wäre mir gleich. Und warum sollte ich plötzlich so aufgebracht sein wegen Alberts Scheußlichkeiten? Warum so hysterisch sein?«

Und auf einmal fürchtete sie sich – nicht vor Albert, vor dem sie sich nie gefürchtet hatte, sondern vor sich selbst und vor diesem namenlosen Grauen, das sie hie und da verspürte, seit sie nach Nivandrum gekommen war. Schnell lief sie aus dem Zimmer, und ihrem eigenen Schlafzimmer riegelte sie die Tür zu und warf sich aufs Bett, und dort weinte sie lange, hysterisch und lautlos, und endlich, als das Weinen vorüber war, lag sie auf dem Bett, das Gesicht in den Kissen vergraben, wieder kalt und entsetzlich ruhig, und eine Stunde später stand sie auf und nahm ihre Schreibmappe und schrieb ein Telegramm unter der Adresse Lord Deakins in London:

Es lautete: *»Groton in Nivandrum Südküste. Ölausbeutung sicher. Kauft Bahnlinie und Wasserfront auf. Sofort handeln oder zu spät.«*

Es war der einzige Weg, Nivandrum zu retten. Wenn Albert und Deakin anfingen, darum zu kämpfen, dann könnte die ganze Geschichte auf einen toten Punkt kommen, und weder der eine noch der andere würde imstande sein, den Ort zugrunde zu richten.

Sie war jetzt sehr ruhig. Sie wußte, was sie tat. »Er hat sein Leben lang alle Menschen überlistet, und nun überlistet ihn seine eigene Frau.«

Dann schickte sie die Aja nach Bates, und als dieser hereinkam, sah sie ihn stumm an, als wolle sie die matten Augen und das fahle Gesicht erforschen, um sich schlüssig zu werden, ob sie ihr Vorhaben auszuführen wagte. Schließlich, als Bates schon halb erraten hatte, was in ihr vorging, sagte sie mit so viel Würde, als ihr möglich war: »Bates, Sie waren mir immer ein guter Freund.«

Bates' Gesicht blieb undurchdringlich: »Ja, Mylady, ich glaube, Sie haben mir immer vertrauen können.«

»Ich will etwas Schreckliches tun.«

Immer noch unbeweglich, sagte Bates: »Ja, Mylady.«

Sie übergab ihm, was sie geschrieben hatte, und während er es las, beobachtete sie sein Gesicht. Als er geendet, sah er sie an, und wieder glitt das langsame Lächeln über seine Mienen, jenes Lächeln, das nun ihr Einverständnis besiegelte und sie, zum Guten oder Schlimmen, in seine Hände gab. Aber das schadete jetzt nichts mehr, denn sie hatte ein sonderbares Empfinden, als ginge doch alles zu Ende.

Wieder sagte er: »Ja, Mylady.«

»Gibt es einen Weg, dies abzuschicken?«

»Ich glaube, es läßt sich machen.«

»Verstehen Sie . . . können Sie sich vorstellen, warum ich es schicke?«

»Ja, Mylady.«

»So schicken Sie es – je eher, desto besser.«

»Ja, Mylady.«

Er verließ sie, und auf seinem Gesicht lag noch immer das Lächeln, das fast mystisch geworden war. Langsam, jeder Schritt ein Ausdruck seiner Befriedigung, ging er die große Treppe hinunter in den Garten. Auf dem Wege traf er Lansbury, und als sie einander guten Morgen gesagt hatten, fragte der Sekretär mit den rosigen Wangen: »Geht es Seiner Lordschaft besser?«, und mit den Allüren eines wohlwollenden Feudalherrn und mit ausgesprochenem Oxforder Akzent fügte er hinzu: »Sie sehen aus wie die Katze, die den Kanarienvogel verschluckt hat.«

»Ungefähr gleich«, antwortete Bates. »Ich dachte an etwas anderes.« Bates hatte einen Haß auf Lansbury, und nie hatte er ihn mehr gehaßt als in diesem Augenblick, weil er so dumm, so unnütz, so von oben herab war.

Er ging den schmalen Weg hinunter, wo die Kroton- und Bougainvillea-Sträucher am dichtesten waren, und dort nahm er ein Streichholz, zündete das Stück Papier an und sah es verbrennen, bis es ganz zu Asche geworden.

Er hatte das Telegramm vernichtet, nicht weil er es mißbilligt hätte, sondern weil es nicht mehr nötig war, etwas in der Sache zu tun; denn er hatte selbst schon die gleiche Nachricht abgesandt, durch einen Boten, der nicht mit dem Zug gereist war, sondern sich der Küste entlang zur Hauptstadt begeben hatte. Es war doppelt geschickt worden, einmal nach London und ein Duplikat an Deakins Vertreter in Bombay, so daß kein Irrtum und keine Verzögerung obwalten konnte. Bates kannte sich in den Methoden der Geschäftsleute aus. Er hatte darin lange Erfahrung und wußte, was er zu tun hatte. Es war nicht das erstemal, daß er Geld von Lord Deakin erhielt. Mit dem Lohn für diese Botschaft konnte er die Villa außerhalb der Stadt Manchester kaufen und Mitglied der Sektion Manchester der Kommunistischen Partei werden. Auch Bates fühlte, daß die Dinge sich dem Ende näherten.

Léah war es, die ihm geholfen hatte. Léah hatte den Läufer gestellt, der das Telegramm der Küste entlang spedierte. Denn bei all ihrem Glauben an den Flußgott glaubte Léah auch an die Kraft eigenen Handelns. Manchmal war es nötig, wenn die Dinge in Gang kommen sollten.

Als Dantry seinen abgetragenen Reiseanzug wieder mit dem Sarong vertauscht hatte, fuhr er zum Grand Hotel Oriental hinüber. An der Landungsstelle traf er Lansbury, der in weißen Drillich-Beinkleidern, einer College-Sportjacke und Käppi schlaff dasaß und fischte. Der Sekretär sah ihn mit Staunen an, und als er erriet, daß dieser Mann in Eingeborenenkleidung und mit sonnverbrannter Haut sein Landsmann war, sagte er »Guten Morgen«, aber mit dem Ausdruck des Unbehagens, als sei Dantry ein Aussätziger. Und als Dantry den Pfad hinanschritt, dachte er: »Verdammter engstirniger Snob! Erst wollen sie mich nicht in Nivandrum, und nun wollen kleine Küken wie diese mich nicht zurückkommen sehen.«

Lady Groton ließ ihm sagen, sie sei am Ankleiden, und während er unten wartete, bestellte er sich Kognak und Sodawasser.

Rasmussen, immer noch in seinem abgeschmackten Kellneranzug, sagte: »Guten Morgen, Sir«, und diese Anrede verblüffte und verletzte Dantry, wie sie ihn am Abend vorher gekränkt hatte, als Sandy sie gebrauchte. Er fragte Dantry nach seinem Ergehen, nicht herzlich und freundschaftlich, sondern distanziert, wie ein wohlerzogener Kellner, und Dantry dachte: »So, er ist auch mit dabei. Sie sind alle gegen mich!« Und er machte sich klar, daß er vor Rasmussen ganz offen im Licht der Lächerlichkeit erschien, nachdem er zum zweitenmal die Ankündigung seiner Absicht, Nivandrum für immer zu verlassen, durch sein Dableiben widerlegte. Abermals packte ihn die Idee des Schicksals – daß dunkle, geheimnisvolle Mächte im Spiel gewesen sein mußten, als er zum erstenmal nach Nivandrum gekommen, und daß ebensolche unbekannte Gründe jedesmal, wenn er den Ort verlassen wollte, ihn an der Ausführung hinderten. Vielleicht war dies seine Bestimmung. Vielleicht wartete seiner etwas, wozu er den Weg zu Ende gehen mußte. Dann aber sagte er sich: »Ach, das ist alles verfluchter orientalischer Unsinn.«

Dann kam Alix die Treppe herunter, langsam, wie am ersten Abend, und bei ihrem Anblick empfand er zuerst Ärger und dann eine leise Erschütterung. Doch er sagte sich: »Ich muß damit fertig werden. Ich muß für immer fortgehen.«

Sie lächelte ihn an, und als er unvermittelt, ohne einen Gruß, fragte: »Willst du etwas trinken«, antwortete sie: »Nein, dafür ist es viel zu früh.«

Er suchte ihren Mienen zu entnehmen, ob sie sich Gedanken um Lord Grotons Kranksein machte, aber ihr Gesicht verriet nichts als eine leise Müdigkeit, die sie in seinen Augen noch anziehender machte. Als sie sich gesetzt hatte, fragte er: »Was glaubt man, das es sei?«

»Niemand weiß. Hier nennen sie es nur ›das Fieber‹. Ich nehme an, daß dies ungefähr alles deckt.«

»Ja, alles außer Elefantiasis und Lepra.«

»Ich glaube nicht, daß er eines von diesen beiden hat. Womit kann man sich hier anstecken?«

»Es könnte Cholera sein oder Pest oder Typhus oder Malaria oder ein halbes Dutzend andere Krankheiten. Sie sind alle ziemlich unangenehm. Nach den Symptomen ist es mit Wahrscheinlichkeit ein Typhusfieber oder Malaria; vielleicht die sogenannte ›schwarze Malaria‹.«

»Ist das schlimm?«

»Ja.«

»Warum?«

»Weil es ins Gehirn steigt.«

Sie schwieg lange und dachte über das nach, was er ihr gesagt hatte, in der Überlegung: »War ich nicht eine hysterische Törin? Es war vielleicht nicht nötig, das Telegramm zu senden.« Laut sagte sie: »Vielleicht sollte ich die Sache doch selbst in die Hand nehmen und nach einem regelrechten Arzt schicken.«

»Nein, Mees Opp ist genausogut wie irgendeiner von ihnen, und mit dieser Art Krankheit hat sie mehr Erfahrung als die meisten.«

»Ich dachte auch, daß es Schwierigkeiten mit sich bringen könnte, eine Ärztin um sich zu haben.«

Er sah sie scharf an und wunderte sich, was sie wohl damit sagen wollte. »Eine Ärztin«, meinte er, »könnte vielleicht neugieriger sein, aber nicht Mees Opp, glaube ich. Sie ist zu sehr in Anspruch genommen.« Als sie nicht antwortete, fragte er: »Hast du nach dem Jungen geschickt?«

»Ja. Er muß jeden Augenblick hier sein.«

»Er ist der beste hier, nämlich der schnellste. Er gewinnt alle Kanuwettfahrten.«

»Tom.«

»Ja.« »Was hast du vor?«

»Wie meinst du das?«

»Gehst du nun fort – direkt von der Hauptstadt?«

»Ich weiß nicht.«

»Willst du heute den Lunch mit mir nehmen, ehe du aufbrichst?«

»Nein, ich nehme Curry mit Reis mit. Es ist höchste Zeit.«

»Ich werde von hier nicht so bald abreisen.«

»Nein, solange er in diesem Zustand ist, kaum.«

»Du bist dumm, Tom.«

»Nein, ich bin nicht dumm. Ich bin einmal vernünftig.«

»Das sagtest du immer, wenn du unangenehm wurdest.« Er antwortete nicht, und sie fuhr fort: »Hast du irgendeinen besonderen Grund? Ich verspreche, mich gut zu benehmen.«

(Warum, in Gottes Namen, konnte sie ihn nicht in Frieden lassen? Warum immer aufs neue alles in ihm aufrühren und an der Vergangenheit herumsticheln?)

»Nein, ich habe keinen besonderen Grund, außer daß ich verflucht nervös bin und allein sein muß. Ich habe das Zittern – für immer, scheint mir. Mir ist alles schiefgegangen, was ich auch von je angerührt habe.«

»Trink noch eins!«

»Nein, du Jesabel. Das ist keine Lösung. Gestern abend habe ich getrunken und mich selbst hoffnungslos zum Narren gemacht.«

»Es steht dir sicher niemals gut.« Als er wieder nicht antwortete, sagte sie: »Du mußt ein bißchen lieb mit mir sein. Ich kann doch nicht fortlaufen und Albert hier lassen.

Ich werde noch zwei oder drei Wochen bleiben müssen. Du mußt mir helfen, oder ich werde verrückt an einem solchen Ort.«

Er lächelte spöttisch. »Ich dachte, du fändest ihn so schön?«

»Ja, am Anfang. Aber es ist etwas dazwischengekommen. Ein- oder zweimal habe ich einen Schrecken erlebt.«

»Was meinst du mit ›Schrecken‹?«

»Ich kann es nicht erklären. Es ist eben ein Schreck – vor allem und jedem.« Und als könne es ihr Angstgefühl greifbarer und konkreter machen, setzte sie hinzu: »Diese Frau, Mrs. Rasmussen, ist mir verhaßt.«

»Sie wird dich nicht vergiften.«

»Das ist es nicht, was ich fürchte.«

»Was könnte sie dir sonst antun?«

»Nichts, vermutlich.«

»Man sagt ihr nach, sie habe den Bösen Blick.«

Wieder trat Schweigen zwischen ihnen ein, und dann sagte er: »Nun, mir scheint, wir kommen nicht weiter miteinander.« Er trank aus und erhob sich.

Sie sagte nichts. Sie klagte ihn nicht an, daß er sie im Stich ließ. Sie machte ihm keine Vorwürfe. Sie fragte nur: »Werde ich dich je wiedersehen?«

»Vielleicht.«

»Hast du irgendwelche Bücher, die du mir leihen könntest? Ich werde mich hier abscheulich langweilen.« (Er kann nicht fortgehen. Er kann mich jetzt nicht verlassen. Wenn er es tut, so kann ich nicht weiterleben.)

»Schicke hinüber und nimm, was du willst.«

Plötzlich bemerkte er, daß jemand gerade noch in Sehweite durch das Zimmer ging, und sich umwendend, entdeckte er Léah. Sie sprach nicht zu ihnen, noch gab sie irgendein Zeichen, als sähe sie sie, aber er war überzeugt, daß sie die ganze Zeit mit ihnen im Zimmer gewesen war, und daß sie hinter der Schutzwand neben dem Radio, wo sie mit ihrer Stickerei zu sitzen pflegte, gelauscht hatte. Alix sagte: »Ich dachte, du liebtest den Ort. Ich glaubte, du wolltest hier sterben. Ist es meine Schuld?«

»Nein, nicht so. Aber wenn du nicht hergekommen wärest, so hätte ich nicht fortgewollt.«

Sie dachte etwas nach, dann sagte sie: »Du kannst wiederkommen, wenn ich fort bin. Dann ist es dasselbe wie vorher.«

»Nein, es wäre nicht mehr dasselbe. Es wäre nichts wert. So einfach ist es nicht. Ob du nun hier bist oder nicht, macht keinen Unterschied.«

»So, ist es das.«

»Ja, das ist es. Hätte ich dich gar nicht wiedergesehen, so wäre vielleicht weiter alles gut gewesen. Es war Pech – daß du hierher kamst. Du warst der einzige Mensch in der Welt, der einen Umschwung herbeiführen konnte.«

Da erschien Rasmussen mit Sandys Sohn Anthony. Der Junge war nackt, mit Ausnahme des Lendentuches und wartete respektvoll. Er war siebzehn Jahre alt und hatte die großen dunklen Augen Marias. Sogar Lady Groton sah die Ähnlichkeit.

Dantry sprach mit dem Jungen in dessen Sprache, und dann wandte er sich an Alix: »Er sagt, es geht gut. Er denkt, Mees Opp kann in drei Tagen hier sein.« Als er den Jungen fortgeschickt hatte, sagte sie: »Die Menschen hier sind außerordentlich schön.«

Dantry lächelte bitter in sich hinein und sagte: »Ja, du würdest nicht darauf kommen, daß der Vater dieses Jungen ein Cockney aus Camden Town ist.« Er stand auf und sagte: »Ich glaube, es ist Zeit zu gehen.«

Sie sah ihn einen Augenblick an, und dann hielt sie ihm die Hand hin und sagte: »Lebewohl und viel Glück. Wir werden einander wahrscheinlich nicht wiedersehen.«

»Nein, es ist nicht wahrscheinlich.«

Er nahm ihre Hand so kalt, als es ihm möglich war, und dann wandte er sich und ging hinaus. Er fühlte sich elend, als er über den gepflasterten Boden ging, und als er an dem

großen Torweg angekommen war, hörte er ihre Stimme wie angstvoll hinter sich rufen: »Tom!«
Er blieb unter dem Torbogen stehen und sagte: »Ja?«

»Wir haben nicht alles gesagt.«

»Nein, wir haben nicht alles gesagt.«

Sie kam auf ihn zu, und als sie neben ihm stand, sagte sie: »Ich habe viel nachgedacht, nicht soeben, aber nachts, wenn ich nicht schlafen konnte. Ich will mit dir fortgehen, Tom. Ich will immer bei dir bleiben, wenn es das ist, was du begehrst. Ich will mit dir hierbleiben.«

»Nein, das kann ich nicht.«

»Es hätte nichts auf sich, wenn Albert nicht mehr lebt.«

»Doch, es hätte viel auf sich.«

»Wieso?«

»Weil wir nie hierbleiben könnten – dafür ist es zu spät.« Sein Gesicht verzog sich. »Du siehst, ich bin gewissermaßen aus dem Paradies vertrieben.«

Sie blickte von ihm fort. »Oh, ich verstehe. Es ist um ihretwillen . . . «

»Um ihretwillen . . . um unserer selbst willen . . . um deswillen, was wir sind . . . was ich bin.«

»Und dabei hast du sie niemals geliebt.«

»Nein, niemals, nicht einmal zu Anfang.« Er griff sich mit der Hand an den Kopf, als könne diese Geste ihm helfen, seine wirren Gedanken zu klären, als sei sie gar nicht da und als redete er zu sich selber. »Ich mußte sie haben. Ich suchte . . . Ich strebte nach etwas . . . «

»Ich weiß. Ich verstehe.« Und impulsiv rief sie aus: »Ich gehe mit dir fort, wenn du willst . . . heute noch . . . sofort.«

Er lachte. »Das wäre eine feine Sache – unserer würdig.«

»Warum nicht?«

»Und ihn sterben und die Welt sagen lassen, daß wir miteinander durchgebrannt sind und ihn im Sterben allein gelassen haben. Oh, das wäre eine saubere Geschichte. Das würde uns den Rest geben. Es würde uns nachfolgen, wohin wir auch gingen. Es würde keinen Ort geben, wo wir hin könnten. O nein, so leicht können wir nicht davonkommen! Wir würden am Ende einander nur noch hassen und uns gegenseitig zugrunde richten.«

»Auch das wäre mir gleich, wenn wir nur zusammen wären.«

Und danach wäre es nur noch die Hölle. Einer Frau macht dergleichen nicht so viel wie einem Manne.« Wieder legte er die Hände an den Kopf. »Nein, ich muß das erst durchdenken. Es ist die letzte Hoffnung. Ich darf dies nicht auch schiefgehen lassen.«

»Es ist das einzige, was bleibt – das einzige in der Welt.«

»Nein, so darfst du nicht denken. Das hat damit nichts zu tun.« Er nahm ihre Hand, und, sie zwischen den seinen haltend, küßte er sie und sagte mit leiser Stimme: »Es ist das, was ich auf der Welt am meisten wünsche. Hätten wir einander nicht zu Anfang verloren, so wären wir jetzt nicht solche Unglücksmenschen.« Sie sagte ruhig: »So geh. Und wenn du fort bist, so denke daran, daß eines Tages, wenn wir beide alt sind und das Leben keinen Reiz mehr für uns hat, in uns immer eine Herzensangst sein wird in dem Bewußtsein, daß keiner von uns stark genug war. Wenn du anderen Sinnes wirst, kannst du es mich wissen lassen. Ich will dieses Mal nicht Lebewohl sagen – auch wenn wir einander niemals wiedersehen sollten. Aber du sollst wissen, daß ich immer warten werde . . . immer.«

Er wandte sich ohne ein weiteres Wort ab und ging zu dem kleinen Landungssteg, wo Sandys Sohn Anthony auf ihn wartete, und sie blieb in dem Torbogen stehen, bis das Kanu zwischen den Inseln der blauen Lagunen ihren Blikken entschwand.

Als sie die Treppe hinanstieg, dachte sie: »Oh, ich bezahle meine Torheit teuer! Es geschieht mir recht, daß ich sie bezahlen muß. Ich habe noch vieles andere zu begleichen.

Es ist noch nicht fertig. Es wird immer weitergehen ... immer ... immer.«

Als sie in ihr Zimmer ging, hörte sie Grotons Stimme zornig rufen und dazwischen Bates' Stimme, die ihn zu beruhigen suchte, und in der Vorstellung, daß vielleicht Bates sich nicht zu helfen wüßte, öffnete sie die Tür und trat ins Zimmer.

Groton war halb aus dem Bett und im Fieberdelirium, und Bates tat sein Bestes, um ihn niederzuhalten. Er rief: »Wo ist dieser Schweinehund Dantry? Dieser verfluchte Kommunist. Dieser Schurke. Versucht, mir mein Weib zu stehlen, während ich darniederliege. Wo ist er? Ich will ihn prügeln. Ich will ihm den Garaus machen.«

Da erblickten die blaßgrauen Augen seine Frau, und plötzlich schwieg er, als schäme er sich in der Erinnerung an ihren Streit gestern abend. Er erkannte sie einen Augenblick lang, und dann begann er wieder zu rasen gegen Dantry, gegen sie, gegen Deakin, gegen jedermann in der Welt, der es je gewagt hatte, ihm Widerstand zu bieten. Ruhig legte sie ihre beiden Hände auf seine mächtigen Schultern und versuchte, ihn zu schütteln.

»Höre, Albert! Höre auf mich! Er ist fortgegangen, verstehst du? Er ist fort für immer. Es ist alles aus.«

Die bleichen Augen sahen sie einen Augenblick wild an, und plötzlich fiel der gewaltige Körper auf dem Bett zusammen und lag schwer atmend da, das Gesicht vom Blutandrang tief gerötet.

Das »Spital« stand auf eigenem Grund und Boden ein wenig außerhalb der Hauptstadt, nicht weit vom Palast der alten Ranee. Zu Anfang war es nichts weiter als ein altes, verlassenes Haus gewesen, in dem ein Vetter der alten Ranee wohnte, und nach dessen Tode blieb es den Ratten und Fledermäusen preisgegeben, bis Mees Opp aus Edinburg zurückkehrte und nach langen Kämpfen mit der geizigen alten Fürstin die Erlaubnis erhielt, es als Spital zu benutzen. Jetzt, nach fünfzehn Jahren, als Sandys Sohn aus Nivandrum hinkam, hatte es ein halbes Dutzend Flügel, alle dicht von Bäumen umgeben.

Das ursprüngliche Haus hatte nie viel vorgestellt. Es waren einfache Steinmauern mit einem Strohdach, das beständiger Reparaturen bedurfte, und es bot Ratten, Eidechsen und Schlangen weitläufige Unterkunft. Es war um einen großen Hof herum gebaut, in dessen Mitte sich eine große Zisterne mit frischem Wasser befand, was in Mees Opps Augen ein großer Vorzug war. Die Seitenflügel machten äußerlich einen noch bescheideneren Eindruck, denn sie hatten keine Steinmauern, nur Bambuswände, und keine Fußböden außer hart gestampfter Erde, aber das Ganze war, wenn man die Umstände in Betracht zog, unter denen Mees Opp arbeitete, ein bemerkenswertes Bauwerk, das sich in seiner Art mit den besten modernen Spitälern irgendeiner europäischen Stadt messen konnte. Denn es war mit nichts als dem Willen Mees Opps ins Leben gerufen worden, ohne Hilfe der alten Ranee und nur mit einem geringen Kapital, das ihr ihr holländischer Großvater hinterlassen hatte, und gelegentlichen Liebesgaben von zwei alten presbyterianischen Damen, deren Bekanntschaft sie während ihrer Studienzeit in Edinburg gemacht hatte. Mit nichts hatte sie es geschaffen, und mit fast nichts hielt sie es in Gang. Für sich selbst brauchte sie kein Geld. Es war zeitweise so überfüllt, daß man unter die umgebenden Bäume geteerte Decken breiten mußte, um den Patienten Obdach zu geben, für die weder im Hauptgebäude noch in den Seitenflügeln Platz war. Die Kranken hatten Typhus und Malaria, Masern und Elefantiasis, bisweilen sogar Cholera, kurz, alle Krankheiten, von denen das menschliche Geschlecht in den Tropen heimgesucht wird. Da waren Opfer von Schlangenbissen und schwangere Frauen oder besondere Fälle von Verkrüppelung oder akuter Blutarmut, die Mees Opp unter ihren Augen haben wollte.

Mees Opp schaffte das alles mit Unterstützung von drei oder vier Kulis und vier eingeborenen Frauen, die sie wie durch ein Wunder unter den Witwen und Unverheirateten herausgefischt hatte, Frauen, wie sie selbst, unbegehrt und vergessen. Am Rande des Grundstücks, dicht am Eingangstor, wohnte sie in einem kleinen Hause, das aus einem Büro, einem Schlafzimmer und einer Veranda bestand, kaum mehr als ein Strohdach über dem nackten Erdboden, und dort hielt sie dreimal in der Woche klinische Sprechstunde und verabreichte einer langen Reihe von kranken, leidenden und zum Teil verstümmelten Menschen, Erwachsenen und Kindern beiderlei Geschlechts, Heilmittel und guten Rat.

In diesem winzigen Pavillon fand sie Dantry, als er dreißig Stunden nach der Abreise aus Nivandrum bei ihr eintraf.

Während dieser ganzen Zeit, ohne Schlaf und selbst ohne Halt zum Essen, waren er und Anthony bei Tag durch die Hitze gerudert, und in der Dunkelheit waren sie auf geheimnisvollen Abkürzungen gelaufen, die nur dem Jungen bekannt waren, bis die Sonne im Meer versank. Trotz aller Anstrengungen hatte es länger gedauert, als er gerechnet, denn sie hatten nach Einbruch der Dunkelheit viel Zeit verloren mit Suchen nach dem Wege und mit dem Bemühen, sich den Einwohnern verständlich zu machen, deren Dialekt ein anderer war als der von Nivandrum. Als sie Mees Opps Grundstück erreichten, ging die Sonne zum zweitenmal unter, seit er Alix, unter dem großen Torbogen des Grand Hotel Oriental stehend, verlassen hatte.

Mees Opp nahm ihr Nachtessen ein, als sie ankamen; neben ihr saß eine andere, sehr dunkle Frau, die sie als Mrs. Badoki vorstellte. Sie trug jetzt nicht mehr das Gewand aus weißem Drillich mit dem bizarren Hut, sondern eine weite, leichte Umhüllung zum Schutze gegen die entsetzliche Hitze. Beim Anblick Dantrys und des Jungen blickte sie überrascht auf, ohne sie sofort zu erkennen, weil sie kurzsichtig war. Ehe die Ankömmlinge sprechen konnten, fragte sie: »Was ist's? Wer ist krank?«, und Dantry antwortete: »Lord Groton.«

Sie wiederholte den Namen, und Dantry sah, daß sie sich zunächst nicht erinnerte, wer Lord Groton war, so erklärte er: »Ein Engländer, der nach Nivandrum gekommen ist.«

Da erinnerte sie sich des Zuges, den sie an jener kleinen Haltestelle auf dem brennenden Hochplateau bestiegen hatte – des Zuges, der mit Ausnahme der wenigen Dritte-Klasse-Wagen, die mit Sadhus, Arbeitern und Farmern gefüllt waren, dem großen *burra* Sahib mit seinem Sekretär, seiner Frau, seiner Dienerschaft und seinen Bergen Gepäck gehört hatte.

»Ja«, sagte sie. »Jetzt besinne ich mich. Ich dachte schon, es könne Sandy oder Maria sein.«

Dann forderte sie sie ruhig zum Sitzen auf, und das erste, was sie weiter fragte, war, wie lange man brauchen würde, hinzugelangen, »nicht mit Ochsenwagen und Stehruder, sondern mit Kanu«. Sie richtete die Frage an Anthony, weil sie wußte, daß er genauere Auskunft geben konnte als Dantry. Zugleich klatschte sie in die Hände, und als ein Diener erschien, bat sie ihn, Wasser und Palmwein zu bringen, und wieder zu Dantry gewandt, fragte sie: »Haben Sie gegessen?«

»Nein, Frau Doktor.«

»Dann ist es das beste, Sie nehmen hier etwas. Der Statthalter speist früh, um nachher in der Abendkühle Polo spielen zu können.«

»Danke sehr«, sagte Dantry.

»Ich nehme an, Sie möchten beim Statthalter logieren?«

»Nein, ich kenne ihn nicht. Ich bin darauf nicht vorbereitet. Wenn Sie hier ein Eckchen für mich haben, so ziehe ich es vor.«

Sie wandte sich zu Mrs. Badoki und sagte: Mr. Dantry könnte im Zimmer des *Dschobedar* wohnen; es ist nicht luxuriös, aber sauber.«

»Das wird schon gut sein.«

Er erriet, daß seine Anwesenheit ihr ein Rätsel aufgab, da doch Anthony die Botschaft allein hätte überbringen können. Der Diener brachte Palmwein und Wasser, und als beiden eingeschenkt war, bestellte sie Curry für beide, und wiederum zu Dantry gewandt, fragte sie: »Was fehlt Lord Groton?«

Dantry berichtete von dem hohen Fieber und der Heftigkeit der Symptome. »Ich verstehe natürlich nichts davon, aber ich würde fast denken, es sei schwarze Malaria ... Es herrscht keinerlei Typhusfieber in Nivandrum.«

Sie schwieg einen Augenblick, und Dantry wunderte sich, warum sie Anthony nicht zum Essen mit den Spitalangestellten schickte. Er wünschte dies, um mit ihr allein sprechen zu können. Anthonys Gegenwart, dessen große, dunkle Augen ihn so sehr an die Marias mahnten, setzte ihn in Verlegenheit. Und dann kam es ihm in den Sinn, daß sie ihn so nahm, wie er noch einige Tage zuvor ersehnt hatte, genommen zu werden, nämlich als jemand, der mit zur Bevölkerung gehört. Er besann sich mit einem kleinen Schock, daß schließlich Anthony sein Schwager war.

Sie unterbrach seinen Gedankengang, indem sie sagte: »Vor morgen abend allerfrühestens werde ich nicht abreisen können.«

»Es ist sehr dringlich, Frau Doktor; Lord Groton ist ein sehr bedeutender Mann.« Und während er so sprach, empfand er die Ironie, die darin lag, daß er sich zum Anwalt Grotons machte und sie zu sofortigem Aufbruch zu nötigen suchte, um damit das Leben des Mannes zu retten, den er auf der ganzen Welt am meisten haßte – vielleicht der einzige, den er je wirklich gehaßt hatte. Und fast sofort ward er inne, daß die große, häßliche Frau aus dem Ton seiner Stimme eine gewisse Falschheit herausgehört haben mußte.

Der Diener brachte den Curry und bediente ihn und Anthony am gleichen Tisch mit Mees Opp und Mrs. Badoki, und damit war ihm klar, daß er mit seinem Überredungsversuch hier, vor allen anderen, fortfahren müsse. So erzählte er ihr ruhig vom Beginn von Lord Grotons Krankheit und daß er vielleicht schon krank in Nivandrum angekommen sei, und sie hörte zu, hie und da sachkundig eine berufliche Frage einwerfend, so daß sein Vertrauen zu ihr größer als je zuvor war.

Zum Schluß sagte er: »Das ist der einzige Grund, warum ich mitgekommen bin. Ich wußte, daß Sie sehr beschäftigt sind. Ich weiß, wie sehr Sie stets in Anspruch genommen sind. Ich kam nur, um Ihnen zu sagen, wie wichtig es ist, daß sofort etwas unternommen wird. Sie verstehen – er ist einer der wichtigsten Leute im Britischen Imperium.

»O ja«, sagte sie gelassen. »Das verstehe ich. Ich bin jetzt genau im Bilde. Und ich gebe Ihnen mein Wort, daß ich mein Möglichstes tun werde.« Dann erhob sie sich und sagte: »Wollen Sie mich entschuldigen. Ich muß mit Mrs. Badoki die Abendvisite machen, solange es noch hell genug ist. Wenn Sie etwas brauchen, so sagen Sie es einfach dem Diener. Um halb neun werde ich wieder frei sein.«

Auch er erhob sich und blieb stehen, bis sie das Häuschen verlassen und den Hof mit der Zisterne durchschritten hatte. Dann setzte er sich und versuchte zu essen, aber er war so müde, daß er keinen Appetit hatte. So stand er wieder auf und bat den Diener, ihm das Zimmer zu zeigen, in dem er übernachten sollte.

Er war zu müde, um weiter für Groton zu plädieren; nicht nur körperlich hundemüde, sondern geistig erschöpft, und seit dem Augenblick, da Mees Opp erklärt hatte: »Ich kann frühestens morgen abend fort«, sagte ihm sein Herz, daß die ganze Reise unnütz gewesen war.

Er hatte sie immer hochgeachtet, seit jenem Morgen, da er von seinem Fenster aus zugeschaut hatte, wie sie die lange Reihe leidender Menschen vor dem Grand Hotel Oriental mit Heilmitteln aufgerichtet hatte; aber noch nie war ihm so sehr wie jetzt, da er sie auf ihrem Erdreich, in dem Spital sah, das sie aus Nichts geschaffen hatte, ihre innere Autorität aufgegangen. Es war, als käme ihr alle Bedeutung zu, als sei er und sogar der große Lord Groton nicht wichtiger als irgendein Kuli. Und wie er so auf dem harten indischen Bett dalag, dachte er: »Vielleicht sieht sie die Welt mit anderen Augen. Vielleicht sieht sie uns, wie wir sind. Vielleicht findet sie uns ganz unnütz . . . Groton wie mich.«

Ein wenig später kam Anthony, der das Zimmer mit ihm teilen und auf dem Fußboden auf Matten schlafen sollte, die Mrs. Badoki ihm ausbreitete. Der Junge, der weniger müde war als Dantry, blieb einen Augenblick, um zu fragen, ob er etwas wünschte, und ging dann wieder hinaus, um noch ein wenig mit der Dienerschaft zu plaudern – etwas, was er, Dantry, nicht konnte. Er vermochte weder ein Gespräch mit den Trägern zu führen, noch beim Statthalter wohnen zu gehen. »Weder Fisch noch Fleisch«, dachte er.

Allmählich gab ihm die ganze Reise, ohne daß er genau hätte sagen können, warum, ein Gefühl der Leere und der Nutzlosigkeit und Nebensächlichkeit. Es war, als sei ein Teil von ihm gestorben, als sei der Teil seiner selbst, vor dem er hätte Achtung haben können, für immer entschwunden. Und bitter dachte er: »Nun, ich habe hochanständig gehandelt. Ich habe mein Bestes getan, um so schnell wie möglich einen Arzt herbeizuschaffen. Ich werde es morgen noch einmal versuchen, und wenn es nicht gelingt und er stirbt, so kann ich mich nicht tadeln. Wir haben unser Bestes getan, Alix und ich.«

Er konnte vor Mattigkeit nicht schlafen, und seine Gedanken schweiften zu Alix, daß sie allein mit dem sterbenden Groton zurückgeblieben war, mit niemandem ihr zur Seite als diesem Esel von Sekretär und dem fatalen Diener. Sie war die ganze Zeit mit ihm gewesen, während der langen Stunden des Ruderns am heißen Mittag und bei ihrem tastenden Suchen nach dem richtigen Wege durch den finsteren Dschungel. Immer war sie um ihn. Und zum erstenmal dachte er: »Es ist das einzige, worauf es ankommt. Es gibt nichts als dies zwischen uns. Es ist etwas, was wenige Menschen erleben, den meisten begegnet es nie. In einer Weise ist es unzerstörbar.« Und dennoch sah er keinen Ausweg, nicht Grotons wegen, ja nicht einmal Marias wegen, sondern wegen der Last an Torheit und Selbstsucht und Schwäche und Nachgiebigkeit mit sich selbst, mit der sie beide beladen waren. Sie hatten beide in der Zukunft etwas zu sühnen. Und er fühlte, wie das Verhängnis sich über ihm zusammenzog und ihm eine unbeschreibliche Angst einflößte.

Als er noch immer nicht schlafen konnte und sich schließlich im Halbbewußtsein rauchend am Bettrand aufsetzte und an nichts als sie dachte, erschien ihm im Geist ihr Bild, wie sie unter dem großen Torweg gestanden hatte, und er hörte ihre Worte: »Wir haben nicht alles gesagt, Tom. Ich will mit dir gehen, jetzt . . . für immer . . . wohin du willst.« Das war stärker als er oder sie. Sein ganzer Körper, hingegeben und erschöpft, schmerzte vor Sehnsucht.

Ein Klopfen an der Tür rüttelte ihn vollends wach, und sich zusammennehmend, sagte er in der Landessprache: »Herein«. Es war die große Gestalt Mees Opps, die im Eintreten das durch die Tür fallende Dämmerlicht absperrte. Sie stand dort mit einer elektrischen Taschenlaterne und fragte: »Haben Sie alles, was Sie brauchen? Anthony sagte mir, Sie wollen fortreisen. So habe ich einen Läufer geschickt, um Ihre Handkoffer zu holen. Er sagte mir, Sie hätten sie beim Kanu zurückgelassen.«

So war alles und jedermann gegen ihn! Es gab keine Ausrede mehr, um nach Nivandrum zurückzukehren . . .

Auf ihrem Rundgang mit Mrs. Badoki war Mees Opp ihren Gepflogenheiten bei der regelmäßigen Abendvisite gefolgt: sie hatte mit den Patienten gesprochen und sogar gescherzt – mit all diesen Menschen, die an Malaria und Ruhr und

Typhus und entsetzlichen Hautkrankheiten litten. Aber sie tat diesmal alles halb mechanisch, denn ein Teil ihres Denkens war gefangengenommen von dem Problem Lord Grotons und dieses seltsamen Menschen Dantry, der so gescheit, so glänzend und begabt und so unglücklich war – dessen inneres Elend sie niemals hatte ergründen oder aufspüren können.

Sie war nicht mehr jung. Seit kurzem begann sie zum erstenmal im Leben ein Nachlassen jener ungeheuren Vitalität und Stärke zu spüren, die sie durch die unglaublichsten Prüfungen und Leistungen durchgetragen hatte, und nun sah sie die lange, heiße Reise nach Nivandrum fast mit Furcht vor sich. Eine andere Frau – wohl fast jede Frau – hätte die Fahrt abgelehnt. Und sie hatte kein Interesse an Lord Groton und empfand keinen besonderen Wunsch, sein Leben zu retten. Sie hatte den Westen einst kennengelernt, gut genug, um über Lord Groton und seinesgleichen Bescheid zu wissen und zu begreifen, daß sie für ihre Welt zu Hause ebensosehr eine Geißel waren wie für den Orient. Sie kannte die Elendsquartiere in Glasgow und Leeds und Birmingham, wo die Menschen in Schmutz und Verkommenheit lebten, schlimmer als irgend etwas selbst bei den Unberührbaren in ihrer eigenen Welt. Wenn sie an Lord Groton dachte, so dünkte es sie, es wäre vielleicht nicht das schlechteste, ihn dort in Nivandrum allein und abgeschnitten von dem Luxus und der Macht sterben zu lassen, die ihm durch Ausbeutung seiner Mitmenschen zugefallen waren. Wäre ein solcher Entschluß nicht vielleicht ein Segen für die Menschen?

Aber in ihrem Herzen war sie eine bescheidene Frau, und sie fühlte, daß die Entscheidung hierüber nicht in ihren Händen, sondern in Gottes Hand lag, und nachdem sie ihr ganzes Leben damit verbracht hatte, anderen zu helfen, fühlte sie, daß sie so etwas nicht tun könne, nicht einmal an einem Manne wie Lord Groton. Die Gewohnheit war zu stark. Sie mußte also die lange, heiße Reise machen.

Und während sie dann durch die ärmste Baracke ging, die nichts war als ein Palmstrohdach über nackter Erde als Fußboden, kam ihr eine andere, eine wunderbare Idee, und sie mußte nur staunen, daß sie ihr nicht von Anfang an gekommen war, von Sorgen aufgerieben, wie sie doch immer war. Sie gründete sich auf die zwei Tatsachen, daß Lord Groton so fabelhaft reich und das Spital so kümmerlich arm war. Wenn sie nach Nivandrum ging, so konnte er ihr eine große Summe Geldes geben, groß genug, um richtige Seitenflügel zu bauen und einen Fußboden in das Hauptgebäude legen zu lassen – genug, um einen Motor zur Erzeugung von Elektrizität zu kaufen und einen Röntgenapparat, von dem sie seit Jahren träumte. Sie hatte längst jede Hoffnung aufgegeben, noch Hilfe von der alten Ranee zu bekommen, und Männer vom Schlage Lord Grotons machten von sich aus niemals Stiftungen an obskure, unbekannte Spitäler, wie das von Mees Opp; sie machten nur weithin sichtbare, verschwenderische Schenkungen an Institutionen, die bereits groß und reich und in der Lage waren, die öffentliche Aufmerksamkeit auf den Spender zu lenken; sie glichen den Feudalherren, die sich Absolution für die von ihnen geübte Unterdrückung und Schlechtigkeit kaufen konnten.

Jetzt hatte sie gewissermaßen einen von ihnen in ihrer Macht; sie konnte ihn beinahe zwingen, ihr Geld zu geben, nicht für sich, aber für die leidenden, unwissenden Menschen der Dörfer, von denen es hier wimmelte und die sie so liebte, daß sie ihnen ihr ganzes Leben gewidmet hatte.

Sie war keine fromme Frau, aber für einen Augenblick, wie sie so in der dampfenden Hitze saß, wandelte sie ein Gefühl an, als habe Gott ihr ein Zeichen gesandt, als habe er einen Menschen in ihre Hand gegeben, der, ob er es wollte oder nicht, ihr helfen konnte, etwas aufzurichten, was weiterleben und wachsen würde, wenn sie beide nicht mehr wären, was den Armen und Elenden helfen und etwas dazu beitragen könnte, die gewaltige Bürde von

Nichtswürdigkeit zu lindern, unter der die Menschheit seufzte.

Mrs. Badoki war eine kleine, schlanke, dunkle Frau, eine Witwe um die Vierzig, häßlich und unbegehrt wie Mees Opp selber. Sie war von niederer Kaste und einst im Elend gewesen, aber Mees Opp hatte auch sie geheilt, nicht von körperlicher Krankheit, nein, von seelischer Hoffnungslosigkeit und Verzweiflung. Sie war so klug, wie sie häßlich war, und Mees Opp hatte vieles, was sie vor Jahren beim Medizinstudium in Edinburg gelernt hatte, an Mrs. Badoki weitergegeben. Wenn sie ihre Rundreisen durch den Distrikt machte, war immer jemand da, dem sie die Sorge um die Kranken und Leidenden anvertrauen konnte, die die alten Häuser und strohgedeckten Hütten füllten. Mrs. Badoki war es auch, die sie stets auf ihren täglichen zwei Visiten rundumher im ganzen Grundstück begleitete.

Als Mees Opp Dantry gute Nacht gesagt und die Tür des *Dschobedar*-Zimmers geschlossen hatte, fragte Mrs. Badoki sie: »Wer ist der weiße Mann?«, und Mees Opp gab zur Antwort: »Er ist seit fast fünf Jahren in Nivandrum. Er ist derselbe, der Sandy Carletons Tochter geheiratet hat.«

Aber nicht das wollte die häßliche, gescheite Mrs. Badoki wissen. Das sagte ihr so gut wie nichts. So sagte sie auf hindustanisch: »Das meine ich nicht. Was ist er für ein Mensch?«

»Ah?« machte Mees Opp, und nach ein wenig Überlegung antwortete sie: »Er ist unglücklich. Es ist schwer, zu erklären, was mit ihm ist, wenn man nie in Europa war. Er hat das Seelenleiden, an dem viele Menschen in Europa kranken . . . , nur daß er besser ist als die meisten. Die man gewöhnlich sieht, sind es nicht wert, daß man sie errettet.«

Sie waren jetzt auf dem Wege zu der Baracke, in der die Wöchnerinnen lagen, eine Abteilung, die so sauber und modern wie möglich zu halten Mees Opp verzweifelt kämpfte. Sie ging schweigend einige Schritte, bis sie zu der Zisterne kamen, und dann sagte sie: »Er könnte von seiner

Krankheit geheilt werden . . . , aber er will es nicht. Er ist wie ein Hindu, der sterben, aber den Todeskampf nicht auf sich nehmen möchte. Er weiß, daß er krank ist, so gut wie ich es weiß, aber er will sich von niemandem helfen lassen. Er hat eine Art verbohrten Stolz. Er will nicht, daß ich ihm helfe. Es ist schade. Er könnte so viel tun. Und er könnte glücklich sein.« Sie schloß: »Er hätte Sandys Tochter nie heiraten sollen. Er hat auch das getan, weil er krank war.«

Als sie zu dem neu hergerichteten alten Haus kamen, wo die Wöchnerinnen lagen, vergaß Mees Opp Dantry plötzlich und fragte: »Sind schon Anzeichen da?«

»Nein«, sagte Mrs. Badoki, »sie hat nicht geklagt.«

Es war nicht nötig, einen Namen zu nennen, denn beide Frauen wußten, daß »sie« die Frau eines Kulis war, die seit drei Tagen ihr Kindchen erwartete.

Mees Opp fragte: »War sie wach?«

»Ja, vor kurzem.«

»Hatte sie Angst?«

»Sie sagt nichts, aber ich glaube, ja. Ihre Mutter kam sie besuchen. Ich ließ sie bleiben.«

»Das war recht. Ich werde hineingehen und mit ihr sprechen. Wenn ich fortgehe, können Sie ihr etwas zum Einschlafen geben. Es hat keinen Sinn, sie in Angst zu lassen.«

»Soll ich mitkommen?«

»Nein, das könnte sie beunruhigen.«

So betrat Mees Opp einen Raum, in dem auf einem billigen Bett in der Ecke eine abnorm kleine Frau lag, in der Hitze unter einem einzigen Bettuch aus gewöhnlichem Baumwollstoff zusammengekuschelt. Auf dem Erdboden neben ihr lag eine alte Frau mit weißem Haar und einem runzeligen Gesicht, das aussah wie ein Stück altes schwarzes Leder. Beim Anblick Mees Opp raffte sie sich mühsam zum orientalischen Gruß auf, aber Mees Opp hieß sie wieder niederlegen, und die alte Frau kauerte sich neben das Bett und schaute mit vor Besorgnis glänzenden Augen zu ihr auf. Die verkrüppelte Frau auf dem Bett versuchte schüchtern, Mees Opp anzulächeln; ihr Gesicht war gelblichgrau von akuter Blutarmut, und ihre großen, dunklen Augen waren stumpf vor Angst.

»Wie fühlst du dich?« fragte Mees Opp.

»Nicht gut.«

»Morgen wird alles gut sein. Du mußt mir vertrauen.«

»Ja, Memsahib.«

»Du wirst ein schönes Kindchen haben.«

»Danke, Memsahib.«

»Und Mrs. Badoki wird dir etwas zu trinken geben, was dich schlafen und alles vergessen macht. Du mußt es nehmen. Es wird dir guttun.«

»Ja, Memsahib.«

»Gute Nacht.«

»Gute Nacht.«

Die alte Frau suchte wieder auf ihre Füße zu kommen, aber diesmal achtete Mees Opp ihrer kaum und ging aus dem Raum in die Baracke, in der Mrs. Badoki saß. »Sie ist wirklich verängstigt«, sagte Mees Opp zu ihr. »Gib ihr ein Schlafmittel und halte sie bewußtlos, bis alles vorbei ist.«

Dann ging sie wieder in die klare Nacht hinaus und wandelte lange unter den Bäumen auf und ab, weil sie selbst voll Furcht war. Morgen oder übermorgen würde sie eine Operation vorzunehmen haben, die sie noch nie gemacht hatte. Sie hatte sie in Edinburg machen sehen, und sie hatte ein Buch ums andere darüber gelesen, weil so viele Frauen in den Dörfern starben, die als Kinder unterernährt und dadurch nicht voll ausgewachsen waren. Diese Frau hatte sie im Kuliviertel gefunden, zwerghaft, mit verwachsenen Beinen und halb gelähmt. Als Mees Opp sie überredet hatte, ins Spital zu kommen, stellte sich bei der Untersuchung heraus, daß sie ihr Kindchen nicht haben konnte. Es wartete ihrer nur der Tod, außer wenn Mees Opp sie rettete. So mußte es nun gewagt werden. Sie mußte sie retten, weil sie an Mees Opp glaubten – die Frau selbst, ihr Mann, ihre Mutter und alle ihre Verwandten und die

Bevölkerung ihres Dorfes. Sie alle waren überzeugt, Mees Opp könne Wunder wirken. Das machte alles so schrecklich. Wenn es mißlang, so würde die Dorfbevölkerung in ihrem Vertrauen zu ihr erlahmen und sie würde mit ihrem Kampf gegen schmutzige Hebammen und Quacksalber von vorn anfangen müssen. So war sie nun voller Bangigkeit. Aber wenn es glückte, dann würde es ihr leichter sein, solange sie lebte, noch Hunderte von Frauenleben zu retten.

Gleich darauf ging sie in ihr Häuschen, um einige Stunden Schlaf zu haben und ihre Nerven für die Operation zu kräftigen; aber sie fand keinen Schlaf. Sie saß lange in der kleinen Veranda mit dem Blick auf das Spital, das jetzt in Dunkel gehüllt war, außer daß man hie und da das gelblichtrübe Licht einer Petroleumlampe sah, das zwischen den schwarzen Schatten der Bäume hervorschimmerte. Und wie sie so dasaß, erlebte sie einen jener Momente des Gefühlsaufschwungs, wie sie bisweilen in den langen, in der Wildnis verbrachten Jahren über sie gekommen waren – das Erlebnis der Befriedigung, der Erhebung, des Sieges im Leben.

Diese Baulichkeiten vor ihr, dieses Spital war ihr eigen. Sie hatte es aus nichts ins Leben gerufen, oder vielleicht aus ihrem eigenen Gefühl der Lebensniederlage. Achtzehn Jahre lang war sie der Meinung gewesen, die Götter hätten ihr nicht wohlgewollt. Sie hatten sie häßlich und dick und arm geschaffen, und, was das Schlimmste war, halbblütig, so daß sie in gewisser Weise von beiden Völkern, deren Blut sich in ihren Adern mischte, ausgeschlossen war. Nichts hatten ihr die Götter gegeben als Intelligenz und Gesundheit, freilich Gaben, das wußte sie, große Gaben, die wenigen Menschen in ihrer Umwelt zuteil geworden waren. Und mit achtzehn Jahren wußte sie, was sie zu tun hatte und was ihre Lebensaufgabe war, und dann hatte sie mit zähem Fleiß gelernt und beharrlich studiert, bis sie es irgendwie fertiggebracht hatte, nach Edinburg zu gehen und dort zu lernen, was sie zu wissen brauchte. Sie hatte durchgeführt, was man ihr immer wieder, im Osten und im Westen, als unmöglich erklärt hatte. Und nun bedeuteten dies Spital, dieses Grundstück, diese klinische Sprechstunde dreimal in der Woche auf der kleinen Veranda, ihr Liebe, Kinder, Heimwesen, Familienleben – alles, was sie ersehnt hatte und was ihr versagt war. Jetzt trauerte sie nicht mehr, daß sie dies alles versäumt hatte. Sie war zufrieden mit dem, was sie erreicht hatte, und noch mehr befriedigt von dem Wissen, wieviel mehr noch zu tun sei – wahrlich genug, um sie für den Rest ihres Lebens in Atem zu halten, bis sie schließlich alt und krank werden und sterben und auf dem Grundstück begraben würde, das sie so innig liebte. Da war der ganze Orient mit seinen Massen unwissender, kranker und leidender Menschen – der Orient, der langsam, schmerzvoll wiedergeboren wurde zu einer Herrlichkeit wie ein Sonnenaufgang über den hohen Bergen.

Jetzt wußte sie, was sie zu tun hatte. Lord Groton konnte warten. Er mochte sogar sterben. Aber die Kulifrau mußte gerettet werden. Und da war noch die Sache mit Dantry. Sie hatte ihn trotz allem gern. Er war zu gut, um ihn verloren zu geben. Sie könnte ihn vielleicht heilen, wie sie die arme, häßliche Mrs. Badoki geheilt hatte. Sie wußte, woher die Heilung für ihn kommen konnte, aber sie müßte ein wenig Zeit haben. Dantry durfte jetzt nicht fortgehen, zurück in die andere Welt, aus der er gekommen war, die ihn krank gemacht und in die Verzweiflung getrieben hatte. Sie mußte ihn irgendwie zwingen, mit ihr nach Nivandrum zurückzugehen.

Dann stieg ihr ein anderer Gedanke auf. Da war das Problem mit Léah und dem Unfug, den sie anstellen konnte; sie hatte schon so häufig Unfug angestellt, wenn Mees Opp nicht dagewesen war, um es zu verhindern. Sie wußte, daß es Léah gewesen war, die seinerzeit Maria aufgestachelt hatte, zu Dantry zu gehen. Wer weiß, ob nicht

Léah verantwortlich war für die befremdliche Heftigkeit der Symptome von Lord Grotons Krankheit.

Morgen würde sie die Operation machen, und sie mußte sie mit sicherer Hand vollziehen, so daß es keinen Aufschub gab und sie sofort aufbrechen und Dantry mitnehmen konnte.

Als Dantry am Morgen erwachte, fand er die zwei mitgenommenen Handkoffer schon neben seinem Bett. Anthony war bereits aus dem *Dschobedar*-Zimmer verschwunden, und Dantry betrachtete lange, auf der Kante des mit Schnüren zusammengehaltenen Bettes sitzend, die beiden vielgereisten Gepäckstücke, als seien sie Symbole und als wohne ihnen eine mystische Kraft inne, ihn tun zu lassen, was er eigentlich nicht tun wollte. Mehr als je glaubte er klar zu sehen, daß Mees Opp den größten Teil der Geschichte erraten hatte und daß sie fest vorhatte, ihn fortzuschicken, nach Singapur oder Colombo oder Batavia, jedenfalls fort aus dieser Welt, in der er so kläglich Schiffbruch gelitten hatte. Die körperliche Müdigkeit hatte ihn nun verlassen, aber die seelische Mattigkeit blieb, so daß er gewissermaßen über das Dasein der beiden elenden Handkoffer froh war, weil sie ihn zwangen, eine Entscheidung zu treffen, die zu fällen er keine Kraft mehr in sich fühlte. Und dann kam ein Verlangen nach Trinken über ihn, ein unsinniges, rasendes Verlangen, wie er es in all den Jahren seines Trinkens nie empfunden hatte. Es schien ihm, er würde nicht imstande sein, vom Bett aufzustehen, sich an dem frischen Wasser der Zisterne zu waschen und den Tag durchzubringen, wenn er sich nicht mit Alkohol dazu aufpeitschte. »Das ist das Ende«, dachte er. »Es hat mich endlich ganz gepackt«, und es kam ihm vor, als hätte nicht nur das Verlangen nach Trinken ihn ganz entmannt, sondern als stürze sein ganzes Leben wie ein schweres Gewicht auf ihn ein . . . , all sein Hedonismus, seine Selbstsucht, sein Ausweichen, seine schamlose Ausnützung seines guten Aussehens, seines Charmes und all der Vorteile, mit denen die Umstände ihn beim Start ins Leben ausgestattet hatten.

»Jetzt weiß ich«, dachte er, »wie einem verlorenen Strandbummler zumute ist.« Er kannte dieses Verlangen, im Trunke, in Sinnlichkeit, in Ausschweifungen unterzugehen; eine Art Bad des Vergessens, in dem nichts mehr Bedeutung hatte als das immer tiefere Untertauchen in Laster und Zerstreuung, bis man sich selbst so weit zerstört hatte, daß auch kein Elend mehr da war, nur noch das Nichts . . . Und ihn schauderte.

Aus diesen Gedankengängen scheuchte ihn ein Klopfen an der Tür auf, und ihm kam scharf eine nervöse Angst vor der Begegnung und dem Reden mit irgend jemandem zum Bewußtsein, sei es auch nur ein Träger aus dem Spital. Aber ein noch nicht geschwundener Zwang der Zivilisation half ihm, sich in seinen Sarong zu hüllen und »Herein« zu rufen. Es war einer der Träger, der mit dem orientalischen Gruß zu ihm sagte: »Mees Opp läßt fragen, ob Sie mit ihr auf der Veranda Kaffee trinken wollen.«

Dantry zögerte einen Augenblick, immer noch erfüllt von der Angst vor dem Sprechen mit irgend jemandem, und er war im Begriff zu sagen, er fühle sich krank, da fuhr der Bursche fort: »Und sie wollte wissen, ob Sie etwas zu trinken wünschen? Sie sagte, es gäbe nur Branntwein.«

So antwortete er: »Ja, bitte. Und ich lasse sagen, ich käme in einigen Minuten.«

Als der Junge fort war, blieb er noch etwas sitzen und dachte mit Staunen über Mees Opps Charakter nach – daß sie, eine alte Jungfer, die nie in der Welt gelebt und nie Trunkenbolde gekannt hatte, noch wissen konnte, was es heißt, beim ersten Augenaufschlag morgens nach Alkohol zu verlangen – daß sie an Branntwein gedacht haben sollte, an das eine, was er brauchte. Er dachte: »Sie weiß alles«, und wieder überkam ihn der alte Wunsch, mit ihr befreundet zu sein, so stark, daß ein freundschaftliches Band mit ihr ihm so notwendig erschien wie der Branntwein. Es war, als könne er den Tag nicht antreten, bis er sie gesehen und irgendein Zeichen empfangen hätte, daß sie ihn achtete.

Als der Bursche den Branntwein gebracht und er ihn getrunken hatte, ging er sich am fließenden Wasser der Zisterne erfrischen. Auf den großen Stufen, die ins Wasser hinunterführten, wuschen ein halbes Dutzend Frauen ihre Wäsche. Ihm gegenüber, nackt und ohne Scham, waren zwei Sadhus, die von der roten und staubigen Landstraße auf das Grundstück gekommen waren. Die Frauen starrten ihn mit ihren großen, dunklen Augen an und hielten mit ihrer Arbeit inne, um mit Verwunderung zu sehen, wie er, ein weißer Sahib, sich in der Zisterne wusch wie ihresgleichen.

Die Sonne stand noch nicht hoch, und die Luft war klar und noch kühl, aber es war darin jene fast unheilkündende Stille, die immer dem Ausbruch des Monsuns voranging, eine Stille, die ihn einst, vor langer Zeit, in den heißen Nächten zu ängstigen pflegte. Jetzt fürchtete er sich nicht mehr, weil er, wie die einheimische Bevölkerung, wußte, daß bald darauf die Regenfälle kommen würden, die alles aufweichenden, reinigenden Regenfälle, welche die Bäume und Sträucher und Weinstöcke in ein fast tierhaft vitales Wachstum versetzten; die Regenfälle, welche zwar ihre eigene feuchte Wärme mit sich brachten, aber auch ein Gefühl der Reinheit und Frische, als ob die müde, staubige und erschöpfte Welt neugeboren würde.

Er fand Mees Opp an einem einfachen Tisch aus indischem Eichenholz unter dem kleinen Vordach sitzen, das sie »Veranda« nannte. Sie war mit einem fleckenlosen weißen Drillich bekleidet, aber ohne Hut, so daß er zum erstenmal sah, daß ihr Haar dünn und gerade zurückgekämmt und von schmuddliger Farbe war. Es war nichts Schönes an ihr außer dem Blick aus den hellblauen Augen. Vor ihr lagen Stöße von Papieren und Krankentabellen auf dem Tisch, mit Korallen oder Nephrit- oder Granatsteinen beschwert, welche ihr Patienten als Dankesgaben gebracht hatten. An einem Ende des Tisches stand eine Kanne Kaffee, und in einer bemalten Holzschale lagen Granatäpfel und Melonen. Sie hatte gerade in einer sechs Wochen alten »Times« gelesen. Als er dies bemerkte, dachte er: »Was für ein Narr bin ich! Natürlich weiß sie, wer Lord Groton ist. Sie weiß genau über ihn Bescheid.«

Sie grüßte ihn mit ein paar Worten über die Schönheit des Morgens und schenkte ihm dann seinen Kaffee ein. Unvermittelt fragte sie: »Haben Sie vor, heute zu verreisen?«, und wieder wurde er sich bewußt, nichts entschieden und nichts geplant zu haben. In seiner Mattigkeit wäre er am liebsten geblieben und hätte getrunken und auf dem harten Bett in dem *Dschobedar-Zimmer* geschlafen.

Aber die Erinnerung an die zwei Handkoffer zwang ihn zu sagen: »Ja, ich hatte vor, zu reisen, wenn Sie nach Nivandrum gehen.«

»Wenn alles gut geht, will ich morgen mittag aufbrechen.«

»In der Hitze?«

»Vorher kann ich nicht fort, und ich will so schnell wie möglich hinkommen. Es gibt keine andere Möglichkeit.«

Er zündete sich eine Zigarette an und sagte: »Ich hoffte, Sie könnten heute abend aufbrechen. Sehen Sie, es handelt sich nicht nur um Lord Groton. Seine Frau ist auch da.« Er zögerte, und dann ging er ein Stück weiter. »Sie ist wenig an das Leben hier gewöhnt. Ich glaube, sie fürchtet sich.«

Mees Opp schaute ihn an und fragte: »Was für eine Frau ist sie?«, was er nicht zu beantworten wußte, denn es fiel ihm nichts ein, womit er Alix und ihr Leben einer Frau wie Mees Opp beschreiben konnte. Hätte er ihr von ihren Juwelen, kostbaren Toiletten und den luxuriösen Hotels gesprochen, in denen sie gewohnt war abzusteigen, so hätte es Mees Opp nicht den richtigen Eindruck ihrer Persönlichkeit gegeben. Denn das war nicht das Wesentliche an ihr. Er mußte ihr zu verstehen geben, was für eine eigentümliche Ehrlichkeit, welch ein Freiheitsgefühl und welch merkwürdige Unschuld ihr trotz allem innewohnten und ihr Wesen ausmachten.

Schließlich sagte er: »Sie ist sehr schwer zu beschreiben. Sie ist unglücklich. Sie hat Pech gehabt. Sie ist eine bewundernswerte Frau, die im Leben immer am falschen Platze stand. Wenn Sie sie sehen, werden Sie vielleicht denken, daß das nicht wahr ist. Aber es trifft zu.«

»Warum ist sie nach Nivandrum gekommen? Sie hätte besser getan, im Regierungsgebäude zurückzubleiben.«

»So ist sie eben. Sie hat immer auf etwas gewartet. Sie hat immer nach etwas gesucht. Aber in ihrer Welt hat sie es nicht gefunden, weil es das dort nicht gibt.« Er wußte, daß er zuviel sagte und daß er mit einer Gemütserregung sprach, die er nicht hatte zeigen wollen, und er bemerkte wohl, daß der häßlichen Mees Opp weder die Worte noch der Gefühlston entgingen. Es überfiel ihn die Vorstellung, er sei jetzt wie einer der leidenden Eingeborenen, welche geduldig warteten, bis sie an die Reihe kamen, untersucht zu werden und die Diagnose ihrer Krankheit gestellt zu bekommen.

Mees Opp sagte: »Sie müssen sie lange gekannt haben, um sie so gut zu kennen.« Und er erwiderte: »Ich habe sie immer gekannt, sogar ehe ich sie sah.«

Sie nahm eine seiner Zigaretten, zündete sie an und verschob einen der Nephritsteine, die als Papierbeschwerer dienten. Dann fragte sie: »Wohin wollen Sie, wenn Sie von hier fortgehen?«

»Ich weiß nicht. Ich habe keinerlei Pläne.«

»Gibt es nicht etwas, was Sie tun wollen – irgendeine Notwendigkeit, warum Sie hierhin und dorthin wollen?«

In diesem Lichte hatte er noch nie daran gedacht. Er war sich nur bewußt, daß er frei war, völlig frei von jeglicher Bindung, denn selbst Maria hatte dabei nie wirklich einen

Unterschied bedeutet. Er hatte jahrelang daran gearbeitet und sein Leben eingerichtet, diese Freiheit von jeglicher Bindung, jeder Verantwortung herbeizuführen; nun bewirkte Mees Opp, daß diese Freiheit ihm wertlos und gemein, ja gefährlich und unheilvoll erschien.

»Nein«, sagte er, »nichts dergleichen.«

»Wenn Sie nichts verpflichtet, so könnten Sie mir eine Hilfe sein.«

Er blickte sie scharf an und sagte: »Wie denn?«

»Sie könnten mit mir nach Nivandrum zurückkommen.«

Sein Herz wollte einen Freudensprung tun, aber die Stimme senkte sich ihm, als er antwortete: »Nein, das kann ich nicht.«

»Ist es wegen Maria?«

»Ja, ein wenig auch wegen Maria.«

»Ich werde mit ihr sprechen. Ich werde es ihr verständlich machen.«

Dann fuhr sie fort: »Sie hätten Maria nie heiraten sollen.«

»Als ich es tat, meinte ich, es mache nichts aus.«

»Sie könnten mir helfen«, beharrte sie. »Ich nehme nicht an, daß Lord Groton in Anbetracht der Umstände ein leichter Patient sein wird.«

Er wußte, was sie meinte, ohne daß sie es aussprach. Ein Mann wie Lord Groton würde für sie, als Frau und als Halbblütige, nur Verachtung haben. Er sagte: »Ich könnte Ihnen nicht von großem Nutzen sein. Lord Groton haßt mich.« Und dabei wurde ihm klar, daß er ihr unabsichtlich alles gesagt hatte.

»Das meinte ich nicht gerade. Nur könnten Sie mir auf vielerlei Art eine Hilfe sein. Rasmussen und Sandy nützen nicht viel, nicht mit so großartigen Leuten.«

Da kam Mrs. Badoki quer über das Grundstück von der Wöchnerinnen-Abteilung her. Als sie die Veranda betrat, fragte Mees Opp: »Ist alles bereit?«, und als Mrs. Badoki bejahte, erhob sie sich und sagte zu Dantry: »Sie müssen mich jetzt entschuldigen. Ich habe eine Operation vorzunehmen«, und verließ ihn, neben Mrs. Badoki durch den Staub schreitend. Sie zitterte und sagte immerfort zu sich selbst: »Ich darf nicht zittern. Ich muß die Nerven behalten.« Als sie die Baracke erreichten, fand sie die verkrüppelte Frau auf dem primitiven Operationstisch liegen. Sie fürchtete sich nicht mehr. Sie lag still und atmete ruhig.

In Nivandrum setzte die Hitze, die das Herannahen des Monsuns ankündigte, ganz plötzlich ein, was ungewöhnlich war, nämlich ohne den sonst vorangehenden Wind, der wie eine Warnung täglich feuchter und heißer zu werden pflegte. Nur die Bäume, Weinstöcke und überhaupt die Pflanzenwelt schienen sein Nahen zu verspüren, denn schon zehn Tage vor dem Ausbruch trieben sie neue Schößlinge und frische Blätter und üppige Blüten hervor, selbst alte Stämme, die, von den langen Monaten trockenen Sonnenscheins müde geworden, geruht hatten. Es war, als sei jede Pflanze von einer unsichtbaren, wundertätigen Hand berührt worden; jede Hecke, jedes Gebüsch von Kroton- und Bougainvillea-Sträuchern wurde dichter und grüner. Gegen die Häuser zu und am Rande des Wassers wurden die Bambusbüsche flaumig vor lauter hervorschießenden, zartgrünen Blättern. Mit dem Mondwechsel senkte sich dann in der Nacht die Hitze herab wie der erstickende Hauch aus der offenen Tür eines Hochofens. Jenseits der Großen Barre wurde das Meer unheimlich still, so daß es um die Mittagszeit wie eine Kupferplatte dalag, wellenlos und wie hochglänzend poliert von der grausam brennenden Sonne. Abends blieb der leichte Wind aus, der sonst immer vom Meer her Erfrischung brachte, und sachte, unmerklich, wurde mit dem Vorrücken der Nacht die Hitze der Finsternis noch unerträglicher als die des Mittags. Zum erstenmal brachten es die Fischer nicht fertig, den ganzen Tag draußen zu bleiben; sie kamen eilends vor der Mittagsstunde heim, weil es unmöglich war, unter dem wolkenlosen Himmel auf dieser brennenden Metallscheibe zu leben. Zur Rückkehr trieb sie auch die Besorgnis, der erste stürmische Windstoß könnte sich ohne Warnungszeichen aus dem Südwesten plötzlich erheben und selbst das stärkste Boot zerstören, ehe es über die Große Barre gleiten und den Schutz des palmenumrandeten Hafens aufsuchen konnte.

Innerhalb der Schranken erhob sich auf der stillen Oberfläche der Lagunen und Kanäle die Glut vom Wasser her, und mit ihr stieg ein unsichtbarer Dampf auf, so daß die Inseln und die schönen alten Häuser in ihrem Rosenrot und Blau und Gelb von fernher ihre Festigkeit zu verlieren und ohne Halt in der heißen, stillen Luft zu zerfließen schienen.

Um die Mitte des Tages stand alles Leben still, und ganz Nivandrum schlief, wenn die Hitze nicht sogar zum Schlafen zu groß war. Von den Fenstern des Grand Hotel Oriental schienen um diese Zeit die Häuser und die Inseln ausgestorben; Nivandrum war wie eine Totenstadt. Selbst die schlanke, in dieser Hitze aufgewachsene Léah floh aus der Küche in die Kühlung der großen steinernen Halle, wo sie in der einen Ecke unter dem Schutz der Schirmwand aus Kokosmatten wachsam ihr Gemüse putzte und, wenn sie damit fertig war, ein wenig nähte. Sie blieb während der ganzen Tageshitze dort sitzen, der einzige Mensch im Hotel, der wach und aufmerksam blieb.

Im oberen Stock lag sogar Bates, wenn niemand in der Nähe war, und saß in Hosenträgern ohne Kragen, denn da Seine Lordschaft bewußtlos war, würde er ihn nicht sehen. Ebensowenig störte ihn das angelsächsische rosige Etwas von Sekretär, denn diese Rosigkeit hatte sich unter der Einwirkung der Tropensonne in ein schmerzhaftes Krebsrot verwandelt, und Lansbury trat überhaupt nicht in Erscheinung, bis die Sonne untergegangen war; dann kam er furchtsam heraus, schlapp und welk wie ein verdurstendes Salatblatt. Einmal jeden Abend kam er an Lord Grotons Tür klopfen, aber Bates ließ ihn nie herein, und bevor er die Tür öffnete, hatte er immer Zeit, einen Kragen anzulegen und seine Jacke anzuziehen, so daß er korrekt gekleidet und von einwandfreien Manieren war, als lebte er noch im feuchten Nebel der Hill Street. Die Aja, welche an der brennenden Hitze der Ebenen gewöhnt war, fand die feuchte Wärme von Nivandrum weniger schrecklich, und da sie den ganzen Tag frei war, ging sie nachmittags nach dem Festland, wo sie unter den Fischerleuten bereits einen Verehrer gefunden hatte. Von dieser ganzen Gesellschaft war einzig Bates imstande, das aufrechtzuerhalten, was er »Moral« nannte. Die anderen, selbst der korrekte Lansbury, waren im Stadium der Auflösung. Wie die aus den Lagunen aufsteigende Hitze die Einwohner in die Behausungen trieb und den Häusern und Inseln in der Luft ein schwankendes Aussehen gab, so veränderte sich die geistige Haltung und der Grundcharakter eines jeden Europäers in Nivandrum.

Die ganze Zeit über lag Lord Groton fiebernd in einem Tiefschlaf, der nur bisweilen durch Anfälle von Delirium unterbrochen wurde. Bates blieb an seiner Seite, nicht so sehr aus Ergebenheit Seiner Lordschaft gegenüber, als aus Hingebung an seinen Beruf und weil der Anblick Seiner Lordschaft, gebrochen, hilflos, vielleicht sterbend, ihm eine leise Genugtuung, ja Freude gewährte. Ihn befriedigte sogar der Gedanke, Seine Lordschaft so lange wie möglich am Leben zu erhalten, um sein Leiden zu verlängern. In Bates' Augen war die Krankheit eine Art Sühne, und Seine Lordschaft hatte viel zu sühnen. Daß ihm Gelegenheit geboten wurde, dabeizusitzen und diese Sühne zu beobachten, war ein Vorzug und ein Vergnügen, das Bates sich nie hätte träumen lassen. Und während Seine Lordschaft sühnte, betrog ihn seine Frau.

Nicht daß sie ihn offen, körperlich betrog, wie sie es zuvor getan hatte, sondern geistig, und Bates wußte, daß das schlimmer war. Er hatte sie beobachtet, und er, der Diener, hatte etwas bemerkt, was er nie für möglich gehalten hätte: Lady Groton liebte. Er kannte den Unterschied. Er hatte sie mit anderen Männern gesehen, aber nie hatte sie sich bei solchen Anlässen auch nur berührt gezeigt. Sie war immer frei und unangefochten geblieben, immer gleichsam für sich. Dies war, und Bates hatte es sofort erkannt, etwas ganz anderes – etwas, was sie vor ihm zu verbergen sich sogar deutliche Mühe gab! Seit der Abreise dieses Dantry mit dem geheimnisvollen Charakter sah er Ihre Ladyschaft zusammenbrechen. Es war ein Vorgang, den Menschen wie Rasmussen und Lansbury vielleicht nie wahrnehmen würden, aber Bates verstand ihn, und nicht weniger Léah, die zu der Überzeugung kam, daß ihre Gebete und Opfer und Beschwörungen endlich und mit einer Macht, die alle ihre Hoffnungen übertraf, zu wirken begannen.

Lady Groton nahm keinen Lunch mehr, sondern verließ das Hotel in der Morgenkühle und kehrte erst zurück, wenn der glühende Sonnenball im Meere versunken war. Regelmäßig und pflichtgetreu sprach sie zweimal des Tages in Lord Grotons Zimmer vor, einmal morgens, ehe sie aufbrach, und einmal nach der Rückkehr. Aber ihre Besuche waren jetzt anders, weil sie keinen Versuch mehr machte, Bates zu täuschen. Seit der Absendung des Telegrammes hatte sie klein beigegeben. Sie machte kein Theater mehr, indem sie wie zuvor in Bates' Beisein die ergebene Frau spielte, die um die Gesundheit ihres Mannes schwer besorgt wäre. Es war, als hätte sie ihm wortlos gesagt: »Ich bin zu müde, um Komödie zu spielen. Sie haben immer Bescheid gewußt. Hier an diesem Ort zählt das andere Leben, die andere Welt nicht mit.«

Bates hatte den Eindruck, daß sie zum erstenmal seit all den Jahren, in denen er sie gekannt hatte, jenes Gleichgewicht, jene Selbstbeherrschung und Entsagung verloren hatte, die ihm zuzeiten fast unmenschlich erschienen waren. Aus dieser Erkenntnis erwuchs ihm ein neues Gefühl für sie, eine warme Sympathie und Zuneigung, die den kaltblütigen Bates selber staunen machte. Sie war besser, als Bates geglaubt hatte, viel besser, denn jetzt, da sie vor ihm das Theaterspiel aufgegeben hatte, war sie menschlich geworden – eine Frau, wie er sie irgendwo hätte antreffen können, nicht nur in dieser geldstrotzenden, künstlichen Welt, die zu studieren Bates sein Leben verbracht hatte.

Jeden Morgen kurz nach der Dämmerung kamen die beiden alten Schiffer sie abholen, und ein oder zwei Stunden, ehe die Hitze dampfend einsetzte, fuhren sie sie zwischen den Inseln umher, und dann endete die Fahrt am Fuße der großen Treppe zu Dantrys Insel. Dort schickte sie sie weg mit dem Auftrag, sie bei Einbruch der Nacht wieder zu holen. Wenn sie dann allein war, empfand sie erst eine Art Starre und Verzweiflung, und dann löste sich die Verkrampfung, und an ihre Stelle trat Schmerz, der stechende Schmerz der Sehnsucht und Reue und Leere, denn es kam ihr vor, als bliebe ihr nichts, wofür sie leben könne. Bevor sie ihn wiedergesehen, hatte es für sie auch nicht viel Lebenswertes gegeben, aber das Leben war von selbst abgelaufen, es hatte sich in den Bahnen vorgeschriebener und strenger Gewohnheiten bewegt, in die nur die Erregung durch Abenteuer bisweilen eine Abwechslung brachte; jetzt aber war all das niedergebrochen, und sie wußte, ihr Leben lang würde sie niemals wieder den Weg selbst zu der leichten Gemütsbewegung finden, die der Flirt und gewagte Situationen gewährten.

Der Anblick seiner Häuslichkeit, der Bücher und des Bettes und der Stühle schien den Schmerz etwas zu lindern. Sie empfand für das Haus so, wie etwa eine Frau getan hätte, die einst dort mit einem nun längst gestorbenen Geliebten sehr glücklich gewesen war. Und sie entfloh dorthin auch darum, weil das Hotel mit Rasmussen, der horchenden Léah, dem dummen Lansbury und dem wissenden Bates ihr unerträglich geworden war; ein fürchterlicher Ort, der ihr auf die Nerven ging.

Langsam verstrich der Tag auf der Insel. Sie versuchte es

mit Lesen, mit Klavierspielen. Sie ging in der Mittagshitze in dem mageren Schatten der Kokospalmen auf und ab. Und sie trank mehr als ihr gut war, und in der Hitze fühlte sie sich nur um so elender. Sie wunderte sich, daß das Haus mit all seinen Türen und Fenstern offenblieb, so daß alle Inselbewohner seine Verlassenheit bemerken konnten, ohne daß ein Diebstahl oder sonst ein unbefugtes Betreten vorkam. Es war, als sei es verzaubert, als ob Haus und Garten etwas an sich hätten, was dem Inselvolk Furcht und Schrecken einflößte. Und bisweilen, wenn ihre Nerven aufs äußerste gespannt waren, überfiel sie die Vorstellung, sie sei nicht allein im Hause und es sei von Gespenstern heimgesucht. Am zweiten Tag bestellte sie das Boot auf die Zeit vor Sonnenuntergang zurück, weil sie sich vor den Schatten und dem plötzlichen, geräuschlosen Einbruch der Nacht fürchtete, dem dann das Heulen der Schakale so schnell folgte, als hätte ein schwarzer Vorhang sich dämpfend über alles andere auf der Erde gelegt.

Im Hotel angelangt, eilte sie immer sofort in ihr Zimmer, denn sie fühlte sich im Hause von jedermann beobachtet – von Léah mit ihren schwarzen, bohrenden Augen, von Rasmussen mit seinem blauäugigen, verständnislosen Anstarren, von Lansbury mit seinem blöden, halb weibischen Gekicher. Sie bildete sich ein, daß selbst Träger und Schiffer ihr mit den Blicken überallhin folgten, vielleicht sich an ihrem elenden Zustand weidend, vielleicht auch sie bemitleidend, was noch unerträglicher war, jedenfalls aber immer neugierig und Mitwisser ihres Leides.

Oben zwang sie sich, in Lord Grotons Zimmer zu gehen. Er blieb noch immer den größten Teil des Tages bewußtlos, und wann immer er die Augen ein wenig öffnete und um sich blickte, wurde er wild und tobte gegen Dantry, so daß Bates Schwierigkeiten hatte, ihn im Bett zu halten, was aber jeden Tag ein wenig leichter wurde, weil das Fieber ihn immer mehr schwächte. Dantry schien für ihn eine Zwangsvorstellung geworden zu sein, was Bates ebenfalls als bedeutsam ansah, denn so etwas war noch nie dagewesen; noch niemals hatten die Abenteuer seiner Frau ihn tiefer beunruhigt, und meist hatte er überhaupt nichts von ihnen gewußt. Jetzt aber, in seiner Krankheit, erfüllte ihn ein fieberhafter Wunsch, Dantry zu vernichten.

Wenn Bates versuchte, durch die Krankheitsumnachtung hindurch seine Vernunft zu erreichen, und ihm sagte: »Aber, Eure Lordschaft, Mr. Dantry ist ganz fortgegangen; er ist für immer abgereist; er wird nicht wiederkommen«, dann starrte ihn Groton allemal einen Augenblick an und antwortete: »Doch, er kommt zurück. Er ist gar nicht fortgegangen«, und dann begann er wieder zu rasen, bis Erschöpfung ihn in das Bett aus indischem Eichenholz mit dem eingelegten Perlmutter zurückfallen ließ. Bates mußte dann denken: »So, das ist dein Ende. Gut so. Nicht einmal ein Stier könnte dies Fieber überleben. Du gehst dahin, wo du für all deine Teufeleien bezahlen mußt.«

Wenn dann Lady Groton am Abend zurückkehrte, sagte Bates ihr nichts von diesen Anfällen, denn er wollte sie nicht noch mehr aufregen und wußte auch ohnehin, daß sie durchschaute, was vorging. Es gab sogar Augenblicke, da selbst Bates beide leid taten. Es war etwas Erbarmungswürdiges in ihrer Hilflosigkeit, an diesem Ort, wo all ihr Geld und all ihre Macht ein Nichts und sie so allein waren wie noch nie zuvor.

Am vierten Tag in Dantrys Haus lag Lady Groton kurz nach der Mittagshitze mit geschlossenen Augen auf dem indischen Bett unter der Markise. Sie sagte sich immerfort, wie sie es sich in letzter Zeit wieder und wieder gesagt hatte: »Er wird wiederkommen. Er ist jetzt unterwegs. Ich kann es nicht ausdenken, daß er sich langsam zu Tode trinken könnte, ohne daß ich auch nur wüßte, wo er ist. Er wird zurückkommen. Er wird zurückkommen. Er muß zurückkommen.

So lag sie völlig still, den ganzen Körper gespannt, mit heißem Willen seine Rückkehr ersehnend. Sie, die keinen Aberglauben kannte, der alle Mystik verhaßt war, war nunmehr gewillt, alles zu versuchen. Sie kam sich nicht mehr lächerlich vor damit; ja, sie hatte Anwandlungen, als müsse sie zu Léah gehen und sie um ein Zaubermittel bitten. Sie war nicht mehr die stolze, selbstgenügsame, überkultivierte Lady Groton – sie war eine Frau, die zum ersten und einzigen Mal im Leben liebte. Wie sie nun so dalag, vor sich hinflüsternd, als sage sie einen Zauberspruch in einer Art Trance, wurde sie inne, daß jemand sie beobachtete. Das Bewußtsein, angestarrt zu werden, erwachte ganz langsam in ihr, als müsse es sich erst durch die dicke Mauer ihres Jammers hindurcharbeiten, und als sie die Augen aufschlug, sah sie unvermutet Dantrys Frau mit einer Pistole in der Hand vor sich.

Der Anblick der Pistole brachte sie mit einem Schock auf den Boden der Wirklichkeit zurück. Ihr erster Gedanke war: »Es kann nicht wahr sein. So etwas ist zu opernhaft, um *mir* zuzustoßen.«

Die goldene Haut des Mädchens war ganz bleich geworden. Sie hielt den Revolver ungeschickt, als seien ihre schmächtigen Handgelenke nicht mehr kräftig genug, sein Gewicht zu ertragen. Lange sahen sie einander in die Augen, und dann geschah etwas Merkwürdiges. Die Pistole entfiel Marias Hand, sie sank in die Knie und barg den Kopf in ihre Arme, am Rande des indischen Bettes niedergleitend. Sie gab keinen Laut von sich, aber ihr ganzer Körper war von Schluchzen erschüttert.

Lady Groton setzte sich auf, legte ihre Hand auf die Schulter und fragte, mit einer Art tragikomischer Höflichkeit: »Sind Sie gekommen, mit mir zu sprechen?«

Das Mädchen schüttelte nur den Kopf, und Lady Groton sagte: »Erschieße mich, wenn du willst. Vielleicht wäre es ein guter Ausweg.« Und plötzlich begann das Mädchen zu reden, in ihrem stockenden Englisch, die Stimme von

Schluchzen gebrochen. Während sie sprach, hielt sie noch immer den Kopf in den Armen verborgen, von Scham überwältigt.

Sie sprach: »Ich wollte töten. Ich kam her, Euch zu töten. Wollte Euch töten und dann mich ... Aber ich konnte nicht, als ich Euch sah. Wußte nicht, daß es so ist. Wußte nicht, daß es auch Euch weh tun würde.« Lady Groton war nun bei klaren Sinnen, und mit einem Schlage mußte sie sich vorstellen, wie sie ausgesehen haben mochte, mit geschlossenen Augen auf dem Bett liegend und halblaut immer wieder vor sich hersagend: »Er wird wiederkommen, er muß wiederkommen.« Sie hatte keine Ahnung, wie lange das Mädchen vor ihr gestanden und sie beobachtet hatte.

Ruhig legte sie ihren Arm um das Mädchen und richtete sie auf, aber Maria hielt immer noch wie ein Kind das Gesicht in den Armen verborgen, und obwohl sie gefügig auf der Bettkante saß, blickte sie nicht zu Lady Groton auf.

Sie sagte: »Verzeiht mir. Ich tat unrecht. Was ich tat, war böse. Ich war wahnsinnig. Ich wußte nicht ... «

Neben dem Mädchen sitzend, überkam Lady Groton wieder das Mitgefühl mit ihr. Ihr eigenes Unglücklichsein dünkte sie in diesem Augenblick geringer, weil das schwarze Elend dieses Mädchens so viel blinder und so viel tiefer war. Sie selbst war stark, oder sie hatte doch eine Kraftquelle im Wissen und Verstehen. Sie selbst hatte Tom immer gekannt; sie hatte immer gewußt, wie es in ihm aussah. Sie wußte, warum er so geworden, wie er war; sie kannte die kranke Welt, aus der er kam. Das Mädchen, das nie von Nivandrum fortgekommen war, konnte von alledem nichts wissen. Sie hatte keinen Zugang zu den Motiven seines Handelns. Sie hatte keine Möglichkeit, sich gegen ihn zu schützen.

Und nun hörte sie sich sagen: »Du mußt es nicht so schwer nehmen, er verdient es nicht. Er wird nie zu dir zurückkommen. Es ist das beste, ihn zu vergessen.« Nach einem kurzen Stillschweigen begann sie von neuem: »Ich sage das nicht, weil ich ihn für mich begehre. Es ist aus, und er ist davongegangen. Du mußt dir nicht so viel aus ihm machen. Er ist selbstsüchtig und schwach und verwöhnt. Hörst du mich? Verstehst du, was ich meine?« Sie merkte, daß sie sorgfältig und langsam und mit übertriebener Deutlichkeit sprach, wie zu einem Ausländer oder einem Kinde, denn sie suchte ehrlich, dem Mädchen zu helfen, indem sie es ihr verständlich machte.

Maria sagte: »Ja, ich verstehe. Wenn Ihr nur nicht hergekommen wäret, so wäre er nicht davongegangen.«

»Eines Tages wäre er doch fortgegangen. Eines Tages hätte er genug gehabt und wäre auf und davon. Siehst du, er taugt nichts. Er ist es nicht wert, daß du dir so viel daraus machst.«

Da stand Maria plötzlich auf und nahm zum erstenmal den Arm vom Gesicht. Sie sagte: »Ihr dürft nicht so von ihm sprechen, denn er ist in Wahrheit ein guter Mensch. Ihr dürft nicht versuchen, ihn mir verhaßt zu machen. Das ist schlecht.«

»Oh, ich liebe ihn so sehr wie du, nur weiß ich, wie er ist. Er ist kein guter Mensch. Er ist schlecht, weil er schwach ist . . . , verstehst du?«

Da schien das Mädchen mit einem Male wieder zusammenzubrechen, und schluchzend wandte es sich um und ging die Treppe hinunter, in den Garten tretend. Lady Groton war noch immer erfüllt von dem Wunsche, ihr zu helfen, und sie folgte ihr ein paar Schritte, aber am obersten Treppengeländer hielt sie inne, weil sie einsah, daß sie nichts erreichen konnte und daß das Mädchen, was sie ihr auch sagte oder was sie auch täte, niemals glauben würde, daß sie es gut und nicht böse meinte.

Sie blieb oben an der Treppe stehen, bis das Kanu mit Maria über die Lagunen fuhr, auf Sandys Grundstück zu. Als sie verschwunden war, dachte sie: »O Gott, ich wollte immer etwas erleben. Nun ist es gekommen . . . « Es war gekommen, aber es war nicht zu Ende.

Immer noch etwas verschreckt, kehrte sie zu dem indischen Bett zurück, hob die Pistole auf und steckte sie unter die gestickten Kissen. Dann legte sie sich wieder nieder, und spät am Nachmittag schlief sie ein, denn sie hatte viele Nächte nicht geschlafen.

Am vierten Tage nach dem Beginn der Hitze reisten sie den ganzen Tag vom frühen Morgen an, ohne auch nur in der Mittagsstunde zum Essen zu rasten; Dantry in einem Kanu, Mees Opp und Anthony im anderen. Mees Opp war die Hitze schrecklich, und zuzeiten war ihr, als schmelze ihr unförmiger Körper unter der Glut dahin, aber sie fühlte sich im Geiste gestärkt durch das Wissen, daß sie die Operation gemacht hatte und daß die Kulifrau, mit ihrem Söhnchen neben sich, in Mrs. Badokis Pflege auf dem Wege der Genesung war. Den ganzen Tag, selbst mittags, als die Baumblätter sich erbarmungswürdig unter der Sonnenglut kräuselten, sah sie im stillen das Bild der verkrüppelten Frau vor sich, befreit von ihrer Furcht, und die nicht mehr verängstigte alte Mutter und den Ehemann in seiner kindlichen Glückseligkeit über die Geburt seines Sohnes, von dem sogar die Wunderärzte und Hebammen gesagt hatten, daß er nie das Licht der Welt erblicken würde. Mees Opp hatte das Wunder vollbracht, und nun würden sie nachdem die Nachricht sich wie ein Lauffeuer in der ganzen Gegend verbreitet hatte, von allen Seiten im ganzen Staat zu ihr kommen, selbst von den entfernten Dschungeln der Berge.

Aber das beste war, sie fürchtete sich nicht mehr. Sie hatte es geschafft. In dem Kanu hinter Mees Opp ruderte Dantry in einer Art Dämmerzustand durch die Hitze, kaum wissend, was er tat, noch wohin er fuhr. Das rhythmische Ein- und Auftauchen der Ruder gewährte ihm eine gewisse hypnotische Beschwichtigung. Die körperliche Anstrengung, die ihm einst in solcher Hitze eine Qual gewesen wäre, erschien ihm jetzt beinahe wohltuend und angenehm.

In seiner Mattigkeit hatte er etwas von einem gehorsamen Hund an sich, zufrieden, seine Willensfreiheit aufzuopfern und dafür die Tröstung einzutauschen, die darin lag, daß ihm genau gesagt wurde, was er zu tun hatte. Denn er hatte sich jetzt ganz Mees Opp in die Hände gegeben. Er würde alles tun, was sie ihm sagte. Er hatte nicht erraten können, warum sie seine Rückkehr nach Nivandrum wünschte – es mochte sein, daß sie wirklich seine Hilfe begehrte, aber es mochte auch sein, daß sie auf seine Wiedervereinigung mit Maria hoffte. Er gab sich keine große Mühe, ihre Gründe aufzudecken, und sie selbst verriet sie nicht mit der geringsten Andeutung. Aber niemals wäre es ihm eingefallen, daß sie ihn als einen kranken Menschen ansah und in ihrem tiefen Mitgefühl für das menschliche Leiden keine Ruhe finden konnte, bis sie ihn geheilt hätte. Es kam der Augenblick, wo er überhaupt zu denken aufhörte und nur noch ruderte . . . ein, aus . . . ein, aus . . . und so das leichte Kanu über die glasige Wasserfläche der Lagunen trieb.

Als die Sonne endlich unterging, war die kleine Reisegesellschaft immer noch etwa zwanzig Meilen von Nivandrum entfernt, aber Sandys Junge behielt in der Dunkelheit mit Hilfe der Feuer und der Fackeln der Fischerleute die Richtung dem Hauptkanal entlang. Mit dem Einbruch der Nacht überkam Mees Opp neue Frische, und sie ermunterte Anthony freundlich zu verstärkter Anstrengung, denn nachdem das Leben der Kulifrau und ihres Söhnchens gesichert war, dachte sie nur noch an Lord Groton, und, da sie Léah kannte, fürchtete sie Unheil.

In Nächten wie dieser kam ihr ihre ganze, leidenschaftliche Liebe zu diesem Lande zum Bewußtsein, und sie ward dann gewiß, daß es ihr, was auch geschehen mochte, nie mehr außerhalb der Herrlichkeit des Orients wohl sein würde; in ihr Herz zog die Gewißheit, daß sie trotz des Zwiespaltes in ihrem Blut hier- und nur hierher gehörte.

Dem Ufer entlang sahen die Fackeln der fischenden Buben wie gewaltige Leuchtkäfer aus. Zu ihren Häuptern entlud sich die Hitze bisweilen blitzartig und machte auf breiten Streifen mit schillernder Helligkeit hie und da ein anderes Kanu oder Stehruderboot sichtbar, das dicht neben ihnen in der atemlosen Dunkelheit dahinfuhr. Und über all dem erhob sich die ewige Musik der Trommeln und Flöten, noch schärfer hervortretend durch vereinzelte Schreie von Schakalen. Es war an diesem Schauspiel etwas Wunderbares, was sie im Westen nie erlebt hatte, als vergönne die Natur hier dem Menschen, das Leiden zu überdauern.

Von Zeit zu Zeit fragte sie: »Wie weit noch?«, denn in der Dunkelheit erkannte sie die vertrauten Kanäle nicht mehr deutlich; und Sandys Sohn Anthony in seiner Erschöpfung und Müdigkeit antwortete regelmäßig: »Nur noch ein kleines Stück.«

Als die kleine Gesellschaft sich den bekannten Lichtern des Grand Hotel Oriental näherte, wich etwas von der Apathie Dantrys von ihm, und die erste Abendkühlung schenkte ihm eine gewisse neue Lebendigkeit, mit der ihm freilich auch die erste Ahnung aufstieg, welche Komplikationen ihm sicherlich aus dieser Rückkehr erwachsen würden. Jetzt mit einem Mal fürchtete er sich, die Gesichter Rasmussens und Léahs wiederzusehen. Er fürchtete sogar die erste Wiederbegegnung mit Alix, und in dem instinktiven Wunsch, es so lange wie möglich hinauszuschieben, drängte er sein Kanu vor, daß es das von Mees Opp und Anthony überholte, und rief ihr zu: »Ich gehe erst in mein Haus und komme ins Hotel, sobald ich mich etwas anständig angezogen habe.«

Als sie dann in den Kanal zwischen den beiden Inseln einfuhren, bog er ab und ruderte sein Kanu an den Fuß der Treppe.

Das Haus zeichnete sich gegen den glitzernden Himmel fest und dunkel ab und beim Anblick desselben kehrte ihm etwas von seiner alten Freude und Liebe dazu zurück. Er dachte: »Ich könnte hier leben und nie mehr die Insel verlassen. Vielleicht könnte ich es auf diese Art vermeiden, in neues Unheil zu geraten.« Aber er wußte, daß er nicht für immer auf der Insel bleiben würde, denn die Erregung im Gedanken an Alix hatte ihn wieder ergriffen, und trotz seiner Müdigkeit erfüllte ihn Ungeduld, sie wiederzufinden.

»Jetzt«, dachte er, »da ich Narr genug war, zurückzukehren, ist es gleich, was passiert.«

Er nahm die elektrische Taschenlampe aus einer der alten Handtaschen, schwang sie beide ans Ufer und stieg ihnen nach und die Stufen hinan, die er mit Hilfe der Taschenlaterne fand. Von den Inseln her begannen die Trommeln und Flöten wieder zu erklingen; vom Festland kam aus der Ferne der Ruf der Schakale, und in seinem Blut zitterte wieder die magische Wirkung, die der Ort auf ihn hatte.

Die Stille des Hauses und der ganzen winzigen Insel, die sich von dem klingenden Leben am Ufer abhob, war wie etwas, was man greifen konnte, und einen Augenblick erlebte auch er den Schauer, als sei es ein Gespensterhaus. Seine Nerven erstarrten in einem Gefühl des Grauens oder der Furcht, das er nicht zu enträtseln vermochte, als sei die Gestalt, die er vor sich sah, eine Geistererscheinung oder ein Leichnam. Dann warf er den Lichtschein direkt auf das Bett und sah, daß vor ihm niemand anders lag als Alix. Sie war nicht tot, denn sie atmete leicht und ruhig, ihr Kopf war ein wenig zurückgeworfen und ihr Gesicht in dem gelblichen Licht sehr bleich. In ihrem Schlafe sah sie aus wie ein müdes Kind.

Leise, mit klopfendem Herzen, trat er an das Bett heran und kniete nieder; er legte seinen Kopf an ihre Brust und dachte: »Dies war uns bestimmt. Sonst wäre es nicht so gekommen.« Und sein letzter Widerstand schmolz und strömte davon wie Wasser aus einem gebrochenen Damm, und er war glücklich.

Eine Sekunde lang, als sie durch die Berührung seiner

Hand erwachte, erschrak sie, und sogleich voll erwacht, dachte sie: »Es kann nicht wahr sein. Es kann nicht Tom sein. So etwas geschieht nicht.« Dann streckte sie, ohne die Augen zu öffnen, die Hand aus und berührte seinen Kopf; und als sie sein starkes, dunkles Haar fühlte, wie sie es so oft in der Dunkelheit des kleinen Zimmers auf der Tipton-Farm getan hatte, dachte sie: »Oh, es ist Tom. O Gott, ich danke dir! Ich danke dir, daß du ihn wieder zurückgebracht hast! Ich will nun auf immer gut sein.« Und langsam zog sie seinen Kopf an den ihrigen und sagte sanft: »Tom, lieber Tom.« Und die Tränen begannen zu fließen. Dann küßte er sie, und auf dem Hintergrund der Trommeln und Schakale hörte die Welt auf, für sie dazusein, und es schien ihr, sie seien eingehüllt in ein großes blendendes Licht.

Als das Kanu an der kleinen Landungsstelle des Grand Hotel Oriental vorfuhr, war es Rasmussen selbst, der auf den Zuruf Anthonys antwortete und ihnen entgegeneilte – ein Rasmussen, der beunruhigt und verdrießlich war infolge der Hitze und des seltsamen Gefühles von einem Durcheinander, das über dem Hotel zu walten schien, seit Lord Groton und seine Gesellschaft gekommen waren. Ohne Mees Opp einen Willkommensgruß zu bieten, sagte er kurz: »Ich bin froh, daß Sie da sind.«

Mit ihren zwei Handtaschen auf dem Pier stehend, fragte Mees Opp: »Wie geht es dem Patienten?«

»Immer dasselbe. Er kann das Fieber nicht mehr lange aushalten.«

»Was habt ihr mit ihm gemacht?«

»Chinin. Kaltes Wasser. Was wir eben konnten.«

»Ich konnte nicht früher kommen.«

»Ich hoffe, es ist nicht zu spät.«

Rasmussen trug ihr Gepäck und führte sie durch die große Halle, und als sie vorbeigingen, erschien Léahs Kopf einen Augenblick in der Küchentür. Sie grüßte Mees Opp nicht. Sie starrte sie nur mürrisch an, mit einem erschrekkenden Ausdruck der Feindseligkeit in ihren schwarzen

Augen. Mees Opp in ihrer Eile bemerkte sie gar nicht, sondern folgte Rasmussen die Treppe hinan in ein Zimmer neben dem von Lord Groton. Auf die Tür weisend, sagte er barsch: »Da liegt er.«

»Danke«, sagte Mees Opp. »Ich hätte gern etwas zu essen und zu trinken.«

»Was wünschen Sie?«

»Was Sie gerade haben.«

Als er gegangen war, ging sie an die Tür und klopfte, und Bates, der sich endlich seiner Kleidung zugunsten eines Schlafanzuges entledigt hatte, öffnete. Sie trat mit ihrer kleinen Tasche mit Medizin hinein und sagte: »Ich bin die Ärztin, Miß Opp.«

Bates, überrascht von der Geschwindigkeit ihres Eindringens und der Autorität ihres Auftretens, sagte: »Mein Name ist Bates. Ich bin der Kammerdiener Seiner Lordschaft.«

Eine kurze Spanne Zeit sahen sie einander fast feindselig an, Bates, weil er es nicht über sich gewinnen konnte, eine halbblütige Ärztin willkommen zu heißen, und Mees Opp, weil sie seine Einstellung herausfühlte und weil etwas in dem schmalen, bleichen, langnasigen Gesicht ihre Wachsamkeit herausforderte. Dann warf sie einen Blick auf das perlmutterverzierte Bett, setzte sich ungebeten und fragte: »Sagen Sie mir genau, was passiert ist, wie es angefangen hat und wie es weiterging.«

Bates, eingeschüchtert durch ein Etwas in dem Verhalten der dicken Frau, worüber er sich nicht Rechenschaft zu geben vermochte, blieb stehen und erzählte ihr, wie Seine Lordschaft zwei oder drei Tage, bevor er zum Nachgeben gezwungen war, einen kranken Eindruck gemacht hatte, wie er dann fast vier Tage lang zwischen Tiefschlaf und Delirium gelegen und wie sie alles gemacht hatten, was sie konnten, im Vertrauen auf Rasmussens und Léahs Kenntnisse der ortsüblichen Heilmittel.

Sie stellte noch genauere Fragen und sagte dann plötzlich: »Wo ist Lady Groton?« Einen Augenblick schämte sich

Bates zu seiner eigenen Verwunderung, denn er sah ein, daß Mees Opp erwarten mußte, Lord Grotons Frau würde an seinem Krankenbett sitzen. Schwerfällig sagte er: »Die Hitze hat ihr sehr zugesetzt. Sie ist nicht daran gewöhnt, und abends pflegt sie im Boot etwas spazierenzufahren und Luft zu schöpfen. Manchmal geht sie bei Tag in das Haus eines Engländers, der in Nivandrum lebt, aber jetzt verreist ist. Es ist dort viel kühler als hier im Hotel.«

Ohne ihn anzusehen, sagte Mees Opp: »Ja, Mister Dantry ist mit mir zurückgekommen.« »Aha«, dachte Bates, »das ist's! Deshalb ist sie so lange nach Sonnenuntergang ausgeblieben. Sie wußte, daß er zurückkommen würde.« Aber bei seinen neuen Gefühlen für Ihre Ladyschaft schien es ihm, er müsse sie decken, und so sagte er: »Darüber wird Ihre Ladyschaft sehr froh sein. Ich glaube, die Zeit wird ihr hier sehr lang.«

»Oh!« Sie öffnete die Tasche auf ihren Knien und nahm Fläschchen und Thermometer heraus, und plötzlich fragte sie: »Wann erwarten Sie sie zurück?«

Wieder schämte sich Bates, ohne recht zu wissen, warum. Er sagte: »Sie hätte vor zwei oder drei Stunden zurück sein müssen. Sie ist sehr verspätet gegen sonst.« Er hatte nicht die Absicht, Lady Groton zu verteidigen; es wäre ihm gar nicht eingefallen, sie vor einer Halbblütigen in Schutz nehmen zu müssen, auch wenn diese Ärztin war. Aber diese Frau brachte ihn außer Fassung, weil sie einfach über alle Regeln hinwegging, die der Welt Halt gaben – diese Frau, der augenscheinlich Lord Groton nicht imponierte, und ebensowenig Lady Groton. Sie beachtete seine nachlässige, kurz angebundene Art gar nicht, sei es, daß sie sie nicht sehen wollte, sei es, daß sie sie nicht bemerkte, und auf geheimnisvolle Art brachte ihre Autorität, ihre Würde und Ruhe es zuwege, daß er sich vor ihr klein und unbehaglich und ein wenig beschämt fühlte.

»Ich möchte sie gern sehen, wenn sie zurückkommt. – Haben Sie ihn gepflegt?«

»Ja«.

»Dann ist es das beste, Sie gehen jetzt etwas schlafen. Ich werde die Pflege übernehmen. Ich schlafe im nächsten Zimmer und komme hie und da herein. Wie alt ist der Patient?«

»Dreiundfünfzig.«

»Hat er schon einmal Malaria gehabt?«

»Nein . . . jedenfalls die letzten zehn Jahre nicht. Ob vorher, weiß ich nicht.«

»Wenn noch früher, so macht es nichts aus. – Trinkt er?«

»Ja.«

»Schwer?«

»Ja.« »Nun, ich werde ihn untersuchen. Nach dem, was Sie sagen, deutet alles auf Malaria, und zwar die bösartige. Jedenfalls ist es nicht Unterleibstyphus. – Sie könnten in der Nähe bleiben, falls ich etwas brauche.«

So blieb Bates, grollend wie ein Kind, dem man ein geliebtes Vorrecht genommen hat, und schaute vom Fußende des Bettes ihren Vorkehrungen zu. Diese Frau, diese sonderbare Frau, hatte ihm in einem Augenblick nicht nur Seine Lordschaft entzogen, sondern das Vergnügen, das es ihm bereitet hatte, Seine Lordschaft sterben zu sehen.

Er sah sie den Puls und den Blutdruck messen, und dann sagte sie zu Bates gewandt: »Sagen Sie dieser Frau Léah, sie möchte für heißes Wasser sorgen. Ich will ihm ein lauwarmes Bad geben. Wenn das getan ist, können Sie zu Bett gehen.«

Er ging, ohne zu antworten oder ihr gute Nacht zu wünschen; es war ihm plötzlich aufgegangen, daß er Lord Grotons Tod wünschte und daß die Chancen für sein Weiterleben günstiger geworden, seit diese Frau hier war. Denn mit seinem Talent für solche Dinge erkannte er sofort, daß sie ihre Sache verstand und, was noch mehr bedeutete, ihrem Beruf hingegeben und sehr begabt war.

Ein Weilchen später brachte Rasmussen ihr ein Nachtessen, und dann erschien ein Kuli mit Kannen voll heißen Wassers, gefolgt von Léah, die weniger aus Hilfsbereitschaft denn aus Neugier kam. Mees Opp grüßte sie. Léah kam nicht einmal bis ins Zimmer, sondern stand in der halbgeöffneten Tür und spähte hinein. Mees Opp sagte ihr, sie solle ruhig zu Bett gehen und nur einen Jungen vor der Tür lassen für den Fall, daß sie etwas brauchte.

Sie rührte den Reis und Curry nicht an, bis Lord Groton gebadet war und Medizin bekommen hatte, die das Fieber herunterdrücken sollte. Als er endlich ruhig dalag, zum erstenmal seit Tagen friedlich atmend, ging sie in ihr eigenes Zimmer, ließ die Tür dazwischen ein wenig offen und setzte sich zu ihrem Nachtessen nieder, das so kalt geworden war, wie die Hitze von Nivandrum erlaubte. Es machte ihr nichts, daß das Essen lau war. Sie achtete kaum darauf, was sie aß, aber sie wußte, daß sie in der Hitze ihren unförmigen Körper ernähren mußte, denn wenn dieser zusammenbrach, so war ihr Geist nichts mehr nütze. Für sie war ihr Körper längst etwas wie außerhalb ihrer selbst geworden, wenig mehr als ein Werkzeug, eine Maschine, die ihr diente und ohne die sie nutzlos wäre.

So dachte sie nicht an das Essen, sondern an Lord Groton und Bates und Rasmussen und diese Frau Léah, und an das seltsame Gefühl von Wirrnis und Verhängnis, das sich ihrer sofort bemächtigt hatte, als sie an der Landungsstelle anlegten. Rasmussen, der einzige von all diesen Menschen, den sie gut gekannt hatte, kam ihr verändert vor, ängstlich, reizbar und nervös. Die Frau Léah kannte sie kaum, außer durch ihren Ruf, aber sie mochte das Gesicht mit der langen Nase und den dicht beieinanderstehenden Augen nicht, das so eine Art hatte, hinter Schutzwänden und halbgeschlossenen Türen hervorzuschauen. Mees Opp glaubte nicht an den Bösen Blick, aber sie glaubte an die Macht der Atmosphäre und der Umwelt. Sie wußte, daß es durchaus möglich war, daß ein Patient an den Menschen seiner Umgebung starb, nicht durch Streiche oder Gift, sondern durch

Emanationen, deren Wirkung dem Bereiche der Magie sehr nahe kam. Sie hatte in den Dörfern Menschen sterben sehen, die nach ärztlichem Ermessen hätten gesund werden müssen, nur weil in der kleinen Welt um sie eine Atmosphäre des Todes und ein Todeswille herrschten. Nun sagte ihr das dunkle Blut in ihr, daß hier, im Grand Hotel Oriental, eine gespannte und unheilschwangere Atmosphäre waltete, die sie nicht ganz analysieren konnte, weil sie noch zu wenig darüber wußte, die sich aber gegen den hilflosen, bewußtlosen Mann im nächsten Zimmer richtete. Da waren Vorgänge, die sie erahnen konnte, von denen aber kein europäischer Arzt etwas gespürt hätte.

Während sie aß, sah sie immer noch die Gesichter vor sich, das einfältige, jetzt verdutzte und aufgescheuchte Rasmussens und das seiner Frau, das sie noch nie ganz deutlich, immer nur im Schutze des Wandschirmes aus Kokosgeflecht oder durch die halbgeschlossene Tür gesehen hatte. Mees Opp gefiel das Gesicht nicht, und als sie darüber nachdachte und ihr das Gerede vom Bösen Blick und vom Hexenwesen in den Dörfern einfiel, da kam es ihr in den Sinn, daß sie am nächsten Morgen der Frau sagen wollte: »Ich möchte von allem essen, was man dem Patienten bringt.«

Es war ein sonderbarer Einfall. Der Mann war krank, gewiß, und fast ebenso gewiß war es, daß seine Krankheit Malaria war, jedoch vielleicht nicht schwarze Malaria, die sehr selten auftrat. Die Heftigkeit der Symptome konnten von etwas anderem herrühren, von etwas, was ihm von dieser Frau Léah gegeben wurde. Solche Fälle kamen in den Dörfern häufig genug vor, Fälle, wo die Menschen jäh starben an Krankheiten, die an sich einfach waren. Was sie stutzig machte, was das Fehlen eines einleuchtenden Beweggrundes. Warum sollte diese Frau Léah einem Fremden wie Lord Groton, einem reichen und mächtigen Manne, aus dessen Dasein sie Nutzen ziehen konnte, den Tod wünschen?

Sie dachte auch über den Diener nach, aber ihn zu beurteilen, war für sie viel schwerer. Diese Frau Léah verstand sie. Diesen Typus gab es fast in jedem Dorfe. Wenn solche Frauen alt und zahnlos wurden, mied man sie, aber noch gemieden konnten sie ein ganzes Dorf wie gebannt halten durch den Schrecken, den sie einflößten. Aber mit dem Diener war es anders. Er entstammte einer Welt, welche sie, Mees Opp, nie mit eigenen Augen gesehen hatte, nicht einmal während ihres Aufenthaltes im Westen. Denn damals beschränkte sich ihr Leben auf Kollegräume und billige Pensionen. Nicht ein einziges Mal hatte sie das Innere eines jener großen Häuser gesehen, wo die Reichen von England – die Diener hielten wie diesen Bates – in einer Art geheimem Luxus lebten. Das Milieu des Dieners mochte etwas sein, wovon sie nichts wußte, aber Menschenantlitz blieb Menschenantlitz, einerlei, wie groß der Unterschied an Reichtum und Umwelt sein mochte, und Mees Opp kam zu dem Schluß, daß sie das Gesicht Bates' so wenig mochte wie das Léahs. Ja, als sie ihre Mahlzeit beendet hatte, war ihr Mißfallen so gewachsen, daß sie seiner Ergebenheit nicht traute.

Schwer war es, sich über den kranken Mann ein Urteil zu bilden, das hinausführte über die Tatsachen, die ihre Erfahrungen am menschlichen Körper ihr sofort enthüllt hatten: daß er schwer und dick und mit Alkohol vollgepumpt war. Solange er unbewußt und gedunsen blieb, ohne den belebenden Funken, der dem Körper den Stempel der Persönlichkeit verlieh, blieb alles übrige an ihm für sie im dunkeln. An der ganzen Gesellschaft interessierte Lady Groton sie am meisten – daß eine Frau unter solchen Umständen nicht am Bett ihres Mannes zu finden war; daß sie ihm so anhänglich war, ihm an einen Ort wie Nivandrum zu folgen, und ihn dann in seiner Krankheit der Pflege eines Dieners überließ . . .

Als sie das Tablett mit dem Rest ihres Nachtessens vor die Tür gestellt hatte, warf sie ein Gewand aus grobem, weißem

Baumwollstoff um und sah auf die Uhr. Zu ihrer Verwunderung war es längst Mitternacht vorbei, und sie dachte: »Vielleicht ist Lady Groton zurückgekommen und in ihr Zimmer gegangen, ohne überhaupt hier hereinzuschauen.« Als sie sich dann aber gekämmt und nochmals nach dem schlafenden Patienten gesehen hatte, hörte sie Fußtritte auf der Treppe und gleich darauf ein Klopfen an der Tür von Lord Grotons Zimmer. Da sie wußte, daß Lady Groton den Diener dort zu finden erwartete, ging sie selbst und öffnete die Tür.

Draußen stand eine hochgewachsene, schlanke, blonde Frau, ganz in Weiß gekleidet. Sie war ganz anders, als Mees Opp sich vorgestellt hatte. Ihr Phantasiebild von Lady Groton war eine etwas welke, altmodische Frau mittleren Alters, ein bißchen unruhig und ängstlich, wie so viele mit bedeutenden und herrschsüchtigen Männern verheiratete Engländerinnen, die sie im Orient gesehen hatte. So konnte sie in ihrer Überraschung nichts anderes sagen als: »Wollen Sie nicht hereinkommen?«

Ihre Zunge war schwer, aber ihr intuitiver Blick und der aufgeschlossene Geist, der ihren großen Körper beseelte, arbeiteten schnell. Sie wußte nicht, was *chic* war und was nicht, denn derlei hatte mit ihrem Leben nichts zu tun, aber sie erkannte sofort, daß die Frau in den schön geschnittenen weißen Kleidern etwas Rassiges an sich hatte und Gleichgewicht und Autorität darstellte. Sofort dachte sie: »Sie ist besser, als ich meinte. Im doppelten Sinne besser«, und das große Herz von Mees Opp verspürte sogar einen leisen Stich wie Neid, denn im Türrahmen stand die Verkörperung dessen, was sie vor langen Zeiten, als junges Mädchen, mehr als irgend etwas in der Welt zu sein ersehnt hatte – schön und blond und schlank. Im gleichen Augenblick schoß es ihr durch den Sinn, wie eigentümlich es war, daß diese Frau die Gemahlin des grobschlächtigen Alkoholikers sein sollte, der bewußtlos und leise schnarchend auf dem Bett aus indischem Eichenholz lag. Da stimmte etwas nicht, dachte Mees Opp. »Die ganze Geschichte stimmt nicht.«

Inzwischen hatte sich Lady Groton ihrerseits von ihrem Erstaunen darüber erholt, an Stelle von Bates diese häßliche, große, halbblütige Frau zu finden, und sie fragte: »Sie sind wohl Mees Opp?«

»Ja«, sagte Mees Opp gedämpft. »Kommen Sie in mein Zimmer. Dort können wir sprechen, ohne ihn zu stören.«

Sie zeigte den Weg, und in Mees Opps einfachem Zimmer nahm Lady Groton gerade im Lichtkreis der Petrollampe Platz. Nun Mees Opp sie noch deutlicher sah, wunerte sie sich, daß sie in dieser entsetzlichen Hitze so ruhig und kühl schien, so völlig frei von Unbehagen oder Ängstlichkeit. Und noch als sie weitersprachen, fiel es Mees Opp auf, was für ein Glanz auf diesem Gesicht lag, wie ein vibrierender Lichtschimmer, der ihrem kleinen, kindlichen Gesicht einen Ausdruck gab, der wiederum mit einem Schlag Mees Opp in Gedanken und Gefühle zurückversetzte, die ihr seit mehr als dreißig Jahren nicht aufgestiegen waren. Sie dachte, während sie suchte beim Sinn ihrer gesprochenen Worte zu bleiben: »Aber diese Frau liebt ja!« Es war nicht nötig, großartige Häuser oder Pariser Schneider oder Diener zu kennen, um zu wissen, wann eine Frau liebt und ihre Liebe sich erfüllt hat. In den Dörfern des Orients und im Westen von London – überall, das wußte Mees Opp gut, waren die Frauen gleich, wenn es zur Liebe kam.

Noch ehe sie nach ihrem Mann fragte, sagte Lady Groton: »Ich hoffe, Sie sind leidlich gut gereist. Es ist sehr lieb von Ihnen, daß Sie gekommen sind, die Umstände waren ungewöhnlich. Vielleicht kann ich es Ihnen später erklären – vor der Abreise.«

»Nein«, sagte Mees Opp. »Ich bin an solches Wetter gewöhnt. Ich konnte nicht früher kommen. Sehen Sie, ich habe ein sehr arbeitsreiches Leben.«

»Es war sehr gut von Ihnen, daß Sie überhaupt gekommen sind. Keiner von uns kann Ihnen je dankbar genug sein.« Kurze Zeit herrschte Schweigen, und dann fragte sie: »Wie fanden Sie ihn?«

Mees Opp strich, noch befangen, über ihr strähniges, farbloses Haar und erwiderte: »Ich kann noch nicht viel sagen. Morgen werde ich mehr aussagen können. Ich würde denken, daß alles gut gehen muß. Viel hängt von Ihres Gatten Vitalität ab.«

»Die ist ungeheuer groß«, sagte Lady Groton.

»Ich kann noch nicht beurteilen, wie ernst der Anfall wirklich ist. Bis jetzt möchte ich sagen, daß es weniger schlimm ist, als es den Anschein hat. Aber wir werden sehen.«

»Wenn es irgend etwas gibt, was ich tun kann, so dürfen Sie nicht zaudern, es mir zu sagen. Ich meine, wenn es etwas gibt, womit ich *Ihnen* helfen kann. Sie wissen wahrscheinlich, daß Geld keine Rolle spielt.«

»Ja«, sagte Mees Opp. (Vielleicht kann sie mir helfen, Geld für das Spital aus ihm herauszuschlagen. Sie scheint so nett, so sanft und lieb und hübsch. Aber warum blieb sie lange nach Mitternacht von ihrem kranken Manne fort?)

Lady Groton öffnete ein Zigarettenetui aus Gold und Platin und bot es Mees Opp an. Diese nahm, ohne recht zu wissen, was sie tat, eine Zigarette. (Sie rauchte bisweilen mit Mrs. Badoki, die eine Zeitlang in Bombay gelebt hatte.) Dann sagte Lady Groton, indem sie ihr einen winzigen Zigarettenanzünder aus Onyx mit einem Rubin hinhielt: »Es ist sehr spät, ich weiß. Ich bin viel länger ausgeblieben, als ich vorhatte. Sehen Sie, ich habe Mr. Dantry getroffen. Ich hatte nicht gewußt, daß er zurückkäme.«

Mees Opp wunderte sich im stillen, wieviel sie wußte – wieviel ihr von der ganzen Geschichte mit Maria bekannt war. Sie sah sie einen Augenblick stumm an, und dann sagte sie: »Ja, ich habe ihn überredet, zurückzukommen. Ich dachte, es sei viel besser.«

»Das war sehr gut von Ihnen«, entfuhr es Lady Groton.

Dann besann sie sich, daß sie sich gleichsam decken müsse, und sie setzte hinzu: »Es war hier sehr langweilig ohne jemanden, den ich näher kenne.« Aber unabsichtlich stand auf ihrem Gesicht geschrieben: »O danke! Sie sind eine liebe Frau, und so gütig! Ich danke Ihnen!«

»Er ist selber krank.«

Da erlosch etwas in Lady Grotons Gesichtsausdruck, und sie fragte bange:

»Was ist er – krank?«

»An der Seele«, sagte Mees Opp. »Vielleicht kann er geheilt werden.« Und Lady Groton dachte: »Er ist jetzt geheilt. Wenn sie ihn heute nacht hätte sehen können . . . , wie verändert er ist, so wie er einstmals war vor langen Zeiten. Wenn sie nur wissen könnte . . . « Laut jedoch sagte sie: »Ich blieb länger, als ich erwartete, weil ich ein altes Album voller Photographien fand, lauter alte Freunde und altbekannte Gesichter.«

»Es ging alles gut«, sagte Mees Opp. »Der Diener war eine große Hilfe.«

Bei der Erwähnung des Photoalbums hatte sie einen leisen Schatten über Lady Grotons Gesicht huschen sehen, und sie dachte: »Also hat sie ihn schon früher gekannt. Es ist lange her, seit sie ihn kennt.« Und sie empfand plötzlich etwas wie Neid auf diese viel jüngere Frau – nicht, weil sie schöner und reicher war und mehr Glück gehabt hatte, sondern wegen des Ausdrucks in ihrem Gesicht. Es war ihr jetzt gewiß, was sich auf der kleinen Insel zugetragen hatte, und ein bißchen beunruhigt dachte sie: »Vielleicht war es unrecht, daß ich ihn zurückgebracht habe«, aber eine andere Stimme in ihrem Inneren sagte: »Du hast recht getan. Es gibt so wenig Glückseligkeit auf der Welt und so viel Elend. Wenn du zwei Menschen wenigstens für ein paar Stunden zum Glücklichsein verholfen hast, so ist das etwas.«

Lady Groton aber antwortete: »O Bates, Sie dürfen über Bates nicht böse sein.«

»Ich war ihm nicht böse.«

»Er ist manchmal aufgeblasen und unmöglich.« Wieder ging ein leiser Schatten über ihr Gesicht, diesmal verursacht durch die Erinnerung an ihren Verrat durch das Telegramm. Sie hatte es viele Stunden lang und erst recht, seit sie Tom im Erwachen neben sich gefunden hatte, vergessen.

Sie rauchten ein Weilchen beide schweigend, und dann sagte Lady Groton: »Wie lange glauben Sie, daß mein Mann noch hierbleiben muß?«

»Das ist jetzt unmöglich zu sagen. Es hängt so sehr viel vom Patienten selber ab. Aber früher als in vierzehn Tagen wird er keinesfalls von hier abreisen können.«

»Wird es dann noch heißer sein als jetzt?«

»Bisweilen wird es wärmer, wenn der Monsun ausgebrochen ist. Es ist dann dampfig, aber während eines Teiles des Tages ist es frischer.«

Lady Groton stand schnell auf und sagte: »Ich will Sie nicht länger aufhalten. Sie müssen sehr müde sein. Ich hoffe, Rasmussen hat gesorgt, daß Sie ein gutes Nachtessen hatten.«

»Danke, es war sehr gut«, sagte Mees Opp, die gar nicht darüber nachgedacht hatte, ob es gut oder schlecht war.

Lady Groton streckte ihr die Hand hin. »Gute Nacht«, sagte sie. »Könnte meine Aja Ihnen behilflich sein? Ich habe fast nichts für sie zu tun.«

»Vielleicht«, sagte Mees Opp. »Wir werden sehen.«

Sie öffnete Lady Groton die Tür, und diese lächelte ihr im Hinausgehen zu, und Mees Opp bemerkte wieder mit einem kleinen Stich in ihrem Herzen das Strahlende in ihrem Ausdruck.

Als sich die Tür wieder geschlossen hatte, blieb Mees Opp einen Augenblick vor dem trüben Spiegelglas stehen, dann löschte sie schnell das Licht; aber vor dem Insbettgehen trat sie noch ans Fenster, in dem Gefühl, sie würde besser schlafen können, wenn sie noch einmal frische Luft schöpfe, ehe sie das Moskitonetz zuzog. Ihr schwerer Körper war müde, und die Füße schmerzten, wie sie es in der Hitze immer taten, aber ihr Denken war wach, unheimlich wach.

Es war jetzt ein wenig kühler, obwohl die Luft still und der Mond noch am Himmel war. Er warf sein bleiches Licht über den Kanal und auf die ferne Insel, wo Lady Grotons »alter Freund« in einem Hause wohnte, das im Mondlicht geisterhaft aussah. Lange Zeit lehnte sich Mees Opp leicht zum Fenster hinaus, indem sie versuchte, das Gewicht ihres Körpers von den Füßen wegzuheben, und atmete die Luft ein, in der ein matter Duft der fernen Mangrovesümpfe war. Sie dachte an Lady Groton und konnte sich keine Meinung über sie bilden. Und mitten in ihren Gedanken sah sie, wie sich auf der Oberfläche des Kanals etwas bewegte, und als sie scharf hinsah, bemerkte sie ein Kanu und darin die Gestalt einer Frau. Es kam näher und näher, bis die Palmbäume es dem Blick verdeckten. Komisch, aber sie mußte bleiben und achtgeben, ob es vor dem Hotelpier landete.

Nur wenig später traf das Mondlicht den weißen Sari einer Frau, die den Pfad zwischen den Palmbäumen hinanstieg. Aus dem Torbogen der Halle fiel auf den Weg immer noch ein schwaches Licht, das aus einer Lampe kam, die in der großen Halle brannte, und Mees Opp wartete, bis die Frau in den Lichtkreis trat. Da sah sie zu ihrer Überraschung, daß die Frau Léah war, und sie dachte: »Was hat sie draußen zu suchen, kurz vor der Morgendämmerung? Wo mag sie gewesen sein?« Und dann fiel ihr ein, daß die Frau vielleicht mit der Rückkehr gewartet hatte, bis das Licht in Mees Opps Zimmer ausging.

»Sie denkt, ich bin schon im Bett und kann sie nicht zurückkommen sehen.«

Ein einsamer Schakal heulte irgendwo auf dem Festland; es war jene langgezogene Wehklage, welche Mees Opp, obwohl sie ihr ganzes Leben daran gewöhnt war, noch immer wie die Stimme der Toten erschien, und unter ihrem Fenster erlosch plötzlich das Licht aus dem großen Torbogen.

Bis Lady Groton in ihrem Zimmer war, hatte sich das Strahlende ihres Gesichtsausdruckes verflüchtigt, und nachdem sie über die Aja geschritten und die Tür hinter sich geschlossen und, sie wußte nicht recht warum, verriegelt hatte, saß sie lange Zeit vor ihrem Toilettentisch, ohne daß sie daran dachte, sich auszuziehen. Es eilte nicht mit dem Zubettgehen. In der Hitze konnte man doch den ganzen Tag nichts tun als schlafen oder versuchen zu schlafen. An einem Ort wie Nivandrum lebte man zur Zeit des Monsuns nur bei Nacht. Den Schlaf entbehren, das war während dieser vier Tage nicht wichtig gewesen. Wenn sie es überdachte, so hatte sie nicht mehr als vier oder fünf Stunden Schlaf jede Nacht gehabt, und doch fühlte sie sich jetzt trotz der schrecklichen Hitze wohl, lebendig, ja erregt. Jetzt kam ihr zum erstenmal, seit sie auf der Terrasse vor Toms Zimmer erwacht war, die Erinnerung an diese vier Tage des Jammers zurück, aber sie tat jetzt nicht weh; merkwürdig genug, es bedünkte sie, als hätte dies alles die Schönheit und Freude des Erlebnisses in der vergangenen Nacht nur erhöht. Es schien ihr, als ob sie zum erstenmal im Leben wahrhaft lebte.

Es war nicht so gewesen wie vor langer Zeit an jenen Wochenenden mit Tom. Damals war es eine Art Freudenrausch, in dem zwei verwöhnte und eigensinnige Menschenkinder befangen waren und sich treiben ließen, nicht gegen ihren Willen, aber ohne sich Rechenschaft zu geben, was geschah. Sie hatten es einfach gemacht wie ihre ganze Generation damals, und das war es, was ihr Leben gebrochen und alles Spätere verändert und verwirrt und sie beide unglücklich, ziellos und verzweifelt gemacht hatte.

Nun war alles zum erstenmal klar, und sie kannte, vielleicht aus der Lebenserfahrung der Jahre seither – oft angenehmen, oft widerwärtigen Erfahrungen –, den Wert und die Bedeutung dessen, was sie für immer zusammenband, was sie beide unablässig nach etwas suchen ließ, was sie allein nirgends, was sie nur einer im anderen finden konnten. Und all diese Zeit, in all diesen vergeudeten Jahren hätten sie, wenn nur einer von ihnen die Klugheit oder Weisheit oder den Mut dazu gehabt hätte, zusammenkommen und haben können, was ihnen diese letzte Nacht geschenkt hatte.

Denn Tom war wieder derselbe, der er einst gewesen war, nur netter und milder und ein wenig nachgiebiger. Wenn sie an diese Nachgiebigkeit der Reife dachte, die ihm vor Jahren gefehlt hatte, hätte sie weinen mögen. Es gab ihr, mitten in ihrem Glück und in ihrer Ekstase, ganz unvermittelt ein Gefühl der Scham über sich selbst und alles, was sie gewesen war. Nicht das Gewissen, keinerlei moralische Vorstellungen, nicht einmal ihre Erziehung flößten ihr diese Scham für sich selbst und für ihn ein, sondern es war dieses Nachgebenkönnen, das sie so plötzlich umhüllt hatte. Es war, als seien sie beide wieder Kinder geworden, als hätten sie ihre Unschuld wiedergefunden, als hätte etwas all das Schlechte, das Sichpreisgeben der vergangenen Jahre weggewischt. Obwohl ihr ihre alte Abneigung gegen Sentimentalität gegenwärtig war, konnte sie nicht anders als denken, es sei wie Neugeborenwerden. Es war etwas, was sie sich nie hätte träumen lassen.

Jetzt würden sie einander nie mehr verlassen. Sie würde hierbleiben, bis Albert wohl genug war, um abzureisen. Sie würde zunächst noch kümmerlich die Rolle seiner Frau spielen, und dann würde sie ihm sagen, daß es für immer aus sei. Und wenn er ihr die Scheidung verweigerte, so machte das nichts. Es war ganz gleichgültig, ob sie noch irgendwo empfangen würden, und wenn niemand in der ganzen Welt mehr mit ihnen spräche, so war es auch gleich. Das einzige, worauf es ankam, war, daß sie einander nie mehr verloren; alles andere entschwand, und es blieb einzig ein Gefühl der Freiheit und des Triumphes. Sie konnten sogar miteinander fortgehen, bevor Albert wieder reisefähig war, sobald man wußte, daß er nicht sterben würde. Dann kam ihr der Gedanke an seinen hohen Blutdruck und daß man es vielleicht nicht wagen durfte, es ihm zu sagen, ehe er wieder ganz gesund war, aus Furcht, es könne einen neuen Ausbruch der Krankheit nach sich ziehen. Und wiederum dachte sie: »Warum sollte er sich etwas daraus machen? Warum sollte ihm daran liegen, jemanden wie mich an sich zu fesseln?«

Als ihr dann der Gedanke an das Telegramm und ihren Verrat aufstieg, fühlte sie sich plötzlich schlecht, körperlich schlecht und übel. Jetzt wußte sie, daß es das Schlimmste war, was sie all ihr Leben lang getan hatte. Bis heute abend hatte sie Rachsucht und Frohlocken empfunden, als hätte sie Groton alles Schlechte zurückgezahlt, das er ihr und anderen, die hilfloser waren als sie und sich weniger wehren konnten, angetan hatte. Jetzt aber sah sie es ganz anders. Einen Augenblick tat ihr Albert leid, weil er im Sterben lag, ohne wirklich gelebt zu haben, ohne je etwas von dem verspürt zu haben, was sie diese Nacht erlebt, und ohne es für den Rest des Lebens noch haben zu können. Er tat ihr leid, weil er zugrunde ging wie eine Maschine, ein seelen- und fühlloses Ding, das verbraucht ist und abläuft und schließlich stillsteht, weil keine Kraft es mehr antreibt. Mit all seiner Schlauheit und Berechnung wußte Albert nichts von Zärtlichkeit oder Liebe oder Freundschaft. Nichts ahnte er von irgend so etwas. Das Geld, das er ihr gegeben hatte, stimmte sie milder. »Das habe ich verdient«, dachte sie, »so schwer wie irgendeine Dirne in Picadilly. Dafür schulde ich ihm nichts.«

Das Neue war, daß Albert ihr zum erstenmal menschlich erschien. »Das verdanke ich auch Toms Milde und Reife«, dachte sie. Es tat ihr leid, daß Albert so ein Klumpen Erbärmlichkeit war. »Vielleicht ist es nicht seine Schuld. Ich weiß ja nicht, was ihm als Kind widerfahren ist. Nie wollte er von seiner Kindheit oder seinem Bruder oder seinen Eltern sprechen. Er muß etwas erlebt haben, was ihn so machte, wie er ist, etwas, was ich in meiner Welt nie gekannt habe.«

Aber jetzt gab es kein Zurück. Nicht einen einzigen Abend mit Tom auf der Insel war sie bereit aufzuopfern, nicht einen Augenblick dieser langen, heißen Nächte miteinander, denn morgen, vielleicht noch diese Nacht, konnte eins von ihnen sterben, und sie mußten so vieles nachholen, was ihnen gehörte, zurückholen, was sie fortgeworfen hatten. Mit Staunen nahm sie wahr, daß nicht mehr körperliche Begierde sie trieb, wie sie sie an jenem ersten Abend empfunden hatte, als sie die Treppe hinabstieg und unten Tom, wie einen Schiffer in einen Sarong gekleidet, fand. Es war etwas anderes, was sie nie vorher gekannt hatte, nicht einmal in jenen wilden Tagen bald nach dem Kriege, wo sie zusammen gewesen waren. Es war etwas, was sie erwärmte und strahlend machte, ja, was ihr – sie errötete wieder vor sich selbst, daß eine so sentimentale Idee ausgerechnet sie überfallen konnte – heilig war. Dies Gefühl machte sie weich und staunend.

Wie sie so dasaß, verließ sie auch das Bild Mees Opps nicht. Sie fand sie ganz anders, als sie erwartet hatte. Sie sah außerordentlich deutlich das Gesicht, die unbestimmte Hautfarbe, das dünne Haar und den großen Körper vor sich. Es trat ihr im Geist schärfer hervor als irgendein anderes Gesicht, sogar als früher das Toms. Aus ihrer etwas verschwommenen Erinnerung an Mees Opp, wie sie sie an jenem ersten Tag an dem Tisch in dem verfallenen Hause gesehen hatte, eine lange Reihe Leidender behandelnd, hatte sie eine etwas gewöhnliche, tüchtige, vielleicht demütige Halbblütige erwartet. Nun aber hatte sie etwas ganz anderes gefunden: eine Frau von Charakter und Würde und mit etwas in ihrem Gesicht, was sie noch nie in einem Menschenantlitz gelesen – etwas, was auf geheimnisvolle

Art mit jenem Nachgebenkönnen verwandt war und was ihren Harnisch von Selbstvertrauen ebensosehr erschütterte und ihr ein Gefühl der Scham eingab.

Es war ihr nicht sofort aufgegangen, als sie zuerst bei schwachem Licht unter der Tür zu Grotons Zimmer stand; in jenem Augenblick war Mees Opp nicht viel mehr als ein Schattenriß, in ein absurdes, baumwollenes Nachtgewand gekleidet, aus dem eine warme und angenehme Stimme hervortönte. Erst als sie an Alberts Bett vorbei waren, von dem sie ihren kleinen Kopf abgewandt hatte, um ihn nicht zu sehen, und sie in Mees Opps eigenes Zimmer getreten waren, hatte sie erfaßt, was alles in dem Gesichtsausdruck der Ärztin lag.

Sie war froh, daß sie von Anfang an freundlich gewesen, obwohl diese Freundlichkeit kein Verdienst war. »Von Kindheit und Jugend an hat man mich immer gelehrt, freundlich zu sein, denn ich würde in meinem Leben nicht vielen Menschen begegnen, die nicht unter mir stünden, und zu Menschen, die unter einem stehen, hat man freundlich zu sein.« Freundlichkeit war ihr das Leichteste und Natürlichste. Immer war sie es von Kindheit auf gewesen: auf Dorffesten, Basaren, Bällen. Es war so leicht, diese künstliche Freundlichkeit, wenn man in Sicherheit, ausgestattet mit Gesundheit, Schönheit und Rang, geboren war und die ganze Umwelt nur darauf wartete, diese Freundlichkeit zurückzugeben. Das war, sagte sie sich nochmals, an ihr kein Verdienst. Mit dem armen Albert war es anders. Er hatte nie irgendwelche Freundlichkeit an sich gehabt, nicht einmal die künstliche Freundlichkeit, die so automatisch und leicht war.

Jetzt aber, vor ihrem Toilettentisch nachsinnend, war sie dankbar, daß sie dies so früh gelernt hatte, denn nachher, als sie unter der Lampe in Mees Opps Schlafzimmer saß, hatte die Freundlichkeit aufgehört, künstlich zu sein, und war echt geworden, nicht mehr der Tradition und Übung entspringend, sondern aus dem Herzen aufquellend, und sie brachte ein warmes, tröstliches Gefühl mit sich, wie wenn man an einem kalten, nebligen Tag in London in ein heißes Bad taucht.

Es war ein Gefühl, das sie noch nie gehabt hatte, und noch jetzt hätte sie nicht sagen können, wie es entstanden war – außer daß Mees Opps Gesicht ihr Herz weit gemacht hatte und daß sie sich dabei hatte fragen müssen, was mit Mees Opp sei und wie einem zumute sein müsse, wenn man, wie sie, häßlich und arm und halbblütig ist. Mees Opp mochte sich einst um dies alles Kummer gemacht haben. Aber es focht sie nicht mehr an. Das sprach aus ihrem Gebaren. Wenn sie sich noch etwas daraus machte, wenn sie an ihr Aussehen und ihre Lebensumstände dächte und neidisch wäre, so hätte man etwas von Unbefriedigtsein in ihrem Gesicht gelesen. Das war an sich so leicht. Ihr ganzes Leben lang hatte sie Neid in den Gesichtern anderer Frauen gelesen. Nichts davon war in Mees Opps Gesicht. So mußte sie, dachte Lady Groton, etwas anderes gefunden haben, was besser war als Schönheit oder Reichtum oder hohe Stellung oder als irgend etwas von jenen Dingen, die sie nicht hatte und nie haben würde. Glückliche Mees Opp! Wenn sie selbst nicht so etwas fand, so hatte sie nur Jammer vor sich und das Grauen davor, mager und runzlig und müde zu werden und immer älter und älter, bis man dann schließlich starb und froh war, daß all dies Schreckliche zu Ende ging. Aber vielleicht hatte sie es gefunden, in Tom und in dem neuen Gefühl, das ihr mit ihm aufgegangen war.

Sooft sie an ihn dachte, floß ihr Blut schneller, und sie kam sich ein wenig vor wie ein Schulmädchen, das die Welt zum erstenmal entdeckt und sie wundervoll findet, weil so viele romantische und unglaubliche Dinge darin passieren. Sie fühlte sich auch ein bißchen stolz, daß sie das Spiel gewonnen und Tom verwandelt hatte und daß sie sich an jenem Morgen seiner Abreise nicht geschämt, sondern ihm nachgelaufen war und ihm gesagt hatte, was aus ihrem

Herzen herausschrie. Denn heute nacht *war* er verwandelt. Er hatte all seine Grübelei und Selbstquälerei vergessen, all seine Schwäche und Unentschlossenheit beiseite gelassen. Für eine kurze Spanne Zeit hatte sie ihn bestimmen können, sich dem Augenblick hinzugeben, einem der kostbaren Augenblicke, die ihnen noch gegeben waren. Er war ausgelassen und fröhlich und zärtlich mit ihr, frei von allen Hemmungen, die ihn immer von ihr getrennt hatten, selbst wenn sie einander in den Armen lagen.

Endlich begann sie, sich langsam auszukleiden, und sogleich, als eben der Himmel jenseits der Berge purpurn und golden zu färben begann, schlief sie ein mit einem Empfinden von Reinheit und Erlösung und Freiheit, weil nun alles geklärt war und es keine Wirrnis und kein Suchen mehr geben würde. Und im Einschlafen dachte sie: »Schon bald nach meinem Erwachen wird es wieder Abend sein, und ich werde zu der Insel hinüberfahren können und mit ihm allein sein, niemand wird dort sein als wir beide ...«, denn Dantry, das wußte sie, hatte Silas entlassen, weil die Augen des Jungen, die denen Marias glichen, ihm unerträglich waren.

Auch auf der Insel schlief Dantry endlich ein, friedlich, wohlig, wie er seit seiner Knabenzeit nicht geschlafen hatte, damals, lange vor dem Kriege – denn nun endlich war er am Ziel angelangt, und daß er das Ziel erreicht hatte, brachte ihm Befreiung. Die Eintönigkeit und Mattigkeit der Seele, die ihn auf der Rückfahrt nach Nivandrum gequält hatte, war in dem Augenblick von ihm gewichen, da er sie auf dem indischen Bett schlafend fand. In diesem Moment hellte sich alles auf, und er war plötzlich frei und dachte: »Nichts mehr ficht uns an! Nichts gilt als Freude! Nichts, als Leben! Nichts kümmert uns beide ..., weder Maria noch Groton noch irgend jemand in der Welt!«

Nachher hatte nichts mehr für sie existiert, und die ganze Welt schrumpfte zusammen zu dem Haus und der Insel, in Mondschein gebadet, wo sie miteinander waren. Es war kein Essen im Haus, und so gingen sie wie Adam und Eva in den Garten und pflückten im Mondschein Kokosnüsse und Papaias und Passionsfrüchte, und dann saßen sie auf der Terrasse an einem kleinen Tisch und aßen die Früchte und tranken Champagner dazu, den sie aus dem tiefen Süßwasserbrunnen holten, den einst vor langer Zeit ein holländischer oder portugiesischer Handelsmann hatte graben lassen. Es war ein wenig wie damals, in alter Zeit, als sie, ein großer Junge und ein junges Mädchen, auf der Tipton-Farm waren und selber kochten und ihre Hausarbeit zusammen machten. Nur hatten sie damals in dem Stück Garten vor dem Häuschen an der Küste gesessen, anstatt wie jetzt auf der Terrasse dieses gespenstischen alten Barockhauses, mit dem Trommelklang und den Schakalen in der Ferne.

Als er am Tisch zu ihr hinüberschaute, dachte er: »Es ist besser als irgend etwas, was ich erträumt habe. Es ist besser, als es damals war, denn jetzt wissen wir alles voneinander, im Guten und Schlimmen. Es gibt keine Geheimnisse und keine Mißverständnisse mehr. Kein Ehrgeiz und kein mondänes Wesen und keine Welt außer uns lenkt uns ab und zermürbt und zehrt an unseren Nerven. Vielleicht sind wir nun am Schluß glücklicher als die meisten Liebenden, denn nun, nachdem wir so lange Wege gewandert sind und so viel wissen und so müde sind, wollen wir nichts mehr von außen; denn was dort ist, das kennen wir alles viel zu gut.«

Und wieder ging es ihm durch den Sinn, daß von je eine Schicksalsmacht ihn gelenkt, ihn zu Anfang nach Nivandrum gebracht und hinter allem gewaltet hatte; daß vielleicht alles, was geschehen war, jedes Elend und jede Enttäuschung, sich auf geheimnisvolle Art eins ums andere genauso abgespielt hatte, um diesen einen unglaublichen Augenblick herbeizuführen.

Sie sprachen nicht viel, aber sie waren froh, dazusein und einander anzuschauen, fast scheu angesichts der Herrlichkeit ihres Glückes. Einmal sagte sie: »Ich schäme mich und bin bange«, und als er fragte: »Warum?« antwortete sie:

»Weil wir haben, was wir nicht verdienen.«

Verdutzt antwortete er: »Sonst warst du es, die mir Vorwürfe machte, wenn ich solche Gedanken hatte.«

»Ich weiß«, sagte sie, und in Gedanken setzte sie hinzu: »Vielleicht wandelt mich dies Glück – dies Glück, mit dem ich nie gerechnet habe.«

Er sagte lachend: »Du wirst doch nicht die Rolle der Thais spielen und mich wieder nach rückwärts bekehren wollen?«

»Nein«, und sie lachte auch, weil der Gedanke komisch war und weil sie sich glücklich fühlte.

»Laß uns nicht davon sprechen . . . , vergiß es.«

»Ich verspreche, nie mehr davon zu reden.«

Und doch gab es ein kurzes schmerzliches Schweigen, angefüllt mit unausgesprochenen Gedanken. Sie dachten beide das gleiche, und sie wußten es gut genug; so war es nicht nötig, es zu äußern. Und nachher brachte er das kleine Photoalbum, das er auf all seinen Wanderwegen bei sich gehabt hatte (das ihrige war fort, verloren irgendwo in den staubigen Bodenräumen des großen Hauses in der Hill Street), und sie sahen ihre eigenen Bilder an aus alter Zeit, da sie, noch fast Kinder, sich für so wild und so weltlich gehalten hatten. Da war ein Bild von ihr auf einem Zauntritt und eines von ihm auf einem Heuschober, und eines von ihnen beiden auf Fahrrädern, das ein freundlicher Vorübergehender aufgenommen haben mußte, der ihnen in Devonshire begegnet war. Es berührte sie eigen, daß sie jetzt nur noch komisch erschienen und sie nicht mehr zu Tränen reizten, teils weil der Junge auf den Bildern und das Mädchen in den sehr kurzen Röcken ihr wie Photos von Fremden waren, und teils weil sie beide wußten, daß das, was sie jetzt hatten, was aus soviel Suchen und Abenteuern geboren war, viel mehr Wert hatte, als was sie damals besaßen.

Sie sprachen dann lange miteinander, um Pläne zu machen für die Zeit, wo Groton genesen und aus ihrem Leben geschieden wäre. Sie wollten einen Ort wie Nivandrum ausfindig machen – wenn es einen solchen gab –, wo sie ein Haus haben würden, in das sie immer von ihren Reisen zurückkehren könnten. Sie wollten viel reisen in fremde, exotische Gegenden, wie Omaha und Toronto und Buenos Aires, in eine Welt, die für sie neuer war als die ihnen nur zu wohlbekannte, und in ihrem Plaudern lag eine eigentümliche Begierde, als läge vor ihnen zuviel Freude und Entzücken, um noch ausgekostet zu werden, ehe sie alt wurden und es aus war mit ihnen. Jetzt, da sie einander endlich gefunden hatten, würde es zwischen ihnen keine Zweifel und keinen Streit und keine Untreue mehr geben.

Um die Zeit, als die Trommeln zu ersterben begannen, nahm er sie in die Arme, und sie waren wieder wie Liebesleute, und dies mit einem Beglücktsein, einer Erfülltheit, einer Art von wollüstigem Frieden, wie keines von ihnen es je zuvor gekannt hatte.

Lange nach Mitternacht sagte sie plötzlich: »Jetzt sollte ich zurückgehen. Sie werden im Hotel schon zu reden anfangen.«

Er lachte: »Bilde dir nur nicht ein, sie hätten etwa nicht geredet seit jenem ersten Abend, als du zu mir kamst.«

»Sprich nicht von jenem ersten Abend.«

»Warum nicht?«

»Ich denke nicht gerne daran.«

Sie wußte, daß sie die Gründe nicht zu nennen brauchte, denn er kannte sie so gewiß wie sie selbst – daß an jener ersten Wiederbegegnung etwas Nervöses und Gieriges und Perverses gewesen war, ja etwas Niedriges, weil sie beide eine häßliche, zynische Überbetonung all des zügellosen, ungehemmten Suchens hineinbrachten, durch das sie gegangen waren. Es war, als ob jene beiden, die einander wiedergetroffen und sich unter den Sternen von Nivandrum neu ineinander verliebt hatten, ihnen heute Fremde wären, genau wie der Junge und das Mädchen auf den Photographien.

Er sagte: »Was macht das? Warum nicht hierbleiben – die ganze Nacht – für immer?«

Da wurde sie ernst, und ein schmerzlicher Ausdruck kam in ihr Gesicht, und sie sagte: »Nein, so haben wir es immer gemacht. Wir dürfen jetzt nicht alles verderben – jetzt, da wir einander eben gefunden haben. Wir haben immer alles zugrunde gerichtet, weil wir zu gierig und zu verwöhnt waren. Wir hatten zuviel Glück am Anfang. Wir dachten immer, wir könnten alles haben, nur weil wir es uns nahmen.«

Endlich, nach manchem vergeblichen Aufbruchsversuch, ging sie die Treppe hinunter zum Wasser, und er führte sie über den Kanal zurück zum Hotel, und dort am Pier verließ er sie, nachdem er sie noch lange in der duftenden Finsternis an sich gedrückt hatte. Als er sie zum letztenmal küßte, sagte er: »Eines Tages, einmal werden wir frei sein zu tun, wie wir wollen. Wir werden irgendwo wohnen, wo niemand uns kennen und niemand sich darum kümmern wird, was wir tun.«

Den ganzen Tag saß Mees Opp am Bett Lord Grotons, und nachts schlief sie nur leicht in dem zum Ersticken heißen Zimmer neben dem seinen, jede Stunde erwachend, als hätte sie einen Wecker neben sich, um hineinzugehen und nach ihm zu sehen. Er war jetzt ruhiger, als er unter Bates' Pflege gewesen war, denn das Fieber hatte ihn geschwächt, und nur zweimal innerhalb dieser drei Tage vor seinem Tode erwachte er kurze Zeit zum Bewußtsein und begann dann gegen Dantry zu rasen. Mees Opp, die viel stärker war als Bates, war imstande, ihn im Bett zu halten, bis der Wutanfall vorüber war und er erschöpft zurückfiel.

Nach dem ersten und zweiten Tag fing ihre Sorge für den Kranken an, die Gestalt eines heiligen Feldzuges zu bekommen. Es ging ihm besser und schlechter und wieder besser, und einmal erlangte er sogar fast in Ruhe für eine Weile das Bewußtsein, sie mit seinen blaßblauen Augen verwundert anstarrend, und dann verlor er sich abermals im Fieber. Es war nicht leicht, das Fieber *und* die Hitze. Aber Mees Opp war fest entschlossen, daß sie ihn nicht sterben lassen wollte, nicht sterben lassen durfte. Diese Entscheidung kam aus einer ganzen Reihe von Beweggründen, von denen keiner ganz klar war und die alle ineinander übergingen. Sie wußte nicht, was für ein Mensch er war, aber ihr mißfiel die Art, wie er vernachlässigt worden war, bis sie kam, denn Mees Opp war der Meinung, daß man selbst den Teufel nicht vernachlässigen solle, wenn er krank war. War er wieder gesund, so würde es immer noch Zeit sein, ihn davonzujagen.

Und sie war entschlossen, den Kampf mit dieser Frau Léah aufzunehmen. Denn je länger sie sie beobachtete, je öfter sie mit ihr sprach, desto mehr war sie überzeugt, daß Léah ihm tatsächlich etwas gegeben hatte, ein Kraut oder eine Droge, was ihn auf die Länge hätte töten müssen. Sie ertappte Léah noch ein zweites Mal, wie sie kurz vor der Morgendämmerung zurückkehrte, aber jetzt beunruhigten sie diese seltsamen nächtlichen Ausflüge nicht mehr, denn sie hatte es eingerichtet, daß sie immer selbst in die Küche ging, um die Süppchen für Lord Groton zu kosten, und sie tat es ausdrücklich in Léahs Gegenwart. Wenn sie einfach davonging, um auf einer Insel Beschwörungen vorzunehmen oder einen Wunderdoktor zu befragen, so war ihr das gleich; das konnte niemanden umbringen, am allerwenigsten einen Mann, der bewußtlos im Fieber lag, einen Europäer, der nicht in seinem Phantasieleben erreicht werden konnte.

Aber immer noch machte es ihr zu schaffen, was Léah für Beweggründe haben konnte, und sie kam der Sache verhältnismäßig am nächsten durch eine Bemerkung, die Léah eines Abends machte, als Mees Opp wegen des Süppchens in die Küche kam. Sie fragte, ob es Lord Groton besser ging, und als Mees Opp sagte, daß das Fieber nachließe und daß es ihm jeden Tag ein wenig besser ginge, sagte Léah mit außerordentlicher Eindringlichkeit: »Er ist ein schlechter Mensch.«

Mees Opp fragte neugierig: »Warum sagt Ihr das?«

»Warum kommt er her? Wir waren alle glücklich in Nivandrum. Was will er hier?«

Mees Opp hatte allmählich die Ursache von Lord Grotons Besuch erraten, aber sie sagte nur: »Ich weiß nicht.«

»Nach ihm werden andere wie er kommen. Und wenn er seinen Willen durchsetzt, wird er sie hierherschicken, und alles wird verwandelt und ins Unglück gestürzt werden.« Und plötzlich fügte sie hinzu: »Ich glaube nicht, daß er davonkommen wird.« Und in ihr unheilbrütendes Gesicht kam ein schrecklicher Ausdruck von Übelwollen und Bosheit.«

»Warum sagt Ihr das?«

»Weil der Flußgott gegen ihn ist. Der Flußgott hat den Hafen geschlossen. Er will, daß er geschlossen bleibt.«

Dazu sagte Mees Opp nur: »Unsinn«, und verließ die Küche mit dem Süppchen.

Sie war solches Geschwätz von den Frauen in den Dörfern gewohnt, und solange sie da war, um ihren Patienten zu schützen, machte sie sich nichts daraus. Wenn er erst gesund war, konnte er sich selber schützen. Dann mochte er fortgehen. Sie fürchtete Léah nicht, aber es war ihr unbehaglich zumute, wenn sie an sie dachte, denn sie wußte wohl, daß solche Frauen durchaus imstande waren, dem Flußgott vorzugreifen, wenn er nach ihrer Meinung nicht schnell genug handelte.

Was ihr weit mehr Sorgen machte als Léah, war der Gedanke an den Augenblick, da Lord Groton aus seinem Tiefschlaf erwachen und nach seiner Frau fragen würde. Wenn sie überlegte, wie sie sich verhalten solle, so war sie mit sich im reinen, daß sie Lady Groton in Schutz nehmen, wenn nötig sogar lügen würde, so wie dies Bates oft getan hatte. Die ethische Seite der Situation beunruhigte sie nicht sehr tief, denn sie hatte es längst aufgegeben, sich an herkömmliche ethische und moralische Maßstäbe zu halten, und vertraute ihrem Instinkt und ihrem Gefühl für Menschlichkeit. Sie hatte es längst gelernt, daß es besser ist, einfach menschlich zu sein, als irgendeinem Sittenkodex nach dem Buchstaben zu gehorchen, und ihr Instinkt sagte ihr, daß von diesen beiden die Frau es sei, die nicht verraten werden dürfe.

Sie hatte Lady Groton gern. Schon von dem Augenblick an, da sie ihr die Tür geöffnet und sie in dem matten Licht, das aus der Halle heraufkam, hatte stehen sehen. Sie hatte etwas Nettes an sich, etwas Leichtbeschwingtes und eine Ehrlichkeit, den Dingen gerade ins Gesicht zu sehen, die Mees Opp gefiel. Sie machte keine Ausflüchte, als sei der Mann auf der Insel nicht ihr Geliebter; sie suchte keine Ausreden und kein Ausweichen, so mußte sie (dachte Mees Opp) in ihrem Innern alles abgewogen und ihr Gewissen rein befunden haben. Mees Opp machte sich nicht vor, die Einzelheiten der Situation zu verstehen; sie war nur willens, sich für Lady Groton einzusetzen.

Von der zweiten Nacht an waren sie zu einer praktischen Übereinkunft gekommen. Wenn Lady Groton heimkehrte, öffnete sie leise die Tür zu Mees Opps Zimmer, und wenn diese zufällig wach war, so sagte sie ihr, wie es mit dem Befinden ihres Mannes stand. Schlief sie dagegen, so weckte Lady Groton sie nicht, sondern wartete den nächsten Morgen ab, um die Auskunft zu erhalten. Wenn sie dann morgens hereinkam, plauderten sie bisweilen, und Mees Opp wunderte sich ein wenig, daß Lady Groton sich so für sie interessierte und so viele Fragen über ihre Vergangenheit und ihr Spital und ihre Arbeit stellte, denn sie hatte den Eindruck, Lady Groton gehöre einer Welt an, die von der ihren so verschieden sei wie der Mond von der Sonne. Aber es war ihr nicht unangenehm, denn wenn Lady Groton sich so dafür interessierte, so würde sie vielleicht ihren Mann bestimmen, dem Spital eine reiche Stiftung zuzuwenden.

Als sie das zweitemal morgens in ihren losen Gewändern in Mees Opps Zimmer saßen, sagte Lady Groton nach einem kleinen Stillschweigen: »Nicht wahr, Sie sind sehr glücklich?«

»Ich weiß nicht«, sagte Mees Opp. »Ich habe nie Zeit gehabt, darüber nachzudenken. Wahrscheinlich bin ich's.«

»Es muß ein wundervolles Gefühl sein, ein Leben gerettet oder einem Leidenden geholfen zu haben.«

»Das ist es«, sagte Mees Opp ganz einfach. »Es ist wie ...« Sie tastete nach Worten, ohne sie zu finden, und schloß etwas lahm: »Ich weiß nicht, wie ich sagen soll.« Lady Groton sagte an diesem Morgen nichts mehr, sondern ging fort. Nichtsdestoweniger folgte ihr in den folgenden Stunden das unschöne Gesicht Mees Opps immerfort, und vor dem Wiederschlafengehen dachte sie: »Wenn erst Albert wieder gesund und unsere ganze Geschichte geklärt ist, werde ich ihr für ihr Spital etwas von dem Gelde geben, das Albert mir ausgesetzt hat. Ich werde es nicht entbehren. Ich brauche keine Toiletten und Juwelen und nichts mehr von alledem«, und es wurde ihr klar, daß sie frei war, zum erstenmal in ihrem Leben wirklich frei; nicht nur von Albert und seinem Geld, sondern von all diesen Dingen – den großen Toiletten, dem Schmuck, den Gesellschaften, der Jacht, dem Haus in der Hill Street – von denen sie sich einst eingebildet hatte, sie könne nicht ohne sie leben. Es war nicht nur um deswillen, was sie und Tom erlebt hatten; Mees Opp hatte etwas damit zu tun – vielleicht nicht direkt Mees Opp, aber jenes Etwas, das sie am ersten Abend in Mees Opps Gesicht gelesen hatte.

Bates war es, der ihr die Ankunft Mr. Claptons ankündigte. Sie erwachte etwa um fünf Uhr nachmittags langsam von einem Klopfen an ihrer Tür, und als sie fragte: »Wer ist da?«, antwortete Bates und kam herein.

Noch im Halbschlaf und etwas verdrießlich sagte sie: »Ich habe nicht ›Herein‹ gesagt«, und Bates entgegnete: »Verzeihung, ich hatte es mißverstanden.« Aber sie las seiner schlauen Miene ab, daß er log. Er wurde frech, denn er legte ihr durch sein Mienenspiel nahe, daß er die Unwahrheit sagte. Sie war nun wach genug, um zu denken: »Er nimmt sich zuviel heraus. Ich bin jetzt frei. Meinetwegen mag er Albert von Tom und allen anderen erzählen. Vielleicht würde es sogar helfen, die Klärung herbeizuführen.«

Dann sagte er: »Er ist da, Mylady. Ich dachte, es wäre Ihnen angenehm, es zu wissen.«

»Wer ist da?«

»Er heißt, glaube ich, Clapton. Lord Deakins Mann.«

Mit einem Mal wurde ihr schlecht. Deshalb war Bates so frech. Sie war eben doch noch nicht frei. Er konnte sie immer noch anschwärzen, wenn er wollte, oder Erpressung an ihr üben. »Ich hätte mir sagen sollen, daß Bates nicht so dumm ist«, dachte sie. »Er wußte die ganze Zeit, daß es mir gleich war, wenn er Albert etwas von Tom oder den anderen sagte, aber er weiß auch, daß diese Sache mir nicht gleichgültig ist.« Und wieder kam es ihr zu Bewußtsein, daß das Telegramm und der Verrat, den sie damit begangen, das Schlimmste war, was sie je getan. Sie hatte nicht gedacht, daß es so schnell wirken würde. Sie hatte sogar gehofft, sie könne Nivandrum verlassen, ehe ein Agent Lord Deakins in Erscheinung treten würde.

»Er ist sehr schnell gekommen«, sagte sie, fest entschlossen, sich vor Bates nichts zu vergeben.

»Ich glaube, er ist mit dem Flugzeug nach der Hauptstadt gekommen und von dort in einem Motorboot, das ihm vom Süden geschickt wurde.«

»Hat er ein Motorboot? Ich habe nichts gehört.«

»Vielleicht haben Sie geschlafen, Mylady. Es macht genug Krach.«

Es stand ihm auf dem Gesicht geschrieben, was er dachte: daß der Lärm des Motorbootes das erste sein würde, was Lord Groton im Erwachen hörte, und daß er sofort wissen würde, was das Geräusch bedeutete. Dieses Geräusch würde ihn töten und dann ... Man konnte auf sehr verschiedene Art Mord begehen ...

»Er war gewitzter als Seine Lordschaft«, sagte Bates.

»Wieso?«

»Er war bei der alten Ranee. Er hat den besten Teil der Wasserfront gepachtet und sich Vorkaufsrechte im Binnenland gesichert.«

»Oh!« sagte sie. »Aber woher wissen Sie das alles?«

Einen Bruchteil einer Sekunde schien Bates sich die Antwort zu überlegen. Dann sagte er: »Oh – durch Gerede. Es kam zufällig heraus.« Es lag Verlegenheit in seinem Ausdruck, die er zu verbergen suchte. »Er hatte wohl das Bedürfnis, es jemandem zu erzählen.«

»Wo ist er abgestiegen?«

»Hier, Mylady, es gibt nichts anderes.«

Sie dachte etwas nach, dann fragte sie: »Was ist es für ein Mensch?«

»Ziemlich gewöhnlich, Mylady«, und plötzlich befiel sie ein wildes Verlangen, hysterisch, hemmungslos zu lachen. In diesem Moment der Verzweiflung schien es ihr, ein solches Lachen sei das einzige, was sie retten konnte – und im selben Augenblick kam es ihr vor, sie seien alle verrückt: Albert mit seinem Ehrgeiz, sie selbst mit ihren nichtssagenden Äußerlichkeiten, Bates mit seiner Verräterei, Tom mit seiner Heirat mit einer Eingeborenen, ja sogar Mees Opp. Alles war verrückt und verquer und ohne Gleichgewicht – daß sie sich in einem Zimmer an einem solchen Ort befand, daß sie die Hiebe des Kammerdieners ihres Mannes parieren mußte, um ihn in seinen Schranken zu halten. Etwas in ihr fragte fortwährend: »Wie bin ich hierhergekommen? Was habe ich getan? Ich war es gar nicht, die das Telegramm geschickt hat, es war jemand anders. Es ist alles gar nicht wahr. Vielleicht habe ich nicht einmal Tom gesehen und ihn Nacht um Nacht besucht. Vielleicht bin ich wahnsinnig geworden und bilde mir all dies ein«, und sie empfand einen kalten Schauder, aber sie brachte e och fertig, zu sagen: »Danke, Bates, das ist alles.«

Als er gegangen war, stand sie schnell auf, badete und kleidete sich an, denn sie dachte: »Ich muß diesen Agenten sehen und mit ihm sprechen. Ich muß die Sache zum Stillstand bringen und ihn wegschicken. Vielleicht kann ich ihn mit meinem eigenen Geld, mit meinem Schmuck, den ich nicht mehr brauche, kaufen . . . Vielleicht . . . Vielleicht . . . « Einen Augenblick gingen ihr die Gedanken wild und theatralisch durcheinander. »Soll ich ihn mit mir schlafen lassen?« aber das war zu naiv, und jedenfalls, sie konnte das nicht tun. Vor einer Woche hätte sie das noch über sich gebracht, jetzt nicht mehr.

Und gleich darauf sah sie ein, daß dies alles hysterische Vorstellungen waren. Wenn er bereits Pachtverträge abgeschlossen und Vorkaufsrechte erworben hatte, so war es nicht mehr rückgängig zu machen. Sie war plötzlich von Angst gemartert wie noch nie, denn noch nie in ihrem ganzen Leben war sie so ertappt worden.

Als sie die Treppe hinunterkam, saß er in dem großen, gewölbten Raum am Torweg, trank Whisky und Soda und schaute auf den Hafen, und als sie seinen Hinterkopf sah, erkannte sie sofort, daß nichts zu machen war. Er war eckig und flach, und der fleischige Hals vom Sonnenbrand vieler Jahre im Orient gebräunt. Er ähnelte Alberts Hinterkopf, und dies war dasjenige an ihm, was ihr am meisten zuwider war, denn dort schien all seine Verbohrtheit, seine Brutalität, sein Mangel an Feingefühl zusammengeballt. Jahrelang hatte sie es vermieden, Alberts Hinterkopf zu sehen.

Und doch wünschte sie, mit dem Manne zu sprechen und herauszufinden, was für eine Art Mensch er war, und so durchquerte sie den Raum, als wolle sie an ihm vorbei in den Garten, aber als sie an seinem Tisch angelangt war, wandte er sich um, und sie lächelte ihn an. Er sprang sofort auf, und sie dachte: »Er ist wirklich wie Albert, nur jünger. Wahrscheinlich ist Albert in seinem Alter auch so aufgesprungen, wenn sich jemand von der Aristokratie sehen ließ.«

Sie sagte: »Guten Tag«, und Clapton erwiderte etwas ölig: »Ich habe wohl die Ehre mit Lady Groton.«

»Ja«, und sie empfand wieder das wilde Verlangen, zu lachen, weil ihr Bates' Ausspruch in den Sinn kam: »Ziemlich gewöhnlich.«

»Darf ich Sie zu etwas einladen?«

»Gern.«

Er war überquellend von animalischer Vitalität, so wie es sicher Albert auch einmal gewesen war; noch im Werden, wie einst Albert. »Das ist Deakins Mann«, dachte sie. »Er denkt, daß es gut ist, Sicherungen nach allen Seiten zu haben. Sein Motto ist wahrscheinlich: ›Man kann nie wissen‹.« Aber er war nur wie ein strampelndes Tigerjunges, und der alte Löwe war jetzt müde und krank und vielleicht im Sterben in seinem Bett aus indischem Eichenholz.

Sie bestellte Gin und Mineralwasser, und dann sagte sie: »Nun, was halten Sie von diesem Ort?«

»Zu heiß. Sie sind schon eine Zeitlang hier, und es scheint Ihnen nicht viel anzuhaben.«

»Nein.«

Er grinste. »Ich nehme an, wir sind zum gleichen Zweck hier.«

»Wahrscheinlich wissen Sie davon mehr als ich. Sehen Sie, ich weiß nicht, warum wir hier sind.«

Rasmussen, müde und bleich in seinem Kellneranzug, brachte Gin und Sodawasser und entfernte sich wieder. Er sah unfreundlich drein, als hätte er genug von all diesen befremdenden, anspruchsvollen Menschen, die alles durcheinander wirbelten, und sehnte sich wieder nach dem einfachen Berufsverkehr mit den Matrosen, die im Winter zu kommen pflegten.

Clapton grinste wieder und sagte: »Ich bin hier zum gleichen Zweck wie Ihr Gatte.«

»Oh.«

»Ich höre, er sei krank gewesen. Geht es ihm besser?«

»Ja, viel besser.«

»Er wird nicht sehr erfreut sein, mich hier zu finden.«

»Nein, es wird ihn sehr aufbringen. Wie haben Sie herausgefunden, daß er hier ist?«

Clapton blickte sie verschmitzt an, und dann sagte er selbstgefällig: »Oh, wir Geschäftsleute haben unsere eigene Art, hinter die Dinge zu kommen.«

»Ich weiß. Ich bin seit vielen Jahren mit einem verheiratet.«

»Und zwar mit einem gerissenen.«

In das grobe Gesicht kam ein Ausdruck der Bewunderung, der sie anwiderte. Sie dachte: »Er könnte gekauft werden, aber ich habe nicht genug Geld; all mein Schmuck und das Geld, das Albert mir ausgesetzt hat, würde nicht reichen, denn er hat auf die Zukunft gesetzt – und eines Tages wird er sich ›Eure Lordschaft‹ anreden lassen können.«

Sie fragte: »Gedenken Sie lange hierzubleiben?« (Er könnte abreisen, ehe Albert wieder bei Bewußtsein ist, und dann wäre ich dem Schlimmsten entronnen.)

»Ich weiß nicht. Bis ich alles erledigt habe.«

Er kniff seine Augen ein wenig zusammen, und sie dachte: »Er denkt, ich will ihn aushorchen, um im besten Kinostil Informationen für Albert zu erlangen.« Die Naivität von Männern wie Albert und Clapton erstaunte sie immer. Es war ihr immer neu und unglaublich, daß sie mit all ihrer Gerissenheit wie Kinder waren. Wirkliche Niedertracht, wie ihr Verrat an Albert, war jenseits ihrer Einbildungskraft, etwas, was ihnen unglaubwürdig war. Es befiel sie ein Gefühl der Überlegenheit und Verachtung für diesen Mann. Jedoch brachte all dies sie nicht weiter, und schon jetzt sah sie ein, daß keinerlei Unterhaltung mit ihm irgendeinen

Fortschritt bringen würde, denn er war auf der Hut vor ihr und beurteilte sie wie eine Aushorcherin in einem Kriminalfilm.

Plötzlich fragte er: »Kennen Sie diesen Mann namens Dantry, der hier lebt – wohl so eine Art englischer Strandbummler?«

Sie dachte: »Er weiß, daß ich ihn kenne. Er weiß alles«, und, sich durch ihren Verdruß ein wenig verratend, antwortete sie: »Er ist kein Strandbummler. Er ist ein Gentleman, der hier von seinem Einkommen lebt.«

»Also einer, der seine Bezüge von zu Hause erhält?«

»Nein, das auch nicht.«

Da ging ihr auf, was er vorhatte. Er hatte das Spiel umgekehrt und wollte *sie* benutzen. Aber er hatte die falsche Karte ausgespielt, denn es war ihr jetzt gleich, wer es wußte, daß Tom ihr Geliebter war. Es verblüffte sie, daß er das Telegramm nicht gegen sie ausnützte, aber vermutlich hielt er dies als letzten Trumpf zurück.

»Er müßte allerhand über den Ort wissen. Er müßte nützlich sein können, aber jedenfalls hat Ihr Gatte daran auch schon gedacht.«

»Nein, mein Mann hat ihn nicht einmal gesehen. Und keinesfalls würde das helfen. Sehen Sie, Mister Dantry möchte nicht, daß der Hafen wieder eröffnet wird. Er würde alles ihm Mögliche tun, um es zu verhindern.«

Claptons Unterkiefer wurde scharf und zeigte Verachtung und Entschlossenheit an. Dann lachte er und sagte: »Das wird ihm viel nützen! Nehmen Sie noch etwas zu trinken?«

»Nein danke. Ich gehe jetzt gleich Boot fahren, um etwas Luft zu schöpfen.«

»Dieser Cockney Sandy sagte mir dasselbe. Er sagte, Dantry sei ein Sonderling und es hätte keinen Zweck, zu ihm zu gehen. Er ist mit Sandys Tochter verheiratet, wie Sie wissen werden.«

Sie fühlte, wie ihr Gesicht sich straffte, so wie sie es

vorhin an Bates beobachtet hatte, als es ihm nicht ganz gehorchte. »Ja, ich weiß», sagte sie. Und eine wilde, phantastische Idee schoß ihr durch den Kopf. War es am Ende Bates, der den Verrat geübt hatte, ehe sie dazu kam? War er etwa die ganze Zeit, als Kammerdiener Alberts, in Wirklichkeit Deakins Spion? Es war phantastisch, aber irgendwie hatte es manches Wahrscheinliche. Es würde anderes erklären, was im Laufe der Jahre durchgesickert war. Es wäre der Schlüssel zu Bates' Gesichtsausdruck und Verhalten. Der Kammerdiener wäre der letzte, den man beargwöhnen würde. Albert hatte Stenotypistinnen und Sekretäre entlassen und mit Partnern gebrochen, aber immer aufs neue war etwas durchgesickert. Wie oft war er in ihr Zimmer gestürmt und hatte darüber geklagt!

Sie versuchte, ihre Miene zu beherrschen und sich den Anschein zu geben, als höre sie ihm zu. Aber in ihr brannte es im Gedanken an Bates. Dann hörte sie Clapton sagen: »Hier wird viel geklatscht«, und sie dachte: »Nein, mich kriegst du so nicht. Darüber kannst du aus mir nichts erpressen.«

»Ja«, sagte sie, »wie meist an kleinen Orten. Ich weiß kaum etwas davon. Ich habe nicht viel Kontakt mit der Bevölkerung.«

»Nun, für mich gehört das zu meiner Aufgabe. Es ist einer der Gründe, warum ich oft etwas erreicht habe, wo andere mit Fehlschlägen endeten. Ich sage immer, erst muß man an die Eingeborenen herankommen, und dann ist der Weg leicht. Ich halte nichts von dem Vorurteil gegen die Farbigen. Das rentiert sich nicht, wenn man hier draußen Geschäfte machen will.«

Sie antwortete nicht, und dann sagte er: »Das letzte, was ich hörte, ist, daß Dantry die Tochter des Cockney verlassen hat und daß sie daran kaputt geht.«

»Davon weiß ich nichts.«

»Ja, sie ist ganz aus dem Häuschen. Sie probieren jetzt ihre Eingeborenen-Medizin an ihr. Die Frau von diesem

Burschen Rasmussen hat Hokuspokus über sie gesprochen. Sie scheint so eine Art Dorfhexe zu sein.«

»Was Sie alles herausfinden.«

»Ja, das gehört zu meinem Geschäft.« Er zündete sich eine Zigarette an und lehnte sich in seinem Stuhl zurück. Als böte ihr das eine gute Ausrede, sich zurückzuziehen, erhob sie sich und sagte: »Danke für die Erfrischung, ich muß jetzt gehen.« Aber anstatt ihren Weg zur Landungsstelle zu nehmen, wandte sie sich um und ging wieder die Treppe hinauf, und sie ward sich bewußt, daß sie eilte und daß sie das nicht dürfe, denn wenn er es bemerkte, so könnte er denken, er hätte erreicht, was er wollte. Sie versuchte nun, langsamer zu gehen, aber es erschien ihr, sie würde niemals bis zum letzten Absatz der Treppe mit dem schönen, schmiedeeisernen Geländer gelangen. Schließlich entzog sie aber doch die Wendung der Treppe Claptons Blicken. Immer noch mußte sie denken, was für ein widerwärtiger Geselle er war. »Es gibt vielleicht schlimmere als Albert – oder war Albert wirklich schon so schlimm, als ich ihn heiratete?«

Nichts erschien ihr mehr sicher. Es war, als veränderte sie sich fortwährend, als würde sie eine ganz andere. War es die Hitze, oder seine Krankheit, oder war es Tom, oder verlor sie den Verstand und wurde sie geisteskrank? Wie konnte es kommen, daß sie, der nie etwas passierte, in eine so theatralische Verwicklung geraten war? Und im Weitergehen dachte sie: »Ich wollte etwas erleben. Nun erlebe ich viel – und es kommt die Vergeltung.«

Sie klopfte an Mees Opps Tür und trat ein, ohne die Antwort abzuwarten. Mees Opp war anwesend, sie stand am Fenster und bereitete ein Getränk für den Patienten. Sie betrachtete es durch ihre dicke Brille, während sie es umrührte. Als sie öffnen hörte, drehte sie sich um und sagte: »Guten Tag.«

»Guten Tag. Wie geht es ihm?«

Mees Opp lächelte ihr warmes, einladendes Lächeln, daß

ihr häßliches Gesicht fast schön machte. »Sehr viel besser. Das Fieber ist ziemlich heruntergegangen.«

»Ist er noch im Delirium?«

»Jetzt schläft er. Wenn er aufwacht, wird er, denke ich, normal sein.«

»Haben Sie Bates gesehen?«

»Er ist im anderen Zimmer. Es ist Wäsche von Seiner Lordschaft gekommen, und er ist dabei, sie zu ordnen. Er sagte, Seine Lordschaft würde unzufrieden sein, wenn er erwachte und das Zimmer nicht in vollkommener Ordnung fände.«

Das war eine Lüge. Es war einer von Bates' Tricks, daß er immer seine Nase hereinsteckte, wo er nicht mehr erwünscht war.

»Würden Sie ihm bitte sagen, er möchte einen Augenblick in mein Zimmer kommen?«

»Gewiß, Lady Groton.«

Ehe sie aus der Tür ging, warf sie noch einmal einen langen Blick auf Mees Opp. Sie war zu ihrem Geschäft des Rührens und Prüfens zurückgekehrt. Es war etwas Ruhiges und Beharrendes an ihr, nichts an ihr war verrückt oder phantastisch oder übertrieben, so wie an allen anderen in diesem Hotel, an allen anderen bis zu Lansbury, rosig, dekadent, wie er war, und jetzt in der Hitze zusammengebrochen und ganz unnütz. Mees Opp war das Gesunde. Sie war das Gediegene. Sie war das Echte, das Gute. Sie durfte nicht fort. Sie mußte bleiben, selbst wenn Albert wieder wohl war, bis sie und Tom miteinander Nivandrum verlassen konnten.

Während sie auf Bates wartete und im Zimmer auf und ab ging, dachte sie immerfort: »Ich darf nicht hysterisch werden. Ich darf nicht wieder so etwas tun wie das verruchte Telegramm abschicken. Ich muß innerlich ruhig sein. Ich muß mir vorreden, daß ich eine Rolle spiele, wie im Kino, und des Schurken Meister werde ... oder eines der Schurken, denn es sind ihrer so viele ... Albert und

Clapton und Tom und ich selbst und diese Frau Léah. Es sind so viele Bösewichte. Es ist alles so kompliziert.« Und zum erstenmal wurde ihr klar, wie niederträchtig das menschliche Geschlecht sein konnte, wie gemein sie und Tom und viele andere, die sich für nett und liebenswürdig hielten.

Dann klopfte es an der Tür, und Bates trat herein, die Tür hinter sich schließend. Sein Gesicht sah so unschuldig aus, wie es nur konnte. Im Augenblick, da sie ihn sah, dachte sie: »Es ist wahr. Jetzt muß ich ihn bluffen. Er weiß, daß ich mit Clapton gesprochen habe, und fürchtet sich.«

Sie begann ohne Einleitung: »Bates, haben Sie das Telegramm abgeschickt, das ich Ihnen gab?«

»Ja, Mylady, es ist sofort abgegangen. Es muß gleich spediert worden sein, da Mr. Clapton so schnell gekommen ist.«

Das letzte hätte er nicht sagen dürfen, denn damit begann sich das Knäuel zu entwirren. Ohne Besinnen sagte sie: »Er ist so schnell gekommen, daß sich mir der Gedanke aufdrängt, Sie müßten das Telegramm geschickt haben, ehe ich es Ihnen gab.«

Sein Gesicht war noch immer undurchdringlich, aber er antwortete nicht sofort. Das Schweigen dauerte nur eine Sekunde, aber es war lang genug, daß sie merken konnte, was die Glocke geschlagen hatte. Sie dachte: »Ich genieße das. Es muß wundervoll sein, in einem Melodrama zu spielen.«

»Ich verstehe nicht, Mylady.«

»Mr. Clapton hat es nie erhalten.«

»Aber er muß es doch bekommen haben, Mylady, sonst wäre er jetzt nicht hier . . . «

Wieder wagte sie einen Schuß ins Dunkle und sagte: »Er hat ein Telegramm bekommen, aber nicht meines. Ich habe eben mit ihm gesprochen.«

Jetzt hatte sie die Oberhand, und sie wußte, daß sich Bates zunächst keine Frechheit mehr erlauben würde. Er versuchte, verblüfft auszusehen, all seine Hochnäsigkeit war von ihm gewichen.

»Ich verstehe nicht, Mylady. Vielleicht hat Eure Ladyschaft Mr. Clapton mißverstanden.«

»Er ist nicht schwer zu verstehen.« Und sie dachte: »Jetzt muß ich ihn festnageln. Ich muß noch einen Schuß wagen.« Und sie sagte: »Erinnern Sie sich an die Geschichte mit Südamerika und an die Mittel-Europa-Bank-Affäre und an ein oder zwei andere Angelegenheiten?«

Diesmal antwortete er eine ganze Weile nicht. Dann verbreitete sich auf seinem fahlen Gesicht ein schwaches, krampfhaftes, sardonisches Lächeln, das in ihr plötzlich wieder eine gewisse Sympathie zu ihm weckte, all seinen Schurkereien zum Trotz. Schließlich sagte er: »Ich verstehe. Darf ich jetzt gehen?«

»Ja, Bates.«

Sie dachte: »Nun ist er in der Falle. Im Herzen ist er ein Feigling und fürchtet Albert. Jetzt werde ich keine Schwierigkeiten mehr mit ihm haben.«

Er ging hinaus, schloß die Tür hinter sich, und draußen nahm er sein Taschentuch und wischte sich die Stirne. Es war diesmal nicht die große Hitze, sondern die vergebliche Anstrengung, sein Gesicht in die richtigen Falten zu legen.

Er hatte es unergründlich aussehen lassen wollen, während die ganze Zeit ein Lächeln der Bewunderung in ihm zuckte und ausbrechen wollte. Er sagte zu sich selbst: »Man kann die Lady immer erkennen. Nicht viele Frauen hätten das zustande gebracht. Wenn alle Reichen so wären wie sie, so brauchte es keine Revolutionen zu geben. Vornehmheit ist Vornehmheit, einerlei, wo man sie findet. Nur ist sie die Letzte ihrer Art. Ihresgleichen passen nicht mehr in die Zeit.«

Was es noch komischer machte, war, daß sein Herz ihm mit Sicherheit sagte, daß sie niemals mit Clapton über das Telegramm gesprochen hatte, weil er wußte, daß Clapton der letzte wäre, der irgend etwas durchblicken ließe.

Langsam ging er in Lord Grotons Schlafzimmer zurück

und dachte: »Ja, die Dinge ziehen sich zusammen. Der Alte wird doch nicht sterben, aber es ist aus mit ihm, und für ihn ist das schlimmer als der Tod.«

Gegen Mitternacht öffnete Lord Groton die Augen und *sah* das Zimmer zum erstenmal seit jenem Abend vor langer Zeit – Jahre schien es ihm her –, da er im Gefühl des Unwohlseins zu Bett gegangen war. Als er sich zuerst umschaute, konnte er nicht begreifen, wo er war. In einer Ecke des Zimmers war ein mattes Licht, und der Raum war angefüllt mit häßlichen Möbeln aus indischem Eichenholz, und in der Nähe des Lichtes erkannte er im Umriß die mächtige Gestalt einer ganz weiß gekleideten Frau, die mit dem Rücken gegen ihn dastand und ein Thermometer hinunterschüttelte; dies ließ ihn wissen, daß er krank war. Sein Körper kam ihm außerordentlich leicht vor, als hätte er keine Substanz mehr, und dieses Gefühl verwirrte ihn, denn es trug ihn einen langen Weg zurück, über mehr als dreißig Jahre, zu der Zeit, als er in Semarang Malaria hatte. So empfand er einen Augenblick lang wieder das kostbare Lebensgefühl der Jugend, in das sich der Klang von Trommeln von den Inseln her mischte., Trommeln, wie er sie zuerst als einundzwanzigjähriger Bursch in einer stillen, heißen Nacht in Macassar gehört hatte. Diesen einen Augenblick lang hatte er wieder das Empfinden, daß die Welt noch vor ihm lag und darauf wartete, von ihm erobert zu werden und das Geld und die Macht, wonach er sich sehnte, ihm in die Hände zu spielen. Und doch war er nicht mehr richtig jung, denn er sah ja als jemand anderer auf sich selbst zurück. Er war einundzwanzig – aber er beobachtete sich selbst – ein alter Mann, der einen jungen Burschen beobachtete. Er versuchte, die Hand zu heben, und fast sogleich verließ ihn das Gefühl der Leichtigkeit, und sein ganzer Körper kam ihm bleiern vor und preßte ihn in ein Bett zurück, das vom Schweiß durchweicht war.

Er dachte: »Wer bin ich? Wo bin ich?«, und einen entsetzlichen Augenblick lang dachte er: »Ich bin tot.« Denn selbst in dieser Schwäche und Verwirrung war der Schrecken des Todes ihm noch immer gewaltig und scharf. Dann kam einen Augenblick Klarheit über ihn, und er sagte sich: »Ich weiß, wer ich bin. Ich bin Groton, und ich kann nicht tot sein. Groton kann nicht mit dreiundfünfzig sterben. Ich muß diese verfluchte Geschichte ins reine bringen.«

Er machte die Augen ganz auf und rief: »Wer sind sie?«, aber das war ja nicht Grotons Stimme, sondern die eines schwachen und kranken und alten Mannes. Trotzdem war sie laut genug, um die Frau in Weiß, die im Lichte stand, zu erreichen. Sie wandte sich schnell um und sagte: »Ich bin die Ärztin, Dr. Mees Opp.«

Sogar in diesem Schwächezustand ärgerte ihn die Antwort. Warum versuchte sie, ihm etwas vorzumachen? Sie war eine Krankenschwester, und eine Krankenschwester war kein Arzt und ein Arzt keine Krankenschwester, alles in einem. Das Wort »Doktor« ließ ihn an die Harley Street denken, und er fragte: »Wo ist Sir Sidney?«

»Wer ist Sir Sidney, Sir?«

»Sir Sidney, mein Arzt. Wo bin ich? Wo ist Bates?«

»Sie sind in Nivandrum, Sir«, sagte Mees Opp. »Sie dürfen jetzt nicht sprechen. Sie waren krank.«

»Nivandrum?« Das Wort fand in ihm ein Echo, und er fragte: »Ist Deakin auch hier?«

»Was für ein Deakin, Sir?«

»Hugo Deakin. Lord Deakin.«

»Nein. Es ist niemand dieses Namens hier. Bates ist zu Bett gegangen. Ich pflegte Sie. Nun müssen Sie ruhig sein. Ich will Ihnen etwas zu trinken holen. Dann müssen Sie wieder schlafen, und wenn Sie dann wieder aufwachen, werden Sie viel kräftiger sein.«

Er schwieg, gekränkt, daß er wie ein Kind behandelt wurde, und war noch halb wirr, bis sie zurückkam. Dann trank er ruhig, was sie ihm gab. Nach kurzem Schweigen fragte er: »Wo ist meine Frau?« Auf die Probe gestellt, log sie: »Sie ist Bootfahren gegangen, um etwas frische Luft zu schöpfen. Die Hitze hat sie sehr angegriffen.«

Lange dachte er darüber nach, dann sagte er: »Sie muß gut achtgeben, sich nicht zwischen den Inseln zu verirren.«

»Sie hat sehr gute Schiffer, Sir.«

»Wann wird sie zurück sein?«

»Ich weiß nicht, Sir.«

»Wie spät ist es?«

»Kurz vor Mitternacht.«

»Ich möchte mit ihr sprechen. Sie sollte an einem Ort wie Macassar nicht allein sein.«

»Es ist nicht Macassar, Sir. Hier ist sie ganz sicher. Es ist Nivandrum.«

»O ja, Nivandrum.« Und nach einer Pause: »Wie lange war ich krank?«

»Acht Tage, Sir.« Sie ließ ihn nicht wieder sprechen, sondern begann von neum: »Ich gehe jetzt hinaus, und Sie versuchen zu schlafen.«

»Ich will nicht schlafen. Ich habe keine Zeit zu schlafen. Es gibt zuviel zu tun.«

»Sie werden nichts tun können, wenn Sie nicht schlafen und sich wieder kräftigen. Je mehr Sie schlafen, desto kräftiger werden Sie sein.«

Langsam begann Mees Opp mit ihrem Instinkt, der fast Genie war, ihn zu verstehen; sich ein Bild seiner Persönlichkeit und seines Charakters aus den Bruchstücken seiner Rede zu machen, die sich mühsam seinem Halbbewußtsein entrangen. Was seine Frau gesagt hatte, war richtig. Seine Vitalität war enorm. Daß er, wenn auch mit matter Stimme, so sprechen konnte, und daß ein Zusammenhang in dem war, was er sagte!

Zum erstenmal sah er sie ganz direkt an, als ob er sie erst jetzt erblickte. Dann sagte er: »Vielleicht haben Sie recht. Aber ich wünschte, man könnte diese verfluchten Trommeln zum Schweigen bringen. Sie sind mir verhaßt.«

»Ich fürchte, das ist nicht möglich, Sir!« sagte sie geduldig. »Aber bald werden Sie sie nicht mehr hören. Ich verlasse Sie jetzt, damit Sie schlafen können. Ich werde im Nebenzimmer sein. Für den Fall, daß Sie etwas brauchen, habe ich die Glocke hier neben Ihr Bett gestellt. Sie ist mit einer Schnur an Ihrem Handgelenk befestigt, so daß Sie sie nicht verlieren können. Sie brauchen nur zu klingeln, und ich komme herein.«

Dann schloß er die Augen, und sie ging aus dem Zimmer, bis sie wußte, daß er eingeschlafen war, denn sie selbst hatte nicht die Absicht zu schlafen, bis Lady Groton käme. Und sie wußte, daß er schlafen würde, denn sie hatte die Portion seines Schlaftrunkes fast verdoppelt, um sicher zu sein, daß er nicht vor dem Morgen erwachen und nach ihrer Heimkunft fragen würde.

So war sie noch wach, als Lady Groton kurz nach drei Uhr heimkam. Sie hatte am Fenster gesessen und in ihrer erzwungenen Untätigkeit darüber nachgedacht, was sie mit dem Gelde, das ihr für die Lebensrettung Lord Grotons bezahlt würde, nach der Rückkehr in die Hauptstadt für ihr Spital tun könnte. Selbst ein bescheidener Betrag würde für neue Fußböden und für ein neues Dach der Wöchnerinnen-Abteilung reichen. Sie dachte auch an die verkrüppelte Frau und war zufrieden, daß sie nichts von Mrs. Badoki gehört hatte, der sie das Versprechen abgenommen, daß sie ihr eine Botschaft senden würde, falls es schlecht ginge. Dann sah sie, gerade bevor sie das Kanu mit Dantry und Lady Groton in dem späten Mondlicht von der gegenüberliegenden Insel abstoßen sah, ein anderes Kanu die Landungsstelle verlassen – es trug Léah, welche sich aufmachte, um mit einem Wunderdoktor irgendwo auf den Inseln ihren Hokuspokus zu machen. Nun, sie hatte Léah besiegt. Lord Groton hatte das Schlimmste überstanden, und bei seiner Vitalität war es sicher, daß er genesen würde. Dann klopfte es, und Lady Groton trat herein, und wieder dachte sie, wie hübsch sie sei und, ein wenig schelmisch, daß man so hübschen Frauen nichts in den Weg legen sollte. Sie sollten haben, was sie begehrten, denn sie waren von den Göttern gesegnet.

Sie erhob sich und schloß die Tür zwischen den beiden Zimmern, wie sie es immer tat, damit sie den Patienten nicht störten, und Lady Groton lächelte ihr nur zu, bis sie die Tür geschlossen hatte. Dann fragte sie: »Wie geht es ihm?«

»Ganz gut. Er ist erwacht und hat ein wenig gesprochen.«

»Hat er nach mir gefragt?«

»Ja, ich habe ihn abgelenkt.«

Eine kleine Weile sahen die beiden Frauen einander schweigend an, während Lady Groton dachte: »Weiß sie? Natürlich weiß sie! Darf ich sprechen, als nähme ich einfach an, daß sie es weiß? Sie weiß so vieles – alles.« Laut sagte sie: »Was haben Sie ihm gesagt?«

»Daß Sie Bootfahren gegangen seien, um frische Luft zu haben.«

»Was hat er gesagt?«

»Ich soll Sie zu ihm schicken, wenn Sie kommen.« Mees Opp zögerte, und dann fuhr sie fort: »Aber ich habe ihm einen Schlaftrunk gegeben, eine ziemlich starke Dosis, damit er sicher einschlief. Was Sie sagten, ist richtig. Seine Vitalität ist ungeheuer groß.«

»Das war sehr gut von Ihnen.« Es war eine unverbindliche Bemerkung, die viele Auslegungen zuließ, aber sie stellte sich vor, Mees Opp würde verstehen, wie sie gemeint sei.

Das tat sie auch, denn sie sagte: »Ich dachte, daß dies unter den herrschenden Umständen das beste wäre.«

»Sie sind eine wundervolle Frau.«

»Nein – ich versuche nur, die Dinge zu verstehen. Ich weiß nicht viel von der Welt. Manchmal ist es nicht leicht, wie die Menschen sich benehmen . . . so kompliziert und all das.«

Dann wagte Lady Groton einen Sprung. Sie sagte: »Ich werde nie zu ihm zurückgehen.«

Mit leiser Stimme gab Mees Opp zurück: »Das habe ich erraten.«

»Wie denn?«

Sie lächelte. »An Ihrem Gesichtsausdruck. Als ich erst herkam, merkte ich, daß etwas nicht in Ordnung war, aber ich wußte nicht was. Dann begann ich zu verstehen.«

»Denken Sie nicht, daß ich eine schreckliche Frau bin?«

»Ich weiß nicht. Wie dürfte ich urteilen, da ich sowenig weiß? Was ist er für ein Mensch? Mister Dantry?«

»Schlecht wie ich. Nur, auch wie ich, wollte er nie schlecht sein. Er hat wirklich nie jemandem weh tun wollen.«

»Ja, das kommt wohl vor«, sagte Mees Opp; aber ohne Verschleierung fuhr sie fort: »Es macht es verständlicher, aber es macht es nicht leichter für andere.«

»Sie denken an seine Frau.«

Mees Opp zögerte einen Augenblick. Dann sagte sie: »Sehen Sie, ich habe sie vor langer Zeit zur Welt gebracht. Ich habe sie immer gekannt. Er hätte das nicht mit ihr anfangen sollen. Das mag sein Fehler sein oder nicht. Diese Frau Léah hat sie zu ihm ins Haus geschickt, um in seinem Schlafzimmer auf ihn zu warten und ihn zu verführen.« Sie sah Lady Groton gerade an und sprach weiter: »Sie dürfen nicht denken, daß es ein schlechtes Mädchen ist. Sie liebte ihn. Sie liebt ihn noch. Ich glaube, sie wird ihn immer lieben. Sehen Sie, das Schlimmste ist, daß sie Halbblut ist. Wäre sie eine reine Eingeborene, so machte es nicht soviel aus. Er hätte sie nicht heiraten sollen. Ich weiß nicht, warum er es getan hat.«

Lady Groton schaute auf die Armbänder an ihrem Handgelenk. »Er dachte, er hätte einen Strich unter alles gemacht, als er sie heiratete. Er meinte, er würde für immer hierbleiben. Er glaubte, mich nie wiederzusehen.«

»Dann war er wirklich ein sehr alter Freund?«

Wieder schwieg Lady Groton einen Augenblick, die Augen immer noch auf die Armbänder gesenkt, als fessele sie etwas daran. Dann sagte sie: »Ja, sehr alt. Er war der einzige Freund, den ich je hatte . . . der einzige Freund in diesem Sinn. Ich bin nicht abergläubisch aber es ist, als hätte es so kommen müssen, als wäre es unrecht, wenn wir es zu ändern suchten. Können Sie das verstehen?«

»Ja«.

»Es ist alles so kompliziert.«

»Solche Dinge sind es immer. Manchmal, dort draußen, sind die Komplikationen noch schlimmer.«

»Ich weiß nicht viel davon, wie es hier ist. Ich war nie im Orient bis zu dieser Reise.« Sie sah schnell von ihren Armbändern auf und fragte: »Belästige ich Sie? Es ist doch Ihre Schlafenszeit, nicht?«

»Nein, Sie belästigen mich nicht«, und wie sie das sagte, dachte Lady Groton: »Nein, du fühlst dich nie von jemandem belästigt! Jedermann ist menschlich und interessant und bedarf der Sympathie und der Hilfe. Wie glücklich bist du! Das ist etwas, was du nie verlieren kannst, etwas, was nichts zu tun hat mit Verliebtheit oder Geld oder irgend etwas.«

»Denken Sie nicht zu schlecht von mir«, sagte sie.

»Ich urteile nicht über Sie«, sagte Mees Opp einfach. »Das steht mir nicht zu. Und, um zu urteilen, muß man soviel wissen.«

Lady Groton nickte, und, indem sie auf die geschlossene Tür wies, sagte sie: »Ich soll es ihm wohl jetzt noch nicht sagen . . . daß ich nie zu ihm zurück will – oder soll ich?«

»Nein, ich würde es ihm noch nicht sagen. Es könnte vieles wieder aufheben, was wir zu tun versucht haben.«

»Da ist noch etwas, was wir ihm nicht sagen sollten, . . . wegen dieses Mr. Clapton, der hier angekommen ist. Sehen Sie, er hat ausfindig gemacht, weshalb mein Mann hier war, und ist hergereist, um ihm zuvorzukommen. Selbst wenn mein Mann das Geräusch seines Motorbootes hören sollte, dürfen Sie es ihm nicht sagen. Antworten Sie einfach, es sei ein Kutter des Steuereinnehmers der Ranee.«

»Ich verstehe.«

»Später, wenn er kräftiger ist, können wir es ihm sagen. Es wird dann noch schlimm genug sein.«

»Ja, ich sehe, was Sie meinen.«

Sie erhob sich und sagte: »Jetzt will ich gehen und Sie schlafen lassen.« Sie nahm Mees Opps dicke Hand, die so plump aussah und so zart war, und sagte: »Es war gut von Ihnen, aufzubleiben, bis ich kam; und es war lieb, daß Sie mir zugehört haben. Ich habe noch nie zu jemandem so gesprochen.« Sie sah Mees Opp gerade an und schloß: »Und es war gut von Ihnen, für mich zu lügen.« Dann hatte sie einen Einfall: sie wandte sich ein wenig ab, löste ihre beiden zierlichen Armbänder vom Handgelenk und hielt sie Mees Opp hin: »Hier«, sagte sie, »nehmen Sie sie«, und während sie dies tat, kam ihr die Geste theatralisch vor, und das machte sie befangen. Aber sie sagte sich auch: »So fühle ich jetzt. Bis morgen könnte es sich ändern. Und ich möchte, daß sie sie bekommt.«

»Nein«, sagte Mees Opp. »Das könnte ich nicht.«

»Bitte, nehmen Sie sie. Sie sind nicht für Sie. Sie sind für Ihr Spital.«

Und mit Herzklopfen sagte Mees Opp leise: »Ja, wenn es so gemeint ist, dann kann ich sie annehmen.« Tränen traten in ihre bleichen Augen, und mit leiser Stimme sagte sie: »Ich danke Ihnen.«

Lady Groton lief scheu und ein wenig beschämt aus dem Zimmer.

Als sie fort war, stand Mees Opp noch lange mit den Armbändern in der Hand und staunte darüber, ganz benommen, daß sie in Lady Groton, ausgerechnet in ihr, etwas so Kindliches, Unschuldiges entdeckt hatte. Als sie dann weiter ins Zimmer zurückging, hielt sie die Armbänder unter das Licht, sie hin und her bewegend, so daß die Smaragde und Diamanten das Licht auffingen und in vielfarbigem Feuer zurückgaben. Dann setzte sie sich und hielt die Armbänder bald dicht unter ihre kurzsichtigen Augen, bald weit weg, bald preßte sie sie an ihre dicken, fahlen Wangen. Sie waren schön, aber sie dachte nicht an ihre Schönheit; für sie bedeuteten sie neue Fußböden und ein neues Dach, eine elektrische Anlage und einen Röntgen-Apparat.

Später, lange hernach, wenn Lady Groton gegen ihren Willen an die Schrecknisse dieses Tages zurückdachte, kam es ihr vor, als sei etwas Überstürztes und Unwirkliches daran gewesen; als ob das Schicksal, wie ein Schauspieldichter, um einer kühnen Steigerung willen alles gehäuft hätte, um keinen Effekt zu versäumen. Alles an diesem Tage war übersteigert; die Hitze schien schrecklicher, die Farben prächtiger; die Stunden schienen zu rasen.

Sie erwachte spät, nicht wie gewöhnlich um zehn, um dann wieder zu Bett zu gehen und bis fünf zu schlafen, sondern kurz vor der Mittagsstunde, mit einem Gefühl von schwerer Mattigkeit, als habe sie etwas aus ihrem Leben verloren. Während sie badete, klopfte Mees Opp an ihre Tür und sagte: »Ihr Gatte ist wach. Es scheint ihm viel besser zu gehen. Er möchte Sie sehen.« Sie versprach, gleich zu kommen, und dachte bei sich: »Er ist wirklich außerordentlich, dieser Albert. In einer Woche wird er wohl kräftig genug sein, um fortzugehen, und dann werde ich frei sein.«

Sie wollte ihn nicht wiedersehen. Noch nicht lange her, da wäre sie fortgegangen, hätte ihm vielleicht einen Brief hinterlassen und hätte ihn niemals wiedergesehen, aber nun war es anders. Sie mußte zu ihm gehen und lieb und geduldig sein, und schließlich mußte sie den Bruch taktvoll und sanft vollziehen, um ihm so wenig wie möglich weh zu tun. Das *mußte* alles sein.

So ging sie widerwillig und dachte an ihn, wie er in den ersten Tagen seiner Krankheit gewesen war: stöhnend, gedunsen, hilflos. Aber als sie die Tür öffnete und hineinging, war er ganz verändert. Das hochgerötete, apoplektische Aussehen, als müsse er beim nächsten Zornesanfall bersten, war gewichen. Er lag jetzt bleich und schwach in seinem Bett aus indischem Eichenholz mit den Perlmuttereinlagen, so schwach, daß er bei ihrem Eintritt nur sein Auge, nicht den ganzen Kopf ihr zuwandte, und sofort tat er ihr wieder leid, aber auf neue Weise: nicht als Albert Simpson, Lord Groton, dessen nach außen so glänzendes Leben unfruchtbar und leer gewesen war, vielmehr einfach als Mensch, als irgendein Mensch, ein Teilchen des menschlichen Geschlechtes, krank und leidend, schwach und hilflos. Es lag etwas Beschämendes in dem Schauspiel: daß dieser allgebietende Mann, dieser Prahler, dieser brutale Mensch nun so gebrechlich, so leicht zerstörbar sein konnte. Und als er sprach, erschreckte sie der Klang der Stimme durch seine Mattigkeit. Es klang wie aus einer Rohrpfeife, ganz sonderbar. Sie verstand sehr schnell, daß er erwartete, sie würde ihn küssen, leichthin auf die Wange, wie sie es oftmals getan hatte, weil es ihn zu beruhigen schien und ihn ablenkte von quälenden Fragen an sie und von Unterhaltung mit ihr und weil eine gelegentliche Umarmung sie nichts kostete. Einen Augenblick kämpfte sie um ihre Selbstbeherrschung, in dem Gedanken: »Ich kann es jetzt nicht. Ich kann nicht. Aber ich muß. Es bedeutet ihm soviel«, und sie neigte sich zu ihm nieder und küßte ihn auf die Stirne, und er sah erfreut aus, so nachdenklich-froh, er, der große Lord Groton, daß ihr schlecht wurde und sie dachte: »Ein Judas-Kuß, wenn je einer war.«

Dann sagte sie heiter: »Nun, alles geht gut. Du warst sehr krank, aber nun wirst du bald wieder wohl sein. Alles wird gut werden.«

Die matte Stimme sagte: »Setz dich hier aufs Bett zu mir.« Und sie setzte sich auf die Bettkante nieder, obgleich sie sich lieber in den äußersten Winkel des Zimmers verzogen hätte. Er nahm ihre Hand, und die seine war kühl, trotz der Hitze, fast kalt und etwas feucht.

»Es muß aufreibend für dich gewesen sein, in dieser Hitze und ohne etwas zu tun«, sagte er. »Was hast du getan, um dich zu erheitern?«

Sie antwortete ihm ganz ehrlich: »Ich habe den größten Teil des Tages geschlafen, und abends habe ich mit Tom Dantry zu Nacht gegessen. Gott sei Dank, daß er hier war. Es hat alles anders gemacht.«

Er sah finster von ihr weg, und nach einer Weile sagte er: »Diese verfluchte Hebamme will mir nicht sagen, wann ich kräftig genug sein werde, um hier herauszukommen und meine Arbeit fertigzumachen.«

»Sie sagte mir, frühestens in vierzehn Tagen, aber es hängt von dir ab – wie gut du den Anordnungen gehorchst und dich benimmst.«

Plötzlich schloß er die Augen, und ein eigentümlicher Schauer lief durch seinen ganzen schweren Körper. Es war etwas merkwürdig Tierhaftes, Physisches, wie die Bemühung eines großen Stieres, einen Terrier abzuschütteln. Sie verstand, was es bedeutete. Er fand es unerträglich, so durch Schwäche gefesselt zu sein, wenn soviel zu tun war, soviel erreicht werden mußte.

»Ich darf sagen, sie hat sich als sehr gute Ärztin erwiesen.«

Ein wenig von seinem alten Geist schien zu ihm zurückgekehrt, als er verächtlich sagte: »Eine Frau von Halbblut!«

»Sie hält ihren Mund, und sie macht dich gesund. Was kannst du mehr verlangen? Ich finde, du hattest großes Glück, daß du sie haben konntest.«

»Sie ist so häßlich, daß ich meine Augen schließen muß, wenn sie in meine Nähe kommt.«

Wie ihm das ähnlich sah! Daß er, wie immer, nur das Äußere sah, daß er am meisten das schätzte, was hübsch und banal und geistlos war. Vielleicht hat er deshalb mich genommen . . . deshalb und weil ich das Patenkind einer Königin war . . .

Laut sagte sie: »Ich finde sie gar nicht so häßlich. Und

außerdem, sie ist eine hervorragende Frau.« Sie hätte gern verärgert hinzugefügt: »Fünfzig deinesgleichen wert«, aber er war zu schwach, als daß man ihn verwunden durfte mit einer Schlagfertigkeit, der er jetzt nicht gewachsen war.

Er fragte: »Möchtest du aus dieser Hitze fort?«

»Nein, jetzt nicht – jedenfalls nicht, ehe du ganz wohl bist.«

Es ging etwas wie ein Grinsen über sein Gesicht, und er sagte: »Nein, es würde nicht gut aussehen, wenn du jetzt weggingest und ich dann stürbe. Es würde unter diesen Umständen schlecht aussehen.«

»Was willst du damit sagen? Du könntest es geradeheraus sagen.« Aber sie hörte seine Antwort nie, denn in diesem Augenblick kamen von der Landungsstelle eine Reihe spritzender Explosionen, das untrügliche Zeichen, daß die Maschine eines Motorbootes in Bewegung gesetzt wurde. Er hörte es sofort. Sie sah es seinen Augen an, daß er sie, Dantry und alles neben der Gefahr vergaß, daß der große Schlag, den er geplant hatte, vereitelt werden könnte. Er schaute sie mit dem alten, scharfen Blick des Geschäftsmannes an und fragte: »Was ist das?«

Sie kannte den Blick. Er hatte sie häufig so angesehen, wenn sie ihn belog, und nichts entdeckt. Aber diesmal war es anders, und es schien ihr entsetzlich schwer, erfolgreich zu lügen. Aber sie machte eine tapfere Anstrengung.

Sie sagte: »Es ist ein Motorboot. Der Kutter des Steuereinnehmers.«

Mit Mühe richtete er sich auf, stützte sich auf einen Ellbogen und streckte sich etwas, als wollte er aus dem Bett und ans Fenster. Und unter dem Fenster würde er Clapton an dem Motorboot stehen sehen, gesund und sonnverbrannt und mit Kraft geladen, so wie er einst selbst gewesen war – Hugo Deakins Agenten, der ihm alles wegstahl in dem Augenblick, da es hätte gelingen müssen! Wenn sie ihm erlaubte, ans Fenster zu gehen, so konnte der Anblick Claptons ihn töten. Sie konnte ihm behilflich sein, aus dem

Bett zu kommen und sich über den Fußboden ans Fenster zu schleppen, und dann würde er tot sein und sie frei für immer. Alles ging ihr durch den Kopf, sogar das Bild, wie er starb, zuschanden gemacht und von Wut erstickt. Das Gefühl der Schuld wog sie auch ab. Zwar war es, wie sie jetzt wußte, nicht *ihr* Telegramm, das Clapton hergebracht hatte, aber es hätte sein können. Es war reiner Zufall, daß sie nicht schuldig war. Und hier war Albert, kämpfend, und sie drängte ihn ins Bett zurück, um ihn zu retten. Warum wollte sie ihn retten? Niemand wünschte es. Selbst sein Bruder, den sie nie gesehen hatte, würde seinen Tod gern sehen, denn dann würde er alles Geld haben, das er ihm bisher in kleinen Summen mühsam hatte abringen müssen.

Sie war etwas erstaunt, daß sie stärker war als er und fähig, ihn ins Bett zurückzuschieben. Sie suchte sich dabei ruhig und natürlich zu verhalten, ohne Zeichen von Anspannung oder Gefühlserregung.

Immerfort sagte sie: »Nein, Albert, das darfst du nicht. Du bist zu schwach. Ich sage dir ja, es ist nichts als das Boot des Steuereinnehmers.« Und dann merkte sie, wie sie rief: »Miß Opp, Miß Opp!«, und die Tür öffnete sich, und Mees Opp trat herein.

Aber nun war er auch wieder schwach und erschöpft und lehnte sich zurück, indem er vor sich hin brummelte, das Gesicht mit Schweiß überzogen. Das Geräusch des Motors ging weiter, spritzend und dazwischen innehaltend, und sie dachte aufgeregt: »Wird es denn nie aufhören? Ich muß Clapton sagen, daß er es nicht bis hierher bringen darf, weil der Lärm den Patienten stört.« Zu Mees Opp sagte sie: »Er hat das Boot des Steuereinnehmers gehört und dachte, es sei etwas anderes. Ich sagte ihm, er dürfe nicht aus dem Bett.«

Mees Opp beugte sich über ihn und redete ihm zu, sich ruhig zu verhalten, aber er sah sie nicht an und blickte nur auf seine Frau. Dann raffte er sich zusammen und brachte heraus: »Sagst du die Wahrheit?«

»Natürlich sage ich die Wahrheit. Warum sollte ich lügen?«

Dann war er wieder still, und Mees Opp sagte: »Sie dürfen sich nicht so aufregen. Wenn Sie das tun, so dürfen Sie Ihre Frau nicht mehr sehen. Jetzt müssen Sie wieder ruhen. Ihre Frau wird fortgehen und Sie schlafen lassen.«

Aber er antwortete eigensinnig, wie ein kleines Kind: »Nein, ich will, daß sie bei mir bleibt, bis ich eingeschlafen bin.«

Nunmehr setzte sich der Motor in volle Bewegung, und der Ton änderte sich, und das Boot fuhr davon, mit Clapton an Bord, auf dem Wege zu den Inseln, um die besten Plätze für die Piers und Lagerhäuser und Petroleumtanks zu erkunden. Der Lärm des Motorbootes hatte für sie einen Schreckenston bekommen.

Sie sagte: »Es ist recht, Albert. Ich bleibe hier, bist du schläfst«, und zu Mees Opp: »Nun ist es gut. Er wird ruhig sein. Ich werde ihn stillhalten.«

Einmal öffnete er die Augen und sah sie einfach, freimütig an, auf eine ihr neue Art, und sie dachte: »Es ist furchtbar. Es ist entsetzlich.« Denn mit einem Schlage war es ihr deutlich, daß er mit der Hellsichtigkeit des Krankseins, vielleicht eines nahenden Todes, Dinge sah und verstand, die er sonst nicht hätte durchschauen können. Er *wußte* irgendwie, daß er verraten war, daß er allein dastand, und er war entschlossen, sich an sie zu halten.

Mit geschlossenen Augen streckte er die Hand aus und suchte die ihre zu erreichen, und sie blieb auf der Bettkante sitzen, unbehaglich, erhitzt, elend, mit dem Verlangen, davonzueilen, ebensosehr aus Scham vor sich selber wie um dem Anblick Grotons zu entgehen, der sie sich ihrer Scham bewußt machte. Es war nicht, daß er plötzlich ein guter Mensch geworden oder sich durch die Krankheit und Todesnähe so verändert hätte; aber daß der Tod über ihm hatte ihm eine gewisse Würde gegeben, die er noch nie gehabt, und ihn so menschlich gemacht, wie er niemals gewesen.

Und nun sah sich sich selber zum erstenmal so, wie sie ihre ganze Ehe hindurch gewesen war: sie erkannte ihre ganze Schalheit und Trivialität, ihre Leidenschaft für Luxus und Sensation, ihre Treulosigkeit und ihr krankhaftes Suchen. Und in diesem Zimmer sah sie sich und Albert nicht als Lord und Lady Groton mit ihrem Geld und Prestige und ihrer Machtfülle, vielmehr einfach als Mann und Frau, alles anderen entblößt, einfach zwei Menschenwesen, die in allem kläglich gefehlt hatten, und das brachte ihn ihr näher, als er ihr je gewesen war.

Sie wußte nicht, wie lange sie dort geweilt hatte; sie wußte nur, daß er einmal, als sie leise ihm und damit sich selbst zu entlaufen trachtete, die Augen öffnete und sie ansah, so daß sie genötigt war, ihm vorzureden, sie habe nur zum Fenster gehen und die Läden so stellen wollen, daß er etwas mehr Luft hätte. Sie kehrte zu seinem Bett zurück, und wieder tastete er nach ihrer Hand, nicht um sie zu greifen, sondern nur, sie leise zu berühren. Die Berührung mit seinem Fleisch war ihr ein Schmerz, es brannte sie, und sie dachte: »Noch jetzt, mit all seinem Argwohn, hält er mich für besser, als ich bin«, und einen Augenblick lang hatte sie das Empfinden, daß es unmöglich sei, noch tiefer zu sinken, als wo sie sich in all den Jahren mit ihm befunden hatte.

Endlich, nach langer Zeit, schien er wirklich zu schlafen; seine Hand glitt von der ihren, und ganz leise, voll Angst, ihn zu stören und zu wecken, schlüpfte sie von der Bettkante und ging unhörbar aus dem Zimmer in das Mees Opps.

Auf dem breiten Gesicht Mees Opps war ein neuer Ausdruck, den sie noch nie an ihr wahrgenommen hatte, als ob auch sie plötzlich erahnt hätte, daß er sterben würde trotz allem, was sie für ihn tun mochte.

Lady Groton sagte: »Ich wußte, daß es ihm schwer zusetzen würde.«

»Es wäre noch schlimmer gewesen, wenn Sie nicht bei

ihm gewesen wären. Er hätte sich den ganzen Tag aufgeregt, ohne zu schlafen. Sie dürfen sich selbst deswegen keine Vorwürfe machen.«

Ohne davon zu sprechen, durch etwas, was zwischen ihnen vorging, teilten sie einander mit, daß sie beide wußten, es sei aus mit ihm.

Mees Opp sagte: »Ich denke, er wird jetzt eine Zeitlang schlafen, vielleicht für den Rest des Tages.«

»Ich will Mr. Clapton sagen, er möchte das Motorboot nicht hierher unter das Fenster bringen.«

»Es ist schwierig«, sagte Mees Opp. »Er wird es hören, selbst wenn es weit entfernt zwischen den Inseln ist. Wenn er wieder erwacht, will ich ihm etwas geben, um ihn aufs neue einzuschläfern. Sein Herz ist sehr gesund, und es ist besser, daß er sich ruhig hält.«

So verließ sie Mees Opp und ging in ihr eigenes Zimmer zurück, und obwohl sie ein Schlafmittel nahm, schlief sie nur ruckweise, zwischen Schlaf und Wachen geschüttelt und mit Entsetzen vor etwas erfüllt, was sie nicht beschreiben konnte. Sicherlich war es nicht der Gedanke an Alberts Tod. Denn während sie so an seiner Seite saß, hatte sie verstanden, daß es für ihn besser war zu sterben, als weiterzuleben, von Verrat und Enttäuschungen umgeben. Er sollte jetzt sterben, da seine Macht noch unumschränkt und sein Reichtum unmeßbar war. Das hätte sie gewünscht, wenn sie die Wahl gehabt hätte.

Am späten Nachmittag, als die Sonne bereits in den Indischen Ozean versank, erwachte sie an einem Knall wie von einem Schuß und einer Verwirrung, die von unten heraufzudringen schien, und mit einem Sprunge war sie aus dem Bett und dachte: »Es ist etwas Fürchterliches passiert! Vielleicht ist Tom etwas Schreckliches zugestoßen!«, und einen Morgenrock umwerfend, stürzte sie nach dem obersten Treppenabsatz, und im gleichen Moment kam aus der großen Halle ein Pistolenschuß. Oben an der Treppe stehend, überblickte sie die ganze Szene. Auf dem Boden lag Groton, in ein Pyjama gekleidet, neben ihm ein Revolver, Rasmussen war dort und Mees Opp und Léah und zwei von den Trägern.

Mees Opp rief Rasmussen zu: »Helfen Sie mir, ihn wieder nach oben zu bringen!«

Sie lief die Treppe hinunter, und als sie unten angekommen war, wandte sich Mees Opp, die noch immer darum kämpfte, Groton hochzuheben, zu ihr und sagte: »Es ist alles gut. Es ist nichts passiert.«

Es gelang Mees Opp und Rasmussen gemeinsam, den Kranken die Treppe hinaufzubringen. Er war jetzt von Schüttelfrost gepackt und stieß unzusammenhängende Reden aus, aus denen nur hie und da ein Wort verständlich war – Worte und Namen wie »Verrat«, »Deakin« und »Dantry«. Er versuchte, zu ringen und zu entkommen, aber er war jetzt zu schwach und zu allem unfähig. Es war ein Entsetzen und Grauen in der Szene, das sich Lady Groton mit Schärfe bemächtigte: es starrte aus den verschreckten Augen der Träger, aus Rasmussens tiefem Ärger über diese neue Wirrnis und Störung, aus Grotons Hilflosigkeit und aus dem gierigen, hämischen und bösen Blick in Léahs Augen, die ihnen den ganzen Weg bis dicht an Grotons Bett folgte. Es war Mees Opp, die sie dort entdeckte, und sie sagte ihr: »Gehen Sie fort, Léah, es ist hier nichts für sie zu tun.«

Léah sah voll Haß zu ihr hin und antwortete rachsüchtig: »Er ist böse. Er wird nie von hier weggehen«, und dann verschwand sie aus dem Zimmer.

Als er wieder ruhig im Bett lag, schickte Mees Opp alle außer Lady Groton fort. Zu ihr sagte sie: »Ich dachte, Bates sei bei ihm. Ich hatte mich ein wenig hingelegt. Ich wußte nicht, daß er einen Revolver hatte.«

»Er hat immer einen bei sich, wohin er auch gehen mag. Was hat er beabsichtigt?«

»Ich glaube nicht, daß er wußte, was er vorhatte. Er war im Delirium, in Wut über alles. Er wird jetzt ruhig werden.

Ich werde ihn nicht verlassen. Sie können in Ihr Zimmer gehen . . . Es kommt alles in Ordnung.«

Aber Mees Opp wußte, was sein Vorhaben war. Er hatte einen dunklen Verdacht, es sei Dantry gewesen, der ihn an Lord Deakin verraten hatte, und im Fieberwahn hatte er sich aufgemacht, ihn zu töten.

Als Lady Groton gegangen war, schickte Mees Opp einen von den Trägern nach warmem Wasser, aber der Bursche kehrte gleich darauf zurück und meldete, es sei niemand in der Küche, denn alle waren im Schrecken über den Anblick und den Pistolenschuß davongelaufen, und auch Léah war verschwunden. Rasmussen hatte sie überall gesucht, hatte sie aber nirgends gefunden. Er war selbst unten in der Küche und sorgte für warmes Wasser. In ein paar Minuten würde es bereit sein. Rasmussen, berichtete der Bursche, hatte ihm geflucht und ihn hinausgejagt.

Ein wenig später, als Mees Opp nach Bates schickte, kam der Bursche abermals mit dem Bericht zurück, er sei auch fort, seit Stunden hätte ihn niemand gesehen, und als sie Rasmussen selber nach ihm suchen ließ, kam dieser finster und grollend, ihr mitzuteilen, Bates sei nirgends auf der Insel.

In ihrem Zimmer bemerkte Lady Groton, daß die Stunde längst vorbei war, in der sie zu Dantrys Haus hinüberzufahren pflegte, und sie dachte: »Er wird sich wundern, warum ich nicht gekommen bin.« Und dann sah sie ein, daß es nun unmöglich war, sich heute abend zu ihm zu begeben. Wenn Albert im Sterben lag, so durfte sie nicht fortgehen und ihn mit Mees Opp allein lassen. Sie hatte sich in ihrem Glück schon schäbig genug benommen; es gab schließlich Dinge, die sie nicht tun konnte. So beschloß sie, ihm ein paar Zeilen zu senden. Aber während sie schrieb, dachte sie: »Nein, ein Briefchen taugt nichts. Er wird mich sehen wollen. Wenn ich kurze Zeit selbst hinginge und ihm erzählte, was passiert ist, und schnell zurückkäme, so schadete das niemandem.« Tom, sei es nur für einige Minuten, zu sehen, war ihr eine Freude, eine Notwendigkeit geworden, die alle vorausgegangenen Jahre ihres Lebens wert war.

Sie zerriß das Briefchen, und während sie sich ankleidete, klopfte es, und Mees Opp kam herein.

»Es tut mir leid, Sie zu stören«, sagte sie; »aber haben Sie Bates gesehen?«

»Nein, ist er nicht da?«

»Der Träger hat ihn gesucht, und dann Rasmussen selber. Rasmussen sagt, er sei nirgends auf der Insel, und seit Stunden hat ihn niemand gesehen.«

Einen Augenblick schwieg Lady Groton, und wieder fürchtete sie sich, denn jetzt schien es ihr, an diesem seltsamen Ort könne alles geschehen. Dann sagte sie: »Das ist sehr sonderbar. Ich glaube nicht, daß er die Insel verlassen hat, seit wir herkamen. Haben Sie in seinem Zimmer gesucht?«

»Ja, ich habe es selber getan. Er war nicht dort. Er hat auch kein Gepäck zurückgelassen.«

In der Dämmerstunde ging Dantry in die Küche, um das Nachtessen für sie beide vorzubereiten. Er arbeitete eine Weile, das Gemüse zu putzen und die komplizierten Currys zu machen, die ihn Silas gelehrt hatte. In der Stille und Hitze machte er seine Arbeit, immer auf den Augenblick wartend, da sie den Pfad hinabgehen würde, um zu ihm zu kommen, und als sie immer noch nicht erschien, wurde er unruhig und ging zweimal zur Landungsstelle, in der Hoffnung, das Stehruderboot zu sehen, in dem die gebrechlichen Schiffer sie vom Hotel zu seiner Insel führten; und als auch dann noch kein Zeichen von ihr da war, ging er auf die Terrasse und zündete die Laterne an, die, das wußte er, vom Hotel her gesehen werden konnte.

Er hatte keine Lust, über den Kanal zu fahren, um sie im Hotel suchen zu gehen. Er wollte nicht gern Rasmussen oder diesen Snob Lansbury sehen, ja, nicht einmal Mees Opp. So wartete er von neuem und dachte: »Vielleicht ist er erwacht und hat ihr verboten, fortzugehen. Vielleicht hat er sie ausgescholten«, und er sagte sich, wenn sie innerhalb on zehn Minuten nicht erschiene, würde er doch ins Hotel gehen und sie selbst holen, wenn nötig mit Gewalt, und diesmal für immer, auf Nimmerwiederkehr dorthin. Es machte nichts aus, ob Groton starb; es wa gleich, wenn es einen Skandal gab. Denn er war verwandelt; er hatte sich völlig gewandelt seit jener Nacht, da er sie bei der Rückkehr auf dem indischen Bett schlafend gefunden hatte.

Während er dastand und über den Kanal spähte, bemerkte er im Schein der alten Laterne etwas Glänzendes, metallisch Schimmerndes zwischen den Kissen. Er ging zu dem indischen Bett hinüber und hob die Pistole auf, die Maria zurückgelassen hatte. Er erkannte sofort, daß es Sandys altmodische Jagdpistole war, und er erriet, wie sie hergekommen, jedenfalls, daß es Maria gewesen sein mußte, die sie gebracht hatte. Vielleicht hing das mit einem Hokuspokus zusammen, den Léah ihr beigebracht hatte. Und zugleich fühlte er sich beunruhigt, weil der Anblick der Pistole ihm das unbehagliche Gefühl der Furcht zurückbrachte, das er in der Glückseligkeit der letzten vier Tage vergessen hatte. Und er dachte: »Irgend etwas Schmutziges ist im Gange. Ihr könnte dies oder das zustoßen an diesem verfluchten Ort.« So ließ er die Pistole auf dem Tisch und ging an das Ufer hinunter, und da hörte er in der heißen Stille das Wasser an einem Schiffsbug emporrauschen, und im nächsten Augenblick tauchte im Lichtschein vom Grand Hotel Oriental her der Umriß ihres Bootes und der zwei alten Schiffer auf.

Sie hatte ihn an der Landungsstelle stehen sehen, ehe noch ihr Boot sich ihm aus der Dunkelheit abzeichnete, und der Anblick seiner aufrechten Gestalt auf dem Hintergrund des Laternenlichtes verscheuchte ihre Niedergeschlagenheit, und eine wilde, hysterische Glückseligkeit überreselte sie, und sie dachte: »Es ist alles gut mit ihm! Ihm ist nichts zugestoßen! Wenn ihm jetzt etwas passiert wäre, so wäre ich schlecht geworden, so schlecht, wie nur ein Mensch sein kann. Ich würde mich selbst und jedermann mit meiner Schlechtigkeit zugrunde richten.«

Er eilte an Bord des Schiffes, um ihr aussteigen zu helfen, und fragte: »Wo warst du? Was ist geschehen?«, und sie antwortete: »Ich werde dir alles sagen. Es gibt soviel zu erzählen.«

Als das Stehruderboot sich wieder in die Dunkelheit verzog, versuchte sie ihm alles zu erklären, was mit Groton vorgegangen war, und die Ankunft Claptons und die Szene in der großen Halle. Sie sagte: »Ich kann heute abend nicht bleiben. Ich muß sofort zurück.«

»Warum?«

»Weil er im Sterben liegt.«

»Hat es Mees Opp gesagt?«

»Nein, aber ich weiß, daß er stirbt . . . «

»Ich will nicht, daß du mich je wieder verläßt. Es ist gleich, ob er stirbt oder nicht. Es macht nichts aus, was immer geschieht.«

Diese Worte machten sie leidenschaftlich glücklich; aber sie wußte doch, daß sie zurück mußte. Sie dachte: »Ich darf nicht töricht sein, darf den Kopf jetzt nicht verlieren.« Und sie sagte: »Ich hätte überhaupt nicht kommen sollen. Ich wollte dir ein Briefchen schicken. Aber ich konnte nicht anders. Ich mußte kommen.« Sie sah die Pistole auf dem Tisch und dachte: »Nun muß ich ihm von ihr erzählen.«

In der Erregung und dem Entzücken der ersten Nacht hatte sie den ganzen Zwischenfall vergessen, und nachher hatte sie nicht davon gesprochen, weil sie ihn nicht beunruhigen wollte und weil die Geschichte die Gestalt des Mädchens noch einmal zwischen sie bringen würde. Sie nahm die Pistole hervor, und er sagte: »Es ist meine. Ich war gerade dabei, sie zu reinigen, um sie mitzunehmen, wenn wir fortgehen.«

Sie sagte lächelnd: »Es ist lieb von dir, daß du mich nicht erschrecken willst, aber es ist nicht deine Pistole. Ich weiß, wem sie gehört und wie sie hierher kam.« Und sie erzählte ihm die ganze Geschichte von Marias Besuch, und als sie geendet hatte, fragte er mit Staunen: »Hast du dich nicht gefürchtet?«

»Nein, denn damals war es mir gleichgültig, ob ich lebte oder nicht. Du warst fortgegangen, ich dachte, für immer.« Nach einem Schweigen sagte sie: »Clapton sagt, sie sei irrsinnig geworden.« Sie blieben beide stumm, und sie dachte: »Vielleicht wird es immer so sein. Vielleicht wird sie immer zwischen uns stehen, einerlei, wohin wir gehen.«

Da legte er seinen Arm um sie und sagte: »Sie ist nicht irrsinnig. Das ist nicht wahr, und du mußt nicht daran denken. Ich bin heute im Kanu hingefahren, um mich zu erkundigen . . . « Dann ließ er sie schnell los und sagte: »Was du brauchst, ist etwas zu trinken. Ich gehe etwas Champagner holen.«

»Ich kann nicht bleiben«, wiederholte sie; »ich muß zurück, gerade heute abend. Ich fürchte, er wird aufwachen undnach mir fragen. Ich habe heute mit ihm gesprochen.«

»Was sagte er?«

»Nichts Rechtes. Er war verworren und voll Furcht.«

»Voll Furcht? Wovor?«

Einen Augenblick antwortete sie nicht, dann sagte sie: »Er fürchtet die Schwäche, die Krankheit, die Niederlage, den Tod . . . «

Während sie sprach, füllten sich ihre Augen mit hysterischen Tränen.

»Er kann dir doch nicht leid tun!«

»Ich weiß nicht, ob es das ist. Es ist etwas Tieferes und Umfassenderes als Mitleid mit ihm. Es ist, als müsse ich herausweinen, weil wir alle so furchtbare Toren waren . . . du und ich und dieser Esel Lansbury und Bates und die Aja mit ihrem Fischer . . . jedermann in der Welt außer . . . «

»Außer wem?«

»Außer Mees Opp.«

Neckend sagte er: »Du und Deine Mees Opp. Sie wird dir bald eine Zwangsvorstellung sein. Ich fange an zu glauben, daß sie und nicht die Hexe Léah den Bösen Blick hat. Was hat sie dir angetan?«

»Ich weiß nicht. Aber ich schäme mich vor ihr. Ich kann überhaupt nichts mehr verstehen oder erklären.«

»Wahrscheinlich ist es die Hitze.«

»Die Hitze dringt dem Menschen nicht ins Innere«, und in Gedanken fuhr sie fort: »Ich muß ja zurück, aber ich möchte bleiben. Ich möchte für immer hierbleiben.« Zum erstenmal fühlte sie sich jetzt schwach und hilflos. Sie hatte ihn nie so geliebt wie jetzt, da er verwandelt war.

Es war wahr, daß Léah von der Insel verschwunden war. In der Verwirrung, die der Szene mit Lord Groton in der großen Halle folgte, war sie im Dämmerlicht in ihr Kanu geschlüpft und durch die Lagunen nach der von Mangrovesümpfen umrandeten Insel gefahren, auf der das blutige Bildnis des Flußgottes verborgen war. Dort in der Einsamkeit opferte sie ihm die letzte Ziege, die noch übrig war. Als sie mit dem Ritus fertig war, war es ganz dunkel geworden, und in der Finsternis sprach sie ein Gebet, in dem sie den Gott um Mut und Stärke und Erfolg bei der Entkräftung der Zauberkünste der Weißen und besonders Mees Opps bat, die den großen *burra* Sahib wieder gesund machte – denn in ihrem Herzen glaubte sie, daß die Magie Mees Opps noch stärker sei als die des Flußgottes.

Dann ging sie in der Dunkelheit den Weg über den Sumpfboden zurück zu ihrem Kanu, und nachdem sie von der dunklen Insel abgestoßen hatte, nahm sie die Richtung auf Sandys Grundstück auf dem Festland. Sie bewegte ihr Kanu dicht im Uferschatten, wo weder der Feuerschein auf Sandys Grundstück noch das Mondlicht es sichtbar werden ließ, wie es schwarz auf dem Wasser dahintrieb. Als sie wenige Fußbreit von der Landungsstelle entfernt war, hielt sie das Kanu mit einem einzigen Ruderschlag an, und dann wartete sie einen Augenblick, hob dann den Kopf und begann wie ein Schakal zu heulen. Sie wiederholte dies noch zweimal und wartete dann, die Augen auf das Grundstück und die Gestalten gerichtet, die plaudernd und spielend oder Trommel schlagend um das Feuer saßen. Als niemand von ihnen sich irgendwie beunruhigt zeigte, heulte sie abermals dreimal und wartete von neuem, und endlich sah sie, wie sich in dem Schatten der Palmbäume Marias Gestalt näherte. Sie bewegte sich von Gebüsch zu Gebüsch zwischen den Bougainvillea und Bambussträuchern, immer auf der der kleinen Gruppe um das Feuer abgekehrten Seite. Dann trieb Léah langsam das Kanu ganz ans Ufer, und Maria stieg ein.

Das Mädchen zitterte, und Léah sagte mit befehlender Stimme in der Landessprache: »Du darfst dich nicht fürchten. Du darfst nicht zittern.« Und das Mädchen antwortete: »Ich fürchte mich nicht.«

Ehe sie aus dem Uferschatten herauskamen, entnahm Léah dem Fußboden des Kanus ein Paket in Zeitungspapier, riß das Papier ab und brachte einen Revolver hervor. Sie erklärte dem Mädchen sorgsam, wie er gehandhabt wurde, und als Maria verstanden hatte, nahm Léah Patronen und lud den Revolver und sagte dann: »Laß ihn hier neben mir, bis die Zeit kommt«, und dann ergriff sie das Ruder, wendete und fuhr wieder zu den Inseln zurück, immer im Schatten dahingleitend. Vor ihr saß Maria sehr still, nicht mehr zitternd, wie hypnotisiert von den dichtstehenden, schwarzen Augen von Rasmussens Weib.

Auf der Terrasse blieb Lady Groton immer noch. Sie nahm nichts von dem Curry, aber sie aß ein bißchen Obst und trank Champagner, immer im Bewußtsein, daß sie längst wieder im Hotel sein müßte. Sie wurde jeden Augenblick unruhiger, und bisweilen, mitten im Geplauder, wurde sie ganz still und von Entsetzen gepackt. Die Trommeln klangen nicht mehr romantisch, sondern verhängnisvoll. Die Hitze, immer noch die feuchte Hitze der Nacht, drückte auf sie wie ein massives Gewicht. Und plötzlich sagte sie: »Ich fürchte mich. Ich fürchte mich jetzt, ins Hotel zurückzugehen.«

»Warum? Da ist doch nichts zu fürchten?«

»Ich weiß nicht warum. Es steht etwas Fürchterliches bevor.«

»Es ist nur die Hitze, es sind deine Nerven. Du brauchst dich nie mehr zu fürchten. Du bist in Sicherheit, solange du bei mir bist.«

»Oh, ich meine nicht, daß uns etwas zustoßen wird. Wir haben Glück. Wir haben immer zuviel Glück gehabt.« Schweigend legte er seinen Arm um sie und zog sie dicht an sich heran, und so lauschten sie stumm den Trommeln, und allmählich fühlte sie sich weniger gelähmt, weniger schreckhaft, als flöße er ihr Kraft ein. Sie dachte bei sich: »Vielleicht sind es die Nerven. Wenn es nur regnen wollte. Wenn nur etwas diese furchtbare Hitze brechen würde.« Und sie träumte von Überschwemmungen und Gießbächen, die Kühlung und Frieden mit sich brachten.

Plötzlich sagte sie: »Es ist mir jetzt Ernst mit dem Fortgehen. Wie spät ist es?«

Er lehnte sich ein wenig zurück, um nach der gräßlichen, lauten alten Uhr in seinem Schlafzimmer zu sehen, und im selben Augenblick hörte man hart hintereinander zwei Explosionen. Der Ton kam durch die schwere Luft gedämpft zu ihnen, aus der Richtung des Grand Hotel Oriental. Sie merkte, wie sein Körper sich straffte, und sagte zu ihm: »Es ist nur Claptons Motorboot.« Nach einer Sekunde antwortete er: »Das war kein Motorboot. Das war ein Revolverschuß.«

Noch ehe sie ausgesprochen hatten, kam der Ton von

noch zwei Revolverschüssen zu ihnen übers Wasser, und dann der Klang erregter Stimmen und ein Rufen und wieder Schweigen. Lange lauschten sie wortlos, und dann fragte sie ruhig: »Was ist das? Um Gottes willen, was ist das?«

Er stand auf und sagte: »Vielleicht ist es besser, daß wir hinübergehen«, und sie sagte aufgeregt: »Nein, du darfst nicht.« Im selben Augenblick dachte sie: »Bates hat Clapton erschossen, um seine eigene Niedertracht zu verdecken«, aber sofort hinterher sagte sie sich, daß Bates nicht so sei. Er war ein Feigling, und Gewalttat gehörte nicht zu seiner Schurkerei.

Dantry sagte: »So bleib du hier. Ich will hinüber. Es ist etwas passiert.«

»Nein, wenn du gehst, so gehe ich mit.«

Dann sagte er: »Es kommt jemand von drüben in einem Kanu über den Kanal«, und sie spähten beide über das Balkongeländer, und plötzlich drang aus der Dunkelheit über den Trommelklang hinweg aus dem Kanu eine Stimme: »Sahib, Sahib!« Es war die hohe, schrille Stimme eines Inselbewohners, angstvoll wie die eines erschreckten Tieres. In der Sprache der Inseln rief Tom: »Ich bin hier. Was ist?«, und die Stimme kam zurück: »Der *burra* Sahib ist erschossen.«

Sie verstand die Worte *»burra Sahib«* und flüsterte: »Albert? Warum Albert? Es kann nicht Albert gewesen sein.«

Dantrys Stimme klang über das Wasser zurück. »Sagt ihnen, daß ich komme.«

Zu ihr gewandt, fragte er: »Willst du hierbleiben?«

»Nein, das ist außer Frage.«

»Dann komm mit.«

Sie eilten miteinander die Treppen hinab, keines sprach ein Wort. Während der ganzen Zeit, als Dantry wie rasend über den Kanal ruderte, schwiegen sie, denn es war nichts zu sagen, was zu sagen war, brauchte nicht ausgesprochen zu werden. Sie dachte: »Ich hatte recht. Ich wußte es! Armer Albert! Warum mußte er sich erschießen? Warum sollte er das tun, da er doch im Sterben lag?« Und sie war von Entsetzen erfüllt über den Klang der Schüsse, erst zwei für sich, und dann noch zwei, als hätte er fertigmachen müssen, was er ungeschickt begonnen. Und doch konnte sie sich wieder nicht vorstellen, daß Albert einen Selbstmordversuch gemacht hätte. Das gehörte nicht zu seiner Art. Er war einer von denen, die weiterkämpfen, selbst wenn alles schon verloren ist.

An der Landungsstelle half er ihr aus dem Kanu. Dort im Schatten stand einer von Grotons Schiffern. Als sie an ihm vorbeigingen, sagte er in der Landessprache: »Sie ist auch erschossen.«

»Wer?« fragte Dantry.

»Maria . . . «

Aus diesem kurzen Austausch von Worten verstand sie nur das eine: »Maria.« Dantry blieb nicht stehen, sondern rannte den Pfad hinauf. Sie folgte ihm und rief immerfort hinter ihm her: »Was hat er gesagt? Um Gottes willen, was hat er gesagt?« Aber Dantry wartete nicht. Als sie den großen Torbogen erreichte, war er schon halb die Treppe hinauf, seine Sandalen hatte er verloren, er lief auf bloßen Füßen.

Es war etwas, was ihr noch lange in der Erinnerung haftete – der Schrecken dieser bloßen, rasenden Füße vor ihr auf den Treppenstufen.

Bis sie oben angelangt war, war er bereits verschwunden, und sie ging nun direkt auf Grotons Zimmer zu. Als sie es erreicht hatte, versperrte ihr die Gestalt Claptons mit seinem geröteten Gesicht den Türeingang. Er sagte: »Kommen Sie nicht herein. Er ist tot. Es gibt nichts, was Sie tun können.«

»Aber ich will hineingehen. Ich muß hinein.«

Sie wußte nicht, was geschehen war, aber sie wußte, daß sie in das Zimmer mußte, daß sie Albert tot sehen mußte, daß sie durch das ganze Entsetzen hindurch mußte, für das sie verantwortlich war, für das sie letzten Endes Sühne geben mußte. Sie mußte bis zum Schluß durch alles hindurch, um ihretwillen, um Toms willen, um zu sühnen und zu retten, was sie gefunden hatte. »Bitte«, sagte sie, »ich muß. Es ist nötig . . . Es muß sein. Verstehen Sie nicht? Ich fürchte mich nicht. Ich muß.« Und als Clapton ihr den Weg freigab, fragte sie: »Was ist es? Was ist geschehen?«

»Diese hat ihn erschossen und dann sich selbst.«

Sie dachte überstürzt: »Sie muß geglaubt haben, es sei mein Zimmer. Sie muß es aus Versehen getan haben. Mich muß sie gehaßt haben. Sie muß gemeint haben, auf mich zu schießen.«

Nun war sie im Zimmer, und im gelblichen Schein der Lampe sah sie Albert auf dem Bett aus indischem Eichenholz mit den Perlmuttereinlagen liegen, genau wie sie ihn verlassen hatte, als schliefe er noch. Seine Hand lag ausgestreckt, so wie es gewesen war, als er zum Trost die ihre suchte; nur auf dem dünnen, baumwollenen Bettuch war ein kleiner Blutfleck. Tom stand neben dem Bett, hinter ihm Rasmussen, bleich und erschüttert, und Lansbury, kraftlos und lächerlich im Kosakenpyjama aus schwarzem Satin. Einer der Kulis war im Zimmer und die Aja, an deren Augen man nur noch das Weiße sah, so schreckerfüllt waren sie. Hinter ihr flüsterte Clapton: »Er schlief. Er hat nicht gewußt, was geschah.«

»Aber warum? Warum?« Und dann hörte sie Tom sagen: »Wo ist Maria?«, und Clapton, der ihr plötzlich zudringlich und furchtbar erschien, sagte: »Im anderen Zimmer. Diese halbblütige Ärztin ist bei ihr. Sie wollte mit Ihnen sprechen, deshalb haben wir nach der Insel geschickt.«

Tom, dünkte es sie, war verwandelt, zu einem Tom, wie sie ihn nie gesehen hatte. Alle Farbe war aus seinem sonnengebräunten Gesicht gewichen, so daß es in dem gelblichen Licht der Petrollampe grün und krank aussah, seine Mundwinkel waren hart geworden und seine Lippen zusammengezogen und voller Entschlossenheit. Noch mitten in all diesem Entsetzen und dieser Wirrnis war sie sich bewußt, wie sehr sie ihn liebte und daß sie ihn nie so geliebt hatte wie in diesem Augenblick.

Er blickte sie schnell an und sagte: »Du gehst jetzt besser in dein eigenes Zimmer.« Sie holte zum Sprechen aus, in der Absicht, sich zu weigern; aber dann dachte sie: »Nein, das würde ihn verdrießen«, so tat sie, als wollte sie gehen, immerfort denkend: »Ich darf jetzt vor nichts zurückschrekken. Ich muß durch alles, alles durch.« Sein Gesicht besänftigte sich ein wenig, und er sagte: »Ich komme bald zu dir. Ich muß diese verdammte Geschichte aufklären«, und dann eilte er an ihr vorbei in das andere Zimmer, wo Mees Opp an der Seite der verwundeten Maria saß.

Als er hinausgegangen war wandte sie sich zu Clapton und sagte: »Bitte gehen Sie fort und nehmen Sie den Kuli und die Aja mit. Ich kann nicht einsehen, warum sie hier sind.« Clapton wollte widersprechen, aber sie, nun nicht mehr schwach und furchtsam, sondern zornig, weil seine Zudringlichkeit und Vulgarität ihr widerwärtig waren, sagte: »Nein, nein. Verstehen Sie nicht? Es ist mein Mann. Ich wünsche hier allein zu sein. Ich bin stark genug. Wenn Sie etwas Vernunft und Gefühl haben, so gehen Sie.«

In ihrer Stimme lag eine Empörung, die selbst Clapton in die Glieder fuhr und sogar sein Gefühl besiegte, daß alle Frauen, und besonders diese da, albern und unfähig seien. So sagte er zur Aja und dem Kuli: »Geht hier heraus«, und dann ging er selbst, die Tür hinter sich schließend.

Nachdem er fort war, näherte sie sich langsam seinem Bett, voll Furcht, aber im Bewußtsein, daß sie tun mußte, wozu es sie trieb. Leise setzte sie sich auf den Bettrand nieder, wo sie am selben Morgen gesessen hatte, bis er einschlief, und dann bewegte sich ihre Hand langsam zu der seinen, bis sie sie berührte. Dann sagte sie sanft, als könne er sie noch hören: »Warum konnten wir nicht anständig miteinander sein? Warum haben wir einander nicht verstehen können? Warum konnten wir nicht einsehen, daß wir beide schwach und töricht und eitel und menschlich waren? Warum konnten wir nie Freunde werden?«

Sie erkannte jetzt alles, ihre Torheit, ihren Wahnwitz, ihre Eitelkeit, ihre Schwäche; aber es war zu spät.

In Mees Opps Zimmer kniete Dantry neben dem Bett, in dem Maria im Sterben lag, ihre großen Augen auf ihn gerichtet. Am Fenster, scheinbar über die Inseln blickend, stand Mees Opp. Sie hatte ihr Bestes getan, um das Leben des Mädchens zu retten, und es störte ihn nicht, daß sie nun dort im selben Zimmer mit ihnen stand. Er hatte nicht einmal etwas dagegen, daß sie vernahm, was Maria zu ihm sprach, schmerzvoll, stoßweise, denn im Augenblick, da er Mees Opp sah, wußte er sofort, daß bei ihr alles gut aufgehoben war. In der gewaltigen Hochspannung dieser Minuten sah er mit einer Art Hellseherei, was zuvor schon Alix in ihr erkannt hatte.

Maria sagte langsam, sich die Worte unter Schmerzen abringend: »Es war, weil ich dich glücklich wünschte.« Ihre Augenlider zitterten etwas, und dann brachte sie mit größter Anstrengung noch folgendes heraus: »Léah sagte, du würdest nicht glücklich sein, außer wenn ihr beide frei wäret . . . nun seid ihr frei . . . ihr seid beide frei . . . niemand ist zu tadeln . . . nur ich.«

Und sogleich war sie tot. Er hielt ihre Hand und sagte: »Du darfst nicht sterben, Maria, du darfst nicht. Es wird alles gut werden . . . « Dann wandte er sich an Mees Opp und rief: »Sie müssen etwas tun, Sie müssen sie retten . . . « und Mees Opp kam auf ihn zu, nahm Marias Handgelenk in ihre große, fleischige Hand und sprach: »Es kann nichts mehr getan werden. Nichts kann sie mehr retten.«

Dann kreuzte sie Marias Hände über der Brust, so wie es die Christen im Lande taten, und sagte zu ihm: »Es ist das beste, Sie gehen jetzt zu ihr. Hier ist nichts, was Sie tun können.«

Sich vom Bettrand erhebend, fragte er: »Hörten Sie ihre letzten Worte?«

»Ja«, sagte Mees Opp.

Zorn bebte in seiner Stimme. »Es war dies gemeine Weib, Léah. Sie ist schuld.«

Mees Opp wiederholte nur: »Gehen Sie zu ihr. Das ist das Gute, was Sie jetzt tun können.«

Er fragte: »Wo ist der Revolver?«

»Dort auf dem Tisch.«

Er ging hinüber, nahm ihn auf und prüfte ihn langsam und sorgfältig. Dann sagte er: »Es ist nicht Sandys Gewehr. Es ist Rasmussens. Léah hat es ihr gegeben. Wir müssen Léah finden. Sie ist die Schuldige.«

»Ich werde Léah suchen gehen. Sie gehen jetzt zu ihr.«

Als er hinausgegangen war, dachte Mees Opp: »So hat sie tatsächlich dem Flußgott geholfen, den Hafen geschlossen zu halten. Es war Léah, die sie zum Schießen trieb, nachdem ich sie daran gehindert hatte, ihn zu vergiften. Ich hätte es wissen müssen, weil ich diese Art Frauen kenne. Es ist auch meine Schuld. Die anderen konnten es nicht erraten, aber ich hätte es wissen müssen.« Und nach langem Sinnen dachte sie: »So viele Menschen und so viele Dinge sind mitschuldig. Es hat vor so langer Zeit begonnen . . . «

In Grotons Zimmer fand er Alix immer noch auf dem schrecklichen Bett aus indischem Eichenholz sitzend, und sie sah mit einem sonderbaren Ausdruck des Staunens zu ihm nieder, fast verzückt, als sei sie nicht ganz bei Sinnen. Sie blickte nicht einmal zu ihm auf, als er durch das Zimmer auf sie zuschritt. Da erhob er sie sanft von der Bettkante und sagte: »Das darfst du nicht.«

»Laß nur«, sagte sie. »Ich bin ganz ruhig.«

Da zog er leise das billige Baumwolltuch über Grotons Totenantlitz, und sie dachte mit einem plötzlichen hysterischen Verlangen zu kichern: »Ja, das ist wahr. Es ist genau wie im Kino. Man muß wirklich das Gesicht eines Toten bedecken.«

Er legte seine Arme um sie, und sie schwiegen lange miteinander. Schließlich sagte er: »Du mußt es nicht zu schwer nehmen. Diese Frau Léah ist schuld.« Und er erzählte ihr ruhig, so schnell wie er konnte, was sich im anderen Zimmer zugetragen. Als er geendet, sagte sie nachdenklich: »Nein, so war es nicht. Das ist nicht die wahre Ursache. Ich weiß, was es war. Es ist mir aufgegangen, während ich hier allein mit ihm saß. Es ist geschehen, weil wir die drei selbstsüchtigsten Menschen der Welt waren – du und ich und Albert. Keiner von uns dachte je an etwas anderes, als was *wir* wollten. Und nun müssen wir dafür bezahlen. Alles kam von daher, und es ist noch nicht fertig.«

Mit ruhiger Stimme sagte er: »Es ist das Schlimmste, was geschehen konnte . . . das Allerschlimmste. Ich hoffe, daß wir durchkommen werden – irgendwie.«

»Das gehört dazu.«

Und sie begann mit einem Mal zu weinen, nervös und fast lautlos, ihr ganzer Körper von Schluchzen erschüttert, während er sie zu trösten suchte; und selbst in diesem Zustand der tiefsten Erregung, der wie eine körperliche Krankheit war, verspürte sie ein vibrierendes Glücksgefühl, daß Tom es war, der ihr Trost zu geben suchte, daß er in dieser Krise und Tragödie wieder stark war. Er war ein anderer geworden mit dem Augenblick, da der Klang der Pistolenschüsse, durch die warme Feuchtigkeit der Luft gedämpft, zu ihnen über das Wasser gekommen war.

Sie dachte: »Ich bin jetzt nicht allein. Ich werde nie wieder allein sein, was auch komme.« Aber dicht bei ihnen lagen Albert und dieses arme Mädchen Maria, und sie waren tot. Und sie würden immer da sein, ihr und Tom ganz nahe, solange sie lebten.

Dann öffnete sie sachte die Tür von Mees Opps Zimmer, und diese kam herein. Sie sagte: »Es hat keinen Sinn, hierzubleiben. Gehen Sie in Ihr eigenes Zimmer. Ich werde für alles sorgen. Ich werde Ihnen etwas zum Schlafen geben.« Aber Lady Groton dachte: »Nein. Das kann ich nicht tun. Das wäre Selbstbetrug. Ich kann jetzt nicht schlafen. Ich darf mich nicht betrügen. Ich muß durch alles durch bis zum Ende.

Dantry wußte, daß für ihn von Schlaf nicht die Rede sein konnte. Als er sie daher in ihr Zimmer gebracht hatte, durch den Korridor, in dem die Inselbewohner mit weit geöffneten Augen aneinander drängten, verließ er sie mit den Worten: »Ich werde bald zurück sein. Leg dich hin und suche zu schlafen.« Sie wollte sagen: »Verlaß mich nicht. Ich kann nicht allein sein – jetzt!« Aber sie sagte nur: »Wenn du mich brauchst, so komm mich holen . . . was es auch sei, es ist ganz gleich was.«

»Ich werde dich nicht nötig haben. Da ist Mees Opp.«

»Du siehst, ich hatte recht wegen Mees Opp.

Aber als sie Léah suchen gingen, war sie verschwunden, und als sie Rasmussen nach ihr fragten, antwortete er mürrisch, er wisse nicht, wo sie sei.

»Sie ist jede Nacht ausgewesen, irgendwo auf den Inseln.«

»Ich weiß, wohin sie ging, und Sie wissen es auch.«

Rasmussen schwieg. »Sie war es, die Maria dahin getrieben hat. Maria hat es mir gesagt.« Es war seltsam, wie ruhig er jetzt war, wie schnell er sich in die Rolle des unbeteiligten Großinquisitors finden konnte.

Verdrossen blickte Rasmussen von ihm weg und sagte: »Es war nicht allein ihre Schuld.«

»Sie hat genug Schuld daran, um sie vor die Polizei zu bringen.«

»Sie wollte ihn einfach nicht hier haben, und Sie auch nicht«, sagte Rasmussen. »Darin hatte sie recht. Sie gehörten nicht hierher.«

Als er nach Bates fragte, konnte ihn auch niemand finden, bis dann ein Kuli, der dem Fragen zugehört hatte, vortrat, noch immer schreckerfüllt, und sagte: »Weißer Kuli fortgegangen.«

»Wohin fortgegangen?«

»Mit Zug . . . heute . . . mittags.«

So war es. Ratten, die das Schiff verlassen. Einen Augenblick begehrte er leidenschaftlich, sein Kanu zu nehmen und zwischen den Inseln umherzufahren, bis er Léah gefunden hätte, um sie zurückzubringen. Aber gleich darauf sagte er sich, daß es unmöglich wäre, sie zu finden. Sie kannte Schlupfwinkel und Buchten und Lagunen, die er nie entdeckt hatte. Bis morgen würde sie in den hohen Bergen sein, in dem Glauben, Lord Grotons Tod habe Nivandrum gerettet. Sie würde in irgendeinem Dschungeldorf bleiben, bis alles vorüber war und es zu spät war, sie noch hineinzuziehen. Und im Herzen wußte er auch, daß nicht allein Léah anzuklagen war. Was Rasmussen gesagt hatte, war wahr. Es taugte nichts, Léah zu vernichten. Und am Ende hatte sie nicht erreicht, was sie wollte, denn jetzt war Clapton hier, und der Hafen würde geöffnet werden, und sie würden vielleicht sein eigenes Haus niederreißen und Petroleumtanks anlegen, wo es gestanden hatte. Und all das machte ja nichts aus. Er und Alix müßten Nivandrum verlassen und würden es nie wiedersehen.

Und plötzlich fühlte er die Nichtigkeit seines Tuns und sich selbst dem Zusammenbruch nahe, und er verließ die große gewölbte Halle mit den gaffenden Inselbewohnern, dem mürrischen Rasmussen und Lansbury in seinem lächerlichen Schlafanzug aus schwarzem Satin, der hysterisch aufgeregt war und seinen eselhaften Rat anbot . . . die große, gewölbte Halle, von der aus er zum erstenmal durch den Torbogen die liebliche Insel gesehen und gedacht hatte: »Ich bin heimgekommen. Ich habe Frieden gefunden.«

Als er am Fuß der schönen Treppe angelangt war, sah er durch den Torweg Sandy kommen – ein gebrochener Mann, wie er selbst; nicht mehr der plumpe, humorvolle Sandy, nein, bestürzt und verwundet, und er dachte: »Er kommt Maria holen, die er liebte, und sie ist tot. Und es ist meine Schuld, daß sie tot ist. Dem kann ich nie durch Vergessen entgehen, nie im ganzen Leben. Nein, ich kann jetzt nicht mit ihm sprechen . . . jetzt nicht. Vielleicht eines Tages. Jetzt bin ich noch nicht Manns genug dafür.«

Sandy sah ihn nicht, weil der ganze Raum mit den schweigenden, schreckgelähmten Gesichtern etwas Trübes und Undeutliches hatte. Ohne mit jemandem zu sprechen, ging er die Treppe hinauf, um Mees Opp zu suchen. Sie würde ihm helfen. Sie würde wissen, was zu tun sei.

In ihrem Zimmer fand Dantry Lady Groton noch wach. Sie saß bei der Lampe an ihrem Toilettentisch mit einem Stoß Papier vor sich. Sie war sehr bleich und hielt in der Hand einen Brief.

Als er eintrat, sagte er: »Was tust du?«

»Ich konnte nicht im Dunkeln liegen. So zündete ich die Lampe an. Sieh«, und sie reichte ihm den Brief: »Bates ist fortgegangen.«

»Ich weiß.«

Dann las er den Brief. Er war kurz und lautete:

Lady Groton!
Wenn Eure Ladyschaft dies erhält, werde ich fort sein. Ich lasse Ihnen einige Papiere zurück, die Sie interessieren könnten. Ich war Zeuge des Testaments. Seine Lordschaft mochte Mr. Lansbury nicht, so hat er zu ihm nicht davon gesprochen. Ich habe das Telegramm nicht abgeschickt, weil ich drei Tage zuvor eines gesandt hatte. Sie hatten recht mit Ihrer Vermutung. Aber was ich tat, war nicht kriminell. Ich kann dafür nicht ins Gefängnis kommen. Ich werde mich ins Privatleben zurückziehen. Wenn Sie mich erreichen wollen, so schreiben Sie mir hauptpostlagernd

Manchester. Ich könnte Ihnen erklären, warum ich vieles getan habe, aber vielleicht würden Sie es nicht verstehen. Die Welt ändert sich, und es ist aus mit Menschen wie Seine Lordschaft. Die Welt hat ihrer genug gehabt. Bis er kräftig genug sein wird, um eine Klage gegen mich anzustrengen, werde ich verschwunden sein. Bitte glauben Sie an meine guten Wünsche für Sie selbst.

Herbert Ernest Bates.

Als er mit dem Lesen fertig war, blickte er sie an und fragte: »Was meint er mit dem Telegramm?«

Da erzählte sie ihm schnell, wie ein Kind in der Beichte, die ganze entsetzliche Geschichte von dem hysterischen Betrug, von der Schande, die sie danach empfand, von ihrem heißen Bemühen, rückgängig zu machen, was sie getan, von ihrem Widerwillen und Abscheu gegen sich selbst. Das Geständnis brachte ihr Erleichterung, denn nun wußte er alles von ihr, auch das Allerschlimmste – daß sie so niederträchtig gewesen war, wie eine Frau nur sein kann.

»Es war reiner Zufall, daß ich nicht zu tadeln war. Ich wollte ihn betrügen. Ich wollte ihn zugrunde richten. Ich haßte ihn. Oder wenigstens, ich haßte ihn bis gestern.«

»Was hat es dann verändert?«

»Ich weiß nicht . . . teilweise warst du es . . . und auch Mees Opp, glaube ich.«

»Du hattest recht mit Mees Opp. Sie hat den ›Guten Blick‹, gerade so, wie dieses abscheuliche Weib Léah den ›Bösen Blick‹ hat.«

Sie ging wieder an ihren Toilettentisch und sagte: »Das ist noch nicht das Ganze. Er wußte alles. Er muß über alles Bescheid gewußt haben. Aber er hat nie etwas gesagt bis zu dem Abend, ehe er krank wurde. Da hatten wir einen Streit, und ich habe ihm weh getan, absichtlich. Bei der Rückkehr in sein Zimmer muß er diese Namen aufgeschrieben haben.« Sie überreichte ihm einen Briefbogen, auf dem folgendes geschrieben war:

Packy (Boxer)
Sir Henry Leathan
Pierre du Couloisy
Deauville 1931 (?)
Monte Carlo (Tom Burchard)

Er sah von der Liste weg zu ihr, und sie sagte: »Er hatte recht mit einigen von ihnen. Er mag es erraten haben, oder Bates hat Anspielungen gemacht. Bates wußte zuviel. Es ist alles wahr. Ich habe immer gesucht, was ich nie gefunden habe – bis jetzt.« Tränen füllten ihre Augen, und sie sagte: »Nun weißt du es. Wenn du mich nie wiedersehen willst, so sei's drum. Ich werde es verstehen. Es gibt nichts mehr, was ich dir noch zu sagen hätte, außer daß ich gemein und niedrig und selbstsüchtig und eitel und eine Betrügerin gewesen bin.«

Er sah sie lange an, und dann sagte er: »Wir sind beide ziemlich von einem Schlage, meine Liebe . . . Und ob wir es gern haben oder nicht, wir sind durch das Geschehene für den Rest unseres Lebens aneinandergekettet. Wohin wir auch gehen mögen, was uns auch zustoßen mag, die Geschichte wird uns nachfolgen, und sie wird nicht besser dadurch, daß sie verworren und vieles hinein verstrickt ist; und es wird auch nicht besser durch Reden darüber. Es wird immer schlimmer werden.«

Es klopfte an die Tür, und als Dantry rief: »Wer ist da?« antwortete Mees Opp, und Lady Groton flüsterte: »Laß sie hereinkommen.«

Als sie Lady Groton an der Lampe sitzen sah, sagte sie: »Sie sollten im Bett sein.« Dann setzte sie sehr bestimmt hinzu: »Sie dürfen sich keine törichten Gedanken machen. Sie tun mit Aufbleiben und Selbstvorwürfen niemandem etwas Gutes. Ich habe Ihnen dies mitgebracht. Nehmen Sie es und ruhen Sie sich aus, morgen wollen wir weitersehen.«

Dantry sagte: »Sie hat recht, du mußt es nehmen«, und

Lady Groton gehorchte, zu matt und zu schwach, um noch länger Widerstand zu leisten.

Dann sagte Mees Opp: »Und nun verlasse ich Sie beide. Ich kann alles erledigen. Es ist das beste, wenn Sie bei ihr bleiben, bis sie schläft. Und wenn Sie etwas brauchen, kommen Sie zu mir.«

Sie ging hinaus, und Lady Groton legte sich auf ihr Bett, an dem Dantry sitzen blieb, ihr über die Stirn streichelnd, bis sie die Augen geschlossen hatte. Das Gemurmel und das Durcheinander unten hatte aufgehört, man hörte nur noch den fernen Klang von ein oder zwei Trommeln von den Inseln her. Eben im Einschlafen öffnete sie die Augen noch einmal, nahm seine Hand, drückte sie fest und sagte: »Wir müssen irgendwie wieder hinauskommen, Tom . . . «

Als Mees Opp am nächsten Morgen kam, fand sie sie noch zusammen, Lady Groton im Bett, Dantry im Sitzen auf dem Stuhl neben ihr schlafend.

Als sie aufwachte, war es finster, und das einzige Licht, das durchs Fenster drang, kam von einem Feuer draußen, ganz in der Nähe. Sie blickte verwirrt um sich und entdeckte Tom neben sich sitzend, und dann erinnerte sie sich nebelhaft an all das Entsetzliche aus der vergangenen Nacht, und sie wußte wieder, wo sie war und warum Tom bei ihr war in dem Zimmer des Grand Hotel Oriental. Sie hörte ihn sagen: »Nun ist es schon besser. Du hast lange geschlafen – einen ganzen Tag.«

»Bist du hier gewesen?«

»Fast die ganze Zeit. Ich habe auch geschlafen.«

»Wo ist das Feuer?«

»Es ist ein Totenfeuer, Grotons.«

Sie war beklommen und stumm, und er sagte: »Mess Opp hat alles in die Hand genommen. Sie hat alles Nötige besorgt.«

»Das war gut von ihr, aber ich habe genug davon.«

»Wovon?«

»Daß immer jemand die Dinge für mich erledigt. Es war immer so. Stets hat jemand das Unangenehme für mich gemacht.«

»Ich weiß, was du meinst.«

»Davon müssen wir loskommen – das ist das erste.«

»Wir gehen morgen fort.«

»Wohin sollen wir gehen?«

»Nach der Hauptstadt. Siehst du, es wird eine gerichtliche Untersuchung stattfinden. Groton war ja nicht irgendein Strandbummler, der ein gewaltsames Ende gefunden hat.«

Sie wollte sagen: »Ich gehe nicht. Sie können mich nicht zwingen. Ich vermag nichts mehr zu ertragen.« Aber sie wußte, daß ihr das nicht helfen würde. Sie hatte der Sache bis zuletzt ins Gesicht zu sehen. Sie mußte durch alles hindurch, und wenn es immer weiter ging, immer weiter, bis sie starb . . . In einer Weise fing es überhaupt erst an. Mit etwas ausgeruhten Nerven suchte sie sich vorzustellen, was bevorstand: schreckliche Gerichtsverhandlungen, und dann die Zeitungen, die sie, wollte Gott, nie sehen würde, und all die Klatschereien, die in London, New York und Paris, in Deauville und Cannes und Monte Carlo die Runde machen würden. Bitter dachte sie: »Nun haben viele den ganzen Sommer daran zu zehren. Was werden sie alles zu reden haben!« Und wie Tom sagte, diese Geschichten würden immer verfilzter und übler und verderbter werden, da sah sie ganz klar, daß sie nie wieder in diese Welt zurück konnte, daß sie nie wieder ein Hotel oder ein Restaurant oder ein Schiff betreten könnte, nicht einmal hier im Orient, ohne daß die Leute sagen würden: »Das ist Lady Groton. Wißt ihr noch die furchtbare Geschichte? Und das ist der Mann, der damals ihr Geliebter war. Seine eingeborene Frau war es, die Lady Grotons Mann erschossen hat.« War es nicht vielleicht besser, daß sie beide auch starben, denn es war ja nicht nur die Geschichte, die ihnen folgen würde, sondern die entsetzliche Nacht mit dem toten Albert auf dem Eichenholzbett und dem Mädchen Maria im Sterben im nächsten Zimmer.

Draußen in der erstickenden Hitze legten sich die Flammen und verblaßten, und sie dachte: »Was soll ich mit seiner Asche machen? Ich kann sie seinem Bruder schicken – dem Bruder, den ich nie sehen durfte.«

Und dann hörte sie plötzlich ein Rauschen, fremdartig und erschreckend. Es kam unvorbereitet, und zugleich erlosch der Flammenschein draußen und das Zimmer lag im Dunkel. Tom drückte ihr die Hand, und sie hörte ihn sagen: »Es ist der Regen. Der Monsun ist ausgebrochen.«

Es war ein wundervoller Klang, der ihre Nerven beruhigte und sie plötzlich beide einzuhüllen und alles andere auszuschließen schien. Sie saßen so lange Hand in Hand, bis Tom sagte: »Ich habe nachgedacht, was wir tun wollen.«

»Ja.«

»Ich habe mit Mees Opp gesprochen. Wir müssen uns verbergen.«

»Für immer. Auf ewig«, sagte sie.

»Wir können zu ihr gehen.«

»Sie hat genug Sorgen ohne uns.«

»Sie wollte es . . . Weißt du, was sie sagte? Sie sagte, es gäbe Krankheiten der Seele wie des Körpers. Und manchmal stürben die Menschen, wenn ihre Seele krank sei. Sie sagte, hierzulande käme das oft vor.«

»Ich weiß«, sagte sie. Die Erfrischung durch den Regen kam nun auch ins Zimmer und veränderte alles. Die Hitze schien nicht mehr wie ein schweres Gewicht niederzudrükken, und durch die Fenster kam ein feiner Nebel. Dann klopfte es an die Tür, und Mees Opp kam ruhig herein. Sie sagte: »Ich habe Ihnen etwas Portwein und ein wenig Brühe gebracht. Es wird nun etwas kühler werden, nachdem der Regen eingesetzt hat.«

Sie entfernte sich wieder, und plötzlich zeichnete sich am

Himmel vom Festland her in der Gegend von Sandys Grundstück ein neues Feuer ab, mit einem Schlage emporzüngelnd und sogar dem Monsunregen Trotz bietend. Der Flammenschein spiegelte und verbreitete sich zugleich durch den fallenden Regen, so daß die Glut den ganzen Himmel zu erfüllen schien und ihr Licht sich bis in die Fenster des Grand Hotel Oriental Bahn brach. Dantry wandte den Kopf langsam um und saß in die Betrachtung versunken und dachte. »Immer wird es da sein und mich verfolgen, all mein Leben lang – der Schein dieser zwei Feuer.«

Sie brauchten drei Tage für die Reise durch die Lagunen und über das Land in die Hauptstadt, denn sie machten öfter Rast wegen der Hitze und des Regens und übernachteten in den Hütten der Inselbewohner. Es war eine trübselige Reise. Selbst Mees Opps gesundes, heiteres Wesen und daß sie die Fahrt mit ihnen teilte, verbesserte es nicht, ja, es tat noch einen Tropfen Bitternis dazu, denn die Heiterkeit eines so tätigen Menschen, der nur mit den Sorgen anderer Menschen beschäftigt war, ließ sie ihre eigene Müdigkeit und Verzweiflung nur um so mehr ermessen. Es gab Augenblicke, da der Optimismus der halbblütigen Ärztin ihnen fast frivol vorkam, und düstere Momente, da beide, Lady Groton und Dantry, jedes im Rauschen des auf das Strohdach niederströmenden Monsunregens wach und allein liegend, nicht mehr zu leben wünschten, da sie einfach gestorben wären, hätte Gott ihnen nicht alles gegeben, auch Körper, welche trotz aller Zermürbung und Aufgeriebenheit gesund und kräftig waren. Ihr erschien es wie eine Strafe, daß sie gezwungen war zu leben, wo sie Fieber und Tod weit vorgezogen hätte. Freilich hatten sie nun einander, vielleicht für immer, aber jedes schämte sich jetzt für den anderen so sehr wie für sich selbst. Das war das Schlimmste von allem – und auch das Beste.

Es war Mees Opp, welche vorgeschlagen hatte, daß sie bei ihr im Spital wohnen sollten.

»Es wird nicht luxuriös und nicht einmal komfortabel sein. Der Statthalter wird Sie wohl einladen, bei ihm zu wohnen, und Sie wären dort vielleicht besser aufgehoben.«

Aber beide wiesen jetzt den Gedanken weit von sich, bei einem Europäer zu wohnen, bemitleidet und diskret ausgefragt, bevormundet und zur Zielscheibe krankhafter Neugier gemacht. Alles war besser, als dies wäre – sogar harte Betten und Regen und Insekten und Fieber.

Die Nachricht von Mees Opps Rückkehr war ihnen vorausgegangen, und als sie endlich das Spitalgrundstück erreichten, fanden sie es mit Blumen und Girlanden und Fahnen dekoriert, alles von Regen tropfend, und eine wartende Menge von Männern und Frauen und kleinen Kindern, welche ohne einleuchtenden Grund – denn Mees Opp war eine Halbblütige von holländischer Abstammung – »God save the King« sangen, begleitet von einer fürchterlichen Kapelle von Schlaginstrumenten. Die Menge behing Mees Opp mit Kränzen, bis ihr schwerer Körper fast begraben war unter Jasminblüten und Ringel- und Tempelblumen. Sie brachen in Hochrufe aus und tanzten, und Dantry und Lady Groton, zurückgedrängt und unbeachtet, sahen stillschweigend zu. Und dann führten Mees Opp und die dunkelfarbige Mrs. Badoki sie in Mees Opps Häuschen, das das ihre sein sollte, bis die ganze häßliche Prozedur vorbei war und sie fort konnten.

Der Statthalter machte die Untersuchung so leicht wie möglich. Aber da Lord Groton ein großer und mächtiger Mann des Westens war, konnte man über seinen gewaltsamen Tod, auch wenn er um seiner Frau und ihres Geliebten willen erfolgte, nicht so leichten Kaufes hinweggehen. So mußten sie noch einmal durch alle Martern hindurch, durch all die gräßlichen Fragen nach Lady Grotons allnächtlichen Stelldichein bei Dantry, die Fragen wegen Maria, wegen Grotons Krankheit und der unheimlichen Léah. Und mit jeder Frage, sosehr auch der Statthalter sich bemühte, die Antworten zu mildern, trat ihre Schuld deutlicher zutage; nicht eine direkte oder wenigstens indirekte Schuld an der tatsächlichen Ermordung Lord Grotons, aber die Schuld, die durch ihre Schwäche und Selbstsucht, durch ihre Jämmerlichkeit und ihre Nachgiebigkeit gegen sich selbst auf ihnen ruhte. Und trotz allem, was der Statthalter tun mochte, machte jede Antwort deutlicher, daß sie es waren, die Groton und Maria getötet hatten.

Endlich war die grauenhafte Untersuchung vorüber, der Statthalter schüttelte ihnen die Hand und bot ihnen die Gastfreundschaft seines Hauses an, bis sie reisefertig wären. Aber sie dankten wiederum, verließen das Gerichtsgebäude und begaben sich miteinander nach dem Spitalgrundstück.

Als sie die Treppe hinunterkamen, hatte der Regen ein wenig aufgehört, und die Sonne, die jetzt durchbrach, verwandelte die Wassertropfen an den durchweichten Bäumen in Quecksilber. Sie gingen den schmalen Weg vom Gerichtshof zum Spital schweigend nebeneinander her, fast erstickt von der furchtbaren Hitze. Lady Groton war es, die zuerst sprach. Sie sagte: »Und nun? Was sollen wir tun? Was sollen wir tun?«

Sie konnten nicht nach Bombay oder Singapur oder Madras oder Colombo gehen, wo sich die Journalisten auf sie stürzen und alle Schiffspassagiere, jeder Mann und jede Frau in den Hotels und Bars sie anstarren würden. Keinen Zug, kein Schiff konnten sie besteigen.

Fast scheu sagte Dantry: »Wir könnten hierbleiben.«

»Das ist, was ich möchte.«

»Vielleicht ist das das beste.« Und nach einer kleinen Pause fuhr er fort: »Ich meine nicht nur für einen oder zwei Tage . . .«

»O nein, länger, wochenlang . . .«

Sie wollten hierbleiben, bis sie sich ausgeruht hatten und die Geschichte verblaßt war. Keines von ihnen glaubte, daß sie je vergessen würde, sowenig als sie sich einbildeten, daß sie selbst vergessen konnten, was in dem häßlichen Chambre de luxe im Grand Hotel Oriental geschehen war. Aber die Erinnerung würde verblassen, wie mit der Zeit alles.

Dicht nebeneinander durch den Regen gehend, schwiegen sie eine Weile, bis vor ihnen, ganz unten an der von javanischen Feigenbäumen umsäumten Straße der durchnäßte Triumphbogen auftauchte, den man zur Bewillkommnung Mees Opps errichtet hatte. Im gleichen Augenblick wurden sie beide inne, daß sie nicht mehr allein waren. Hinter ihnen in gewisser Entfernung folgte eine Menschenmenge, Inselbewohner, nackte Kinder, alte Männer und Frauen und unter ihnen wohl ein halbes Dutzend Halbblütiger. Die Menge hatte während des Verhöres vor dem Gebäude gewartet, unter den indischen Feigenbäumen auf ihren Schenkeln kauernd, Arekanüsse kauend, plaudernd und die paar Auskünfte, die der scharlachrotgekleidete Amtsdiener, der Chuprassi, ihnen gegeben hatte, hin und her wendend. Aus jedem Hause, aus jedem Seitenpfad kamen mehr Menschen dazu, so daß die Menge immer größer wurde. Sie verhielten sich ruhig und hielten Ordnung. Das einzige Geräusch war hie und da ein Lachen über einen Scherz in einem Dialekt, den Dantry zu wenig kannte, um ihn zu verstehen.

Ein paar Minuten gingen sie schweigend weiter, scheinbar ohne zu beachten, daß ihnen im Rücken ein Haufen Eingeborener folgte. Da erhob sich hinter ihnen ein einzelnes Spottgeheul, und dann noch eins, und unbewußt und unwillkürlich gingen sie etwas schneller. Aber der Pöbelhaufen hinter ihnen ging ebenfalls schneller, immer nur wenig hinter ihnen her. Immer noch wagten sie einander nicht anzusehen, und Dantry dachte: »Nicht einmal hier . . . auch hier können wir nicht bleiben!«

Dann fühlte er, wie ein Schlag seine Schulter traf und eine halbverfaulte Mangofrucht zwischen sie fiel. Gleich darauf fielen mehr solche und überreife Papais-Früchte ihm in den Rücken, und das faulige Fruchtmark verspritzte über sein Hemd, und zwischen den Zähnen stieß er hervor: »Lauf! Schnell voran! Ich folge dir!«

Aber sie wollte ihn nicht im Stich lassen, und es blieb nichts, als sich umzuwenden und dem Pöbel ins Gesicht zu sehen. Er tat es und bedrohte sie im Dialekt der Inselbewohner von Nivandrum. Aber er sprach ihn ungeschickt, und die Mundart klang hier in der Hauptstadt ungewohnt, und obwohl die Menge innehielt und nicht weiter vorstürmte, wurden seine Drohungen nur mit Hohngelächter beantwortet. Plötzlich erkannte er unter den Quälgeistern zwei jüngere Söhne Sandys, und dann sah er unter den Gesichtern eines, das sich von den andern abhob. Er kannte die dicht stehenden Augen und die lange Nase. Es war Léah.

Da traf ein Mango Lady Grotons Hut, und seine Nerven versagten. Er rief ihr hysterisch zu: »Vorwärts! Um Gottes willen vorwärts! Sei kein heroischer Esel!«

Einen Bruchteil einer Sekunde lang sah sie ihn verdutzt und verletzt aus ihren hellen blauen Augen an. Eine zweite faule Mangofrucht traf sie, und dann wandte sie sich und begann zu laufen. Und im Laufen sah sie, wie auf müden, wunden Füßen, unter den durchweichten Blumen und Girlanden der Willkommens-Bekränzung die schwere, häßliche Gestalt Mees Opps auf sie zukam; sie, die mit nichts geboren war, kam sie beide erretten.

ERKLÄRUNG INDISCHER AUSDRÜCKE IM TEXT

Aja	einheimische Dienerin
burra	groß, angesehen
Chuprassi	Amtsdiener
Dschobedar	indischer Unterbeamter im englischen Dienst
Guru	religiöser Lehrer
Memsahib	Herrin, fem. zu Sahib (s. u.)
Ranee (Rani)	Fürstin, Gemahlin eines Raja
Sadhu	indischer Priester und Prediger
Sahib (ursprüngl. arabisch)	Herr, Meister; Anrede für Weiße in Persien und Indien
Sari	die über fast ganz Indien verbreitete Kleidung der Frau, bestehend aus einem einzigen langen Stück Seide oder Baumwolle mit eingewobenen farbigen Kanten
Sarong	kunstvoll gewebtes, oft gebatiktes Gewand

Roman

Von Louis Bromfield sind bisher erschienen:

10 953 So mußte es kommen
10 999 Der große Regen
11 083 Das Leben der Lily Shane
11 093 Traum in Louisiana
11 097 Mrs. Parkington
11 143 Jedem das Seine
11 153 Bitterer Lotos
11 163 Beim Morgengrauen
12 061 Der Mann, der alles hatte
12 089 Zwei Sommer
14 083 Der Weg der Anna Bolton

BASTEI LÜBBE